中外名家经典文丛

莎士比亚文集

莎士比亚◎著　　朱生豪◎译

北京联合出版公司
Beijing United Publishing Co.,Ltd.

图书在版编目（CIP）数据

莎士比亚文集／（英）莎士比亚（Shakespeare, W.）著；朱生豪 译.
—北京：北京联合出版公司，2007.3（2007.10 重印）

ISBN 978-7-80724-200-0

Ⅰ．莎… Ⅱ．①莎…②朱… Ⅲ．戏剧文学—剧本—作品集—英国
—中世纪 Ⅳ．I561.33

中国版本图书馆 CIP 数据核字（2007）第 030445 号

莎士比亚文集

著　　者□莎士比亚　著　朱生豪　译

出版发行□北京联合出版公司

　　　　　（北京市朝阳区安华西里一区 13 楼 2 层 100011）

　　　　　（010）64243832　84241642（发行部）　64258473（传真）

　　　　　（010）64255036（邮购、零售）

　　　　　（010）64251790　64258472　64255606（编辑部）

　　　　　E - mail：jinghuafaxing@sina.com

印　　刷□天津冠豪恒胜业印刷有限公司

开　　本□710mm×1000mm　1/16

字　　数□400 千字

印 张 数□21 印张

印　　数□0001—5000

版　　次□2007 年 10 月第 2 版

印　　次□2019 年 7 月第 2 次印刷

书　　号□ISBN 978-7-80724-200-0

定　　价□68.00 元

导　读

世界文坛，群星灿烂。四百多年前的英国戏剧大师莎士比亚是其中最耀眼的明星，甚至被称为古往今来最伟大的作家。

文学其实质是人学。文学史实际上是人性发展演变的历史。德国伟大诗人歌德曾说："每一个重要的剧作家都不能不注意莎士比亚，都不能不研究他。一研究他，就会认识到莎士比亚已把全部人性的各种倾向，无论在高度上还是在深度上，都描写得竭尽无余了。"阅读莎士比亚的作品，不仅是艺术的美学和享受，更是对人性的深入把握，加深对社会人生的领悟。

莎士比亚（1564—1616），诞生于英格兰中西部的埃文河畔斯特拉特福镇。人们对他的生平事迹所知不多，致使有人怀疑莎士比亚是否真有其人。根据权威的《简明不列颠百科全书》的记述，莎士比亚的父亲是个软皮手套工匠，曾被选任本地市长。母亲玛丽阿登为名门闺秀。莎士比亚在本地读书，未上大学。18岁时和A·哈撒韦结婚。1592年，伦敦文学界第一次提到他，当时他已是新崛起的受欢迎的剧作家。大约从1594年起，莎士比亚成为官廷大臣剧团的重要成员。1603年伊丽莎白一世死后，詹姆斯一世即位，剧团又改为国王供奉剧团。该剧团拥有当时英国最佳演员R 伯比奇，最佳剧场环球剧院，最佳剧作家莎士比亚。

莎士比亚还是极享盛名的诗人。1593—1594年他写了两首叙事长诗《维纳斯与阿多尼斯》和《鲁克丽丝受辱记》献给南安普顿伯爵。他的154首《十四行诗》先在小范围流传，1609年正式出版。这期间，莎士比亚在伦敦戏剧和文化界名望极高。1608年国王供奉剧团租得伦敦市内更高级的黑衣修士剧院，此处观众有更高的文化素养，莎士比亚有可能在戏剧创作方面进行更高想像力的试验。但是不知是什么原因，1611年莎士比亚回到故乡，逐渐退出了戏剧活动。1616年4月23日，莎士比亚在家乡去世，享年52岁。剧团为了保护自己演出剧本的专利，不准出版他的剧本。生前只有一部分剧本出过单行本。1623年，莎士比亚的同事赫明和康德尔把他的剧作编成全集出版。

莎士比亚生活的时代，中世纪确立的观念和社会结构仍然影响着人们的思想和行为。但是宗教改革已打破单一教会的垄断，王权受到议会的挑战，资本主义的兴起冲击了原来的经济和社会秩序。在戏剧方面，罗马古典悲剧和喜剧传统，为才子剧作家格林、基德、马洛、李利等人所继承。莎士比亚早期作品受这些人的影响，但他善于吸收和融化各方面的长处，进行独特的创造。

莎士比亚的戏剧创作可以分为三个阶段。第一阶段（1590—1600年），是莎士比亚取得初步成就的时期，又称"历史剧、喜剧时期"。1588年，英国打败西班牙的无敌舰队之后，国势强盛，政局稳定，经济繁荣，社会矛盾尚未突出。莎士比亚对现实持乐观态度，在创作中显示出乐观、明朗的基调。这期间，他写了十部历史剧，批判封建专制和封建割据，宣扬开明君主的理想。他以霍林谢德加《英格兰与苏格兰编年史》为主要素材，创作了一系列历史剧，包括《亨利六世》三部曲（1589—1592年）、《查理三世》（1592—1593年）、《查理二世》（1595—1596年）、《亨利四世》二部曲（1597—1598年）和《亨利五世》（1598—1599年），其中《亨利四世》达到最高造诣。他从普卢塔克的著作中取材，写了三部罗马历史剧：《裘力斯·凯撒》、《安东尼与克娄巴特拉》和《科利奥兰纳斯》。另外，他还写了九部喜剧，宣扬爱情、友谊和个性解放，著名的有《仲夏夜之梦》、《皆大欢喜》、《温莎的风流娘儿们》、《威尼斯商人》。

第二阶段（1601—1607年），是莎士比亚创作最光辉的时期，又称"悲剧时期"。伊丽莎白女王统治的末年，封建势力觊觎王权，王室与资产阶级联盟分裂。1606年，王权落入斯图亚特王朝以后，更加走向反动。同时，资本主义原始积累造成的贫富对立日趋尖锐，圈地运动引发了农民起义。这一切都影响了莎士比亚的创作，使他对严峻的现实有了清楚的认识，由对人道主义理想的歌颂转向对黑暗现实的批判与暴露，悲剧就成为他创作的主要形式。这一时期共创作十一个剧本，著名的四大悲剧《哈姆莱特》、《奥瑟罗》、《李尔王》、《麦克白》

就写于这个时期。

第三阶段（1608—1612年），是莎士比亚创作的晚期，又称为"传奇剧时期"。此时英国处于斯图亚特王朝詹姆士一世的专制统治下，人文主义者所抱的理想与现实之间的距离拉大，莎士比亚仍然坚持人文主义的理想，把希望寄托于乌托邦式的理想世界，企图用调和的方式来解决矛盾，实现理想。于是，他转向神话剧的创作，代表作《率白林》、《冬天的故事》和《暴风雨》充满了传奇和浪漫色彩。

本文集所选的莎士比亚久演不衰、脍炙人口的五个剧本，具有很强的代表性。其中《罗密欧与朱丽叶》、《仲夏夜之梦》写于1595年，《威尼斯商人》写于1596—1597年，《温莎的风流娘儿们》、《哈姆莱特》写于1600—1601年。《温莎的风流娘儿们》、《仲夏夜之梦》属于喜剧。喜剧的结尾，几乎所有的人物都幸福，或者获得应有的赏罚。《罗密欧与朱丽叶》是莎士比亚早期创作的带有喜剧色彩的爱情悲剧。剧本主要写意大利维洛那城的凯普莱特和蒙太古两大家族有世仇，经常发生械斗。一天，蒙太古的儿子罗密欧戴着面具混入凯普莱特家的舞会中，与凯普莱特的女儿朱丽叶一见钟情，很快就瞒着家人在教堂举行了婚礼。当天中午，两家又发生冲突。罗密欧为替朋友报仇杀死了朱丽叶的堂兄提尔伯特，被放逐到曼多亚。不久，老凯普莱特逼朱丽叶与帕里斯伯爵结婚。好心的神父弄巧成拙，使一对恋人为情而死。这使蒙太古与凯普莱特从悲痛中觉醒，两家捐弃前嫌，言归于好，并为死去的罗密欧与朱丽叶铸造两座金像以作纪念。这个剧本综合了莎士比亚历史剧中常见的谴责贵族内部争斗和喜剧中常见的歌颂人文主义的爱情与友谊的主题。虽说它是一出美好的爱情遭到毁灭的悲剧，但全剧充满着浓郁的抒情诗的色彩和乐观、明朗的基调，以青年人的牺牲换来了两家的和好和全城的和平，是一个特殊的喜剧性结尾。它暗示着爱情最终征服了仇恨，正义战胜了邪恶，安宁替代了争斗。

《威尼斯商人》是莎士比亚较为重要的喜剧作品。它的主要情节是威尼斯商人安东尼奥和犹太人高利贷者夏洛克之间的"一磅肉"纠纷。贪婪狠毒的高利贷者夏洛克十分仇恨慷慨大方、乐于助人的商人安东尼奥。终于等到了报复的机会，夏洛克乘人之危，提出如果逾期不能还贷款，就不要钱而要安东尼奥身上的一磅肉。聪明的鲍西娅心生妙计，提出只许割肉，不能带出一滴血来，结果夏洛克害人不成，反被法庭没收了财产。剧中次要情节鲍西娅遭父遗命"三匣选亲"之举告诫人们：真正的爱情不能用财富来衡量，爱情重于金钱。

《哈姆莱特》是莎士比亚最成功的剧作。它具有不朽的戏剧生命力，而哈姆莱特这一角色成为文学中的神话般人物。这个剧本最引人思考的问题，是哈姆莱特既然接受父亲亡灵的旨意，要向叔叔复仇，而行动上却犹豫不决，一再拖延，这究竟是因为什么？其实，哈姆莱特的性格是发展着的，经历这样三个发展阶段：第一阶段，在父死之前，对一切都很乐观，相信一切都美好，是其性格的"幼稚和谐"时期。第二阶段，在父死之后，平时深爱父亲的母亲转眼嫁给了叔叔，打击太大，一切美好信仰都崩溃了，造成其性格的"不和谐与斗争"时期。第三阶段，在"生存还是毁灭"、"忍受还是反抗"之间动摇与斗争之后，下决心行动起来，其性格已发展到"勇敢的和自觉的和谐"阶段。所以，理解哈姆莱特全部行动的关键是他在接受复仇时所说的那句话，即："这是一个颠倒混乱的时代，唉，倒霉的我却要负起重整乾坤的责任！"哈姆莱特意识到，他的责任不是单纯的报父仇，杀死一个克劳狄斯，而是要重整乾坤，消灭一切罪恶，按照人文主义理想来改造现实。在替父报仇方面，哈姆莱特尽管拖延，但并非没有行动，最终还是尽到了责任。他以装疯来试探敌人，安排"捕鼠器"揭露敌人真面目，粉碎了敌人的诡计，争取了母亲，处死了帮凶，最后处决了克劳狄斯。但哈姆莱特最终与敌人同归于尽，并没有能够重整乾坤，改造现实。他看到了一个伟大的目标，但又不知如何行动。"生存还是毁灭"是理解哈姆莱特思想性格的一个重要线索。这一命题贯穿全剧，它标志着文艺复兴以来，人的个体意识的觉醒，人们开始思考以往由上帝掌握的人的生与死的问题。哈姆莱特的悲剧在于，他始终被"人生是一场虚无"的观念所支配。他面对敌手的犹豫、延宕，面对死亡的平静与坦然，都透露出他对人生的冷淡、绝望和虚无态度。

但是，最早的一出伟大悲剧《哈姆莱特》是最具自觉意识的剧本。文艺复兴艺术、铺张、知识以及罪恶的气氛笼罩着这一出戏。剧本的中心人物本身就是一个文艺复兴的王子兼学者，他是个活泼、忧郁、内省性格的人。正如《哈姆莱特》结尾所说："一颗高贵的心现在碎裂了。晚安，亲爱的王子，愿成群的天使用歌唱抚慰你安息！"

莎士比亚是时代的灵魂，但他不属于一个时代而属于所有的世纪。

目 录
CONTENTS

祝福我的灵魂！我气得心里在发抖。我倒希望他气我。真的气死我也！我恨不得把他的便壶摔在他那狗头上。祝福我的灵魂！

众鸟嘤鸣其相和兮，

临清流之潺湲，

展蔷薇之芳茵兮，

缀百花以为环。

上帝可怜我！我真的要哭出来啦。

众鸟嘤鸣其相和兮，

余独处乎巴比伦，缀百花以为环兮，

临清流——

忒 修 斯 美丽的希波吕忒，现在我们的婚期已快要临近了，再过四天幸福的日子，新月便将出来；但是，唉！这个旧的月亮消逝得多么慢，她耽延了我的希望，像一个老而不死的后母或寡妇，尽是消耗着年轻人的财产。

希波吕忒 四个白昼很快地便将成为黑夜，四个黑夜很快地可以在梦中消度过去，那时月亮便将像新弯的银弓一样，在天上临视我们的良宵。

告诉我爱情生长在何方?
还是在脑海? 还是在心房?
它怎样发生? 它怎样成长?
回答我,回答我。
爱情的火在眼睛里点亮,
凝视是爱情生活的滋养,
它的摇篮便是它的坟茔。
让我们把爱的丧钟鸣响,
丁当! 丁当!
丁当! 丁当!

故事发生在维洛那名城,
　　有两家门第相当的巨族,
累世的宿怨激起了新争,
　　鲜血把市民的白手污渎。
是命运注定这两家仇敌,
　　生下了一双不幸的恋人,
他们的悲惨凄凉的殒灭,
　　和解了他们交恶的尊亲。
这一段生生死死的恋爱,
　　还有那两家父母的嫌隙,
把一对多情的儿女杀害,
　　演成了今天这一本戏剧。
交代过这几句挈领提纲,
请诸位耐着心细听端详。

好,上帝和你们同在! 现在我只剩一个人了。啊,我是一个
多么不中用的蠢才! 这一个伶人不过在一本虚构的故事、一场激昂
的幻梦之中,却能够使他的灵魂融化在他的意象里,在它的影响之
下,他的整个的脸色变成惨白,他的眼中洋溢着热泪,他的神情流
露着仓皇,他的声音是这么呜咽凄凉,他的全部动作都表现得和他
的意象一致,这不是极其不可思议的吗? 而且一点也不为了什么!

温莎的风流娘儿们

剧中人物

约翰·福斯塔夫爵士

范　顿　少年绅士

夏　禄　乡村法官

斯 兰 德　夏禄的侄儿

福　　德 ⎫
培　　琪 ⎭ 温莎的两个绅士

威廉·培琪　培琪的幼子

休·爱文斯师傅　威尔士籍牧师

卡厄斯医生　法国籍医生

嘉德饭店的店主

巴 道 夫 ⎫
毕斯托尔 ⎬ 福斯塔夫的从仆
尼　　姆 ⎭

罗　宾　福斯塔夫的侍童

辛 普 儿　斯兰德的仆人

勒 格 比　卡厄斯医生的仆人

福德大娘

培琪大娘

安·培琪　培琪的女儿，与范顿相恋

快嘴桂嫂　卡厄斯医生的女仆

培琪、福德两家的仆人及其他

地　点

温莎及其附近

第 一 幕

第一场　温莎·培琪家门前

夏禄、斯兰德及爱文斯上。

夏　禄　休师傅，别劝我，我一定要告到御前法庭去；就算他是二十个约翰·福斯塔夫爵士，他也不能欺侮夏禄老爷。

斯兰德　夏禄老爷是葛罗斯特郡的治安法官，而且还是个探子呢。

夏　禄　对了，侄儿，还是个"推事"呢。

斯兰德　对了，还是个"瘫子"呢；牧师先生，我告诉您吧，他出身就是个绅士，签起名来，总是要加上"大人"两个字，无论什么公文、笔据、帐单、契约，写起来总是"夏禄大人"。

夏　禄　对了，这三百年来，一直都是这样。

斯兰德　他的子孙在他以前就是这样写了，他的祖宗在他以后也可以这样写；他们家里那件绣着十二条白梭子鱼的外套可以作为证明。

夏　禄　那是一件古老的外套。

爱文斯　一件古老的外套上有着十二条白虱子，那真是相得益彰了；白虱是人类的老朋友，也是亲爱的象征。

夏　禄　不是白虱子，是淡水河里的"白梭子"鱼，我那古老的外套上，古老的纹章上，都有十二条白梭子鱼。

斯兰德　这十二条鱼我都可以"借光"，叔叔。

夏　禄　你可以，你结了婚之后可以借你妻家的光。

爱文斯　家里的钱财都让人借个光，这可坏事了。

夏　禄　没有的事儿。

爱文斯　可坏事呢，圣母娘娘。要是你有四条裙子，让人"借光"了，那你就一条也不剩了。可是闲话少说，要是福斯塔夫爵士有什么地方得罪了您，我是个出家人，方便为怀，很愿意尽力替你们两位和解和解。

夏　禄　我要把这事情告到枢密院去，这简直是暴动。

爱文斯　不要把暴动的事情告诉枢密院，暴动是不敬上帝的行为。枢密院希望听见人民个个敬畏上帝，不喜欢听见有什么暴动；您还是考虑考虑吧。

夏　禄　嘿！他妈的！要是我再年轻点儿，一定用刀子跟他解决。

爱文斯　冤家宜解不宜结，还是大家和和气气的好。我脑子里还有一个计划，要是能够成功，倒是一件美事。培琪大爷有一位女儿叫安，她是一个标致的姑娘。

斯兰德　安小姐吗？她有一头棕色的头发，说起话来细声细气，像个娘儿们似的。

爱文斯　正是这位小姐，没有错的，这样的人儿你找不出第二个来。她的爷爷临死的时候——上帝接引他上天堂享福！——留给她七百镑钱，还有金子银子，等她满了十七岁，这笔财产就可以到她手里。我们现在还是把那些吵吵闹闹的事情搁在一旁，想法子替斯兰德少爷和安·培琪小姐作个媒吧。

夏　禄　她的爷爷留给她七百镑钱吗？

爱文斯　是的，还有她父亲给她的钱。

夏　禄　这姑娘我也认识，她的人品倒不错。

爱文斯　七百镑钱还有其他的妆奁，那还会错吗？

夏　禄　好，让我们去瞧瞧培琪大爷吧。福斯塔夫也在里边吗？

爱文斯　我能向您说谎吗？我顶讨厌的就是说谎的人，正像我讨厌说假话的人或是不老实的人一样。约翰爵士是在里边，请您看在大家朋友分上，忍着点儿吧。让我去打门。（敲门）喂！有人吗？上帝祝福你们这一家！

培　琪　（在内）谁呀？

爱文斯　上帝祝福你们，是您的朋友，还有夏禄法官和斯兰德少爷，我们要跟您谈些事情，也许您听了会高兴的。（培琪上）

培　琪　我很高兴看见你们各位的气色都这样好。夏禄老爷，我还要谢谢您的鹿肉呢！

夏　禄　培琪大爷，我很高兴看见您，您心肠好，福气一定也好！这鹿是给人乱刀杀死的，所以鹿肉弄得实在不成样子，您别见笑。嫂夫人好吗？——我从心坎里谢谢您！

培　琪　我才要谢谢您哪。

夏　禄　我才要谢谢您；干脆一句话，我谢谢您。

培　琪　斯兰德少爷，我很高兴看见您。

斯兰德　培琪大叔，您那头黄毛的猎狗怎么样啦？听说它在最近的赛狗会上跑不过人家，有这回事吗？

培　琪　那可不能这么说。

斯兰德　您还不肯承认，您还不肯承认。

夏　禄　他当然不肯承认的；这倒是很可惜的事，这倒是很可惜的事。那是一只好狗哩。

培　琪	是一只不中用的畜生。
夏　禄	不，它是一只好狗，很漂亮的狗；那还用说吗？它又好又漂亮。福斯塔夫爵士在里边吗？
培　琪	他在里边；我很愿意给你们两位彼此消消气。
爱 文 斯	真是一个好基督徒说的话。
夏　禄	培琪大爷，他侮辱了我。
培　琪	是的，他自己也有几分认错。
夏　禄	认了错不能就算完事呀，培琪大爷，您说是不是？他侮辱了我；真的，他侮辱了我；一句话，他侮辱了我；你们听着，夏禄老爷说，他被人家侮辱了。
培　琪	约翰爵士来啦。

福斯塔夫、巴道夫、尼姆、毕斯托尔上。

福斯塔夫	喂，夏禄老爷，您要到王上面前去告我吗？
夏　禄	爵士，你打了我的用人，杀了我的鹿，闯进我的屋子里。
福斯塔夫	可是没有吻过你家看门人女儿的脸吧？
夏　禄	他妈的，什么话！我一定要跟你算账。
福斯塔夫	明人不做暗事，这一切事都是我干的。现在我回答了你啦。
夏　禄	我要告到枢密院去。
福斯塔夫	我看你还是告到后门口去吧，也免得人家笑话你。
爱 文 斯	少说几句吧，约翰爵士；大家好言好语不好吗？
福斯塔夫	好言好语！我倒喜欢好酒好肉呢。斯兰德，我要捶碎你的头；你也想跟我算账吗？
斯 兰 德	呃，爵士，我也想跟您还有您那几位专欺负人的兔崽子流氓跟班，巴道夫、尼姆和毕斯托尔，算一算账呢。他们带我到酒店里去，把我灌了个醉，偷了我的钱袋。
巴 道 夫	你这又酸又臭的干酪！
斯 兰 德	好，随你说吧。
毕斯托尔	喂，枯骨鬼！
斯 兰 德	好，随你说吧。
尼　姆	喂，风干肉片！这别号我给你取得好不好？
斯 兰 德	我的跟班辛普儿呢？叔叔，您知道吗？
爱 文 斯	请你们大家别闹，让我们来看：关于这一场争执，我知道已经有了三位公证人，第一位是培琪大爷，第二位是我自己，第三位也就是最后

一位，是嘉德饭店的老板。

培　琪　咱们三个人要听一听两方面的曲直，替他们调停出一个结果来。

爱 文 斯　很好，让我先在笔记簿上把要点记下来，然后我们可以仔细研究出一个方案来。

福斯塔夫　毕斯托尔！

毕斯托尔　他用耳朵听见了。

爱 文 斯　见他妈的鬼！这算什么话，"他用耳朵听见了"？嘿，这简直是矫揉造作。

福斯塔夫　毕斯托尔，你有没有偷过斯兰德少爷的钱袋？

斯 兰 德　凭着我这双手套起誓，他偷了我七个六便士的锯边银币，还有两个爱德华时代的银币，我用每个两先令两便士的价钱换来的。倘然我冤枉了他，我就不叫斯兰德。

福斯塔夫　毕斯托尔，这是真事吗？

爱 文 斯　不，扒人家的口袋是见不得人的事。

毕斯托尔　嘿，你这个威尔士山地的生番！——我的主人约翰爵士，我要跟这把锈了的"小刀子"拼命。你这两片嘴唇说的全是假话！全是假话！你这不中用的人渣，你在说谎！

斯 兰 德　那么我赌咒一定是他。

尼　姆　说话留点儿神吧，朋友，大家客客气气。你要是想在太岁头上动土，咱老子可也不是好惹的。我要说的话就是这几句。

斯 兰 德　凭着这顶帽子起誓，那么一定是那个红脸的家伙偷的。我虽然不记得我给你们灌醉以后做了些什么事，可是我还不是一头十足的驴子哩。

福斯塔夫　你怎么说，红脸儿？

巴 道 夫　我说，这位先生一定是喝酒喝昏了胆子啦。

爱 文 斯　应该是喝酒喝昏了"头"；呸，可见得真是无知！

巴 道 夫　他喝得昏昏沉沉，于是就像人家所说的，"破了财"，结果倒怪到我头上来了。

斯 兰 德　那天你还说着拉丁文呢；好，随你们怎么说吧，我这回受了骗，以后再不喝醉了；我要是喝酒，一定跟规规矩矩敬重上帝的人在一起喝，决不再跟这种坏东西在一起喝了。

爱 文 斯　好一句有志气的话！

福斯塔夫　各位先生，你们听他什么都否认了，你们听。

安·培琪持面具，及福德大娘，培琪大娘同上。

培　琪　不，女儿，你把酒拿进去，我们就在里面喝酒。（安·培琪下）

斯兰德　天啊！这就是安小姐。

培　琪　您好，福德嫂子！

福斯塔夫　福德大娘，我今天能够碰见您，真是三生有幸；恕我冒昧，好嫂子。
　　　　　吻福德大娘。

培　琪　娘子，请你招待招待各位客人。来，我们今天烧好一盘滚热的鹿肉馒
　　　　头，要请诸位尝尝新。来，各位朋友，我希望大家一杯在手，旧怨全
　　　　忘。（除夏禄、斯兰德、爱文斯外皆下）

斯兰德　我宁愿要一本诗歌和十四行集，即使现在有人给我四十个先令。
　　　　辛普儿上。

斯兰德　啊，辛普儿，你到哪儿去了？难道我必须自己服侍自己吗？你有没有
　　　　把那本猜谜的书带来？

辛普儿　猜谜的书！怎么，您不是在上一次万圣节时候，米迦勒节的前两个星
　　　　期，把它借给矮笃笃艾丽丝了吗？

夏　禄　来，侄儿，来，侄儿，我们等着你呢。侄儿，我有句话要对你说，是
　　　　这样的，侄儿，刚才休师傅曾经隐约提起过这么一个意思；你懂得我
　　　　的意思吗？

斯兰德　喂，叔叔，我是个好说话的人；只要是合理的事，我总是愿意的。

夏　禄　不，你听我说。

斯兰德　我在听着您哪，叔叔。

爱文斯　斯兰德少爷，听清他的意思；您要是愿意的话，我可以把这件事情向
　　　　您解释。

斯兰德　不，我的夏禄叔叔叫我怎么做，我就怎么做。请您原谅，他是个治安
　　　　法官，谁人不知，哪个不晓？

爱文斯　不是这个意思，我们现在所要谈的，是关于您的婚姻问题。

夏　禄　对了，就是这一回事。

爱文斯　就是这一回事，我们要给您跟培琪小姐作个媒。

斯兰德　噢，原来是这么一回事，只要条件合理，我总可以答应娶她的。

爱文斯　可是您能不能喜欢这一位姑娘呢？我们必须从您自己嘴里——或者从
　　　　您自己的嘴唇里——有些哲学家认为嘴唇就是嘴的一部分——知道您
　　　　的意思，所以请您明明白白地回答我们，您能不能对这位姑娘发生好
　　　　感呢？

夏　禄　斯兰德贤侄，你能够爱她吗？

斯兰德　叔叔，我希望我总是照着道理去做。

爱文斯　嗳哟，天上的爷爷奶奶们！您一定要讲得明白点儿，您想不想要她？

夏　禄　你一定要明明白白地讲。要是她有很丰盛的妆奁，你愿意娶她吗？

斯兰德　叔叔，您叫我做的事，只要是合理的，比这更重大的事我也会答应下来。

夏　禄　不，你得明白我的意思，好侄儿；我所做的事，完全是为了你的幸福。你能够爱这姑娘吗？

斯兰德　叔叔，您叫我娶她，我就娶她；也许在气头的时候彼此之间没有多大的爱情，可是结过了婚以后，大家慢慢地互相熟悉起来，日久生厌，也许爱情会自然而然地一天不如一天。可是只要您说一声"跟她结婚"，我就跟她结婚，这是我的反复无常的决心。

爱文斯　这是一个很明理的回答，虽然措辞有点不妥，应该说"不可动摇"才对。他的意思是很好的。

夏　禄　嗯，我的侄儿的意思是很好的。

斯兰德　要不然的话，我就是个该死的畜生了！

夏　禄　安小姐来了。

　　　　　　安·培琪重上。

夏　禄　安小姐，为了您的缘故，我但愿自己再年轻起来。

安　　酒菜已经预备好了，家父叫我来请各位进去。

夏　禄　我愿意奉陪，好安小姐。

爱文斯　嗳哟！念起餐前祈祷来，我可不能缺席哩。（夏禄、爱文斯下）

安　　斯兰德世兄，您也请进吧。

斯兰德　不，谢谢您，真的，托福托福。

安　　大家都在等着您哪。

斯兰德　我不饿，我真的谢谢您。喂，你虽然是我的跟班，还是进去侍候我的夏禄叔叔吧。（辛普儿下）一个治安法官有时候也要仰仗他的朋友，借他的跟班来伺候自己。现在家母还没有死，我随身只有三个跟班一个童儿，可是这算得上什么呢？我的生活还是过得一点也不舒服。

安　　您要是不进去，那么我也不能进去了；他们都要等您到了才坐下来呢。

斯兰德　真的，我不要吃什么东西；可是我多谢您的好意。

安　　世兄，请您进去吧。

斯兰德　我还是在这儿走走的好，我谢谢您。我前天跟一个击剑教师比赛刀剑，三个回合赌一碟蒸熟的梅子，结果把我的胫骨也弄伤了；不瞒您说，从此以后，我闻到烧热的肉的味道就受不了。你家的狗为什么叫得这样厉害？

城里有熊吗？

安 我想是有的，我听见人家说过。

斯兰德 逗着熊玩儿是很有意思的，不过我也像别的英国人一样反对这玩意儿。您要是看见关在笼子里的熊逃了出来，您怕不怕？

安 我怕。

斯兰德 我现在可把它当作家常便饭一样，不觉得什么稀罕了。我曾经看见花园里那头著名的萨克逊大熊逃出来二十次，我还亲手拉住它的链条。可是我告诉您吧，那些女人们一看见了，就哭呀叫呀地闹得天翻地覆；实在说起来，也难怪她们受不了，那些畜生都是又难看又粗暴的家伙。

培琪重上。

培 琪 来，斯兰德少爷，来吧，我们等着您呢。

斯兰德 我不要吃什么东西，我谢谢您。

培 琪 这怎么可以呢？您不吃也得吃，来，来。

斯兰德 那么您先请吧。

培 琪 您先请。

斯兰德 安小姐，还是您先请。

安 不，您别客气了。

斯兰德 真的，我不能走在你们前面；真的，那不是太无礼了吗？

安 您何必这样客气呢？

斯兰德 既然这样，与其让你们讨厌，还是失礼的好。你们可不能怪我放肆呀。

（同下）

第二场 同 前

爱文斯及辛普儿上。

爱文斯 你去打听打听，有一个卡厄斯大夫住在哪儿；他的家里有一个叫做快嘴桂嫂的，是他的看护，或者是他的保姆，或者是他的厨娘，或者是帮他洗洗衣服的女人。

辛普儿 好的，师傅。

爱文斯 慢着，还有更要紧的话哩。你把这封信交给她，因为她跟培琪家小姐是很熟悉的，这封信里的意思，就是要请她代你的主人向培琪家小姐传达他的爱慕之忱。请你快点儿去吧，我饭还没有吃完，还有一道苹果跟干酪在后头呢。（各下）

第三场　嘉德饭店中一室

福斯塔夫、店主、巴道夫、尼姆、毕斯托尔及罗宾上。

福斯塔夫　店主东！

店　　主　怎么说，我的老狐狸？要说得像有学问的人、像个聪明人。

福斯塔夫　不瞒你说，我要辞掉一两个跟班啦。

店　　主　好，我的巨人，叫他们滚蛋，滚蛋！滚蛋！

福斯塔夫　尽是坐着吃饭，我一个星期也要花上十镑钱。

店　　主　当然喽，你就像个皇帝，像个凯撒，像个土耳其宰相。我可以把巴道
　　　　　夫收留下来，让他做个酒保，你看好不好，我的大英雄？

福斯塔夫　老板，那好极啦。

店　　主　那么就这么办，叫他跟我来吧。（巴道夫）让我看到你会把酸酒当作好
　　　　　酒卖。我不多说了；跟我来吧。（下）

福斯塔夫　巴道夫，跟他去。酒保也是一种很好的行业。旧外套可以改做新褂
　　　　　子；一个不中用的跟班，也可以变成一个出色的酒保。去吧，再见。

巴道夫　　这种生活我正是求之不得，我一定会从此交运。

毕斯托尔　哼，没出息的东西！你要去开酒桶吗？（巴道夫下）

尼　　姆　这个糊涂爷娘生下来的窝囊废！我这随口而出的话妙不妙？

福斯塔夫　我很高兴把这火种这样打发走了；他的偷窃太公开啦，他在偷偷摸摸
　　　　　的时候，就像一个不会唱歌的人一样，一点不懂得轻重快慢。

尼　　姆　做贼的惟一妙诀，是看准下手的时刻。

毕斯托尔　聪明的人把它叫做"不告而取"。"做贼"！啐！好难听的话儿！

福斯塔夫　孩子们，我快要穷得鞋子都没有后跟啦。

毕斯托尔　好，那么就让你的脚跟上长起老大的冻疮来吧。

福斯塔夫　没有法子，我必须想个办法，捞一些钱来。

毕斯托尔　小乌鸦们不吃东西也是不行的呀。

福斯塔夫　你们有谁知道本地有一个叫福德的家伙？

毕斯托尔　我知道那家伙，他很有几个钱。

福斯塔夫　我的好孩子们，现在我要把我肚子里的计划怎么长怎么短都告诉你们。

毕斯托尔　你这肚子两码都不止吧。

福斯塔夫　休得取笑，毕斯托尔！我这腰身的确在两码左右，可是谁跟你谈我的
　　　　　大腰身来着，我倒是想谈谈人家的小腰身呢——这一回，我谈的是进

账，不是出账。说得干脆些，我想去吊福德老婆的膀子。我觉得她对我很有几分意思；她跟我讲话的那种口气，她向我卖弄风情的那种姿势，还有她那一瞟一瞟的脉脉含情的眼光，都好像在说，"我的心是福斯塔夫爵士的。"

毕斯托尔 你果然把她的心理研究得非常透彻，居然把它一个字一个字地解释出来啦。

尼　姆 抛锚抛得好深啊；我这随口而出的话好不好？

福斯塔夫 听说她丈夫的钱都是她一手经管的；他有数不清的钱藏在家里。

毕斯托尔 财多招鬼忌，咱们应该去给他消灾；我说，向她进攻吧！

尼　姆 我的劲头儿上来了；很好，快拿金钱来给我消消灾吧。

福斯塔夫 我已经写下一封信在这儿预备寄给她；这儿还有一封，是写给培琪老婆的，她刚才也向我眉目传情，她那双水汪汪的眼睛一霎不霎地望着我身上的各部分，一会儿瞧瞧我的脚，一会儿瞧瞧我的大肚子。

毕斯托尔 正好比太阳照在粪堆上。

尼　姆 这个比喻打得好极了！

福斯塔夫 啊！她用贪馋的神气把我从上身望到下身，她的眼睛里简直要喷出火来炙我。这一封信是给她的。她也经管着钱财，她就像是一座取之不竭的金矿。我要去接管她们两人的全部富源，她们两人便是我的两个国库；她们一个是东印度，一个是西印度，我就在这两地之间开辟我的生财大道。你给我去把这信送给培琪大娘；你给我去把这信送给福德大娘。孩子们，咱们从此可以有舒服日子过啦！

毕斯托尔 我身边佩着钢刀，是个军人，你倒要我给你拉皮条吗？鬼才干这种事！

尼　姆 这种龌龊的事情我也不干；把这封宝贝信拿回去吧。我的名誉要紧。

福斯塔夫 （向罗宾）来，小鬼，你给我把这两封信送去，小心别丢了。你就像我的一艘快船一样，赶快开到这两座金山的脚下去吧。（罗宾下）你们这两个混蛋，一起给我滚吧！再不要让我看见你们的影子！像狗一样爬得远远的，我这里容不了你们。滚！这年头儿大家都要讲究个紧缩，福斯塔夫也要学学法国人的算计，留着一个随身的童儿，也就够了。（下）

毕斯托尔 让饿老鹰把你的心肝五脏一起抓了去！你用假骰子到处诈骗人家，看你作孽到几时！等你有一天穷得袋里一个子儿都没有的时候，再瞧瞧老子是不是一定要靠着你才得活命，这万恶不赦的老贼！

尼　姆 我心里正在转着一个念头，我要复仇。

毕斯托尔 你要复仇吗？

尼　　姆　　天日在上，此仇非报不可！

毕斯托尔　用计策还是用武力？

尼　　姆　　两样都要用；我先去向培琪报告，有人正在勾搭他的老婆。

毕斯托尔　我就去叫福德加倍留神，说福斯塔夫，那混账东西，想把他的财产一口侵吞，还要占夺他的美貌娇妻。

尼　　姆　　我的脾气是想到就做，我要去煽动培琪，让他心里充满了醋意，叫他用毒药毒死这家伙。谁要是对我不起，让他知道咱老子也不是好惹的；这就是我生来的脾气。

毕斯托尔　你就是个天煞星，我愿意跟你合作，走吧。（同下）

第四场　卡厄斯医生家中一室

快嘴桂嫂及辛普儿上。

桂　　嫂　　喂，勒格比！

勒格比上。

桂　　嫂　　请你到窗口去瞧瞧看，咱们这位东家来了没有；要是他来了，看见屋子里有人，一定又要给他用蹩脚的伦敦官话，把我昏天黑地骂一顿。

勒格比　好，我去看看。

桂　　嫂　　去吧，今天晚上等我们玩罢了火，我请你喝杯酒。（勒格比下）他是一个老实的听话的和气的家伙，你找不到第二个像他这样的仆人；他又不会说长道短，也不会搬弄是非；他的惟一的缺点，就是太喜欢祷告了，他祷告起来，简直像个呆子，可是谁都有几分错处，那也不用说它了。你说你的名字叫辛普儿吗？

辛普儿　是，人家就这样叫我。

桂　　嫂　　斯兰德少爷就是你的主人吗？

辛普儿　正是。

桂　　嫂　　他不是留着一大把胡须，像手套商的削皮刀吗？

辛普儿　不，他只有一张小小的、白白的脸，略微有几根黄胡子。

桂　　嫂　　他是一个很文弱的人，是不是？

辛普儿　是的，可是在那个地段里，真要比起力气来，他也不怕人家；他曾经跟看守猎苑的人打过架呢。

桂　　嫂　　你怎么说？——啊，我记起来啦！他不是走起路来大摇大摆，把头抬得高高的吗？

辛普儿　对了，一点不错，他正是这样子。

桂　嫂　好，天老爷保佑培琪小姐嫁到这样一位好郎君吧！你回去对休牧师先生
　　　　　说，我一定愿意尽力帮你家少爷的忙。安是个好孩子，我但愿——

　　　　　　　勒格比重上。

勒格比　不好了，快出去，我们老爷来啦！

桂　嫂　咱们大家都要挨一顿臭骂了。这儿来，好兄弟，赶快钻到这个壁橱里
　　　　　去。（将辛普儿关在壁橱内）他一会儿就要出去的。喂，勒格比！喂，你在
　　　　　哪里？勒格比，你去瞧瞧老爷去，他现在还不回来，不知道人好不好。
　　　　　（勒格比下，桂嫂唱歌）得儿郎当，得儿郎当……

　　　　　　　卡厄斯上。

卡厄斯　你在唱些什么？我讨厌这种玩意儿。请你快给我到壁橱里去，把一只匣
　　　　　子，一只绿的匣子，给我拿来；听见我的话吗？一只绿的匣子。

桂　嫂　好，好，我就去给您拿来。（旁白）谢天谢地他没有自己去拿，要是给他
　　　　　看见了壁橱里有一个小伙子，他一定要暴跳如雷了。

卡厄斯　快点，快点！天气热得很哪。我有要紧的事，就要到宫廷里去。

桂　嫂　是这一个吗，老爷？

卡厄斯　对了，给我放在口袋里，快点。勒格比那个混蛋呢？

桂　嫂　喂，勒格比！勒格比！

　　　　　　　勒格比重上。

勒格比　有，老爷。

卡厄斯　勒格比，把剑拿来，跟我到宫廷里去。

勒格比　剑已经放在门口了，老爷。

卡厄斯　我已经耽搁得太久了。——该死！我又忘了！壁橱里还有点儿药草，一
　　　　　定要带去。

桂　嫂　（旁白）糟了！他看见了那个小子，一定要发疯哩。

卡厄斯　见鬼！见鬼！什么东西在我的壁橱里？——混蛋！狗贼！（将辛普儿拖出）
　　　　　勒格比，把我的剑拿来！

桂　嫂　好老爷，请您息怒吧！

卡厄斯　我为什么要息怒？嘿！

桂　嫂　这个年轻人是个好人。

卡厄斯　是好人躲在我的壁橱里干什么？躲在我的壁橱里，就不是好人。

桂　嫂　请您别发这么大的脾气。老实告诉您吧，是休牧师叫他来找我的。

卡厄斯　好。

辛普儿	正是，休牧师叫我来请这位大娘——
桂　嫂	你不要说话。
卡厄斯	闭住你的嘴！——你说吧。
辛普儿	请这位大娘替我家少爷去向培琪家小姐说亲。
桂　嫂	真的，只是这么一回事。可是我才不愿多管这种闲事，把手指头伸到火里去呢；跟我又没有什么相干。
卡厄斯	是休牧师叫你来的吗？——勒格比，拿张纸来。你再等一会儿。（写信）
桂　嫂	我很高兴他今天这么安静，要是他真的动起怒来，那才会吵得日月无光呢。可是别管他，我一定尽力帮你家少爷的忙；不瞒你说，这个法国医生，我的主人——我可以叫他做我的主人，因为你瞧，我替他管屋子，还给他洗衣服、酿酒、烘面包、扫地擦桌、烧肉烹茶、铺床叠被，什么都是我一个人做的——
辛普儿	一个人做这么多事，真太辛苦啦。
桂　嫂	你替我想想，真把人都累死了，天一亮就起身，老晚才睡觉；可是这些话也不用说了，让我悄悄地告诉你，你可不许对人家说，我那个东家他自己也爱着培琪家小姐；可是安的心思我是知道的，她的心既不在这儿也不在那儿。
卡厄斯	猴崽子，你去把这封信交给休牧师，这是一封挑战书，我要在林苑里割断他的喉咙；我要教训教训这个猴崽子的牧师，问他以后还多管闲事不管。你去吧，你留在这儿没有好处。哼，我要把他那两颗睾丸一起割下来，连一颗也不剩。（辛普儿下）
桂　嫂	唉！他也不过帮他朋友说句话罢了。
卡厄斯	我可不管；你不是对我说安·培琪一定会嫁给我的吗？哼，我要是不把那个狗牧师杀掉，我就不是个人；我要叫嘉德饭店的老板替我们做公证人。哼，我要是不娶安·培琪为妻，我就不是个人。
桂　嫂	老爷，那姑娘喜欢您哩，包您万事如意。人家高兴嚼嘴嚼舌，就让他们去嚼吧。真是哩！
卡厄斯	勒格比，跟我到宫廷去。哼，要是我娶不到安·培琪为妻，我不把你赶出门，我就不是个人。跟我来，勒格比。（卡厄斯、勒格比同下）
桂　嫂	呸！做你的梦！安的心思我是知道的；在温莎这地方，谁也没有像我一样明白安的心思了；谢天谢地，她也只肯听我的话，别人的话她才不理呢。
范　顿	（在内）里面有人吗？喂！
桂　嫂	谁呀？进来吧。

范顿上。

范顿 啊，大娘，你好哇？

桂嫂 多承大爷问起，托福托福。

范顿 有什么消息？安小姐近来好吗？

桂嫂 凭良心说，大爷，她真是一位又标致、又端庄、又温柔的好姑娘；范顿大爷，我告诉您吧，她很佩服您哩，谢天谢地。

范顿 看起来我有几分希望吗？我的求婚不会失败吗？

桂嫂 真的，大爷，什么事情都是天老爷注定了的；可是，范顿大爷，我可以发誓她是爱您的。您的眼皮上不是长着一颗小疙瘩吗？

范顿 是有颗疙瘩，那便怎样呢？

桂嫂 哦，这上面就有一段话呢。真的，我们这位小安就像换了个人似的，我们讲那颗疙瘩足足讲了一个钟点。人家讲的笑话一点不好笑，那姑娘讲的笑话才叫人打心窝里笑出来呢。可是我可以跟无论什么人打赌，她是个顶规矩的姑娘。她近来也实在太喜欢一个人发呆了，老像在想着什么心事似的。至于讲到您——那您尽管放心吧。

范顿 好，我今天要去看她。这几个钱请你收下，多多拜托你帮我说句好话。要是你比我先看见她，请你替我向她致意。

桂嫂 那还用说吗？下次要是有机会，我还要给您讲起那个疙瘩哩；我也可以告诉您还有些什么人在转她的念头。

范顿 好，回头见；我现在还有要事，不多谈了。

桂嫂 回头见，范顿大爷。（范顿下）这人是个规规矩矩的绅士，可是安并不爱他，谁也不及我更明白安的心思了。该死！我又忘了什么啦？（下）

第 二 幕

第一场 培琪家门前

培琪大娘持书信上。

培琪大娘 什么！我在年轻貌美的时候，都不曾收到过什么情书，现在倒有人写起情书来给我了吗？让我来看："不要问我为什么我爱你；因为爱情虽然会用理智来作诊治相思的药饵，它却是从来不听理智的劝告的。你并不年轻，我也是一样；好吧，咱们同病相怜。你爱好风流，我也是一样；哈哈，那尤其是同病相怜。你喜欢喝酒，我也是一样；咱们俩岂不是天生的一对？要是一个军人的爱可以使你满足，那么培琪大娘，你也可以心满意足了，因为我已经把你爱上了。我不愿意说，可怜我吧，因为那不是一个军人所应该说的话；可是我说，爱我吧。愿意为你赴汤蹈火的，你的忠心的骑士，约翰·福斯塔夫上。"好一个胆大妄为的狗贼！嗳哟，万恶的万恶的世界！一个快要老死了的家伙，还要自命风流！真是见鬼！这个酒鬼究竟从我的谈话里抓到了什么出言不检的地方，竟敢用这种话来试探我？我还没有见过他三次面呢！我应该怎样对他说呢？那个时候，上帝饶恕我！我也只是说说笑笑罢了。哼，我要到议会里去上一个条陈，请他们把那班男人一概格杀勿论。我应该怎样报复他呢？我这一口气非出不可，这是不用问的，就像他的肠子都是用布丁做的一样。

福德大娘上。

福德大娘 培琪嫂子！我正要到您府上来呢。

培琪大娘 我也正要到您家里去呢。您脸色可不大好看呀。

福德大娘 那我可不信，我应该满面红光才是呢。

培琪大娘 说真的，我觉得您脸色可不大好看。

福德大娘 好吧，就算不大好看吧；可是我得说，我本来可以让您看到满面红光的。啊，培琪嫂子！您给我出个主意吧。

培琪大娘 什么事，大姊？

福德大娘 啊，大姊，我倘不是因为觉得这种事情太不好意思，我就可以富贵起来啦！

培琪大娘 大姊，管他什么好意思不好意思，富贵起来不好吗？是怎么一回事？——别理会什么不好意思；是怎么一回事？

福德大娘　我只要高兴下地狱走一趟，我就可以封爵啦。

培琪大娘　什么？你在胡说。爱丽·福德爵士！现在这种爵士满街都是，你还是不用改变你的头衔吧。

福德大娘　废话少说，你读一读这封信；你瞧了以后，就可以知道我怎样可以封起爵来。从此以后，只要我长着眼睛，还看得清男人的模样儿，我要永远瞧不起那些胖子。可是他当着我们的面，居然不曾咒天骂地，居然赞美贞洁的女人，居然装出那么正经的样子，自称从此再也不干那种种荒唐的事了；我还真想替他发誓，他说这话是真心诚意的；谁知他说的跟他做的根本碰不到一块儿，就像圣洁的赞美诗和下流的小曲儿那样天差地别。是哪一阵暴风把这条肚子里装着许多吨油的鲸鱼吹到了温莎的海岸上来？我应该怎样报复他呢？我想最好的办法是假意敷衍他，却永远不让他达到目的，直等罪恶的孽火把他熔化在他自己的脂油里。你有没有听见过这样的事情？

培琪大娘　你有一封信，我也有一封信，就是换了个名字！你不用只管揣摩，怎么会让人家把自己看得这样轻贱；请你大大地放心，瞧吧，这是你那封信的孪生兄弟——不过还是让你那封信做老大，我的信做老二好了，我决不来抢你的地位。我敢说，他已经写好了一千封这样的信，只要在空白的地方填下了姓名，就可以寄给人家；也许还不止一千封，咱们的已经是再版的了。他一定会把这种信刻成版子印起来的，因为他会把咱们两人的名字都放上去，可见他无论刻下了些什么乱七八糟的东西，都会一样不在乎。我要是跟他在一起睡觉，还是让一座山把我压死了吧。嘿，你可以找到二十只贪淫的乌龟，却不容易找到一个规规矩矩的男人。

福德大娘　嗳哟，这两封信简直是一个印出来的，同样的笔迹，同样的字句。他到底把我们看做什么人啦？

培琪大娘　那我可不知道；我看见了这样的信，真有点儿自己不相信自己起来了。以后我一定得留心察看自己的行动，因为他要是不在我身上看出了一点我自己也不知道的不大规矩的地方，一定不会毫无忌惮到这个样子。

福德大娘　你说他毫无忌惮？哼，我一定要叫他知道厉害。

培琪大娘　我也是这个主意。要是我让他骑到我头上来，我从此不做人了。我们一定要向他报复。让我们约他一个日子相会，把他哄得心花怒放，然后我们采取长期诱敌的计策，只让他闻到鱼儿的腥味，不让他尝到鱼儿的味道，逗得他馋涎欲滴，饿火雷鸣，吃尽当光，把他的马儿都变卖给嘉德饭店的老板为止。

福德大娘 好，为了作弄这个坏东西，我什么恶毒的事情都愿意干，只要对我自己的名誉没有损害。啊，要是我的男人见了这封信，那还了得！他那股醋劲儿才大呢。

培琪大娘 嗳哟，你瞧，他来啦，我的那个也来啦；他是从来不吃醋的，我也从来不给他一点儿可以使他吃醋的理由；我希望他永远不吃醋才好。

福德大娘 那你的运气比我好得多啦。

培琪大娘 我们再商量商量怎样对付这个好色的骑士吧。过来。（二人退后）

福德、毕斯托尔、培琪、尼姆同上。

福　德 我希望不会有这样的事。

毕斯托尔 希望在有些事情上是靠不住的。福斯塔夫在转你老婆的念头哩。

福　德 我的妻子年纪也不小了。

毕斯托尔 他玩起女人来，不论贵贱贫富老少，在他都是一样；只要是女人都配他的胃口。福德，你可留点神吧。

福　德 爱上我的妻子！

毕斯托尔 他心里火一样的热呢。你要是不赶快防备，只怕将来你头上会长什么东西出来，你会得到一个不雅的头衔。

福　德 什么头衔？

毕斯托尔 头上出角的王八哪。再见。偷儿总是乘着黑夜行事的，千万留心门户；否则只怕夏天还没到，郭公就在枝头对你叫了。走吧，尼姆伍长！培琪，他说的都是真话，你不可不信。（下）

福　德 （旁白）我必须忍耐一下，把这事情调查明白。

尼　姆 （问培琪）这是真的，我不喜欢撒谎。他在许多地方对不起我。他本来叫我把那鬼信送给她，可是我就是真没有饭吃，也可以靠我的剑过日子。总而言之一句话，他爱你的老婆。我的名字叫做尼姆伍长，我说的话全是真的；我的名字叫尼姆，福斯塔夫爱你的老婆。天天让我吃那份儿面包干酪，我才没有那么好的胃口呢；我有什么胃口说什么话。再见。（下）

培　琪 （旁白）"有什么胃口说什么话"，这家伙夹七夹八的，不知在讲些什么东西！

福　德 我要去找那福斯塔夫。

培　琪 我从来没有听见过这样一个噜哩噜苏、装腔作势的家伙。

福　　德　要是给我发觉了，哼。

培　　琪　我就不相信这种狗东西的话，虽然城里的牧师还说他是个好人。

福　　德　他的话说得倒很有理，哼。

培　　琪　啊，娘子！

培琪大娘　官人，你到哪儿去？——我对你说。

福德大娘　嗳哟，我的爷！你有了什么心事啦？

福　　德　我有什么心事！我有什么心事？你回家去吧，去吧。

福德大娘　真的，你一定又在转着些什么古怪的念头。培琪嫂子，咱们去吧。

培琪大娘　好，你先请。官人，你今天回来吃饭吗？（向福德大娘旁白）瞧，那边来
　　　　　的是什么人？咱们可以叫她去带信给那个下流的骑士。

福德大娘　我刚才还想起了她，叫她去是再好没有了。

　　　　　　快嘴桂嫂上。

培琪大娘　你是来瞧我的女儿安的吗？

桂　　嫂　正是呀，请问我们那位好安小姐好吗？

培琪大娘　你跟我们一块儿进去瞧瞧她吧；我们还有很多话要跟你讲哩。（培琪大
　　　　　娘、福德大娘及桂嫂同下）

培　　琪　福德大爷，您怎么啦？

福　　德　你听见那家伙告诉我的话没有？

培　　琪　我听见了；还有那个家伙告诉我的话，你听见了没有？

福　　德　你想他们说的话靠得住靠不住？

培　　琪　理他呢，这些狗东西！那个骑士固然不是好人，可是这两个说他意图
　　　　　勾引你、我妻子的人，都是他的革退的跟班，现在没有事做了，什么
　　　　　坏话都会说得出来的。

福　　德　他们都是他的跟班吗？

培　　琪　是的。

福　　德　那倒很好。他住在嘉德饭店里吗？

培　　琪　正是。他要是真想勾搭我的妻子，我可以假作痴聋，给他一个下手的
　　　　　机会，看他除了一顿臭骂之外，还会从她身上得到什么好处。

福　　德　我并不疑心我的妻子，可是我也不放心让她跟别个男人在一起。一个男
　　　　　人太相信他的妻子，也是危险的。我不愿戴头巾，这事情倒不能就这样
　　　　　一笑置之。

培　　琪　瞧，咱们那位爱吵闹的嘉德饭店的老板来了。他瞧上去这样高兴，倘
　　　　　不是喝醉了酒，一定是袋里有了几个钱——

店主及夏禄上。

培琪 老板，您好？

店主 啊，老狐狸！你是个好人。喂，法官先生！

夏禄 我在这儿，老板，我在这儿。晚安，培琪大爷！培琪大爷，您跟我们一块儿去好吗？我们有新鲜的玩意儿看呢。

店主 告诉他，法官先生；告诉他，老狐狸。

夏禄 那个威尔士牧师休·爱文斯跟那个法国医生卡厄斯要有一场决斗。

福德 老板，我跟您讲句话儿。

店主 你怎么说，我的老狐狸？（二人退立一旁）

夏禄 （向培琪）您愿意跟我们一块儿瞧瞧去吗？我们这位淘气的店主已经替他们把剑较量过了，而且我相信已经跟他们约好了两个不同的地方，因为我听人家说那个牧师是个非常认真的家伙。来，我告诉您，我们将要有怎样一场玩意儿。（二人退立一旁）

店主 客人先生，你不是跟我的骑士有点儿过不去吗？

福德 不，绝对没有。我愿意送给您一瓶烧酒，请您让我去见见他，对他说我的名字是白罗克，那不过是跟他开玩笑而已。

店主 很好，我的好汉；你可以自由出入，你说好不好？你的名字就叫白罗克。他是个淘气的骑士哩。诸位，咱们走吧。

夏禄 好，老板，请你带路。

培琪 我听人家说，这个法国人的剑术很不错。

夏禄 这算得了什么！我在年轻时候，也着实来得一手呢。从前这种讲究剑法的，一个站在这边，一个站在那边，你这么一刺，我这么一挥，还有各式各样的名目，我记也记不清楚；可是培琪大爷，顶要紧的毕竟还要看自己有没有勇气。不瞒您说，我从前仗着一把长剑，就可以叫四个高大的汉子抱头鼠窜哩。

店主 喂，孩子们，来！咱们该走了！

培琪 好，你先请吧。我倒不喜欢看他们真的打起来，宁愿听他们吵一场嘴。

（店主、夏禄、培琪同下）

福德 培琪是个胆大的傻瓜，他以为他的老婆一定不会背着他偷汉子，可是我却不能把事情看得这样大意。我的女人在培琪家的时候，他也在那儿，他们两人捣过什么鬼我也不知道。好，我还要仔细调查一下；我要先假扮了去试探试探福斯塔夫。要是侦察的结果，她并没有做过不规矩的事情，那我也可以放下心来；不然的话，也可以不致于给这一对男女蒙在鼓里。（下）

第二场　嘉德饭店中一室

福斯塔夫及毕斯托尔上。

福斯塔夫　我一个子儿也不借给你。

毕斯托尔　那么我要仗着我的宝剑，去打出一条生路来了。你要是答应借给我，我将来一定如数奉还，决不拖欠。

福斯塔夫　一个子儿也没有。我让你把我的面子丢尽，从来不曾跟你计较过；我曾经不顾人家的讨厌，替你和你那个同伙尼姆一次两次三次向人家求情说，否则你们早已像一对大猩猩一样，给他们抓起来关在铁笼子里了。我不惜违背良心，向我那些有身份的朋友们发誓说你们都是很好的军人，堂堂的男子；白律治太太丢了她的扇柄，我还用我的名誉替你辩护，说你没有把它偷走。

毕斯托尔　你不是也分到好处吗？我不是给你十五便士吗？

福斯塔夫　混蛋，一个人总要讲理呀；我难道白白地出卖良心吗？一句话，别尽缠我了，我又不是你的绞刑架，吊在我身边干什么？去吧；一把小刀一堆人！快给我滚回你的贼窠里去吧！你不肯替我送信，你这混蛋！你的名誉要紧！哼，你这死不要脸的东西！连我要保牢我的名誉也谈何容易！就说我自己吧，有时为了没有办法，也只好昧了良心，把我的名誉置之不顾，去干一些偷偷摸摸的勾当；可是像你这样一个衣衫褴褛、野猫一样的面孔，满嘴醉话，动不动赌咒骂人的家伙，却也要讲起什么名誉来了！你不肯替我送信，好，你这混蛋！

毕斯托尔　我现在认错了，难道还不够吗？

罗宾上。

罗　宾　爵爷，外面有一个妇人要见您说话。

福斯塔夫　叫她进来。

快嘴桂嫂上。

桂　嫂　爵爷，您好？

福斯塔夫　你好，大嫂。

桂　嫂　请爵爷别这么呼我。

福斯塔夫　那么称呼你大姑娘。

桂　嫂　我可以给你发誓，当初我刚出娘胎倒是个姑娘——在这一点上我不愧是我妈的女儿。

福斯塔夫	人家发了誓，我还有什么不信的。你有什么事见我？
桂　嫂	我可以跟爵爷讲一两句话吗？
福斯塔夫	好女人，你就是跟我讲两千句话，我也愿意听。
桂　嫂	爵爷，有一位福德娘子，——请您再过来点儿；我自己是住在卡厄斯大夫家里的。
福斯塔夫	好，你说下去吧，你说那位福德娘子——
桂　嫂	爵爷说得一点不错——请您再过来点儿。
福斯塔夫	你放心吧。这儿没有外人，都是自家人，都是自家人。
桂　嫂	真的吗？上帝保佑他们，收留他们做他的仆人！
福斯塔夫	好，你说吧，那位福德娘子——
桂　嫂	嗳哟，爵爷，她真是个好人儿。天哪，天哪！您爵爷是个风流的人儿！但愿天老爷饶恕您，也饶恕我们众人吧！
福斯塔夫	福德娘子，说呀，福德娘子——
桂　嫂	好，干脆一句话，她一见了您，说来也叫人不相信，简直就给您迷住啦；就是女王驾幸温莎的时候，那些头儿脑儿顶儿尖儿的官儿们，也没有您这样中她的意。不瞒您说，那些乘着大马车的骑士们、老爷子们、数一数二的绅士们，去了一辆马车来了一辆马车，一封接一封的信，一件接一件的礼物，他们的身上都用麝香熏得香喷喷的，穿着用金线绣花的绸缎衣服，满口都是文绉绉的话儿，还有顶好的酒、顶好的糖，无论哪个女人都会给他们迷醉的，可是天地良心，她向他们眼睛也不曾眨过一眨。不瞒您说，今天早上人家还想塞给我二十块钱哩，可是我不要这种人家所说的不明不白的钱。说句老实话，就是叫他们中间坐第一把交椅的人来，也休想叫她陪他喝一口酒；可是尽有那些伯爵们呀，女王身边的仆从们呀，一个一个在转她的念头；可是天地良心，她一点不把他们放在眼里。
福斯塔夫	可是她对我说些什么话？说简单一点，我的好牵线人。
桂　嫂	她要我对您说，您的信她接到啦，她非常感激您的好意；她叫我通知您，她的丈夫在十点到十一点钟之间不在家。
福斯塔夫	十点到十一点钟之间？
桂　嫂	对啦，一点不错；她说，您可以在那个时候来瞧瞧您所知道的那幅画像，她的男人不会在家里的。唉！说起她的那位福德大爷来，也真叫人气恨，一位好好的娘子，跟着他才真是倒楣；他是个妒心很重的男人，老是无缘无故跟她寻事。

福斯塔夫　十点到十一点钟之间。大嫂，请你替我向她致意，我一定不失约。

桂　　嫂　嗳哟，您说得真好。可是我还有一个信要带给您，培琪娘子也叫我问候您。让我悄悄地告诉您吧，在温莎这个地方，她也好算得是一位贤惠端庄的好娘子，清早晚上从来不忘记祈祷。她要我对您说，她的丈夫在家的日子多，不在家的日子少，可是她希望总会找到一个机会。我从来不曾看见过一个女人会这么喜欢一个男人；我想您一定有迷人的魔力，真的。

福斯塔夫　哪儿的话，我不过略有一些讨人喜欢的地方而已，怎么会有什么迷人的魔力？

桂　　嫂　您真是太客气啦。

福斯塔夫　可是我还要问你一句话，福德家的和培琪家的两位娘子有没有让彼此知道她们两个人都爱着我一个人？

桂　　嫂　那真是笑话了！她们怎么会这样不害羞把这种事情告诉人呢？要是真有那样的事，才笑死人哩！可是培琪娘子要请您把您那个小童儿送给她，因为她的丈夫很喜欢那个小厮；天地良心，培琪大爷是个好人。在温莎这地方，谁也不及培琪大娘那样享福啦；她爱做什么，就做什么，爱说什么，就说什么，要什么有什么，不愁吃，不愁穿，高兴睡就睡，高兴起来就起来，什么都随她的心；可是天地良心，也是她自己做人好，才会有这样的好福气，在温莎这地方，她是位心肠再好不过的娘子了。您千万要把您那童儿送给她，谁都不能不依她。

福斯塔夫　好，那一定可以。

桂　　嫂　一定这样办吧，您看，他可以在你们两人之间来来去去传递消息；要是有不便明言的事情，你们可以自己商量好了一个暗号，只有你们两人自己心里明白，不必让那孩子懂得，因为小孩子们是不应该知道这些坏事情的，不比上了年纪的人，懂得世事，识得是非，那就不要紧了。

福斯塔夫　再见，请你替我向她们两位多多致意。这几个钱你先拿去，我以后还要重谢你哩。——孩子，跟这位大娘去吧。（桂嫂，罗宾同下）这消息倒害得我心乱如麻。

毕斯托尔　这雌儿是爱神手下的传书鸽，待我追上前去，拉满弓弦，把她一箭射下，岂不有趣！（下）

福斯塔夫　老家伙，你说竟会有这等事吗？真有你的！从此以后，我要格外喜欢你这副老皮囊了。人家真的还会看中你吗？你花费了这许多本钱以后，现在才发起利市来了吗？好皮囊，谢谢你。人家嫌你长得太胖，只要胖得有样子，再胖些又有什么关系！

巴道夫持酒杯上。

巴道夫 爵爷，下面有一位白罗克大爷要见您说话，他说很想跟您交个朋友，特意送了一瓶白葡萄酒来给您解解渴。

福斯塔夫 他的名字叫白罗克吗？

巴道夫 是，爵爷。

福斯塔夫 叫他进来。（巴道夫下）只要有酒喝，管他什么白罗克不白罗克，我都一样欢迎。哈哈！福德大娘，培琪大娘，你们果然给我钓上了吗？很好！很好！

巴道夫偕福德化装重上。

福　德 您好，爵爷！

福斯塔夫 您好，先生！您有什么话要对我说吗？

福　德 素昧平生，就这样前来打搅您，实在冒昧得很。

福斯塔夫 不必客气。请问有何见教？——酒保，你去吧。（巴道夫下）

福　德 爵爷，贱名是白罗克，我是一个素来喜欢随便花钱的绅士。

福斯塔夫 久仰久仰！白罗克大爷，我很希望咱们以后常常来往。

福　德 倘蒙爵爷不弃下交，真是三生有幸；可我决不敢要您破费什么。不瞒爵爷说，我现在总算身边还有几个钱，您要是需要的话，随时问我拿好了。人家说的，有钱路路通，否则我也不敢大胆惊动您啦。

福斯塔夫 不错，金钱是个好兵士，有了它就可以使人勇气百倍。

福　德 不瞒您说，我现在带着一袋钱在这儿，因为嫌它拿着太累赘了，想请您帮帮忙，不论是分一半去也好，完全拿去也好，好让我走路也轻松一点。

福斯塔夫 白罗克大爷，我怎么可以无功受禄呢？

福　德 您要是不嫌烦琐，请您耐心听我说下去，就可以知道我还要多多仰仗大力哩。

福斯塔夫 说吧，白罗克大爷，凡有可以效劳之处，我一定愿意为您出力。

福　德 爵爷，我一向听说您是一位博学明理的人，今天一见之下，果然名不虚传，我也不必向您多说废话了。我现在所要对您说的事，提起来很是惭愧，因为那等于宣布了我自己的弱点；可是爵爷，当您一面听着我供认我的愚蠢的时候，一面也要请您反躬自省一下，那时您就可以知道一个人是多么容易犯这种过失，也就不会过分责备我了。

福斯塔夫 很好，请您说下去吧。

福　德 本地有一个良家妇女，她的丈夫名叫福德。

福斯塔夫　嗯。

福　　德　我已经爱得她很久了，不瞒您说，在她身上我也花过不少钱；我用一片痴心追求着她，千方百计找机会想见她一面；不但买了许多礼物送给她，并且到处花钱打听她喜欢人家送给她什么东西。总而言之，我追逐她就像爱情追逐我一样，一刻都不肯放松；可是费了这许多心思力气的结果，一点不曾得到什么报酬，偌大的代价，只换到了一段痛苦的经验，正所谓"痴人求爱，如形捕影，瞻之在前，即之已冥"。

福斯塔夫　她从来不曾有过什么答应您的表示吗？

福　　德　从来没有。

福斯塔夫　您也从来不曾缠住她要她有一个答应的表示吗？

福　　德　从来没有。

福斯塔夫　那么您的爱究竟是怎样一种爱呢？

福　　德　就像是建筑在别人地面上的一座华厦，因为看错了地位方向，使我的一场辛苦完全白费。

福斯塔夫　您把这些话告诉我，是什么用意呢？

福　　德　请您再听我说下去，您就可以完全明白我今天的来意了。有人说，她虽然在我面前装模作样，好像是十分规矩，可是在别的地方，她却是非常放荡，已经引起不少人的闲话了。爵爷，我的用意是这样的：我知道您是一位教养优良、谈吐风雅、交游广阔的绅士，无论在地位上人品上都是超人一等，您的武艺、您的礼貌、您的学问，尤其是谁都佩服的。

福斯塔夫　您太过奖啦！

福　　德　您知道我说的都是真话。我这儿有的是钱，您尽管用吧，把我的钱全用完了都可以，只要请您分出一部分时间来，去把这个福德家的女人弄上了手，尽量发挥您的风流解数，把她征服下来。这件事情请您去办，一定比谁都要便当得多。

福斯塔夫　您把您心爱的人让给我去享用，那不会使您心里难过吗？我觉得老兄这样的主意，未免太不近情理啦。

福　　德　啊，请您明白我的意思。她靠着她的冰清玉洁的名誉做掩护，我虽有一片痴心，却不敢妄行非礼；她的光彩过于耀目了，使我不敢向她抬头仰望。可是假如我能够抓住她的一个把柄，知道她并不是神圣不可侵犯的，我就可以放大胆子，去实现我的愿望了；什么贞操、名誉、有夫之妇以及诸如此类的她的一千种振振有词的借口，到了那个时候便可以完全推翻了。爵爷，您看怎么样？

福斯塔夫　白罗克大爷，第一，我要老实不客气收下您的钱；第二，让我握您的手；第三，我要用我自己的身份向您担保，只要您下定决心，不怕福德的老婆不到您的手里。

福　　德　嗳哟，您真是太好了！

福斯塔夫　我说她一定会到您手里的。

福　　德　不要担心没有钱用，爵爷，一切都在我身上。

福斯塔夫　不要担心福德大娘会拒绝您，白罗克大爷，一切都在我身上。不瞒您说，刚才她还差了个人来约我跟她相会呢；就在您进来的时候，替她送信的人刚刚出去。十点到十一点钟之间，我就要看她去，因为在那个时候，她那吃醋的混蛋男人不在家里。您今晚再来看我吧，我可以让您知道我进行得顺利不顺利。

福　　德　能够跟您结识，真是幸运万分。您认不认识福德？

福斯塔夫　哼，这个没造化的死乌龟！谁跟这种东西认识？可是我说他"没造化"，真是委屈了他，人家说这个爱吃醋的王八倒很有钱呢，所以我才高兴去勾搭他的老婆；我可以用她做钥匙，去打开这个王八的钱箱，这才是我的真正的目的。

福　　德　我很希望您认识那个福德，因为您要是认识他，看见他的时候也可以躲避躲避。

福斯塔夫　哼，这个靠手艺吃饭、卖咸油的混蛋！我只要向他瞪一瞪眼，就会把他吓坏了。我要用棍子降伏他，并且把我的棍子挂在他的绿帽子上作为他的克星。白罗克大爷，您放心吧，这种家伙不在我的眼里，您一定可以跟他的老婆睡觉。天一晚您就来。福德是个混蛋，可是白罗克大爷，您瞧着我吧，我会给他加上一重头衔，混蛋而兼王八，他就是个混账王八蛋。今夜您早点来吧。（下）

福　　德　好一个万恶不赦的淫贼！我的肚子都几乎给他气破了。谁说这是我的瞎疑心？我的老婆已经寄信给他，约好钟点和他相会了。谁想得到会有这种事情？娶了一个不贞的妻子，真是倒楣！我的床要给他们弄脏了，我的钱要给他们偷了，还要让别人在背后讥笑我；这样害苦我不算，还要听那奸夫当着我的面辱骂我！骂我别的名字倒也罢了，魔鬼夜叉，都没有什么关系，偏偏口口声声的乌龟王八！乌龟！王八！这种名字就是魔鬼听了也要摇头的。培琪是个呆子，是个粗心的呆子，他居然会相信他的妻子，他不吃醋！哼，我可以相信猫儿不会偷荤，我可以相信我们那位威尔士牧师休师傅不爱吃干酪,我可以把我的烧酒交给一个爱尔兰人,我可以让一个小偷把我的马儿拖走,可是我不能放心让我的妻子一个人待在家里;让她一个人在家里,她就会千方百计地耍起花样来,她们一想到要做什么事,简直可以什么都不顾,非把它做到了决不罢休。感谢上帝赐给我这一副爱吃醋的脾气!他们约定在十一点钟会面,我要去打破他们的好事,侦察我的妻子的行动,向福斯塔夫出出我胸头这一口冤气,还要把培琪取笑一番。我马上就去,宁可早三点钟,不可迟一分钟。哼!哼!乌龟!王八!(下)

第三场　温莎附近的野地

卡厄斯及勒格比上。

卡厄斯　勒格比!

勒格比　有,老爷。

卡厄斯　勒格比,现在几点钟了?

勒格比　老爷,休师傅约好的时间已经过去了。

卡厄斯　哼,他不来,便宜了他的狗命;他在念《圣经》做祷告,所以他不来。哼,勒格比,他要是来了,早已一命呜呼了。

勒格比　老爷,这是他的聪明,他知道他要是来了,一定会给您杀死的。

卡厄斯　哼,我要是不把他杀死,我就不是个人。勒格比,拔出你的剑来,我要告诉你我怎样杀死他。

勒格比　嗳哟,老爷!我可不会使剑呢。

卡厄斯　狗才,拔出你的剑来。

勒格比　慢慢,有人来啦。

店主、夏禄、斯兰德及培琪上。

店　主　你好,老头儿!

夏　禄　卡厄斯大夫,您好!

培　琪　您好,大夫!

斯兰德　早安,大夫!

卡厄斯　你们一个、两个、三个、四个,来干什么?

店　主　替你斗剑,替你招架,替你回手;替你这边一跳,替你那边一闪;替你仰冲俯刺,旁敲侧击,进攻退守。他死了吗,我的黑家伙?他死了吗,我的法国人?哈,好家伙!怎么说,我的罗马医神?我的希腊大医师?

　　　　　　我的老交情？哈，他死了吗，我的冤大头？他死了吗？

卡厄斯　　哼，他是个没有种的狗牧师；他不敢到这儿来露脸。

店　主　　你是粪缸里的元帅，希腊的大英雄，好家伙！

卡厄斯　　你们大家给我证明，我已经等了他六七个钟头、两个钟头、三个钟头，
　　　　　　他还是没有来。

夏　禄　　大夫，这是他的有见识之处；他给人家医治灵魂，您给人家医治肉体，
　　　　　　要是你们打起架来，那不是违反了你们行当的宗旨了吗？培琪大爷，您
　　　　　　说我这话对不对？

培　琪　　夏禄老爷，您现在喜欢替人家排难解纷，从前却也是一名打架的好手
　　　　　　哩。

夏　禄　　可不是吗？培琪大爷，我现在虽然老了，人也变得好说话了，可是看见
　　　　　　人家拔出刀剑来，我的手指还是觉得痒痒的。培琪大爷，我们虽然做了
　　　　　　法官，做了医生，做了教士，总还有几分年轻人的血气；我们都是女人
　　　　　　生下来的呢，培琪大爷。

培　琪　　正是正是，夏禄老爷。

夏　禄　　培琪大爷，您看吧，我的话是不会错的。卡厄斯大夫，我想来送您回家
　　　　　　去。我是一向主张什么事情都可以和平解决的。您是一个明白道理的好
　　　　　　医生，休师傅是一个明白道理很有涵养的好教士，大家何必伤了和气。
　　　　　　卡厄斯大夫，您还是跟我一起回去吧。

店　主　　对不起，法官先生。——跟你说句话，尿先生。

卡厄斯　　刁！这是什么玩意儿？

店　主　　"尿"，在我们英国话中就是"有种"的意思，好人儿。

卡厄斯　　老天，这么说，我跟随便哪一个英国人比起来也一样的"刁"——发臭
　　　　　　的狗牧师！老天，我要割掉他的耳朵。

店　主　　他要把你揍个扁呢，好人儿。

卡厄斯　　"揍个扁"！这是什么意思？

店　主　　这是说，他要给你赔不是。

卡厄斯　　老天，我看他不把我"揍个扁"也不成哪；老天，我就要他把我揍个扁。

店　主　　我要"挑拨"他一番，叫他这么办，否则让他走！

卡厄斯　　费心了；我谢谢你。

店　主　　再说，好人儿——（向夏禄等旁白）你跟培琪大爷和斯兰德少爷从大路走，
　　　　　　先到弗劳莫去。

培　琪　　休师傅就在那里吗？

店　主　是的，你们去看看他在那里发些什么牢骚，我再领着这个医生从小路也
　　　　到那里。你们看这样好不好？

夏　禄　很好。

培　琪

夏　禄　卡厄斯大夫，我们先走一步，回头见。（下）

斯兰德

卡厄斯　哼，我要是不杀死这个牧师，我就不是个人；谁叫他多事，替一个猴崽
　　　　子向安·培琪说亲。

店　主　这种人让他死了也好。来，把你的怒气平一平，跟我在田野里走走，我
　　　　带你到弗劳莫去，安·培琪小姐正在那里一家乡下人家吃酒，你可以当
　　　　面向她求婚。你说我这主意好不好？

咔厄斯　谢谢你，谢谢你，你是我的好朋友。我一定要介绍许多好主顾给你，那
　　　　些阔佬大官，我都看过他们的病。

店　主　你这样帮我忙，我一定"阻挠"你娶到安·培琪。我说得好不好？

卡厄斯　很好很好，好得很。

店　主　那么咱们走吧。

卡厄斯　跟我来，勒格比。（同下）

第 三 幕

第一场 弗劳莫附近的野地

爱文斯及辛普儿上。

爱文斯 斯兰德少爷的尊价,辛普儿我的朋友,我叫你去看看那个自称为医生的卡厄斯大夫究竟来不来,请问你是到哪一条路上去看他的?

辛普儿 师傅,我每一条路上都去看过了,就是那条通到城里去的路上没有去看过。

爱文斯 千万请你再到那一条路上去看一看。

辛普儿 好的,师傅。(下)

爱文斯 祝福我的灵魂!我气得心里在发抖。我倒希望他气我。真的气死我也!我恨不得把他的便壶摔在他那狗头上。祝福我的灵魂!(唱)

> 众鸟嘤鸣其相和兮,
> 临清流之潺湲,
> 展蔷薇之芳茵兮,
> 缀百花以为环。

上帝可怜我!我真的要哭出来啦。(唱)

> 众鸟嘤鸣其相和兮,
> 余独处乎巴比伦,缀百花以为环兮,
> 临清流——

辛普儿重上。

辛普儿 他就要来了,在这一边,休师傅。

爱文斯 他来得正好。(唱)

> 临清流之潺湲——

上帝保佑好人!——他拿着什么家伙?

辛普儿 他没有带什么家伙,师傅。我家少爷,还有夏禄老爷和另外一位大爷,也跨过梯磴,从那边一条路上来了。

爱文斯 请你把我的道袍给我;不,还是你给我拿在手里吧。(读书)

培琪、夏禄及斯兰德上。

夏 禄 啊,牧师先生,您好?又在用功了吗?玩的是赌鬼手里的骰子,学士手里的书本,夺也夺不下来的。

斯兰德 (旁白)啊,可爱的安·培琪!

培　琪　您好，休师傅！

爱文斯　上帝祝福你们！

夏　禄　啊，怎么，一手宝剑，一手经典！牧师先生，难道您竟然是才兼文武吗？

培　琪　在这样阴寒的天气，您这样短衣长袜，外套也不穿一件，精神倒着实不
　　　　比年轻人坏哩！

爱文斯　这都是有缘故的。

培　琪　牧师先生，我们是来给您做一件好事的。

爱文斯　很好，是什么事？

培　琪　我们刚才碰见一位很有名望的绅士，大概是受了什么人的委屈，在那儿
　　　　大发脾气。

夏　禄　我活了八十多岁了，从来不曾听见过一个像他这样有地位、有学问、有
　　　　气派的人，会这样忘记自己的身份。

爱文斯　他是谁？

培　琪　我想您也一定认识他的，就是那位著名的法国医生卡厄斯大夫。

爱文斯　嗳哟，气死我也！你们向我提起他的名字，还不如向我提起一块烂浆糊。

培　琪　为什么？

爱文斯　他不懂写什么医经药典！他是个坏蛋，一个十足没有种的坏蛋！

培　琪　您跟他打起架来，才知道他厉害呢。

斯兰德　（旁白）啊，可爱的安·培琪！

夏　禄　看样子也是这样，他手里拿着武器呢。卡厄斯大夫来了，别让他们碰在
　　　　一起。

　　　　　　店主、卡厄斯及勒格比上。

培　琪　不，好牧师先生，把您的剑收起来吧。

夏　禄　卡厄斯大夫，您也收起来吧。

店　主　把他们的剑夺下来，由着他们对骂一场；让他们保全了皮肉，只管把英
　　　　国话撕个粉碎吧。

卡厄斯　请你让我在你的耳边问你一句话，你为什么失约不来？

爱文斯　（向卡厄斯旁白）不要生气，有话慢慢讲。

卡厄斯　哼，你是个懦夫，你是个狗东西猴崽子！

爱文斯　（向卡厄斯旁白）别人在寻我们的开心，我们不要上他们的当，伤了各人的
　　　　和气，我愿意和你交个朋友，我以后补报你好啦。（高声）我要把你的便
　　　　壶摔在你的狗头上，谁叫你约了人家自己不来！

卡厄斯　他妈的！勒格比——老板，我没有等他来送命吗？我不是在约定的地方

等了他好久吗?

爱文斯　我是个相信耶稣基督的人,我不会说假话,这儿才是你约定的地方,我们这位老板可以替我证明。

店　主　我说,你这位法国大夫,你这位威尔士牧师,一个替人医治身体,一个替人医治灵魂,你也不要吵,我也不要闹,大家算了吧!

卡厄斯　喂,那倒是很好,好极了!

店　主　我说,大家静下来,听我店主说话。你们看我的手段巧不巧?主意高不高?计策妙不妙?咱们少得了这位医生吗?少不了,他要给我开方服药。咱们少得了这位牧师,这位休师傅吗?少不了,他要给我念经讲道。来,一位在家人,一位出家人,大家跟我握握手。好,老实告诉你们吧,你们两个人都给我骗啦,我叫你们一个人到这儿,一个人到那儿,大家扑了个空。现在我们已经知道你们两位都是好汉,谁的身上也不曾伤了一根毛,落得喝杯酒,大家讲和了吧。来,把他们的剑拿去当了。来,孩子们,大家跟我来。

夏　禄　真是一个疯老板!——各位,大家跟着他去吧。

斯兰德　(旁白)啊,可爱的安·培琪!(夏禄、斯兰德、培琪及店主同下)

卡厄斯　嘿!有这等事!你把我们当作傻瓜了吗?嘿!嘿!

爱文斯　好得很,他简直拿我们开玩笑。我说,咱们还是言归于好,大家商量出个办法,来向这个欺人的坏家伙,这个嘉德饭店的老板,报复一下吧。

卡厄斯　很好,我完全赞成。他答应带我来看安·培琪,原来也是句骗人的话,他妈的!

爱文斯　好,我要打破他的头。咱们走吧。(同下)

第二场　温莎街道

　　　　　培琪大娘及罗宾上。

培琪大娘　走慢点儿,小滑头;你一向都是跟在人家屁股后面跑的,现在倒要抢上人家前头啦。我问你,你愿意我跟着你走呢,还是你愿意跟着主人走?

罗　宾　我愿意像一个男子汉那样在您前头走,不愿意像一个小鬼那样跟着他走。

培琪大娘　唷!你倒真是个小油嘴,我看你将来很可以到宫廷里去呢。

　　　　　福德上。

福　德　培琪嫂子,咱们碰见得巧极啦。您上哪儿去?

培琪大娘　福德大爷,我正要去瞧您家嫂子哩。她在家吗?

福　　德	在家，她因为没有伴，正闷得发慌。照我看来，要是你们两人的男人都死掉了，你们两人大可以结为夫妻呢。
培琪大娘	您不用担心，我们各人会再去嫁一个男人的。
福　　德	您这个可爱的小鬼头是哪儿来的？
培琪大娘	我总记不起把他送给我丈夫的那个人叫什么名字。喂，你说你那个骑士姓甚名谁？
罗　　宾	约翰·福斯塔夫爵士。
福　　德	约翰，福斯塔夫爵士！
培琪大娘	对了，对了，正是他；我顶不会记人家的名字。他跟我的丈夫非常要好。您家嫂子真的在家吗？
福　　德	真的在家。
培琪大娘	那么，少陪了，福德大爷，我巴不得立刻就看见她呢。（培琪大娘及罗宾下）
福　　德	培琪难道没有脑子吗？他难道一点都看不出，一点不会思想吗？哼，他的眼睛跟脑子一定都睡着了，因为他就是生了它们也不会去用的。嘿，这孩子可以送一封信到二十哩外的地方去，就像炮弹从炮口开到二百四十步外去一样容易。他放纵他的妻子，让她想入非非，为所欲为；现在她要去瞧我的妻子，还带着福斯塔夫的小厮！一个聪明人难道看不出苗头来吗？还带着福斯塔夫的小厮！好计策！他们已经完全布置好了；我们两家不贞的妻子，已经通同一气，一块儿去干这种不要脸的事啦。好，让我先去捉住那家伙，再去教训教训我的妻子，把这位假正经的培琪大娘的假面具揭了下来，让大家知道培琪是个冥顽不灵的王八。我干了这一番轰轰烈烈的事情，人家一定会称赞我。（钟鸣）时间已经到了，事不宜迟，我必须马上就去；我相信一定可以把福斯塔夫找到。人家都会称赞我，不会讥笑我，因为福斯塔夫一定跟我妻子在一起，就像地球是结实的一样毫无疑问。我就去。

培琪、夏禄、斯兰德、店主、爱文斯、卡厄斯及勒格比上。

培　琪 夏　禄	等	福德大爷，咱们遇见得巧极啦。
福　　德		真是来了大队人马。我正要请各位到舍间去喝杯酒呢。
夏　　禄		福德大爷，我有事不能奉陪，请您原谅。
斯 兰 德		福德大叔，我也要请您原谅，我们已经约好到安小姐家里吃饭，人家无论给我多少钱，也不能使我失她的约。
夏　　禄		我们打算替培琪家小姐跟我这位斯兰德贤侄攀一门亲事，今天就可以

得到回音。

斯兰德 培琪大叔，我希望您不会拒绝我。

培 琪 我是一定答应的，斯兰德少爷；可是卡厄斯大夫，我的内人却看中您哩。

卡厄斯 嗯，是的，而且那姑娘也爱着我，我家那个快嘴桂嫂已经这样告诉我了。

店 主 您觉得那位年轻的范顿怎样？他会跳跃，他会舞蹈，他的眼睛里闪耀着青春，他会写诗，他会说漂亮话，他的身上有春天的香味；他一定会成功的，他一定会成功的。他好像已经到了手、放进了口袋、连扣子都扣上了；他一定会成功的。

培 琪 可是他要是不能得到我的允许，就不会成功。这位绅士没有家产，他常常跟那位胡闹的王子他们在一起厮混，他的地位太高，他所知道的事情也太多啦。不，我的财产是不能让他染指的。要是他跟她结婚，就让他把她空身娶了过去；我这份家私要归我自己作主，我可不能答应让他分了去。

福 德 请你们中间无论哪几位赏我一个面子，到舍间吃便饭；除了酒菜之外，还有新鲜的玩意儿，我有一头怪物要拿出来给你们欣赏欣赏。卡厄斯大夫，您一定要去；培琪大爷，您也去；还有休师傅，您也去。

夏 禄 好，那么再见吧；你们去了，我们到培琪大爷家里求起婚来，说话也可以方便一些。（夏禄、斯兰德下）

卡厄斯 勒格比，你先回家去，我就来。（勒格比下）

店 主 回头见，我的好朋友们；我要回去陪我的好骑士福斯塔夫喝酒去。（下）

福 德 （旁白）对不起。我要先让他出一场丑哩。——列位，请了。

众 人 请了，我们倒要瞧瞧那个怪物去。（同下）

第三场 福德家中一室

福德大娘及培琪大娘上。

福德大娘 喂，约翰！喂，劳勃！

培琪大娘 赶快，赶快！——那个盛脏衣服的篓子呢？

福德大娘 已经预备好了。喂，罗宾！

培琪大娘 来，来，来。

福德大娘 这儿，放下来。

培琪大娘 你吩咐他们怎样做，干干脆脆几句话就得了。

福德大娘	好，约翰和劳勃，我早就对你们说过了，叫你们在酿酒房的近旁等着不要走开，我一叫你们，你们就跑来，马上把这篓子扛了出去，跟着那些洗衣服的人一起到野地里去，跑得越快越好，一到那里，就把它扔在泰晤士河旁边的烂泥沟里。
培琪大娘	听见了没有？
福德大娘	我已经告诉过他们好几次了，他们不会弄错的。快去，我一叫你们，你们就来。（二仆下）
培琪大娘	小罗宾来了。

罗宾上。

福德大娘	啊，我的小鹰儿！你带什么信息来了？
罗　宾	福德奶奶，我家主人约翰爵士已经从您的后门进来了，他要跟您谈几句话。
培琪大娘	你这小鬼，你有没有在你主人面前搬嘴弄舌？
罗　宾	我可以发誓，我的主人不知道您也在这儿；他还向我说，要是我把他到这儿来的事情告诉了您，他一定要把我撵走。
培琪大娘	这才是个好孩子，你嘴巴闭得紧，我一定替你做一身新衣服穿。现在我先去躲起来。
福德大娘	好的。你去告诉你的主人，说屋子里只有我一个人。（罗宾下）培琪嫂子，你别忘了你的戏。
培琪大娘	你放心吧，我要是这场戏演不好，你尽管喝倒彩好了。（下）
福德大娘	好，让我们教训教训这个肮脏的脓包，这个满肚子臭水的胖冬瓜，叫他知道鸽子和老鸦的分别。

福斯塔夫上。

福斯塔夫	我的天上的明珠，你果然给我捉到了吗？我已经活得很长久了，现在让我死去吧，因为我的心愿已经完全达到了。啊，这幸福的时辰！
福德大娘	嗳哟，好爵爷！
福斯塔夫	好娘子，我不会说话，那些口是心非的好听话，我一句也不会。我现在心里正在起着一个罪恶的念头，但愿你的丈夫早早死了，我一定要娶你回去，做我的夫人。
福德大娘	我做您的夫人！唉，爵爷！那我怎么做得像呢？
福斯塔夫	在整个法兰西宫廷里也找不出像你这样一位漂亮的夫人。瞧你的眼睛比金刚钻还亮；你的秀美的额角，戴上无论哪一种威尼斯流行的新式帽子，都是一样合适的。

福德大娘	爵爷，像我这样的村婆娘，只好用青布包包头，能够不给人家笑话，也就算了，哪里配得上讲什么打扮。
福斯塔夫	嗳哟，你说这样话，未免太侮辱了你自己啦。你要是到宫廷里去，一定可以大出风头；你那端庄的步伐，穿起圆圆的围裙来，一定走一步路都是仪态万方。命运虽然不曾照顾你，造物却给了你绝世的姿容，你就是有意把它遮掩，也是遮掩不了的。
福德大娘	您太过奖啦，我怎么有这样的好处呢？
福斯塔夫	那么我为什么爱你呢？这就可以表明在你的身上，的确有一点与众不同的地方。我不会像那些油头粉面、一身骚气的轻薄少年一样，说你是这样、那样，把你捧上天去；可是我爱你，我爱的只是你，你是值得我爱的。
福德大娘	别气我啦，爵爷，我怕您爱着培琪嫂子哩。
福斯塔夫	难道我放着大门不走，偏偏要去走那倒楣的、黑魆魆的旁门吗？
福德大娘	好，天知道我是怎样爱着您，您总有一天会明白我的心的。
福斯塔夫	希望你永远不要变心，我总不会有负于你。
福德大娘	我怎么也得向您表明我的心迹，您别叫我在您身上白用了我的心呀；要不然我就不肯费这番心思了。
罗　宾	（在内）福德奶奶！福德奶奶！培琪奶奶在门口，她满头是汗，气都喘不上来，慌慌张张的，一定要立刻跟您说话。
福斯塔夫	别让她看见我；我就躲在帐幕后面吧。
福德大娘	好，您快躲起来吧，她是个多嘴多舌的女人。（福斯塔夫匿幕后）

培琪大娘及罗宾重上。

福德大娘	什么事？怎么啦？
培琪大娘	嗳哟，福德嫂子！你干了什么事啦？你的脸从此丢尽，你再也不能做人啦！
福德大娘	什么事呀，好嫂子？
培琪大娘	嗳哟，福德嫂子！你嫁了这么一位好丈夫，为什么要让他对你起疑心？
福德大娘	对我起什么疑心？
培琪大娘	起什么疑心！算了，别装傻啦！总算我看错了人。
福德大娘	唉，到底是怎么一回事呀？
培琪大娘	我的好奶奶，你那汉子带了温莎城里所有的捕役，就要到这儿来啦；他说有一个男人在这屋子里，是你趁着他不在家的时候约来的，他们要来捉这奸夫哩。这回你可完啦！

福德大娘	（旁白）说响一点。——嗳哟，不会有这种事吧？
培琪大娘	谢天谢地，但愿你这屋子里没有男人！可是半个温莎城里的人都跟在你丈夫背后，要到这儿来搜寻这么一个人，这件事情却是千真万确的。我抢先一步来通知你，要是你没有做过亏心事，那自然最好；倘然你真的有一个朋友在这儿，那么赶快带他出去吧。别怕，镇静一点。你必须保全你的名誉，不然你的一生从此完啦。
福德大娘	我怎么办呢？果然有一位绅士在这儿，他是我的好朋友；我自己丢脸倒还不要紧，只怕连累了他，要是能够把他弄出这间屋子，叫我损失一千镑钱我都愿意。
培琪大娘	要命！你的汉子就要来啦，你还尽说废话！想想办法吧，这屋子里是藏不了他的。唉，我还当你是个好人！瞧，这儿有一个篓子，他要是不太高大，倒可以钻进去躲一下，再用些龌龊衣服堆在上面，让人家看见了，当做一篓预备送出去洗的衣服——啊，对了，就叫你家的两个仆人把他连篓一起抬了出去，岂不一干二净？
福德大娘	他太胖了，恐怕钻不进去，怎么好呢？
福斯塔夫	（自幕后出）让我看，让我看，啊，让我看！我进去，我进去。就照你朋友的话吧；我进去。
培琪大娘	啊，福斯塔夫爵士！原来是你吗？你给我的信上怎么说的？
福斯塔夫	我爱你，我只爱你一个人；帮我离开这屋子；让我钻进去。我再也不——（钻入篓内，二妇以污衣覆皮上）
培琪大娘	孩子，你也来帮着把你的主人遮盖遮盖。福德嫂子，叫你的仆人进来吧。好一个无错不改的骑士！
福德大娘	喂，约翰！劳勃！约翰！（罗宾下）

二仆重上。

福德大娘	赶快把这一篓衣服抬起来。杠子在什么地方？嗳哟，瞧你们这样慢手慢脚的！把这些衣服送到洗衣服的那里去；快点！快点！

福德、培琪、卡厄斯及爱文斯同上。

福　　德	各位请过来；要是我的疑心全无根据，你们尽管把我取笑好了。让我成为你们的笑柄；是我活该如此。啊！这是什么？你们把这篓子抬到哪儿去？
仆　　人	抬到洗衣服的那里去。
福德大娘	咦，他们把它抬到什么地方，跟你有什么相干？你就是爱多管闲事，人家洗衣服，你也要问长问短的。
福　　德	哼，洗衣服！我倒希望把这屋子也洗洗干净呢，什么野畜生都可以跑

进跑出——还是一头交配时期的野畜生呢！（二仆抬篓下）各位朋友，昨天晚上我做了一个梦，让我把这个梦告诉你们听。这儿是我的钥匙，请你们跟我到房间里来搜一下，我相信我们一定会捉到那头狐狸的。让我先把这门锁上了。好，咱们捉狐狸去。

培　琪　　　福德大爷，有话好讲，何必急成这个样子，让人家瞧着笑话。

福　德　　　对啦，培琪大爷。各位上去吧，你们马上就有新鲜的把戏看了；大家跟我来。（下）

爱 文 斯　　这种吃醋简直是无理取闹。

卡 厄 斯　　我们法国就没有这种事，法国人是不兴吃醋的。

培　琪　　　咱们还是跟他上去吧，瞧他搜出什么来。（培琪、卡厄斯、爱文斯同下）

培琪大娘　　咱们这计策岂不是一举两得？

福德大娘　　我不知道愚弄我的丈夫跟愚弄福斯塔夫，比较起来哪一件事更使我高兴。

培琪大娘　　你的丈夫问那篓子里有什么东西的时候，他一定吓得要命。

福德大娘　　我想他是应该洗个澡了，把他扔在水里，对于他也是有好处的。

培琪大娘　　该死的骗人的坏蛋！我希望像他那一类的人都要得到这种报应。

福德大娘　　我觉得我的丈夫有点知道福斯塔夫在这儿；我从来没有见过他像今天这样的一股醋劲。

培琪大娘　　让我想个计策把他试探试探。福斯塔夫那家伙虽然已经受到一次教训，可是像他那样荒唐惯了的人，一服药吃下去未必见效，我们应当让他多知道些厉害才是。

福德大娘　　我们要不要再叫快嘴桂嫂那个傻女人到他那儿去，对他说这次把他扔在水里，实在是一时疏忽，并非故意，请他原谅，再约他一个日期，好让我们再把他作弄一次？

培琪大娘　　一定那么办；我们叫他明天八点钟来，替他压惊。

　　　　　　福德、培琪、卡厄斯及爱文斯重上。

福　德　　　我找不到他；这混蛋也许只会吹牛，他自己知道这种事情是办不到的。

培琪大娘　　（向福德大娘旁白）你听见吗？

福德大娘　　（向培琪大娘旁白）嗯，别说话。——福德大爷，您待我真是太好了，是不是？

福　德　　　是，是，是。

福德大娘　　上帝保佑您以后再不要用这种龌龊心思猜疑人家！

福　德　　　阿门！

培琪大娘　　福德大爷，您真太对不起您自己啦。

福　德　　　是，是，是我不好。

爱 文 斯　这屋子里、房间里、箱子里、壁橱里，要是找得出一个人来，那么上帝在最后审判的日子饶恕我的罪恶吧！

卡 厄 斯　我也找不出来，一个人也没有。

培　　琪　啧！啧！福德大爷！您不害羞吗？什么鬼附在您身上，叫您想起这种事情来呢？我希望您以后再不要发这种精神病了。

福　　德　培琪大爷，这都是我不好，自取其辱。

爱 文 斯　这都是您良心不好的缘故，尊夫人是一位大贤大德的娘子，五千个女人里头也挑不出像她这样的一个；不，就是五万个里也挑不出呢。

卡 厄 斯　她真的是一个规矩女人。

福　　德　好，我说过我请你们来吃饭。来，来，咱们先到公园里走走吧。请诸位多多原谅，我以后会告诉你们今天我有这一番举动的缘故。来，娘子。来，培琪嫂子。请你们原谅我，今天实在吵得太不像话了，请不要见怪！

培　　琪　列位，咱们进去吧，可是今天一定要把他大大地取笑一番。明天早晨我请你们到舍间吃一顿早饭，吃过早饭，就去打鸟去；我有一只很好的猎鹰，要请你们赏识赏识它的本领。诸位以为怎样？

福　　德　一定奉陪。

爱 文 斯　要是只有一个人去，我就是第二个。

卡 厄 斯　要是只有一个、两个人去，我就是第三个。

福　　德　培琪大爷，请了。

爱 文 斯　请你明天不要忘记嘉德饭店老板那个坏家伙。

卡 厄 斯　很好，我一定不忘记。

爱 文 斯　这坏家伙，专爱开人家的玩笑！（同下）

第四场　培琪家中一室

范顿、安·培琪及快嘴桂嫂上；桂嫂立一旁。

范　　顿　我知道我得不到你父亲的欢心，所以你别再叫我去跟他说话了，亲爱的小安。

安　　　唉！那么怎么办呢？

范　　顿　你应当自己作主才是。他反对我的理由，是说我的门第太高，又说我因为家产不够挥霍，想要靠他的钱来弥补弥补；此外他又举出种种理由，说我过去的行为太放荡，说我结交的都是一班胡闹的朋友；他老实不客气地对我说，我所以爱你，不过是把你看作一注财产而已。

安　　　他说的话也许是对的。

范　顿	不，我永远不会有这样的存心！安，我可以向你招认，我最初来向你求婚的目的，的确是为了你父亲的财产；可是自从我认识你以后，我就觉得你的价值远超过一切的金银财富；我现在除了你美好的本身以外，再没有别的需求。
安	好范顿大爷，您还是去向我父亲说说吧，多亲近亲近他吧。要是机会和最谦卑的恳求都不能使您达到目的，那么——您过来，我对您说。（二人在一旁谈话）

夏禄及斯兰德上。

夏　禄	桂嫂，打断他们的谈话，让我的侄子自己去向她求婚。
斯兰德	成功失败，在此一试。
夏　禄	不要慌。
斯兰德	不，她不会使我发慌，我才不放在心上呢；可是我有点胆怯。
桂　嫂	安，斯兰德少爷要跟你讲句话哩。
安	我就来。（旁白）这是我父亲中意的人。唉！有了一年三百镑的收入，顶不上眼的伧夫也就变成俊汉了。
桂　嫂	范大爷，您好？请您过来说句话。
夏　禄	她来了；侄儿，你上去吧。孩子，你要记得你有过父亲！
斯兰德	安小姐，我有过父亲，我的叔父可以告诉您许多关于他的很有趣的笑话。叔父，请您把我的父亲怎样从人家篱笆里偷了两只鹅的那个笑话讲给安小姐听吧，好叔父。
夏　禄	安小姐，我的侄儿很爱您。
斯兰德	对了，正像我爱葛罗斯特郡的无论哪一个女人一样。
夏　禄	他愿意像贵妇人一样地供养您。
斯兰德	这是一定的事，不管来的是什么人，尽管身份比我们乡绅人家要低。
夏　禄	他愿意在他的财产里划出一百五十镑钱来归在您的名下。
安	夏禄老爷，他要求婚，还是让他自己说吧。
夏　禄	啊，谢谢您，我真感谢您的好意。侄儿，她叫你哩；我让你们两个人谈谈吧。
安	斯兰德世兄。
斯兰德	是，好安小姐？
安	您对我有什么高见？
斯兰德	我有什么高见？老天爷的心肝哪！真是的，这玩笑开得多么妙！我从来也没有过什么高见；我才不是那种昏头昏脑的家伙，我赞美上天。
安	我是说，斯兰德世兄，你有什么话要跟我说？

斯兰德　实实在在说，我自己本来一点没有什么话要跟您说，都是令尊跟家叔两个人的主张。要是我有这运气，那固然很好，不然的话，就让别人来享受这个福分吧！他们可以告诉您许多我自己不会说的话，您还是去问您的父亲吧；他来了。

培琪及培琪大娘上。

培　琪　啊，斯兰德少爷！安，你爱他吧。咦，怎么！范顿大爷，您到这儿来有什么事？我早就对您说过了，我的女儿已经有了人家；您还是一趟一趟地到我家里来，这不是太不成话了吗？

范　顿　啊，培琪大爷，您别生气。

培琪大娘　范顿大爷，您以后别再来看我的女儿了。

培　琪　她是不会嫁给您的。

范　顿　培琪大爷，请您听我说。

培　琪　不，范顿大爷，我不要听您说话。来，夏禄老爷；来，斯兰德贤婿，咱们进去吧。范顿大爷，我不是没有跟您说明白，您实在太不讲理啦。（培琪、夏禄、斯兰德同下）

桂　嫂　向培琪大娘说去。

范　顿　培琪大娘，我对于令媛的一片至诚，天日可表，一切的阻碍、谴责和世俗的礼法，都不能使我灰心后退；我希望能够得到您的同意。

安　　　好妈妈，别让我跟那个傻瓜结婚。

培琪大娘　我是不愿让你嫁给他；我会替你找一个好一点的丈夫。

桂　嫂　那就是我的主人卡厄斯大夫。

安　　　唉！要是叫我嫁给那个医生，我宁愿让你们把我活埋了！

培琪大娘　算了，别自寻烦恼啦。范顿大爷，我不愿帮您忙，也不愿跟您作梗，让我先去问问我的女儿，看她究竟对您有几分意思，慢慢地再说吧。现在我们失陪了，范顿大爷；她要是再不进去，她的父亲一定又要发脾气了。

范　顿　再见，培琪大娘。再见，小安。（培琪大娘及安·培琪下）

桂　嫂　瞧，这都是我帮您的忙。我说，"您愿意把您的孩子随随便便嫁给一个傻瓜，一个医生吗？瞧范顿大爷多好！"这都是我帮您的忙。

范　顿　谢谢你；这一个戒指，请你今天晚上送给我的亲爱的小安。这几个钱是赏给你的。

桂　嫂　天老爷赐给您好福气！（范顿下）他的心肠真好，一个女人碰见这样好心肠的人，就是为他到火里水里去也甘心。可是我倒希望我的主人娶到了安小姐；我也希望斯兰德少爷能够娶到她；天地良心，我也希望范顿大爷娶到她。我要瞧他们三个人同样出力，因为我已经答应过他们，说过的话总是要作准的；可是我要替范顿大爷特别出力。啊，两位奶奶还要叫我到福斯塔夫那儿去一趟呢，该死，我怎么还在这儿拉拉扯扯的！（下）

第五场　嘉德饭店中一室

福斯塔夫及巴道夫上。

福斯塔夫　喂，巴道夫！

巴 道 夫　有，爵爷。

福斯塔夫　给我倒一碗酒来，放一块面包在里面。（巴道夫下）想不到我活到今天，却给人装在篓子里抬出去，像一车屠夫切下来的肉骨肉屑一样倒在泰晤士河里！好，要是我再上人家这样一次当，我一定把我的脑髓敲出来，涂上牛油丢给狗吃。这两个混账东西把我扔在河里，简直就像淹死一只瞎眼老母狗的一窠小狗一样，不当一回事。你们瞧我这样胖大的身体，就可以知道我沉下水里去，是比别人格外快的，即使河底深得像地狱一样，我也会一下子就沉下去，要不是水浅多沙，我早就淹死啦；我最怕的就是淹死，因为一个人淹了尸体会发胀，像我这样的人要是发起胀来，那还成什么样子！不是要变成一堆死人山了吗？

巴道夫携酒重上。

巴 道 夫　爵爷，桂嫂要见您说话。

福斯塔夫　来，我一肚子都是泰晤士河里的水，冷得好像欲火上升的时候吞下了雪块一样，让我倒下些酒去把它温一温吧。叫她进来。

巴 道 夫　进来，妇人。

快嘴桂嫂上。

桂 　 嫂　爵爷，您好！早安，爵爷！

福斯塔夫　把这些酒杯拿去了，再给我好好地煮一壶酒来。

巴 道 夫　要不要放鸡蛋？

福斯塔夫　什么也别放；我不要小母鸡下的蛋放在我的酒里。（巴道夫下）怎么？

桂 　 嫂　呃，爵爷，福德娘子叫我来看看您。

福斯塔夫　别向我提起什么"福德"大娘啦！我"浮"在水面上"浮"够了；要不是她，我怎么会给人丢在河里，灌满了一肚子的水。

桂 　 嫂　嗳哟！那怎么怪得了她？那两个仆人把她气死了，谁想得到他们竟误会了她的意思。

福斯塔夫　我也是气死了，会去应一个傻女人的约。

桂　　嫂	爵爷，她为了这件事，心里说不出地难过呢；看见了她那种伤心的样子，谁都会心软的。她的丈夫今天一早就去打鸟去了，她请您在八点到九点之间，再到她家里去一次。我必须赶快把她的话向您交代清楚。您放心好了，这一回她一定会好好地补报您的。
福斯塔夫	好，你回去对她说，我一定来；叫她想一想哪一个男人不是朝三暮四，像我这样的男人，可是不容易找到的。
桂　　嫂	我一定这样对她说。
福斯塔夫	去说给她听吧。你说是在九点到十点之间吗？
桂　　嫂	八点到九点之间，爵爷。
福斯塔夫	好，你去吧，我一定来就是了。
桂　　嫂	再会了，爵爷。（下）
福斯塔夫	白罗克到这时候还不来，倒有些奇怪；他寄信来叫我等在这儿不要出去的。我很喜欢他的钱。啊！他来啦。

福德上。

福　　德	您好，爵爷！
福斯塔夫	啊，白罗克大爷，您是来探问我到福德老婆那儿去的经过吗？
福　　德	我正是要来问您这件事。
福斯塔夫	白罗克大爷，我不愿对您撒谎，昨天我是按照她约定的时间到她家里去的。
福　　德	那么您进行得顺利不顺利呢？
福斯塔夫	不必说起，白罗克大爷。
福　　德	怎么？难道她又变卦了吗？
福斯塔夫	那倒不是，白罗克大爷，都是她的丈夫，那只贼头贼脑的死乌龟，一天到晚见神见鬼地疑心他的妻子；我跟她抱也抱过了，嘴也亲过了，誓也发过了，一本喜剧刚刚念好引子，他就疯疯癫癫地带了一大批狐群狗党，气势汹汹地说是要到家里来捉奸。
福　　德	啊！那时候您正在屋子里吗？
福斯塔夫	那时候我正在屋子里。
福　　德	他没有把您搜到吗？
福斯塔夫	您听我说下去。总算我命中有救，来了一位培琪大娘，报告我们福德就要来了的消息；福德家的女人吓得毫无主意，只好听了她的计策，把我装进一只盛脏衣服的篓子里去。
福　　德	盛脏衣服的篓子！
福斯塔夫	正是一只盛脏衣服的篓子！把我跟那些脏衬衫、臭袜子、油腻的手

巾，一古脑儿塞在一起；白罗克大爷，您想想这股气味叫人可受得了？

福　　德　您在那篓子里待多久？

福斯塔夫　别急，白罗克大爷，您听我说下去，就可以知道我为了您的缘故去勾引这个妇人，吃了多少苦。她们把我这样装进了篓子以后，就叫两个混蛋仆人把我当做一篓脏衣服，抬到洗衣服的那里去；他们刚把我抬上肩走到门口，就碰见他们的主人，那个醋天醋地的家伙，问他们这里面装的是什么东西；我怕这个疯子真的要搜起篓子来，吓得浑身乱抖，可是命运注定他要做一个王八，居然他没有搜；好，于是他就到屋子里去搜查，我也就冒充着脏衣服出去啦。可是白罗克大爷，您听着，还有下文呢。我一共差不多死了三次：第一次，因为碰在这个吃醋的、带着一批喽啰的王八羔子手里，把我吓得死去活来；第二次，我让他们把我塞在篓里，像一柄插在鞘子里的宝剑一样，头朝地，脚朝天，再用那些油腻得恶心的衣服把我闷起来，您想，像我这样胃口的人，本来就是像牛油一样遇到了热气会溶化的，不死总算是逆天之幸；到末了，脂油跟汗水把我煎得半熟以后，这两个混蛋仆人就把我像一个滚热的出笼包子似的，向泰晤士河里丢了下去，白罗克大爷，您想，我简直像一块给铁匠打得通红的马蹄铁，放下水里，连河水都滋拉滋拉地叫起来呢！

福　　德　爵爷，您为我受了这许多苦，我真是抱歉万分。这样看来，我的希望是永远达不到的了，您未必会再去一试吧？

福斯塔夫　白罗克大爷，别说他们把我扔在泰晤士河里，就是把我扔到火山洞里，我也不会就此把她放手的。她的男人今天早上打鸟去了，我已经又得到了她的信，约我八点到九点之间再去。

福　　德　现在八点钟已经过了，爵爷。

福斯塔夫　真的吗？那么我要去赴约了。您有空的时候再来吧，我一定会让您知道我进行得怎样；总而言之，她一定会到您手里的。再见，白罗克大爷，您一定可以得到她；白罗克大爷，您一定可以叫福德做一个大王八。（下）

福　　德　哼！嘿！这是一场梦景吗？我在做梦吗？我在睡觉吗？福德，醒来！醒来！你的最好的外衣上有了一个窟窿了，福德大爷！这就是娶了妻子的好处！这就是脏衣服篓子的用处！好，我要让他知道我究竟是什么人；我要现在就去把这奸夫捉住，他在我的家里，这回一定不让他逃走，他一定逃不了。也许魔鬼会帮助他躲起来，这回我一定要把无论什么希奇古怪的地方都一起搜到，连放小钱的钱袋、连胡椒瓶子都要倒出来看看，看他能躲到哪里去。王八虽然已经做定了，可是我不能就此甘心呀，我要叫他们看看，王八也不是好欺侮的。（下）

第 四 幕

第一场 街 道

培琪大娘、快嘴桂嫂及威廉上。

培琪大娘 你想他现在是不是已经在福德家了？

桂 嫂 这时候他一定已经去了，或者就要去了。可是他因为给人扔在河里，很生气哩。福德大娘请您快点过去

培琪大娘 等我把这孩子送上学，我就去。瞧，他的先生来了，今天大概又是放假。

爱文斯上。

培琪大娘 啊，休师傅！今天不上课吗？

爱 文 斯 不上课，斯兰德少爷放孩子们一天假。

桂 嫂 真是个好人！

培琪大娘 休师傅，我的丈夫说，我这孩子一点儿也念不进书；请你出几个拉丁文文法题目考考他吧。

爱 文 斯 走过来，威廉；把头抬起来；来吧。

培琪大娘 喂，走过去；把头抬起来，回答老师的问题，别害怕。

爱 文 斯 威廉，名词有几个"数"？

威 廉 两个。

桂 嫂 说真的，恐怕还得加上一个"数"，不是老听人家说："算数！"

爱 文 斯 少噜苏！"美"是怎么说的，威廉？

威 廉 "标致"。

桂 嫂 婊子！比"婊子"更美的东西还有的是呢。

爱 文 斯 你真是个头脑简单的女人，闭上你的嘴吧。"Lapis"解释什么，威廉？

威 廉 石子。

爱 文 斯 "石子"又解释什么，威廉？

威 廉 岩石。

爱 文 斯 不，是"Lapis"；请你把这个记住。

威 廉 Lapis。

爱 文 斯 真是个好孩子。威廉，"冠词"是从什么地方借来的？

威 廉 "冠词"是从"代名词"借来的，有这样几个变格——"单数""主格"是：hic, haec, hoc。

爱 文 斯 "主格"：hig, hag, hog。请你听好——"所有格"：hujus。好吧，

"对格"你怎么说？

威　　廉　　"对格"：hinc。

爱 文 斯　　请你记住了，孩子；"对格"：hung, hang, hog。

桂　　嫂　　"hang hog"就是拉丁文里的"火腿"，我跟你说，错不了。

爱 文 斯　　少来唠叨，你这女人。"称呼格"是怎么变的，威廉？

威　　廉　　噢——"称呼格"，噢——

爱 文 斯　　记住，威廉；"称呼格"曰"无"。

桂　　嫂　　"胡"萝卜的根才好吃呢。

爱 文 斯　　你这女人，少开口。

培琪大娘　　少说话！

爱 文 斯　　最后的"复数属格"该怎么说，威廉？

威　　廉　　复数属格！

爱 文 斯　　对。

威　　廉　　属格——horum, harum, horum。

桂　　嫂　　珍妮的人格！她是个婊子，孩子，别提她的名字。

爱 文 斯　　你这女人，太不知羞耻了！

桂　　嫂　　你教孩子念这样一些字眼儿才太邪门儿了——教孩子念"嫖呀""喝呀"，他们没有人教，一眨巴眼也就学会吃喝嫖赌了——什么"嫖呀""喝呀"，亏你说得出口！

爱 文 斯　　女人，你可是个疯婆娘？你一点儿不懂得你的"格"。

培琪大娘　　请你少说话吧。

爱 文 斯　　威廉，说给我听，代名词的几种变格。

威　　廉　　嗳哟，我忘了。

爱 文 斯　　那是qui, quB, quod；要是你把你的quis忘了，quBs忘了，quods忘了，小心你的屁股吧。现在去玩儿吧，去吧。

培琪大娘　　我怕他不肯用功读书，他倒还算好。

爱 文 斯　　他记性好，一下子就记住了。再见，培琪大娘。

培琪大娘　　再见，休师傅。（休师傅下）孩子，你先回家去。来，我们已经耽搁得太久了。（同下）

第二场　福德家中一室

福斯塔夫及福德大娘上。

福斯塔夫　　娘子，你的懊恼已经使我忘记了我身受的种种痛苦。你既然这样一片真心对待我，我也决不会有丝毫亏负你；我不仅要跟你恩爱一番，还一定会加意奉承，格外讨好，管保教你心满意足就是了。可是你相信你的丈夫这回一定不会再来了吗？

福德大娘 好爵爷，他打鸟去了，一定不会早回来的。

培琪大娘 （在内）喂！福德嫂子！喂！

福德大娘 爵爷，您进去一下。（福斯塔夫下）

培琪大娘上。

培琪大娘 啊，心肝！你屋子里还有什么人吗？

福德大娘 没有，就是自己家里几个人。

培琪大娘 真的吗？

福德大娘 真的。（向培琪大娘旁白）大声一点说。

培琪大娘 真的没有什么人，那我就放心啦。

福德大娘 为什么？

培琪大娘 为什么，我的奶奶，你那汉子的老毛病又发作啦。他正在那儿拉着我的丈夫，痛骂那些有妻子的男人，不分青红皂白地咒骂着天下所有的女人，还把拳头捏紧了敲着自己的额角，嚷道："快把绿帽子戴上吧，快把绿帽子戴上吧！"无论什么疯子狂人，比起他这种疯狂的样子来，都会变成顶文雅顶安静的人了。那个胖骑士不在这儿，真是运气！

福德大娘 怎么，他又说起他吗？

培琪大娘 不说起他还说起谁？他发誓说上次他来搜他的时候，他是给装在篓子里抬出去的；他一口咬定说他现在就在这儿，一定要叫我的丈夫和同去的那班人停止了打鸟，陪着他再来试验一次他疑心得对不对。我真高兴那骑士不在这儿，这回他该明白他自己的傻气了。

福德大娘 培琪嫂子，他离这儿有多远？

培琪大娘 只有一点点路，就在街的尽头，一会儿就来了。

福德大娘 完了！那骑士正在这儿呢。

培琪大娘 那么你的脸要丢尽，他的命也保不住啦。你真是个宝货！快打发他走吧！快打发他走吧！丢脸还是小事，弄出人命案子来可不是玩的。

福德大娘 叫他到哪儿去呢？我怎样把他送出去呢？还是把他装在篓子里吗？

福斯塔夫重上。

福斯塔夫 不，我再也不躲在篓子里了。还是让我趁他没有来，赶快出去吧。

培琪大娘 唉！福德的三个弟兄手里拿着枪，把守着门口，什么人都不让出去；否则您倒可以溜出去的。可是您干吗又到这儿来呢？

福斯塔夫	那么我怎么办呢？还是让我钻到烟囱里去吧。
福德大娘	他们平常打鸟回来，鸟枪里剩下的子弹都是往烟囱里放的。
培琪大娘	还是灶洞里倒可以躲一躲。
福斯塔夫	在什么地方？
福德大娘	他一定会找到那个地方的。他已经把所有的柜啦、橱啦、板箱啦、废箱啦、铁箱啦、井啦、地窖啦，以及诸如此类的地方，一起记在笔记簿上，只要照着单子一处处搜寻，总会把您搜到的。
福斯塔夫	那么我还是出去。
培琪大娘	爵爷，您要是就照您的本来面目跑出去，那您休想活命。除非化装一下——
福德大娘	我们把他怎样化装起来呢？
培琪大娘	唉！我不知道。哪里找得到一身像他那样身材的女人衣服？否则叫他戴上一顶帽子，披上一条围巾，头上罩一块布，也可以混了出去。
福斯塔夫	好心肝，乖心肝，替我想想法子。只要安全无事，什么丢脸的事我都愿意干。
福德大娘	我家女佣人的姑母，就是那个住在勃伦府的胖婆子，倒有一件罩衫在这儿楼上。
培琪大娘	对了，那正好给他穿，她的身材是跟他一样大的；而且她的那顶粗呢帽和围巾也在这儿。爵爷，您快奔上去吧。
福德大娘	去，去，好爵爷；让我跟培琪嫂子再给您找一方包头的布儿。
培琪大娘	快点，快点！我们马上就来给您打扮，您先把那罩衫穿上再说。（福斯塔夫下）
福德大娘	我希望我那汉子能够瞧见他扮成这个样子；他一见这个勃伦府的老婆子就眼中冒火，他说她是个妖妇，不许她走进我们家里，说是一看见她就要打她。
培琪大娘	但愿上天有眼，让他尝一尝你丈夫的棍棒的滋味！但愿那棍棒落在他身上的时候，有魔鬼附在你丈夫的手里！
福德大娘	可是我那汉子真的就要来了吗？
培琪大娘	真的，他直奔而来；他还在说起那篓子呢，也不知道他哪里得来的消息。
福德大娘	让我们再试他一下。我仍旧去叫我的仆人把那篓子抬到门口，让他看见，就像上一次一样。
培琪大娘	可是他立刻就要来啦，还是先去把他装扮做那个勃伦府的巫婆吧。
福德大娘	我先去吩咐我的仆人，叫他们把篓子预备好了。你先上去，我马上就

把他的包头布带上来。（下）

培琪大娘　该死的狗东西！这种人就是作弄他一千次也不算罪过。

> 不要看我们一味胡闹，
>
> 这蠢猪是他自取其殃；
>
> 我们要告诉世人知道，
>
> 风流娘们不一定轻狂。（下）

福德大娘率二仆重上。

福德大娘　你们再把那篓子抬出去；大爷快要到门口了，他要是叫你们放下来，你们就听他的话放下来。快点，马上就去。（下）

仆　甲　来，来，把它抬起来。

仆　乙　但愿这篓子里不要再装满了爵士才好。

仆　甲　我也希望不再像前次一样；抬一篓的铅都没有那么重哩。

福德、培琪、夏禄、卡厄斯及爱文斯同上。

福　德　不错，培琪大爷，可是要是真有这回事，您还有法子替我洗去污名吗？狗才，把这篓子放下来；又有人来拜访过我的妻子了。把年轻的男人装在篓子里抬进抬出！你们这两个混账的家伙也不是好东西！你们都是串通了一气来算计我的。现在这个鬼可要叫他出丑了。喂，我的太太，你出来！瞧瞧你给他们洗些什么好衣服！

培　琪　这真太过分了！福德大爷，您要是再这样疯下去，我们真要把您铐起来了，免得闹出什么乱子来。

爱文斯　嗳哟，这简直是发疯！像疯狗一样发疯！

夏　禄　真的，福德大爷，这真有点儿不大好。

福　德　我也是这样说哩。——

福德大娘重上。

福　德　过来，福德大娘，咱们这位贞洁的妇人，端庄的妻子，贤德的人儿，可惜嫁给了一个爱吃醋的傻瓜！娘子，是我无缘无故瞎起疑心吗？

福德大娘　天日为证，你要是疑心我有什么不规矩的行为，那你的确太会多心了。

福　德　说得好，不要脸的东西！你尽管嘴硬吧。过来，狗才！（翻出篓中衣服）

培　琪　这真太过分了！

福德大娘　你好意思吗？别去翻那衣服了。

福　德　我就会把你的秘密揭穿的。

爱文斯　这简直是岂有此理。还不把你妻子的衣服拿起来吗？去吧，去吧。

福　德　把这篓子倒空了！

福德大娘	为什么呀，傻子，为什么呀？
福　德	培琪大爷，不瞒您说，昨天就有一个人装在这篓子里从我的家里抬出去，谁知道今天他不会仍旧在这里面？我相信他一定在我家里，我的消息是绝对可靠的，我的疑心是完全有根据的。给我把这些衣服一起拿出来。
福德大娘	你要是在这里面找出一个男人来，就把他当个虱子掐死好了。
培　琪	没有什么人在这里面。
夏　禄	福德大爷，这真太不成话了，真太不成话了。
爱文斯	福德大爷，您应该常常祷告，不要随着自己的心一味胡思乱想；吃醋也没有这样吃法。
福　德	好，他没有躲在这里面。
培　琪	除了在您自己脑子里以外，您根本就找不到这样一个人。（二仆将篓抬下）
福　德	帮我再把我的屋子搜一回，要是再找不到我所要找的人，你们尽管把我嘲笑得体无完肤好了；让我永远做你们餐席上谈笑的资料，要是人家提起吃醋的男人来，就把我当作一个现成的例子，因为我会在一枚空的核桃壳里找寻妻子的情人。请你们再帮我这一次忙，替我搜一下，好让我死了心。
福德大娘	喂，培琪嫂子！您陪着那位老太太下来吧；我的丈夫要上楼来了。
福　德	老太太！哪里来的老太太？
福德大娘	就是我家女仆的姑妈，住在勃伦府的那个老婆子。
福　德	哼，这妖妇，这贼老婆子！我不是不许她走进我的屋子里吗？她又是给什么人带信来的，是不是？我们都是头脑简单的人，不懂得求神问卜这些玩意儿；什么画符、念咒、起课这一类鬼把戏，我们全不懂得。快给我滚下来，你这妖妇，鬼老太婆！滚下来！
福德大娘	不，我的好大爷！列位大爷，别让他打这可怜的老婆子。
	培琪大娘偕福斯塔夫女装重上。
培琪大娘	来，替我拉起来，搀着我的手。
福　德	我要"泼辣辣"地揍她一顿呢。——（打福斯塔夫）滚出去，你这妖妇，你这贱货，你这臭猫，你这鬼老太婆！滚出去！滚出去！我要请你去见神见鬼呢，我要给你算算命呢。（福斯塔夫下）
培琪大娘	你羞不羞？这可怜的老妇人差不多给你打死了。
福德大娘	欺负一个苦老太婆，真有你的！
福　德	该死的妖妇！

爱 文 斯 我想这妇人的确是一个妖妇；我不喜欢长胡须的女人，我看见她的围巾下面露出几根胡须呢。

福 德 列位，请你们跟我来好不好？看看我究竟是不是瞎起疑心。要是我完全无理取闹，请你们以后再不要相信我的话。

培 琪 咱们就再顺顺他的意思吧。各位，大家都来。（福德、培琪、夏禄、卡厄斯、爱文斯同下）

培琪大娘 他把他打得真可怜。

福德大娘 这一顿打才打得痛快呢。

培琪大娘 我想把那棒儿放在祭坛上供奉起来，它今天立下了很大的功劳。

福德大娘 我倒有一个意思，不知道你以为怎样？我们横竖名节无亏，问心无愧，索性一不做，二不休，再把他作弄一番好不好？

培琪大娘 他吃过了这两次苦头，一定把他的色胆都吓破了；除非魔鬼盘踞在他心里，大概他不会再来冒犯我们了。

福德大娘 我们要不要把我们怎样作弄他的情形告诉我们的丈夫知道？

培琪大娘 很好，这样也可以点破你那汉子的疑心。要是他们认为这个荒唐的胖爵士还有应加惩处的必要，那么仍旧可以委托我们全权办理的。

福德大娘 我想他们一定要让他当着众人出一次丑；我们这一个笑话也一定要这样才可以告一段落。

培琪大娘 好，那么我们就去商量办法吧；我的脾气是想到就做，不让事情耽搁下去的。（同下）

第三场　嘉德饭店中一室

店主及巴道夫上。

巴 道 夫 老板，那几个德国人要问您借三匹马；公爵明天要上朝来了，他们要去迎接他。

店 主 什么公爵来得这样秘密？我不曾在宫廷里听见人家说起。让我去跟那几个客人谈谈。他们会说英国话吗？

巴 道 夫 会说的，老板；我去叫他们来。

店 主 马可以借给他们，可是我不能让他们白骑，世上没有这样便宜的事情。他们已经住了我的房子一个星期了，我已经为了他们回绝了多少别的客人；我可不能跟他们客气，这笔损失是一定要叫他们赔偿的。来。（同下）

第四场　福德家中一室

培琪、福德、培琪大娘、福德大娘及爱文斯上。

爱 文 斯　女人家有这样的心思，难得难得！

培　琪　他是同时寄信给你们两个人的吗？

培琪大娘　我们在一刻钟内同时接到。

福　德　娘子，请你原谅我。从此以后，我一切听任你；我宁愿疑心太阳失去了热力，不愿疑心你有不贞的行为。你已经使一个对于你的贤德缺少信心的人，变成你的一个忠实的信徒了。

培　琪　好了，好了，别说下去了。太冒冒失失固然不好，太服服帖帖可也不对。我们还是来商量计策吧；让我们的妻子为了给大家解解闷，再跟这个胖老头子约好一个时间，到了那时候，我们就去捉住他，把他羞辱一顿。

福　德　她们刚才说起的那个办法，再好没有了。

培　琪　怎么？约他在半夜里到林苑里去相会吗？嘿！他再也不会来的。

爱 文 斯　你们说他已经给丢在河里，还给人当做一个老婆子痛打了一顿，我想他一定吓怕了，不会再来了；他的肉体已经受到责罚，他一定不敢再起欲念了。

培　琪　我也这样想。

福德大娘　你们只要商量商量等他来了怎样对付他，我们两人自会想法子叫他来的。

培琪大娘　有一个古老的传说，说是曾经在这儿温莎地方做过管林子的猎夫赫恩，鬼魂常常在冬天的深夜里出现，绕着一株橡树兜圈子，头上还长着又粗又大的角，手里摇着一串链子，发出怕人的声音；他一出来，树木就要枯竭，牲畜就要害病，乳牛的乳汁会变成血液。这一个传说从前代那些迷信的人们嘴里流传下来，就好像真有这回事一样，你们各位也都听见过的。

培　琪　是呀，有许多人不敢在深夜里经过这株赫恩的橡树呢。可是你为什么要提起它呢？

福德大娘　这就是我们的计策：我们要叫福斯塔夫头上装了两只大角，扮做赫恩的样子，在那橡树的旁边等着我们。

培　琪　好，就算他听着你们这样打扮着来了，你们预备把他怎么样呢？你有什么妙计呢？

培琪大娘　那我们也已经想好了：我们先叫我的女儿安和我的小儿子，还有三四个跟他们差不多大的孩子，大家打扮成一队精灵的样子，穿着绿色的和白色的衣服，各人头上顶着一圈蜡烛，手里拿着响铃，埋伏在树旁的土坑里；等福斯塔夫跟我们相会的时候，他们就一拥而出，嘴里唱着各色各样的歌儿；我们一看见他们出来，就假装吃惊逃走了，然后让他们把他团团围住，把这龌龊的爵士你拧一把，我刺一下，还要质问他为什么在这仙人们游戏的时候，胆敢装扮做那种秽恶的形状，闯进神圣的地方来。

福德大娘 这些假扮的精灵们要把他拧得遍体鳞伤，还用蜡烛烫他的皮肤，直等他招认一切为止。

培琪大娘 等他招认以后，我们大家就一起出来。

福　德 孩子们倒要叫他们练习得熟一点，否则会露出破绽来的。

爱文斯 我可以教这些孩子们怎样做；我自己也要扮做一个猴崽子，用蜡烛去烫这爵士哩。

福　德 那好极啦。我去替他们买些玩具来。

培琪大娘 我的小安要扮做一个仙后，穿着很漂亮的白袍子。

培　琪 我去买缎子来给她做衣服。（旁白）到了那个时候，我可以叫斯兰德把安偷走，到伊登去跟她结婚。——你们马上就派人到福斯塔夫那里去吧。

福　德 不，我还要用白罗克的名字去见他一次，他会把什么话都告诉我。他一定会来的。

培琪大娘 不怕他不来。我们这些精灵们的一切应用的东西和饰物，也该赶快预备起来了。

爱文斯 我们就去办起来吧；这是个很好玩的玩意儿，而且也是光明正大的恶作剧。（培琪、福德、爱文斯同下）

培琪大娘 福德嫂子，你就去找桂嫂，叫她到福斯塔夫那里去，探探他的意思。（福德大娘下）我现在要到卡厄斯大夫那里去，他是我看中的人，除了他谁也不能娶我的小安。那个斯兰德虽然有家私，却是一个呆子，我的丈夫偏偏喜欢他。这医生又有钱，他的朋友在宫廷里又有势力，只有他才配做她的丈夫，即使有二万个更了不得的人来向她求婚，我也不给他们。（下）

第五场　嘉德饭店中一室

店主及辛普儿上。

店　主 你要干吗，乡下佬，蠢东西？说吧，讲吧，干干脆脆的。

辛 普 儿　呃，老板，我是斯兰德少爷叫我来跟约翰·福斯塔夫爵士说话的。

店　　主　那边就是他的房间、他的公馆、他的床铺，你瞧门上新画着浪子回家故事的就是。只要你去敲敲门，喊他一声，他就会跟你胡说八道。去敲他的门吧。

辛 普 儿　刚才有一个胖大的老妇人跑进他的房间里去，请您让我在这儿等她下来吧；我本来是要跟她说话的。

店　　主　哈！一个胖女人！也许是来偷东西的，让我叫他一声。喂，骑士！好爵爷！你在房间里吗？使劲回答我，你的店主东——你的老朋友在叫你哪。

福斯塔夫　（在上）什么事，老板？

店　　主　这儿有一个流浪的鞑靼人等着你的胖婆娘下来。叫她下来，好家伙，叫她下来；我的屋子是干干净净的，不能让你们干那些鬼鬼祟祟的勾当。哼，不要脸！

福斯塔夫上。

福斯塔夫　老板，刚才是有一个胖老婆子在我这儿，可是现在她已经走了。

辛 普 儿　请问一声，爵爷，她就是勃伦府那个算命的女人吗？

福斯塔夫　对啦，螺蛳精；你问她干吗？

辛 普 儿　爵爷，我家主人斯兰德少爷因为瞧见她在街上走过，所以叫我来问问她，他有一串链子给一个叫做尼姆的骗去了，不知道那链子还在不在那尼姆的手里。

福斯塔夫　我已经跟那老婆子讲起过这件事了。

辛 普 儿　请问爵爷，她怎么说呢？

福斯塔夫　呃，她说，那个从斯兰德手里把那链子借去的人，就是偷他链子的人。

辛 普 儿　我希望我能够当面跟她谈谈；我家少爷还叫我问她别的事情哩。

福斯塔夫　什么事情？说出来听听看。

店　　主　对了，快说。

辛 普 儿　爵爷，我家少爷吩咐我要保守秘密呢。

店　　主　你要是不说出来，就叫你死。

辛 普 儿　啊，实在没有什么事情，不过是关于培琪家小姐的事情，我家少爷叫我来问问看，他命里能不能娶她做妻子。

福斯塔夫　那可要看他的命运怎样了。

辛 普 儿　您怎么说？

福斯塔夫　娶得到是他的命，娶不到也是他的命。你回去告诉主人，就说那老妇人这样对我说的。

辛 普 儿　我可以这样告诉他吗？

福斯塔夫　是的，乡下佬，你尽管这样说好了。

辛 普 儿　多谢爵爷；我家少爷听见了这样的消息，一定会十分高兴的。（下）

店　主　你真聪明，爵爷，你真聪明。真有一个算命的婊子在你房间里吗？

福斯塔夫　是的，老板，她刚才还在我这儿；她教给我许多我一生从来没有学过
　　　　　的智慧，我不但没有花半个钱的学费，而且她反倒给我酬劳呢。

　　　　　　巴道夫上。

巴 道 夫　嗳哟，老板，不好了！又是骗子，尽是些骗子！

店　主　我的马呢？蠢奴才，好好地对我说。

巴 道 夫　都跟着那些骗子们跑掉啦；一过了伊登，他们就把我从马上推下来，
　　　　　把我丢在一个烂泥潭里，他们就像三个德国鬼子似的，策马加鞭，飞
　　　　　也似的去了。

店　主　狗才，他们是去迎接公爵去的。别说他们逃走，德国人都是规规矩
　　　　　矩的。

　　　　　　爱文斯上。

爱 文 斯　老板在哪儿？

店　主　师傅，什么事？

爱 文 斯　留心你的客人。我有一个朋友到城里来，他告诉我有三个德国骗子，一
　　　　　路上骗人家的马匹金钱；里亭、梅登海、科白路，各家旅店都上了他们
　　　　　的当。我是一片好心来通知你，你当心些吧；你是个很乖巧的人，专爱
　　　　　开人家的玩笑，要是你也被人家骗了，那未免太笑话啦。再见。（下）

　　　　　　卡厄斯上。

卡 厄 斯　店主东呢？

店　主　卡厄斯大夫，我正在这儿心乱如麻呢。

卡 尼 斯　我不懂你的意思；可是人家告诉我，你正在准备着隆重地招待一个德
　　　　　国的公爵，可是我不骗你，我在宫廷里就不知道有什么公爵要来。我
　　　　　是一片好心来通知你。再见。（下）

店　主　狗才，快去喊人去捉贼！骑士，帮帮我忙，我这回可完了！狗才，快
　　　　　跑，捉贼！完了！完了！（店主及巴道夫下）

福斯塔夫　我但愿全世界的人都受骗，因为我自己也受了骗，而且还挨了打。要
　　　　　是宫廷里的人听见了我怎样一次次的化身，给人当衣服洗，用棍子
　　　　　打，他们一定会把我身上的油一滴一滴溶下来，去擦仆夫的靴子；他

们一定会用俏皮话把我挖苦得像一只干瘪的梨一样丧气。自从那一次赖了赌债以后，我一直交着坏运。好，要是我在临终以前还来得及念祷告，我一定要忏悔。

快嘴桂嫂上。

福斯塔夫 啊，又是谁叫你来的？

桂　　嫂 除了那两个人还有谁？

福斯塔夫 让魔鬼跟他的老娘把那两个人抓了去吧！趁早把她们这样打发了吧。我已经为了她们吃过多少苦，男人本来是容易变心的，谁受得了这样的欺负！

桂　　嫂 您以为她们没有吃苦吗？说来才叫人伤心哪，尤其是那位福德娘子，天可怜见的，给她的汉子打得身上一块青一块黑的，简直找不出一处白净的地方。

福斯塔夫 什么一块青一块黑的，我自己给他打得五颜六色，浑身挂彩呢；我还差一点给他们当做勃伦府的妖妇抓了去。要不是我急中生智，把一个老太婆的举动装扮得活龙活现，我早已给混蛋官差们锁上脚镣，办我一个妖言惑众的罪名了。

桂　　嫂 爵爷，让我到您房间里去跟您说话，您就会明白一切，而且包在我身上，一定会叫您满意的。这儿有一封信，您看了就知道了。天哪！把你们拉拢在一起，真麻烦死了！你们中间一定有谁得罪了天，所以才这样颠颠倒倒的。

福斯塔夫 那么你跟我上楼，到我的房间里来吧。（同下）

第六场　嘉德饭店中另一室

范顿及店主上。

店　　主 范顿大爷，别跟我说话，我一肚子都是气，我想索性这桩生意也不做了。

范　　顿 可是你听我说。我要你帮我做一件事，事成之后，我不但赔偿你的全部损失，而且还愿意送给你财金百镑，作为酬谢。

店　　主 好，范顿大爷，您说吧。我不知道我能不能帮您的忙，可是至少我不会泄漏秘密。

范　　顿 我曾经屡次告诉你我对于培琪家安小姐的深切的爱情；她对我也已经表示默许了，要是她自己作得了主，我一定可以如愿以偿的。刚才我收到了她一封信，信里所说起的事情，你要是知道了，一定会拍手称奇；原来她给我出了个好主意，而这主意又是跟一个笑料分不开的，要说到我们的事儿，就得提到那个笑料，要给你讲那个笑料，就得说一说我们的事儿。那胖骑士福斯塔夫不免要给他们捉弄，受一番惊吓了；究竟要开什么玩笑，我一五一十都跟你说了吧。（指信）听着，我的好老板，今夜十二点钟到一点钟之间，在赫恩橡树的近旁，我的亲爱的小安要扮成仙后的样子，为什么要这样打扮，这儿写得很明白。她父亲叫她趁着大家开玩笑开得乱哄哄的时候，就穿着这身服装，跟斯兰德悄悄地溜到伊登去结婚，她已经答应他了。可是她母亲竭力反对她嫁给斯兰德，决意把她嫁给卡厄斯，她也已经约好那个医生，叫他也趁着人家忙得不留心的时候，用同样的方式把她带到教长家里去，请一个牧师替他们立刻成婚；她对于她母亲的这个计策，也已经假装服从的样子，答应了那医生了。他们的规划是这样的：她的父亲要她全身穿着白的衣服，以便认识，斯兰德看准了时机，就搀着她的手，叫她跟着走，她就跟着他走；她的母亲为了让那医生容易辨认起见，——因为他们大家都是戴着面具的——却叫她穿着宽大的浅绿色的袍子，头上系着飘扬的丝带，那医生一看有了下手的机会，便上去把她的手捏一把，这一个暗号便是叫她跟着他走的。

店　主　她预备欺骗她的父亲呢，还是欺骗她的母亲？

范　顿　我的好老板，她要把他们两人一起骗了，跟我一块儿溜走。所以我要请你费心去替我找一个牧师，十二点钟到一点钟之间在教堂里等着我，为我们举行正式的婚礼。

店　主　好，您去实行您的计划吧，我一定给您找牧师去。只要把那位姑娘带来，牧师是不成问题的。

范　顿　多谢多谢，我一定永远记住你的恩德，而且我马上就会报答你的。

（同下）

第 五 幕

第一场　嘉德饭店中一室

福斯塔夫及快嘴桂嫂上。

福斯塔夫　你别再啰哩啰嗦了，去吧，我一定不失约就是了。这已经是第三次
　　　　啦，我希望单数是吉利的。去吧，去吧！人家说单数是用来占卜生、
　　　　死、机缘的。去吧！

桂　　嫂　我去给您弄一根链子来，再去设法找一对角来。

福斯塔夫　好，去吧；别耽搁时间了。抬起你的头来，扭扭屁股走吧。（桂嫂下）

福德上。

福斯塔夫　啊，白罗克大爷！白罗克大爷，事情成功不成功，今天晚上就可以知
　　　　道。请您在半夜时候，到赫恩橡树那儿去，就可以看见新鲜的事儿。

福　　德　您昨天不是对我说过，要到她那儿去赴约吗？

福斯塔夫　白罗克大爷，我昨天到她家里去的时候，正像您现在看见我一样，是个
　　　　可怜的老头儿；可是白罗克大爷，我从她家里出来的时候，却变成一
　　　　个苦命的老婆子了。白罗克大爷，她的丈夫，福德那个混蛋，简直是个
　　　　疯狂的吃醋鬼投胎。他气我是个女人，把我没头没脑一顿打；可是，白
　　　　罗克大爷，要是我穿着男人的衣服，别说他是个福德，就算他是个身长
　　　　丈二的天神，拿着一根千斤重的梁柱向我打来，我也不怕他。我现在还
　　　　有要事，请您跟我一路走吧，白罗克大爷，我可以把一切的事情完全告
　　　　诉您。自从我小时候偷鹅、赖学、抽陀螺挨打以后，直到现在才重新尝
　　　　到挨打的滋味。跟我来，我要告诉您关于这个叫做福德的混蛋的古怪事
　　　　儿；今天晚上我就可以向他报复，我一定会把他的婊子送到您的手里。
　　　　跟我来。白罗克大爷，您就有新鲜事儿看了！跟我来。（同下）

第二场　温莎林苑

培琪、夏禄及斯兰德上。

培　　琪　来，来，咱们就躲在这座古堡的壕沟里，等我们那班精灵们的火光出
　　　　现以后再出来。斯兰德贤婿，记着我的女儿。

斯 兰 德　好，一定记着；我已经跟她当面谈过，约好了用什么口号互相通知。

我看见她穿着白衣服，就上去对她说"嗨"，她就回答我"不见得"，这样我们就不会认错啦。

夏　　禄　那也好，可是何必嚷什么"嗨"哩，什么"不见得"哩，你只要看定了穿白衣服的人就行啦。钟已经敲十点了。

培　　琪　天乌沉沉的，精灵和火光在这时候出现，再好没有了。愿上天保佑我们的游戏成功！除了魔鬼以外，谁都没有恶意；我们只要看谁的头上有角，就知道他是魔鬼。去吧，大家跟我来。（同下）

第三场　温莎街道

培琪大娘、福德大娘及卡厄斯上。

培琪大娘　大夫，我的女儿是穿绿的；您看时机一到，便过去搀她的手，带她到教长家里去，赶快把事情办了。现在您一个人先到林苑里去，我们两个人是要一块儿去的。

卡 厄 斯　我知道我应当怎么办。再见。

培琪大娘　再见，大夫。（卡厄斯下）我的丈夫把福斯塔夫羞辱过了以后，知道这医生已经跟我的女儿结婚，一定会把一场高兴，化作满腔怒火的；可是管他呢，与其让他害得我将来心碎，宁可眼前挨他一顿臭骂。

福德大娘　小安和她的一队精灵现在在什么地方？还有那个威尔士鬼子休牧师呢？

培琪大娘　他们都把灯遮得暗暗的，躲在赫恩橡树近旁的一个土坑里；一等到福斯塔夫跟我们会见的时候，他们就立刻在黑夜里出现。

福德大娘　那一定会叫他大吃一惊的。

培琪大娘　要是吓不倒他，我们也要把他讥笑一番；要是他果然吓倒了，我们还是要讥笑他的。

福德大娘　咱们这回不怕他不上圈套。

培琪大娘　像他这种淫棍，欺骗他、教训他也是好事。

福德大娘　时间快到啦，到橡树底下去，到橡树底下去！（同下）

第四场　温莎林苑

爱文斯化装率扮演精灵的一群上。

爱 文 斯　跑，跑，精灵们，来；别忘了你们各人的词句。大家放大胆子，跟我跑下这土坑里，等我一发号令，就照我吩咐你们的做起来。来，来；跑，跑。（同下）

第五场　林苑中的另一部分

福斯塔夫顶公鹿头扮赫恩上。

福斯塔夫　温莎的钟已经敲了十二点，时间快到了。好色的天神们，照顾照顾我吧！记着，乔武大神，你曾经为了你的情人欧罗巴的缘故，化身做一头公牛，爱情使你头上生角。强力的爱啊！它会使畜生变成人类，也会使人类变成畜生。而且，乔武大神，你为了你心爱的勒达，还化身做过一只天鹅呢。万能的爱啊！你差一点儿把天神的尊容变得像一只蠢鹅！这真是罪过哪：首先不该变成一头畜生——啊，老天，这罪过可没有一点人气味！接着又不该变做了一头野禽——想想吧，老天，这可真是禽兽一般的罪过！既然天神们也都这样贪淫，我们可怜的凡人又有什么办法呢？至于讲到我，那么我是这儿温莎地方的一匹公鹿；在这树林子里，也可以算得上顶胖的了。天神，让我过一个凉快的交配吧，否则谁能责备我不该排泄些脂肪呢。——谁来啦？我的母鹿吗？

福德大娘及培琪大娘上。

福德大娘　爵爷，你在这儿吗，我的公鹿？我的亲爱的公鹿？

福斯塔夫　我的黑尾巴的母鹿！让天上落下马铃薯般大的雨点来吧，让它配着淫曲儿的调子响起雷来吧，让糖梅子、春情草像冰雹雪花般落下来吧，只要让我躲在你的怀里，什么泼辣的大风大雨我都不怕。（拥抱福德大娘）

福德大娘　培琪嫂子也跟我一起来了呢，好人儿。

福斯塔夫　那么你们把我当作偷来的公鹿一般切开来，各人分一条大腿去，留下两块肋条肉给我自己，肩膀肉赏给那看园子的，还有这两只角，送给你们的丈夫做个纪念品吧。哈哈！你们瞧我像不像猎人赫恩？丘比德是个有良心的孩子，现在他让我尝到甜头了。我用鬼魂的名义欢迎你们！（内喧声）

培琪大娘　嗳哟！什么声音？

福德大娘　天老爷饶恕我们的罪过吧！

福斯塔夫　又是什么事情？

福德大娘
培琪大娘　快逃！快逃！（二人奔下）

福斯塔夫　我想多半是魔鬼不愿意让我下地狱，因为我身上的油太多啦，恐怕在地狱里惹起一场大火来，否则他不会这样一次一次地跟我捣蛋。

爱文斯乔装山羊神萨特，毕斯托尔扮小妖，安·培琪扮仙后，威廉及若干儿童各扮精灵侍从，头插小蜡烛，同上。

安   黑的，灰的，绿的，白的精灵们，
    月光下的狂欢者，黑夜里的幽魂，
    你们是没有父母的造化的儿女，
    不要忘记了你们各人的职务。
    传令的小妖，替我向众精灵宣告。

毕斯托尔 众精灵，静听召唤，不许喧吵！
    蟋蟀儿，你去跳进人家的烟囱，
    看他们炉里的灰屑有没有扫空；
    我们的仙后最恨贪懒的婊子，
    看见了就把她拧得浑身青紫。

福斯塔夫 他们都是些精灵，谁要是跟他们说话，就不得活命；让我闭上眼睛趴下来吧，神仙们的事情是不许凡人窥看的。（俯伏地上）

爱 文 斯 比德在哪里？你去看有谁家的姑娘，
    念了三遍祈祷方才睡上眠床，
    你就悄悄地替她把妄想收束，
    让她睡得像婴儿一样甜熟；
    谁要是临睡前不思量自己的过错，
    你要叫他们腰麻背疼，手脚酸楚。

安   去，去，小精灵！
    把温莎古堡内外搜寻：
    每一间神圣的华堂散播着幸运，
    让它巍然卓立，永无毁损，
    祝福它宅基巩固，门户长新，
    辉煌的大厦恰似着贤德的主人！
    每一个尊严的宝座用心扫洗，
    洒满了袪邪垢的鲜花香水，
    祝福那文梫绣瓦，画栋雕梁，
    千秋万岁永远照耀着荣光！
    每夜每夜你们手搀手在草地上，
    拉成一个圆圈儿跳舞歌唱，
    清晨的草上留下你们的足迹，

一团团葱翠新绿的颜色；

再用青紫粉白的各色鲜花，

写下了天书仙语，"清心去邪"，

像一簇簇五彩缤纷的珠玉，

像英俊骑士所穿的锦绣衣袴；

草地是神仙的纸，花是神仙的符。

去，去，往东的向东，往西的向西！

等到钟鸣一下，可不要忘了

我们还要绕着赫恩橡树舞蹈。

爱 文 斯　大家排着队，大家手牵手，

二十个萤给我们点亮灯笼，

照着我们树荫下舞影憧憧。

且慢！哪里来的生人气？

福斯塔夫　天老爷保佑我不要给那个威尔士老怪瞧见，他会叫我变成一块干酪哩！

毕斯托尔　坏东西！你是个天生的孽种。

安　　　　让我用炼狱火把他指尖灼烫，

看他的心地是纯洁还是肮脏：

他要是心无污秽，火不能伤，

哀号呼痛的一定居心不良。

毕斯托尔　来，试一试！

爱 文 斯　来，看这木头怕不怕火熏。（众以烛烫福斯塔夫）

福斯塔夫　啊！啊！啊！

爱 文 斯　坏透了，坏透了，这家伙淫毒攻心！

精灵们，唱个歌儿取笑他；

围着他窜窜跳跳，拧得他遍体酸麻。

歌

哼，罪恶的妄想！

哼，淫欲的孽障！

淫欲是一把血火，

不洁的邪念把它点亮，

痴心扇着它的火焰，

妄想把它愈吹愈旺。

精灵们，拧着他，

不要把恶人宽放；

拧他，烧他，拖着他团团转，

直等星月烛光一片黑暗。

精灵等一面唱歌，一面拧福斯塔夫。卡厄斯自一旁上，将一穿绿衣的精灵偷走；斯兰德自另
一旁上，将一穿白衣的精灵偷走；范顿上，将安·培琪偷走。内猎人号角声，犬吠声，众精
灵纷纷散去。福斯塔夫扯下鹿头起立。

培琪、福德、培琪大娘、福德大娘同上，将福斯塔夫捉住。

培　　琪	嗳，别逃呀；现在您可给我们瞧见啦；难道您只好扮扮猎人赫恩吗？
培琪大娘	好了好了，咱们不用尽跟他开玩笑啦。好爵爷，您现在喜不喜欢温莎的娘儿们？看见这一对漂亮的鹿角吗，丈夫？把这对鹿角扔在林子里不是比拿到城里去更合式些吗？
福　　德	爵爷，现在究竟谁是个大王八？白罗克大爷，福斯塔夫是个混蛋，是个混账王八蛋；瞧他的头上还长着角哩，白罗克大爷！白罗克大爷，他从福德那里什么好处也没有得到，只得到了一只脏衣服的篓子，一顿棒儿，还有二十镑钱，那笔钱是要向他追还的，白罗克大爷；我已经把他的马扣留起来做抵押了，白罗克大爷。
福德大娘	爵爷，只怪我们运气不好，没有缘分，总是好事多磨。以后我再不把您当做我的情人了，可是我会永远记着您是我的公鹿。
福斯塔夫	我现在才明白我受了你们愚弄，做了一头蠢驴啦。
福　　德	岂止蠢驴，还是笨牛呢，这都是一目了然的事。
福斯塔夫	原来这些都不是精灵吗？我曾经三、四次疑心他们不是什么精灵，可是一则因为我自己做贼心虚，二则因为突如其来的怪事，把我吓昏了头，所以会把这种破绽百出的骗局当做真实，虽然荒谬得不近情理，也会使我深信不疑，可见一个人做了坏事，虽有天大的聪明，也会受人之愚的。
爱 文 斯	福斯塔夫爵士，您只要敬奉上帝，消除欲念，精灵们就不会来拧您的。
福　　德	说得有理，休大仙。
爱 文 斯	还有您的嫉妒心也要除掉才好。
福　　德	我以后再不疑心我的妻子了，除非有一天你会说道地的英国话来追求我的老婆。
福斯塔夫	难道我已经把我的脑子剜出来放在太阳里晒干了，所以连这样明显的骗局也看不出来吗？难道一只威尔士的老山羊都会捉弄我？难道我该用威尔士土布给自己做一顶傻子戴的鸡冠帽吗？这么说，我连吃烤过

的干酪都会把自己哽住了呢。

爱文斯 钢酪是熬不出什么扭油来的——你这个大肚子倒是装满了扭油呢。

福斯塔夫 又是"钢酪"，又是"扭油"！想不到我活到今天，却让那一个连英国话都说不像的家伙来取笑吗？罢了罢了！这也算是我贪欢好色的下场！

培琪大娘 爵爷，我们虽然愿意把那些三从四德的道理一脚踢得远远的，为了寻欢作乐，甘心死后下地狱；可是什么鬼附在您身上，叫您相信我们会喜欢您呢？

福　德 像你这样的一只杂碎布丁？一袋烂麻线？

培琪大娘 一个浸胖的浮尸？

培　琪 又老、又冷、又干枯，再加上一肚子的肮脏？

福　德 像魔鬼一样到处造谣生事？

培　琪 一个穷光蛋的孤老头子？

福　德 像个破老太婆一样千刁万恶？

爱文斯 一味花天酒地，玩玩女人，喝喝白酒蜜糖，喝醉了酒白瞪着眼睛骂人吵架？

福斯塔夫 好，尽你们说吧；算我倒楣落在你们手里，我也懒得跟这头威尔士山羊斗嘴了。无论哪个无知无识的傻瓜都可以欺负我，悉听你们把我怎样处置吧。

福　德 好，爵爷，我们要带您到温莎去看一位白罗克大爷，您骗了他的钱，却没有替他把事情办好；您现在已经吃过不少苦了，要是再叫您把那笔钱还出来，我想您一定要万分心痛吧？

福德大娘 不，丈夫，他已经受到报应，那笔钱就算了吧；冤家宜解不宜结，咱们不要欺人太甚。

福　德 好，咱们拉拉手，过去的事情，以后不用再提啦。

培　琪 骑士，不要懊恼，今天晚上请你到我家里来喝杯乳酪。我的妻子刚才把你取笑，等会儿我也要请你陪我把她取笑取笑。告诉她，斯兰德已经跟她的女儿结了婚啦。

培琪大娘 （旁白）博士们不会信他的胡说。要是安·培琪是我的女儿，那么这个时候她已经做了卡厄斯大夫的太太啦。

斯兰德上。

斯兰德 哎哟！哎哟！岳父大人，不好了！

培　琪 怎么，怎么，贤婿，你已经把事情办好了吗？

斯兰德 办好了！哼，我要让葛罗斯特郡人都知道这件事；否则还是让你们把我吊死了吧！

培　琪　什么事情，贤婿？

斯兰德　我到了伊登那里去本来是要跟安·培琪小姐结婚的，谁知道她是一个
　　　　又高又大、笨头笨脑的男孩子；倘不是在教堂里，我一定要把他揍一
　　　　顿，说不定他也要把我揍一顿。我还以为他真的就是安·培琪哩——
　　　　真是白忙了一场！——谁知道他是驿站长的儿子。

培　琪　那么一定是你看错了人啦。

斯兰德　那还用说吗？我把一个男孩子当做女孩子，当然是看错了人啦。要是
　　　　我真的跟他结了婚，虽然他穿着女人的衣服，我也不会要他的。

培　琪　这是你自己太笨的缘故。我不是告诉你怎样从衣服上认出我的女儿
　　　　来吗？

斯兰德　我看见她穿着白衣服，便上去喊了一声"嗨"，她答应我一声"不见
　　　　得"，正像安跟我预先约好的一样；谁知道他不是安，却是驿站长的
　　　　儿子。

爱文斯　耶稣基督！斯兰德少爷，难道您生着眼睛不会看，竟会去跟一个男孩
　　　　子结婚吗？

培　琪　我心里乱得很，怎么办呢？

培琪大娘　好官人，别生气，我因为知道了你的计划，所以叫女儿改穿绿衣服；
　　　　不瞒你说，她现在已经跟卡厄斯医生一同到了教长家里，在那里举行
　　　　婚礼啦。

　　　　　　卡厄斯上。

卡厄斯　培琪大娘呢？哼，我上了人家的当啦！我跟一个男孩子结了婚，一个
　　　　乡下男孩子，不是安·培琪。我上了当啦！

培琪大娘　怎么，你不是看见她穿着绿衣服的吗？

卡厄斯　是的，可是那是个男孩子；我一定要叫全温莎的人评个理去。（下）

福　德　这可奇了。谁把安带了去呢？

培琪大娘　我心里怪不安的。范顿大爷来了。

　　　　　　范顿及安·培琪上。

培琪大娘　啊，范顿大爷！

安　　　好爸爸，原谅我！好妈妈，原谅我！

培　琪　小姐，你怎么不跟斯兰德少爷一块儿去？

培琪大娘　姑娘，你怎么不跟卡厄斯大夫一块儿去？

范　顿　你们不要把她问得心慌意乱，让我把实在的情形告诉你们吧。你们用

可耻的手段，想叫她嫁给她所不爱的人；可是她跟我两个人久已心心相许，到了现在，更觉得什么都不能把我们两人拆开。她所犯的过失是神圣的，我们虽然欺骗了你们，却不能说是不正当的诡计，更不能说是忤逆不孝，因为她要避免强迫婚姻所造成的无数不幸的日子，只有用这办法。

福　　德　　木已成舟，培琪大爷，您也不必发呆啦。在恋爱的事情上，都是上天亲自安排好的；金钱可以买田地，娶妻只能靠运气。

福斯塔夫　　我很高兴，虽然我遭了你们的算计，你们的箭却也会发而不中。

培　　琪　　算了，有什么办法呢？——范顿，愿上天给你快乐！拗不过来的事情，也只好将就过去。

福斯塔夫　　猎狗在晚上出来，哪只鹿也不能幸免。

培琪大娘　　好，我也不再想这样想那样了。范顿大爷，愿上天给您许许多多快乐的日子！官人，我们大家回家去，在火炉旁边把今天的笑话谈笑一番吧；请约翰爵士和大家都去。

福　　德　　很好。爵爷，您对白罗克并没有失信，因为他今天晚上真的要去陪福德大娘一起睡觉了。（同下）

仲夏夜之梦

剧中人物

忒 修 斯	雅典公爵
伊 吉 斯	赫米娅之父
拉 山 德 ⎫ 狄 米 特 律 斯 ⎭ 同恋赫米娅	
菲劳斯特莱特	忒修斯的掌戏乐之官
昆 斯	木匠
斯 纳 格	细工木匠
波 顿	织工
弗 鲁 特	修风箱者
斯 诺 特	补锅匠
斯 塔 佛 林	裁缝
希 波 吕 忒	阿玛宗女王，忒修斯之未婚妻
赫 米 娅	伊吉斯之女，恋拉山德
海 丽 娜	恋狄米特律斯
奥 布 朗	仙王
提 泰 妮 娅	仙后
迫 克	又名好人儿罗宾
豆 花 ⎫ 蛛 网 飞 蛾 芥 子 ⎭ 小神仙	

其他侍奉仙王仙后的小仙人们

忒修斯及希波吕忒的侍从

地 点

雅典及附近的森林

第 一 幕

第一场 雅典。忒修斯宫中

忒修斯、希波吕忒、菲劳斯特莱特及侍从等上。

忒 修 斯 美丽的希波吕忒，现在我们的婚期已快要临近了，再过四天幸福的日子，新月便将出来；但是，唉！这个旧的月亮消逝得多么慢，她耽延了我的希望，像一个老而不死的后母或寡妇，尽是消耗着年轻人的财产。

希波吕忒 四个白昼很快地便将成为黑夜，四个黑夜很快地可以在梦中消度过去，那时月亮便将像新弯的银弓一样，在天上临视我们的良宵。

忒 修 斯 去，菲劳斯特莱特，激起雅典青年们的欢笑的心情，唤醒了活泼泼的快乐精神，把忧愁驱到坟墓里去；那个脸色惨白的家伙，是不应该让他参加在我们的结婚行列中的。（菲劳斯特莱特下）希波吕忒，我用我的剑向你求婚，用威力的侵凌赢得了你的芳心；但这次我要换一个调子，我将用豪华、夸耀和狂欢来举行我们的婚礼。

伊吉斯、赫米娅、拉山德、狄米特律斯上。

伊 吉 斯 威名远播的忒修斯公爵，祝您幸福！

忒 修 斯 谢谢你，善良的伊吉斯。你有什么事情？

伊 吉 斯 我怀着满心的气恼，来控诉我的孩子，我的女儿赫米娅。走上前来，狄米特律斯。殿下，这个人，是我答应把我女儿嫁给他的。走上前来，拉山德。殿下，这个人引诱坏了我的孩子。你，你，拉山德，你写诗句给我的孩子，和她交换着爱情的纪念物；你在月夜到她的窗前用做作的声调歌唱着假作多情的诗篇；你用头发编成的腕环、戒指、虚华的饰物、琐碎的玩具、花束、糖果——这些可以强烈地引诱一个稚嫩的少女之心的"信使"来偷得她的痴情；你用诡计盗取了她的心，煽惑她使她对我的顺从变成倔强的顽抗。殿下，假如她现在当着您的面仍旧不肯嫁给狄米特律斯，我就要要求雅典自古相传的权利，因为她是我的女儿，我可以随意处置她；按照我们的法律，逢到这样的情况，她要是不嫁给这位绅士，便应当立时处死。

忒 修 斯 你有什么话说，赫米娅？当心一点吧，美貌的姑娘！你的父亲对于你应当是一尊神明；你的美貌是他给与的，你就像在他手中捏成的一块蜡像，他可以保全你，也可以毁灭你。狄米特律斯是一个很好的绅士呢。

赫 米 娅　拉山德也很好啊。

忒 修 斯　他本人当然很好；但是要做你的丈夫，如果不能得到你父亲的同意，那么比起来他就要差一筹了。

赫 米 娅　我真希望我的父亲和我有同样的看法。

忒 修 斯　实在还是你应该依从你父亲的看法才对。

赫 米 娅　请殿下宽恕我！我不知道是什么一种力量使我如此大胆，也不知道在这里倾诉我的心思将会怎样影响到我的美名，但是我要敬问殿下，要是我拒绝嫁给狄米特律斯，就会有什么最恶的命运临到我的头上？

忒 修 斯　不是受死刑，便是永远和男人隔绝。因此，美丽的赫米娅，仔细问一问你自己的心愿吧！考虑一下你的青春，好好地估量一下你血脉中的搏动；倘然不肯服从你父亲的选择，想想看能不能披上尼姑的道服，终生幽闭在阴沉的庵院中，向着凄凉寂寞的明月唱着暗淡的圣歌，做一个孤寂的修道女了此一生？她们能这样抑制热情，到老保持处女的贞洁，自然应当格外受到上天的眷宠；但是结婚的女子有如被采下炼制过的玫瑰，香气久留不散，比之孤独地自开自谢，奄然朽腐的花儿，在尘俗的眼光看来，总是要幸福得多了。

赫 米 娅　就让我这样自开自谢吧，殿下，我不愿意把我的贞操奉献给我心里并不敬服的人。

忒 修 斯　回去仔细考虑一下。等到新月初生的时候——我和我的爱人缔结永久的婚约的一天——你必须作出决定，倘不是因为违抗你父亲的意志而准备一死，便是听从他而嫁给狄米特律斯；否则就得在狄安娜的神坛前立誓严守戒律，终生不嫁。

狄米特律斯　悔悟吧，可爱的赫米娅！拉山德，放弃你那没有理由的要求，不要再跟我确定了的权利抗争吧！

拉 山 德　你已经得到她父亲的爱，狄米特律斯，让我保有着赫米娅的爱吧；你去跟她的父亲结婚好了。

伊 吉 斯　无礼的拉山德！一点不错，我欢喜他，我愿意把属于我所有的给他；她是我的，我要把我在她身上的一切权利都授给狄米特律斯。

拉 山 德　殿下，我和他出身一样好；我和他一样有钱；我的爱情比他深得多；我的财产即使不比狄米特律斯更多，也决不会比他少；比起这些来更值得夸耀的是，美丽的赫米娅爱的是我。那么为什么我不能享有我的权利呢？讲到狄米特律斯，我可以当他的面宣布，他曾经向奈达的女儿海丽娜调过情，把她弄得神魂颠倒；那位可爱的姑娘还痴心地恋着他，把这个缺德的负心汉当偶像一样崇拜。

忒修斯	的确我也听到过不少闲话，曾经想和狄米特律斯谈谈这件事；但是因为自己的事情太多，所以忘了。来，狄米特律斯；来，伊吉斯；你们两人跟我来，我有些私人的话要开导你们。你，美丽的赫米娅，好好准备着，丢开你的情思，依从你父亲的意志，否则雅典的法律将要把你处死，或者使你宣誓独身；我们没有法子变更这条法律。来，希波吕忒；怎样，我的爱人？狄米特律斯和伊吉斯，走吧；我必须差你们为我们的婚礼办些事，还要跟你们商量一些和你们有点关系的事。
伊吉斯	我们敢不欣然跟从殿下。（除拉山德、赫米娅外均下）
拉山德	怎么啦，我的爱人！为什么你的脸颊这样惨白？你脸上的蔷薇怎么会凋谢得这样快？
赫米娅	多半是因为缺少雨露，但我眼中的泪涛可以灌溉它们。
拉山德	唉！我在书上读到的，在传说或历史中听到的，真正的爱情，所走的道路永远是崎岖多阻；不是因为血统的差异——
赫米娅	不幸啊，尊贵的要向微贱者屈节臣服！
拉山德	便是因为年龄上的悬殊——
赫米娅	可憎啊，年老的要和年轻人发生关系！
拉山德	或者因为信从了亲友们的选择——
赫米娅	倒霉啊，选择爱人要依赖他人的眼光！
拉山德	或者，即使彼此两情悦服，但战争、死亡或疾病却侵害着它，使它像一个声音、一片影子、一段梦、黑夜中的一道闪电那样短促，在一刹那间展现了天堂和地狱，但还来不及说一声"啊！"黑暗早已张开口把它吞噬了。光明的事物，总是那样很快地变成了混沌。
赫米娅	既然真心的恋人们永远要受磨折似乎已是一条命运的定律，那么让我们练习着忍耐吧；因为这种磨折，正和忆念、幻梦、叹息、希望和哭泣一样，都是可怜的爱情缺不了的顺从者。
拉山德	你说得很对。听我吧，赫米娅。我有一个寡居的伯母，很有钱，却没有儿女，她看待我就像亲生的独子一样。她的家离开雅典二十哩路；温柔的赫米娅，我可以在那边和你结婚，雅典法律的利爪不能追及我们。要是你爱我，请你在明天晚上溜出你父亲的屋子，走到郊外三哩路地方的森林里——我就是在那边遇见你和海丽娜一同庆祝五月节的——我将在那里等你。
赫米娅	我的好拉山德！凭着丘比德的最坚强的弓，凭着他的金镞的箭，凭着维纳斯的鸽子的纯洁，凭着那结合灵魂、祐祐爱情的神力，凭着古代迦太

基女王焚身的烈火，当她看见她那负心的特洛亚人扬帆而去的时候，凭着一切男子所毁坏的约誓——那数目是远超过于女子所曾说过的，我向你发誓，明天一定会到你所指定的那地方和你相会。

拉山德　愿你不要失约，情人。瞧，海丽娜来了。

海丽娜上。

赫米娅　上帝保佑美丽的海丽娜！你到哪里去？

海丽娜　你瞧我"美丽"吗？请你把那两个字收回了吧！狄米特律斯爱着你的美丽；幸福的美丽啊！你的眼睛是两颗明星，你的甜蜜的声音比之小麦青青、山楂蓓蕾的时节送入牧人耳中的黄雀之歌还要动听。疾病是能染人的；唉！要是美貌也能传染的话，美丽的赫米娅，我但愿染上你的美丽：我要用我的耳朵捕获你的声音，用我的眼睛捕获你的睇视，用我的舌头捕获你那柔美的旋律。要是除了狄米特律斯之外，整个世界都是属于我所有，我愿意把一切捐送，但求化身为你。啊！教给我怎样流转眼波，用怎么一种魔力操纵着狄米特律斯的心？

赫米娅　我向他皱着眉头，但是他仍旧爱我。

海丽娜　唉，要是你的颦蹙能把那种本领传授给我的微笑就好了！

赫米娅　我给他咒骂，但他给我爱情。

海丽娜　唉，要是我的祈祷也能这样引动他的爱情就好了！

赫米娅　我越是恨他，他越是跟随着我。

海丽娜　我越是爱他，他越是讨厌我。

赫米娅　海丽娜，他的傻并不是我的错。

海丽娜　但那是你的美貌的错处；要是那错处是我的就好了！

赫米娅　宽心吧，他不会再见我的脸了；拉山德和我将要逃开此地。在我不曾遇见拉山德之前，雅典对于我就像是一座天堂；啊，我的爱人身上，存在着一种多么神奇的力量，竟能把天堂变成一座地狱！

拉山德　海丽娜，我们不愿瞒你。明天夜里，当月亮在镜波中反映她的银色的容颜、晶莹的露珠点缀在草叶尖上的时候——那往往是情奔最适当的时候，我们预备溜出雅典的城门。

赫米娅　我的拉山德和我将要相会在林中，就是你我常常在那边淡雅的樱草花的花坛上躺着彼此吐露柔情的衷曲的所在，从那里我们便将离别雅典，去访寻新的朋友，和陌生人作伴了。再会吧，亲爱的游侣！请你为我们祈祷；愿你重新得到狄米特律斯的心！不要失约，拉山德；我们现在必须暂时忍受一下离别的痛苦，到明晚夜深时再见面吧！

拉山德　一定的，我的赫米娅。（赫米娅下）海丽娜；别了；如同你恋着他一样，
但愿狄米特律斯也恋着你！（下）

海丽娜　有些人比起其他的人来是多么幸福！在全雅典大家都认为我跟她一样
美；但那有什么相干呢？狄米特律斯是不这么认为的；除了他一个人之
外大家都知道的事情，他不会知道。正如他那样错误地迷恋着赫米娅的
秋波一样，我也是只知道爱慕他的才智；一切卑劣的弱点，在恋爱中都
成为无足重轻，而变成美满和庄严。爱情是不用眼睛而用心灵看着的，
因此生着翅膀的丘比德常被描成盲目；而且爱情的判断全然没有理性，
光有翅膀，不生眼睛，一味表示出卤莽的急躁，因此爱神便据说是一个
孩儿，因为在选择方面他常会弄错。正如顽皮的孩子惯爱发假誓一样，
司爱情的小儿也到处赌着口不应心的咒。狄米特律斯在没有看见赫米娅
之前，也曾像下雹一样发着誓，说他是完全属于我的，但这阵冰雹一感
到身上的一丝热力，便立刻溶解了，无数的盟言都化为乌有。我要去告
诉他美丽的赫米娅的出奔；他知道了以后，明夜一定会到林中去追寻
她。如果为着这次的通报消息，我能得到一些酬谢，我的代价也一定不
小；但我的目的是要补报我的苦痛，使我能再一次聆接他的音容。（下）

第二场　同前。昆斯家中

昆斯、斯纳格、波顿、弗鲁特、斯诺特，斯塔佛林上。

昆　斯　咱们一伙人都到了吗？

波　顿　你最好照着名单一个儿一个儿拢总地点一下名。

昆　斯　这儿是每个人名字都在上头的名单，整个雅典都承认，在公爵跟公爵夫
人结婚那晚上当着他们的面前扮演咱们这一出插戏，这张名单上的弟兄
们是再合适也没有的了。

波　顿　第一，好彼得·昆斯，说出来这出戏讲的是什么，然后再把扮戏的人名
字念出来，好有个头脑。

昆　斯　好，咱们的戏名是《最可悲的喜剧，以及皮拉摩斯和提斯柏的最残酷
的死》。

波　顿　那一定是很出色的东西，咱可以担保，而且是挺有趣的。现在，好彼
得·昆斯，照着名单把你的角儿们的名字念出来吧。列位，大家站开。

昆　斯　咱一叫谁的名字，谁就答应。尼克·波顿，织布的。

波　顿　有。先说咱应该扮哪一个角儿，然后再挨次叫下去。

昆　　斯　你，尼克·波顿，派着扮皮拉摩斯。

波　　顿　皮拉摩斯是谁呀？一个情郎呢，还是一个霸王？

昆　　斯　是一个情郎，为着爱情的缘故，他挺勇敢地把自己毁了。

波　　顿　要是演得活龙活现，那还得掉下几滴泪来。要是咱演起来的话，让看客们大家留心着自个儿的眼睛吧；咱要叫全场痛哭流涕，管保风云失色。把其余的人叫下去吧。但是扮霸王挺适合咱的胃口了。咱会把厄剌克勒斯扮得非常好，或者什么吹牛的角色，管保吓破了人的胆。

　　　　　山岳狂怒的震动，

　　　　　　裂开了牢狱的门；

　　　　　太阳在远方高升，

　　　　　　慑伏了神灵的魂。

那真是了不得！现在把其余的名字念下去吧。这是厄剌克勒斯的神气，霸王的神气；情郎还得忧愁一点。

昆　　斯　法兰西斯·弗鲁特，修风箱的。

弗鲁特　有，彼得·昆斯。

昆　　斯　你得扮提斯柏。

弗鲁特　提斯柏是谁呀？一个游行的侠客吗？

昆　　斯　那是皮拉摩斯必须爱上的姑娘。

弗鲁特　哦，真的，别叫咱扮一个娘儿们；咱的胡子已经长起来啦。

昆　　斯　那没有问题；你得套上假脸扮演，你可以小着声音讲话。

波　　顿　咱也可以把脸孔罩住，提斯柏也让咱来扮吧。咱会细声细气地说话，"提斯柏！提斯柏！""啊呀！皮拉摩斯，奴的情哥哥，是你的提斯柏，你的亲亲爱爱的姑娘！"

昆　　斯　不行，不行，你必须扮皮拉摩斯。弗鲁特，你必须扮提斯柏。

波　　顿　好吧，叫下去。

昆　　斯　罗宾·斯塔佛林，当裁缝的。

斯塔佛林　有，彼得·昆斯。

昆　　斯　罗宾·斯塔佛林，你扮提斯柏的母亲。汤姆·斯诺特，补锅子的。

斯诺特　有，彼得·昆斯。

昆　　斯　你扮皮拉摩斯的爸爸；咱自己扮提斯柏的爸爸；斯纳格，做细木工的，你扮一只狮子：咱想这本戏就此分配好了。

斯纳格　你有没有把狮子的台词写下？要是有的话，请你给我，因为我记性不大好。

昆　斯　你不用预备，你只要嚷嚷就算了。

波　顿　让咱也扮狮子吧。咱会嚷嚷，叫每一个人听见了都非常高兴；咱会嚷着嚷着，连公爵都传下谕旨来说，"让他再嚷下去吧！让他再嚷下去吧！"

昆　斯　你要嚷得那么可怕，吓坏了公爵夫人和各位太太小姐们，吓得她们尖声叫起来；那准可以把咱们一起给吊死了。

众　人　那准会把咱们一起给吊死，每一个母亲的儿子都逃不了。

波　顿　朋友们，你们说的很是；要是你把太太们吓昏了头，她们一定会不顾三七二十一把咱们给吊死。但是咱可以把声音压得高一些，不，提得低一些；咱会嚷得就像一只吃奶的小鸽子那么地温柔，嚷得就像一只夜莺。

昆　斯　你只能扮皮拉摩斯；因为皮拉摩斯是一个讨人欢喜的小白脸，一个体面人，就像你可以在夏天看到的那种人；他又是一个可爱的堂堂绅士模样的人；因此你必须扮皮拉摩斯。

波　顿　行，咱就扮皮拉摩斯。顶好咱挂什么须？

昆　斯　那随你便吧。

波　顿　咱可以挂你那稻草色的须，你那橙黄色的须，你那紫红色的须，或者你那法国金洋钱色的须，纯黄色的须。

昆　斯　你还是光着脸蛋吧。列位，这儿是你们的台词。咱请求你们，恳求你们，要求你们，在明儿夜里念熟，趁着月光，在郊外一哩路地方的森林里咱们碰头，在那边咱们要排练排练；因为要是咱们在城里排练，就会有人跟着咱们，咱们的玩意儿就要泄漏出去。同时咱要开一张咱们演戏所需要的东西的单子。请你们大家不要误事。

波　顿　咱们一定在那边碰头；咱们在那边排练起来可以像样点儿，胆大点儿。大家辛苦干一下，要干得非常好。再会吧。

昆　斯　咱们在公爵的橡树底下再见。

波　顿　好了，可不许失约。（同下）

第 二 幕

第一场　雅典附近的森林

一小仙及迫克自相对方向上。

迫　　克　喂，精灵！你飘流到哪里去？

小　　仙　越过了溪谷和山陵，
　　　　　穿过了荆棘和丛薮，
　　　　　越过了围场和园庭，
　　　　　穿过了激流和燔火：
　　　　　我在各地遨游流浪，
　　　　　轻快得像是月亮光；
　　　　　我给仙后奔走服务，
　　　　　草环上缀满轻轻露。
　　　　　亭亭的莲馨花是她的近侍，
　　　　　黄金的衣上饰着点点斑痣；
　　　　　那些是仙人们投赠的红玉，
　　　　　中藏着一缕缕的芳香馥郁；
　　　　　我要在这里访寻几滴露水，
　　　　　给每朵花挂上珍珠的耳坠。
　　　　　再会，再会吧，你粗野的精灵！
　　　　　因为仙后的大驾快要来临。

迫　　克　今夜大王在这里大开欢宴，
　　　　　千万不要让他俩彼此相见；
　　　　　奥布朗的脾气可不是顶好，
　　　　　为着王后的固执十分着恼；
　　　　　她偷到了一个印度小王子，
　　　　　就像心肝一样怜爱和珍视；
　　　　　奥布朗看见了有些儿眼红，
　　　　　想要把他充作自己的侍童；
　　　　　可是她哪里便肯把他割爱，
　　　　　满头花朵她为他亲手插戴。

从此林中、草上、泉畔和月下，

他们一见面便要破口相骂；

小妖们往往吓得胆战心慌，

没命地钻向橡树中间躲藏。

小　仙　要是我没有把你认错，你大概便是名叫罗宾好人儿的狡狯的、淘气的精灵了。你就是惯爱吓唬乡村的女郎，在人家的牛乳上撮去了乳脂，使那气喘吁吁的主妇整天也搅不出奶油来；有时你暗中替人家磨谷，有时弄坏了面使它不能发酵；夜里走路的人，你把他们引入了迷路，自己却躲在一旁窃笑；谁叫你"大仙"或是"好迫克"的，你就给他幸运，帮他作工：那就是你吗？

迫　克　仙人，你说得正是；我就是那个快活的夜游者。我在奥布朗跟前想出种种笑话来逗他发笑，看见一头肥胖精壮的马儿，我就学着黄马的嘶声把它迷昏了头；有时我化作一颗焙熟的野苹果，躲在老太婆的平碗里，等她举起碗想喝的时候，我就拍的弹到她嘴唇上，把一碗麦面都倒在她那皱瘪的喉咙上；有时我化作三脚的凳子，满肚皮人情世故的婶婶刚要坐下来一本正经讲她的故事，我便从她的屁股底下滑走，把她翻了一个大元宝，一头喊"好家伙！"一头咳呛个不住，于是周围的人大家笑得前仰后合，他们越想越好笑，鼻涕眼泪都笑了出来，发誓说从来不曾逢到过比这更有趣的事。但是让开路来，仙人，奥布朗来了。

小　仙　娘娘也来了。他要是走开了才好！

奥布朗及提泰妮娅各带侍从自相对方向上。

奥布朗　真不巧又在月光下碰见你，骄傲的提泰妮娅！

提泰妮娅　嘿，嫉妒的奥布朗！神仙们，快快走开；我已经发誓不和他同游同寝了。

奥布朗　等一等，坏脾气的女人！我不是你的夫君吗？

提泰妮娅　那么我也一定是你的尊夫人了。但是你从前溜出了仙境，扮作牧人的样子，整天吹着麦笛，唱着情歌，向风骚的牧女调情，这种事我全知道。今番你为什么要从迢迢的印度平原上赶到这里来？无非是为着那位身材高大的阿玛宗女王，你的穿靴子的爱人，要嫁给忒修斯了，所以你得来向他们道贺道贺。

奥布朗　你怎么好意思说出这种话来，提泰妮娅，把我的名字和希波吕忒牵制在一起侮蔑我？你自己知道你和忒修斯的私情瞒不过我。不是你在朦胧的夜里引导他离开被他所俘虏的佩丽古娜？不是你使他负心地遗弃了美丽的伊葛尔、爱丽亚邓和安提奥巴？

提泰妮娅 这些都是因为嫉妒而捏造出来的谎话。自从仲夏之初，我们每次在山上、谷中、树林里、草场上、细石平底的泉旁或是海滨的沙滩上聚集，预备和着鸣啸的风声跳环舞的时候，总是被你吵断我们的兴致。风因为我们不理会他的吹奏，生了气，便从海中吸取了毒雾；毒雾化成瘴雨下降地上，使每一条小小的溪河都耀武扬威地泛滥到岸上：因此牛儿白白牵着轭，农夫枉费了他的血汗，青青的嫩禾还没有长上芒须便腐烂了；空了的羊栏露出在一片汪洋的田中，乌鸦饱啖着瘟死了的羊群的尸体；跳舞作乐的草泥坂上满是湿泥，杂草乱生的曲径因为没有人行走，已经无法辨认。人们在五月天要穿冬季的衣服；晚上再听不到欢乐的颂歌。执掌潮汐的月亮，因为再也听不见夜间颂神的歌声，气得脸孔发白，在空气中播满了湿气，人一沾染上就要害风湿症。因为天时不正，季候也反了常：白头的寒霜倾倒在红颜的蔷薇的怀里，年迈的冬神却在薄薄的冰冠上嘲讽似地缀上了夏天芬芳的蓓蕾的花环。春季、夏季、丰收的秋季、暴怒的冬季，都改换了他们素来的装束，惊愕的世界不能再凭着他们的出产辨别出谁是谁来。这都因为我们的不和所致，我们是一切灾祸的根源。

奥 布 朗 那么你就该设法补救；这全然在你的手中。为什么提泰妮娅要违拗她的奥布朗呢？我所要求的，不过是一个小小的孩儿做我的侍童罢了。

提泰妮娅 请你死了心吧，拿整个仙境也不能从我手里换得这个孩子。他的母亲是我神坛前的一个信徒，在芬芳的印度的夜里，她常常在我身旁闲谈，陪我坐在海边的黄沙上，凝望着海上的商船；我们一起笑着，看那些船帆因狂荡的风而怀孕，一个个凸起了肚皮；她那时正也怀孕着这个小宝贝，便学着船帆的样子，美妙而轻快地凌风而行，为我往岸上寻取各种杂物，回来时就像航海而归，带来了无数的商品。但她因为是一个凡人，所以在产下这孩子时便死了。为着她的缘故我才抚养她的孩子，也为着她的缘故我不愿舍弃他。

奥 布 朗 你预备在这林中耽搁多少时候？

提泰妮娅 也许要到忒修斯的婚礼以后。要是你肯耐心地和我们一起跳舞，看看我们月光下的游戏，那么跟我们一块儿走吧；不然的话，请你不要见我，我也决不到你的地方来。

奥　布　朗　把那个孩子给我，我就和你一块儿走。

提泰妮娅　把你的仙国跟我掉换都别想。神仙们，去吧！要是我再多留一刻，我们就要吵起来了。（率侍从下）

奥　布　朗　好，去你的吧！为着这次的侮辱，我一定要在你离开这座林子之前给你一些惩罚。我的好迫克，过来。你记不记得有一次我坐在一个海岬上，望见一个美人鱼骑在海豚的背上，她的歌声是这样婉转而谐美，镇静了狂暴的怒海，好几个星星都疯狂地跳出了它们的轨道，为了听这海女的音乐？

迫　　克　我记得。

奥　布　朗　就在那个时候，你看不见，但我能看见持着弓箭的丘比德在冷月和地球之间飞翔；他瞄准了坐在西方宝座上的一个美好的童贞女，很灵巧地从他的弓上射出他的爱情之箭，好像它能刺透十万颗心的样子。可是只见小丘比德的火箭在如水的冷洁的月光中熄灭，那位童贞的女王心中一尘不染，沉浸在纯洁的思念中安然无恙；但是我看见那支箭却落下在西方一朵小小的花上，那花本来是乳白色的，现在已因爱情的创伤而被染成紫色，少女们把它看作"爱懒花"。去给我把那花采来。我曾经给你看过它的样子；它的汁液如果滴在睡着的人的眼皮上，无论男女，醒来一眼看见什么生物，都会发疯似的对它恋爱。给我采这种花来；在鲸鱼还不曾游过三哩路之前，必须回来复命。

迫　　克　我可以在四十分钟内环遨世界一周。（下）

奥　布　朗　这种花汁一到了手，我便留心着等提泰妮娅睡了的时候把它滴在她的眼皮上；她一醒来第一眼看见的东西，无论是狮子也好，熊也好，狼也好，公牛也好，或者好事的猕猴、忙碌的无尾猿也好，她都会用最强烈的爱情追求它。我可以用另一种草解去这种魔力，但第一我先要叫她把那个孩子让给我。可是谁到这儿来啦？凡人看不见我，让我听听他们的谈话。

狄米特律斯上，海丽娜随其后。

狄米特律斯　我不爱你，所以别跟着我。拉山德和美丽的赫米娅在哪儿？我要把拉山德杀死，但我的命却悬在赫米娅手中。你对我说他们私奔到这座林子里，因此我赶到这儿来；可是因为遇不见我的赫米娅，我简直要在这林子里发疯啦。滚开！快走，不许再跟着我！

海　丽　娜　是你吸引我跟着你的，你这硬心肠的磁石！可是你所吸的却不是铁，因为我的心像钢一样坚贞。要是你去掉你的吸引力，那么我也就没有力量再跟着你了。

狄米特律斯 是我引诱你吗？我曾经向你说过好话吗？我不是曾经明明白白地告诉过你，我不爱你，而且也不能爱你吗？

海 丽 娜 即使那样，也只是使我爱你爱得更加厉害。我是你的一条狗，狄米特律斯；你越是打我，我越是向你献媚。请你就像对待你的狗一样对待我吧，踢我、打我、冷淡我、不理我，都好，只容许我跟随着你，虽然我是这么不好。在你的爱情里我要求的地位还能比一条狗都不如吗？但那对于我已经是十分可贵了。

狄米特律斯 不要过分惹起我的厌恨吧；我一看见你就头痛。

海 丽 娜 可是我不看见你就心痛。

狄米特律斯 你太不顾虑你自己的体面了，竟擅自离开城中，把你自己交托在一个不爱你的人手里；你也不想想你的贞操多么值钱，就在黑夜中这么一个荒凉的所在盲目地听从着不可知的命运。

海 丽 娜 你的德行使我安心这样做：因为当我看见你面孔的时候，黑夜也变成了白昼，因此我并不觉得现在是在夜里；你在我的眼里是整个世界，因此在这座林中我也不愁缺少伴侣：要是整个世界都在这儿瞧着我，我怎么还是单身独自一人呢？

狄米特律斯 我要逃开你，躲在丛林之中，任凭野兽把你怎样处置。

海 丽 娜 最凶恶的野兽也不像你那样残酷。你要逃开我就逃开吧；从此以后，古来的故事要改过了：逃走的是阿波罗，追赶的是达芙妮；鸽子追逐着鹰隼；温柔的牝鹿追捕着猛虎；然而弱者追求勇者，结果总是徒劳无益的。

狄米特律斯 我不高兴听你再唠叨下去。让我走吧；要是你再跟着我，相信我，在这座林中你要被我欺负的。

海 丽 娜 嗯，在神庙中，在市镇上，在乡野里，你到处欺负我。唉，狄米特律斯！你的虐待我已经使我们女子蒙上了耻辱。我们是不会像男人一样为爱情而争斗的；我们应该被人家求爱，而不是向人家求爱。（狄米特律斯下）我要立意跟随你；我愿死在我所深爱的人的手中，好让地狱化为天宫。（下）

奥 布 朗 再会吧，女郎！当他还没有离开这座树林，你将逃避他，他将追求你的爱情。

迫克重上。

奥布朗　你已经把花采来了吗？欢迎啊，浪游者！

迫　克　是的，它就在这儿。

奥布朗　请你把它给我。

我知道一处茴香盛开的水滩，
长满着樱草和盈盈的紫罗兰，
馥郁的金银花，芬泽的野蔷薇，
漫天张起了一幅芬芳的锦帷。
有时提泰妮娅在群花中酣醉，
柔舞清歌低低地抚着她安睡；
小花蛇在那里丢下发亮的皮，
小仙人拿来当做合身的外衣。
我要洒一点花汁在她的眼上，
让她充满了各种可憎的幻象。
其余的你带了去在林中访寻，
一个娇好的少女见弃于情人；
倘见那薄幸的青年在她近前，
就把它轻轻地点上他的眼边。
他的身上穿着雅典人的装束，
你须仔细辨认清楚，不许弄错；
小心地执行着我谆谆的吩咐，
让他无限的柔情都向她倾吐。
等第一声雄鸡啼时我们再见。

迫　克　放心吧，主人，一切如你的意念。（各下）

第二场　林中的另一处

提泰妮娅及其小仙侍从等上。

提泰妮娅　来，跳一回舞，唱一曲神仙歌，然后在一分钟内余下来的三分之一的时间里，大家散开去；有的去杀死麝香玫瑰嫩苞中的蛀虫；有的去和蝙蝠作战，剥下它们的翼革来为我的小妖儿们做外衣；剩下的去驱逐每夜啼叫、看见我们这些伶俐的小精灵们而惊骇的猫头鹰。现在唱歌给我催眠吧；唱罢之后，大家各做各的事，让我休息一会儿。

小仙们唱：

一

两舌的花蛇，多刺的猬，

不要打扰着她的安睡！

蝾螈和蜥蜴，不要行近，

仔细毒害了她的宁静。

夜莺，鼓起你的清弦，

为我们唱一曲催眠：

睡啦，睡啦，睡睡吧！睡啦，睡啦，睡睡吧！

一切害物远走高飏，

不要行近她的身旁；

晚安，睡睡吧！

二

织网的蜘蛛，不要过来；

长脚的蛛儿快快走开！

黑背的蜣螂，不许走近；

不许莽撞，蜗牛和蚯蚓。

夜莺，鼓起你的清弦，

为我们唱一曲催眠：

睡啦，睡啦，睡睡吧！睡啦，睡啦，睡睡吧！

一切害物远走高飏，

不要行近她的身旁；

晚安，睡睡吧！

小　　仙　去吧！现在一切都已完成，只须留着一个人作哨兵。（众小仙下，提泰妮娅睡）

奥布朗上，挤花汁滴在提泰妮娅眼皮上。

奥 布 朗　等你眼睛一睁开，

你就看见你的爱，

为他担起相思债：

山猫、豹子、大狗熊，

野猪身上毛蓬蓬；

等你醒来一看见，

丑东西在你身边，

芳心可可为他恋。（下）

拉山德及赫米娅上。

拉 山 德　好人，你在林中东奔西走，疲乏得快要昏倒了。说老实话，我已经
忘记了我们的路。要是你同意，赫米娅，让我们休息一下，等待到天
亮再说。

赫 米 娅　就照你的意思吧，拉山德。你去给你自己找一处睡眠的所在，因为
我要在这花坛安息我的形骸。

拉 山 德　一块草地可以作我们两人枕首的地方；两个胸膛一条心，应该合睡
一个眠床。

赫 米 娅　哎，不要，亲爱的拉山德；为着我的缘故，我的亲亲，再躺远一
些，不要挨得那么近。

拉 山 德　啊，爱人！不要误会了我的无邪的本意，恋人们原是能够领会彼此
所说的话的。我是说我的心和你的心连结在一起，已经打成一起，
分不开来；两个心胸彼此用盟誓连系，共有着一片忠贞。因此不要
拒绝我睡在你的身旁，赫米娅，我一点没有坏心肠。

赫 米 娅　拉山德真会说话。要是赫米娅疑心拉山德有坏心肠，愿她从此不能
堂堂做人。但是好朋友，为着爱情和礼貌的缘故，请睡得远一些；
在人间的礼法上，保持这样的距离对于束身自好的未婚男女，是最
为合适的。这么远就行了。晚安，亲爱的朋友！愿爱情永无更改，
直到你生命的尽头！

拉 山 德　依着你那祈祷我应和着阿门！阿门！我将失去我的生命，如我失去
我的忠贞！（略就远处退卧）这里是我的眠床了；但愿睡眠给与你充分
的休养！

赫 米 娅　那愿望我愿意和你分享！（二人入睡）

迫克上。

迫 　　克　我已经在森林中间走遍，
　　　　　但雅典人可还不曾面见，
　　　　　我要把这花液在他眼上
　　　　　试一试激动爱情的力量。
　　　　　静寂的深宵！啊，谁在这厢？
　　　　　他身上穿着雅典的衣裳。
　　　　　我那主人所说的正是他，
　　　　　狠心地欺负那美貌娇娃；
　　　　　她正在这一旁睡得酣熟，

不顾到地上的潮湿龌龊：

美丽的人儿！她竟然不敢

睡近这没有心肝的恶汉。（挤花汁滴拉山德眼上）

我已在你眼睛上，坏东西！

倾注着魔术的力量神奇；

等你醒来的时候，让爱情从此扰乱你睡眠的安宁！

别了，你醒来我早已去远，

奥布朗在盼我和他见面。（下）

狄米特律斯及海丽娜奔驰上。

海　丽　娜	你杀死了我也好，但是请你停步吧，亲爱的狄米特律斯！
狄米特律斯	我命令你走开，不要这样缠扰着我！
海　丽　娜	啊！你要把我丢在黑暗中吗？请不要这样！
狄米特律斯	站住！否则叫你活不成。我要独自走我的路。（下）
海　丽　娜	唉！这痴心的追赶使我乏得透不过气来。我越是千求万求，越是惹他憎恶。赫米娅无论在什么地方都是那么幸福，因为她有一双天赐的迷人的眼睛。她的眼睛怎么会这样明亮呢？不是为着泪水的缘故，因为我的眼睛被眼泪洗着的时候比她更多。不，不，我是像一头熊那么难看，就是野兽看见我也会因害怕而逃走；因此难怪狄米特律斯会这样逃避我，就像逃避一个丑妖怪一样。哪一面欺人的坏镜子使我居然敢把自己跟赫米娅的明星一样的眼睛相比呢？但是谁在这里？拉山德！躺在地上！死了吗，还是睡了？我看不见有血，也没有伤处。拉山德，要是你没有死，好朋友，醒醒吧！
拉　山　德	（醒）我愿为着你赴汤蹈火，玲珑剔透的海丽娜！上天在你身上显出他的本领，使我能在你的胸前看透你的心。狄米特律斯在哪里？嘿！那个难听的名字让他死在我的剑下多么合适！
海　丽　娜	不要这样说，拉山德！不要这样说！即使他爱你的赫米娅又有什么关系？上帝！那又有什么关系？赫米娅仍旧是爱着你的，所以你应该心满意足了。
拉　山　德	跟赫米娅心满意足吗？不，我真悔恨和她在一起度着的那些可厌的时辰。我不爱赫米娅，我爱的是海丽娜；谁不愿意把一只乌鸦换一头白鸽呢？男人的意志是被理性所支配的，理性告诉我你比她更值得敬爱。凡是生长的东西，不到季节，总不会成熟：我过去由于年轻，我的理性也不曾成熟；但是现在我的智慧已经充分成长，理性

指挥着我的意志，把我引到了你的眼前；在你的眼睛里我可以读到写在最丰美的爱情的经典上的故事。

海 丽 娜 我怎么忍受得下这种尖刻的嘲笑呢？我什么时候得罪了你，使你这样讥讽我呢？我从来不曾得到过，也永远不会得到，狄米特律斯的一瞥爱怜的眼光，难道那还不够，难道那还不够，年轻人，你必须再这样挖苦我的短处吗？真的，你侮辱了我；真的，用这种卑鄙的样子向我献假殷勤。但是再会吧！我还以为你是个较有教养的上流人哩。唉！一个女子受到了这一个男人的摈拒，还得忍受那一个男子的揶揄。（下）

拉 山 德 她没有看见赫米娅。赫米娅，睡你的吧，再不要走近拉山德的身边了！一个人吃饱了太多的甜食，能使胸胃中发生强烈的厌恶，改信正教的人最是痛心疾首于以往其他的异端邪说；你就是我的甜食和异端邪说，让你被一切的人所憎恶吧，但没有别人比我更憎恶你了。我的一切生命之力啊，用爱和力来尊崇海丽娜，做她的忠实的骑士吧！（下）

赫 米 娅 （醒）救救我，拉山德！救救我！用出你全身力量来，替我在胸口上撵掉这条蠕动的蛇。哎呀，天哪！做了怎样的梦！拉山德，瞧我怎样因害怕而颤抖着。我觉得仿佛一条蛇在嚼食我的心，而你坐在一旁，随着它的残酷的肆虐微笑。拉山德！怎么！换了地方了？拉山德！好人！怎么！听不见？去了？没有声音，不说一句话？唉！你在哪儿？要是你听见我，答应一声呀！凭着一切爱情的名义，说话呀！我害怕得差不多要晕倒了。仍旧一声不响！我明白你已不在近旁了；要是我寻不到你，我定将一命丧亡！（下）

第 三 幕

第一场 林中。提泰妮娅熟睡未醒

昆斯、斯纳格、波顿、弗鲁特、斯诺特、斯塔佛林上。

波　顿　咱们都会骑了吗？

昆　斯　妙极了，妙极了，这儿真是给咱们练戏用的一块再方便也没有的地方。这块草地可以做咱们的戏台，这一丛山楂树便是咱们的后台。咱们可以认真扮演一下；就像当着公爵殿下的面前一样。

波　顿　彼得·昆斯——

昆　斯　你说什么，波顿好家伙？

波　顿　在这本《皮拉摩斯和提斯柏》的喜剧里，有几个地方准难叫人家满意。第一，皮拉摩斯该得拔出剑来结果自己的性命，这是太太小姐们受不了的。你说可对不对？

斯诺特　凭着圣母娘娘的名字，这可真的不是玩儿的事。

斯塔佛林　我说咱们把什么都做完了之后，这一段自杀可不用表演。

波　顿　不必，咱有一个好法子。给咱写一段开场诗，让这段开场诗大概这么说：咱们的剑是不会伤人的；实实在在皮拉摩斯并不真的把自己干掉了；顶好再那么声明一下，咱扮着皮拉摩斯的，并不是皮拉摩斯，实在是织工波顿；这么一下她们就不会受惊了。

昆　斯　好吧，就让咱们有这么一段开场诗，咱可以把它写成八六体。

波　顿　把它再加上两个字，让它是八个字八个字那么的吧。

斯诺特　太太小姐们见了狮子不会哆嗦吗？

斯塔佛林　咱担保她们一定会害怕。

波　顿　列位，你们得好好想一想：把一头狮子——老天爷保佑咱们！——带到太太小姐们的中间，还有比这更荒唐得可怕的事吗？在野兽中间，狮子是再凶恶不过的。咱们可得考虑考虑。

斯诺特　那么说，就得再写一段开场诗，说他并不是真狮子。

波　顿　不，你应当把他的名字说出来，他的脸蛋的一半要露在狮子头颈的外边；他自己就该说着这样或者诸如此类的话："太太小姐们，"或者说，"尊贵的太太小姐们，咱要求你们，"或者说，"咱请求你们，"或者说，"咱恳求你们，不用害怕，不用发抖；咱可以用生命给你们担保。要是你们想咱真是一头狮子，那咱才真是倒霉啦！不，咱完全不是这种东西；咱是跟别人一样的人。"这么着让他说出自己的名字来，明明白白地告诉她们，他是细工木匠斯纳格。

昆　斯　好吧，就这么办。但是还有两件难事：第一，咱们要把月亮光搬进屋子里来；你们知道皮拉摩斯和提斯柏是在月亮底下相见的。

斯纳格　咱们演戏的那天可有月亮吗？

波　顿　拿历本来，拿历本来！瞧历本上有没有月亮，有没有月亮。

昆　斯　有的，那晚上有好月亮。

波　顿　啊，那么你就可以把咱们演戏的大厅上的一扇窗打开，月亮就会打窗子里照进来啦。

昆　斯　对了；否则就得叫一个人一手拿着柴枝，一手举起灯笼，登场说他是假扮或是代表着月亮。现在还有一件事，咱们在大厅里应该有一堵墙；因为故事上说，皮拉摩斯和提斯柏是彼此凑着一条墙缝讲话的。

斯纳格　你可不能把一堵墙搬进来。你怎么说，波顿？

波　顿　让什么人扮做墙头；让他身上涂着些灰泥粘土之类，表明他是墙头；让他把手指举起作成那个样儿，皮拉摩斯和提斯柏就可以在手指缝里低声谈话了。

昆　斯　那样的话，一切就都已齐全了。来，每个老娘的儿子都坐下来，念着你们的台词。皮拉摩斯，你开头；你说完了之后，就走进那簇树后；这样大家可以按着尾白挨次说下去。

　　　　迫克自后上。

迫　克　那一群凡夫俗子胆敢在仙后卧榻之旁鼓唇弄舌？哈，在那儿演戏！让我做一个听戏的吧；要是看到机会的话，也许我还要做一个演员哩。

昆　斯　说吧，皮拉摩斯。提斯柏，站出来。

波　顿　提斯柏，花儿开得十分腥——

昆　斯　十分香，十分香。

波　顿　——开得十分香；
　　　　你的气息，好人儿，也是一个样。
　　　　听，那边有一个声音，你且等一等，
　　　　一会儿咱再来和你诉衷情。（下）

迫　克　请看皮拉摩斯变成了怪妖精。（下）

弗鲁特　现在该咱说了吧？

昆　斯　是的，该你说。你得弄清楚，他是去瞧瞧什么声音去的，等一会儿就要回来。

弗鲁特　　最俊美的皮拉摩斯，脸孔红如红玫瑰，

肌肤白得赛过纯白的百合花，

活泼的青年，最可爱的宝贝，

忠心耿耿像一匹顶好的马。

皮拉摩斯，咱们在宁尼的坟头相会。

昆　　斯　　"尼纳斯的坟头"，老兄。你不要就把这句说出来，那是要你答应皮拉摩斯的：你把要你说的话不管什么尾白不尾白都一古脑儿说出来啦。皮拉摩斯，进来；你的尾白已经说过了，是"顶好的马"。

弗鲁特　　噢。——忠心耿耿像一匹顶好的马。

　　　　　迫克重上；波顿戴驴头面上。

波　　顿　　美丽的提斯柏，咱是整个儿属于你的！

昆　　斯　　怪事！怪事！咱们见了鬼啦！列位，快逃！快逃！救命哪！（众下）

迫　　克　　我要把你们带领得团团乱转，

经过一处处沼地、草莽和林薮；

有时我化作马，有时化作猎犬，

化作野猪、没头的熊或虎，

我要学马样嘶、犬样吠、猪样叫，

熊一样的咆哮，野火一样燃烧。（下）

波　　顿　　他们干么都跑走了呢？这准是他们的恶意，要把咱吓一跳。

　　　　　斯诺特重上。

斯诺特　　啊，波顿！你变了样子啦！你头上是什么东西呀？

波　　顿　　是什么东西？你瞧见你自己变成了一头蠢驴啦，是不是？（斯诺特下）

　　　　　昆斯重上。

昆　　斯　　天哪！波顿！天哪！你变啦！（下）

波　　顿　　咱看透他们的鬼把戏；他们要把咱当作一头蠢驴，想出法子来吓咱。可是咱决不离开这块地方，随他们怎么办。咱要在这儿跑来跑去；咱要唱个歌儿，让他们听见了知道咱可一点不怕。（唱）

山乌嘴巴黄沉沉，

浑身长满黑羽毛，

画眉唱得顶认真，

声音尖细是欧鹇。

提泰妮娅　（醒）什么天使使我从百花的卧榻上醒来呢？

波　　顿　黄麻雀，百灵鸟，

　　　　　　　还有杜鹃爱骂人，

　　　　　　大家听了心头恼，

　　　　　　　可是谁也不回声。

　　　　　真的，谁耐烦跟这么一头蠢鸟斗口舌呢？即使它骂你是乌龟，谁又高
　　　　　兴跟他争辩呢？

提泰妮娅　温柔的凡人，请你唱下去吧！我的耳朵沉醉在你的歌声里，我的眼睛
　　　　　又为你的状貌所迷惑；在第一次见面的时候，你的美姿已使我不禁说
　　　　　出而且矢誓着我爱你了。

波　　顿　咱想，奶奶，您这可太没有理由。不过说老实话，现今世界上理性可
　　　　　真难得跟爱情碰头；也没有哪位正直的邻居大叔给他俩撮合撮合做朋
　　　　　友，真是抱歉得很。哈，我有时也会说说笑话。

提泰妮娅　你真是又聪明又美丽。

波　　顿　不见得，不见得。可是咱要是有本事跑出这座林子，那已经很够了。

提泰妮娅　请不要跑出这座林子！不论你愿不愿，你一定要留在这里。我不是一
　　　　　个平常的精灵，夏天永远听从我的命令；我真是爱你，因此跟我去
　　　　　吧。我将使神仙们侍候你，他们会从海底里捞起珍宝献给你；当你在
　　　　　花茵上睡去的时候，他们会给你歌唱；而且我要给你洗涤去俗体的污
　　　　　垢，使你身轻得像个精灵一样。豆花！蛛网！飞蛾！虫子！

　　　　　四神仙上。

豆　　花　有。

蛛　　网　有。

飞　　蛾　有。

芥　　子　有。

四　　仙　（合）差我们到什么地方去？

提泰妮娅　恭恭敬敬地侍候这先生，

　　　　　窜窜跳跳地追随他前行；

　　　　　给他吃杏子、鹅莓和桑椹，

　　　　　紫葡萄和无花果儿青青。

　　　　　去把野蜂的蜜囊儿偷取，

　　　　　剪下蜂股的蜂蜡做烛炬，

　　　　　在流萤的火睛里点了火，

　　　　　照着我的爱人晨兴夜卧；

再摘下彩蝶儿粉翼娇红，

除去他眼上的月光溶溶。

来，向他鞠一个深深的躬。

豆　　花　万福，凡人！

蛛　　网　万福！

飞　　蛾　万福！

芥　　子　万福！

波　　顿　请你们列位先生多多担待担待在下。请教大号是——？

蛛　　网　蛛网。

波　　顿　很希望跟您交个朋友，好蛛网先生；要是咱指头儿割破了的话，咱要
　　　　　大胆用用您。善良的先生，您的尊号是——？

豆　　花　豆花。

波　　顿　啊，请多多给咱向您令堂豆荚奶奶和令尊豆壳先生致意。好豆花先
　　　　　生，咱也很希望跟您交个朋友。先生，您的雅号是——？

芥　　子　芥子。

波　　顿　好芥子先生，咱知道您是个饱历艰辛的人；那块庞大无比的牛肉曾经
　　　　　把您家里好多人都吞去了。不瞒您说，您的亲戚们方才还害得我掉下
　　　　　几滴苦泪呢。咱希望跟您交个朋友，好芥子先生。

提泰妮娅　来，侍候着他，引路到我的闺房。

月亮今夜有一颗多泪的眼睛；

小花们也都陪着她眼泪汪汪，

悲悼横遭强暴而失去的童贞。

吩咐那好人静静走不许作声。（同下）

第二场　林中的另一处

奥布朗上。

奥　布　朗　不知道提泰妮娅有没有醒来；她一醒来，就要热烈地爱上了她第一
　　　　　眼看到的无论什么东西了。这边来的是我的使者。

迫克上。

奥　布　朗　啊，疯狂的精灵！在这座夜的魔林里现在有什么事情发生？

迫　　克　姑娘爱上了一个怪物了。当她昏昏睡熟的时候，在她的隐秘的神圣
　　　　　的卧室之旁，来了一群村汉；他们都是在雅典市集上作工过活的粗

鲁的手艺人，聚集在一起练着戏，预备在忒修斯结婚的那天表演。在这一群蠢货的中间，一个最蠢的蠢材扮演着皮拉摩斯；当他退场走进一簇丛林里去的时候，我就抓住了这个好机会，给他的头上罩上一只死驴的头壳。一会儿为了答应他的提斯柏，这位好人又出来了。他们一看见了他，就像雁子望见了裹足行近的猎人，又像一大群灰鸦听见了枪声轰然飞扑乱叫、四散着横扫过天空一样，大家没命逃走了；又因为我们的跳舞震动了地面，一个个横起竖倒，嘴里乱喊着救命。他们本来就是那么糊涂，这回吓得完全丧失了神智，没有知觉的东西也都来欺侮他们了：野茨和荆棘抓破了他们的衣服；有的失去了袖子，有的落掉了帽子，败军之将，无论什么东西都是予取予求的。在这种惊惶中我领着他们走去，把变了样子的可爱的皮拉摩斯孤单单地留下；就在那时候，提泰妮娅醒了转来，立刻爱上了一头驴子了。

奥　布　朗　这比我所能想得到的计策还好。但是你有没有依照我的吩咐，把那爱汁滴在那个雅典人的眼上呢？

迫　　　克　那我也已经乘他睡熟的时候办好了。那个雅典女人就在他的身边，因此他一醒来，一定便会看见她。

狄米特律斯及赫米娅上。

奥　布　朗　站过来些，这就是那个雅典人。

迫　　　克　这女人一点不错；那男人可不是。

狄米特律斯　唉！为什么你这样骂着深爱你的人呢？那种毒骂是应该加在你仇敌身上的。

赫　米　娅　现在我不过把你数说数说罢了；我应该更厉害地对付你，因为我相信你是可咒诅的。要是你已经乘着拉山德睡着的时候把他杀了，那么把我也杀了吧；已经两脚踏在血泊中，索性让杀人的血淹没你的膝盖吧。太阳对于白昼，也没有像他对于我那样的忠心。当赫米娅睡熟的时候，他会悄悄地离开她吗？我宁愿相信地球的中心可以穿成孔道，月亮会从里面钻了过去，在地球的那一端跟她的兄长白昼捣乱。一定是你已经把他杀死了；因为只有杀人的凶徒，脸上才会这样惨白而可怖。

狄米特律斯　被杀者的脸色应该是这样的，你的残酷已经洞穿我的心，因此我应该有那样的脸色；但是你这杀人的，瞧上去却仍然是那么辉煌莹洁，就像那边天上闪耀着的金星一样。

赫　米　娅　你这种话跟我的拉山德有什么关系？他在哪里呀？啊，好狄米特律斯，把他还给了我吧！

狄米特律斯　我宁愿把他的尸体喂我的猎犬。

赫　米　娅　滚开，贱狗！滚开，恶狗！你使我失去姑娘家的柔顺，再也忍不住了。你真的把他杀了吗？从此之后，别再把你算作人吧！啊，看在我的面上，老老实实告诉我，告诉我，你，一个清醒的人，看见他睡着，而把他杀了吗？嗳唷，真勇敢！一条蛇、一条毒蛇，都比不上你；因为它的分叉的毒舌，还不及你的毒心更毒！

狄米特律斯　你的脾气发得好没来由。我并没有杀死拉山德，他也并没有死，照我所知道的。

赫　米　娅　那么请你告诉我他很安全。

狄米特律斯　要是我告诉你，我将得到什么好处呢？

赫　米　娅　你可以得到永远不再看见我的权利。我从此离开你那可憎的脸；无论他死也罢活也罢，你再不要和我相见。

（下）

狄米特律斯　在她这样盛怒之中，我还是不要跟着她。让我在这儿暂时停留一会儿。

　　　　　　　睡眠欠下了沉忧的债，

　　　　　　　心头加重了沉忧的担；

　　　　　　　我且把黑甜乡暂时寻访，

　　　　　　　还了些还不尽的糊涂账。（卧下睡去）

奥　布　朗　你干了些什么事呢？你已经大大地弄错了，把爱汁去滴在一个真心的恋人的眼上。为了这次错误，本来忠实的将要改变心肠，而不忠实的仍旧和以前一样。

迫　　　克　一切都是命运在作主；保持着忠心的不过一个人；变心的，把盟誓起了一个毁了一个的，却有百万个人。

奥　布　朗　比风还快地到林中各处去访寻名叫海丽娜的雅典女郎吧。她是全然为爱情而憔悴的，痴心的叹息耗去了她脸上的血色。用一些幻象把她引到这儿来：我将在这个人的眼睛上施上魔法，准备他们的见面。

迫　　　克　我去，我去，瞧我一会儿便失了踪迹；鞑靼人的飞箭都赶不上我的迅疾。（下）

奥　布　朗　这一朵紫色的小花，

　　　　　　　尚留着爱神的箭疤，

让它那灵液的力量，

渗进他眸子的中央。

当他看见她的时光，

让她显出庄严妙相，

如同金星照亮天庭，

让他向她婉转求情。

　　　　迫克重上。

迫　　克　　报告神仙界的头脑，

海丽娜已被我带到，

她后面随着那少年，

正在哀求着她眷怜。

瞧那痴愚的形状，

人们愚蠢得没法想！

奥 布 朗　　站开些；他们的声音将要惊醒睡着的人。

迫　　克　　两男合爱着一女，

这把戏真够有趣；

最妙是颠颠倒倒，

看着才叫人发笑。

　　　　拉山德及海丽娜上。

拉 山 德　　为什么你要以为我的求爱不过是向你嘲笑呢？嘲笑和戏谑是永不会伴着眼泪而来的；瞧，我在发誓的时候是怎样感叹着！这样的誓言是不会被人认作虚诳的。明明有着可以证明是千真万确的表记，为什么你会以为我这一切都是出于玩笑呢？

海 丽 娜　　你越来越俏皮了。要是人们所说的真话都是互相矛盾的，那么神圣的真话将成了一片鬼话。这些誓言都是应当向赫米娅说的；难道你把她丢弃了吗？把你对她和对我的誓言放在两个秤盘里，一定辨不出轻重来，因为都是像空话那样虚浮。

拉 山 德　　当我向她发誓的时候，我实在一点见识都没有。

海 丽 娜　　照我想起来，你现在把她丢弃了，也不像是有见识的。

拉 山 德　　狄米特律斯爱着她，但他不爱你。

狄米特律斯　　（醒）啊，海伦！完美的女神！圣洁的仙子！我要用什么来比并你的秀眼呢，我的爱人？水晶是太昏暗了。阿，你的嘴唇，那吻人的樱桃，瞧上去是多么成熟，多么诱人！你一举起你那洁白的妙手，被东风吹着的陶洛斯高山上的积雪，就显得像乌鸦那么黯黑了。让我吻一吻那纯白的女王，这幸福的象征吧！

海丽娜　唉，倒霉！该死！我明白你们都在拿我取笑；假如你们是懂得礼貌和有教养的人，一定不会这样侮辱我。我知道你们都讨厌着我，那么就讨厌我好了，为什么还要联合起来讥讽我呢？你们瞧上去都像堂堂男子，如果真是堂堂男子，就不该这样对待一个有身份的妇女：发着誓，赌着咒，过誉着我的好处，但我可以断定你们的心里却在讨厌我。你们两人是情敌，一同爱着赫米娅，现在转过身来一同把海丽娜嘲笑，真是大丈夫的行为，干得真漂亮，为着取笑的缘故替一个可怜的女人流泪！高尚的人决不会这样轻侮一个闺女，逼到她忍无可忍，只是因为给你们寻寻开心。

拉山德　你太残忍，狄米特律斯，不要这样；因为你爱着赫米娅，这你知道我是十分明白的。现在我用全心和好意把我在赫米娅的爱情中的地位让给你；但你也得把海丽娜的爱情让给我，因为我爱她，并且将要爱她到死。

海丽娜　从来不曾有过嘲笑者浪费过这样无聊的口舌。

狄米特律斯　拉山德，保留着你的赫米娅吧，我不要；要是我曾经爱过她，那爱情现在也已经消失了。我的爱不过像过客一样暂时驻留在她的身上，现在它已经回到它的永远的家，海丽娜的身边，再不到别处去了。

拉山德　海伦，他的话是假的。

狄米特律斯　不要侮蔑你所不知道的真理，否则你将以生命的危险重重补偿你的过失。瞧！你的爱人来了；那边才是你的爱人。

赫米娅上。

赫米娅　黑夜使眼睛失去它的作用，但却使耳朵的听觉更为灵敏；它虽然妨碍了视觉的活动，却给予听觉加倍的补偿。我的眼睛不能寻到你，拉山德；但多谢我的耳朵，使我能听见你的声音。你为什么那样忍心地离开了我呢？

拉山德　爱情驱着一个人走的时候，为什么他要滞留呢？

赫米娅　哪一种爱情能把拉山德驱开我的身边？

拉山德　拉山德的爱情使他一刻也不能停留；美丽的海丽娜，她照耀着夜天，使一切明亮的繁星黯然无色。为什么你要来寻找我呢？难道这还不能使你知道我因为厌恶你的缘故，才这样离开你吗？

赫米娅　你说的不是真话；那不会是真的。

海丽娜	瞧！她也是他们的一党。现在我明白了他们三个人一起联合了用这种恶戏欺凌我。欺人的赫米娅！最没有良心的丫头！你竟然和这种人一同算计着向我开这种卑鄙的玩笑作弄我吗？我们两人从前的种种推心置腹，约为姊妹的盟誓，在一起怨恨疾足的时间这样快便把我们拆分的那种时光，啊！你难道都已经忘记了吗？我们在同学时的那种情谊，一切童年的天气，你都已经完全丢在脑后了吗？赫米娅，我们两人曾经像两个巧手的神匠，在一起绣着同一朵花，描着同一个图样，我们同坐在一个椅子上，齐声慢吟着同一个歌儿，就像我们的手、我们的身体、我们的声音、我们的思想，都是连在一起不可分的样子。我们这样生长在一起，正如并蒂的樱桃，看似两个，其实却连生在一起；我们是结在同一茎上的两颗可爱的果实，我们的身体虽然分开，我们的心却只有一个——原来我们的身子好比两个互通婚姻的名门，我们的心好比男家女家的纹章合而为一。难道你竟把我们从前的友好丢弃不顾，而和男人们联合着嘲弄你的可怜的朋友吗？这种行为太没有朋友的情谊，而且也不合一个少女的身份。不单是我，我们全体女人都可以攻击你，虽然受到委屈的只是我一个。
赫米娅	你这种愤激的话真使我惊奇。我并没有嘲弄你；似乎你在嘲弄我哩。
海丽娜	你不曾唆使拉山德跟随我，假意称赞我的眼睛和面孔吗？你那另一个爱人，狄米特律斯，不久之前还曾要用他的脚踢开我，你不曾使他称我为女神、仙子，神圣而希有的、珍贵的、超乎一切的人吗？为什么他要向他所讨厌的人说这种话呢？拉山德的灵魂里是充满了你的爱的，为什么他反而要摈斥你，却要把他的热情奉献给我，倘不是因为你的指使，因为你们曾经预先商量好？即使我不像你那样有人爱怜，那样被人追求不舍，那样走好运，即使我是那样倒霉，得不到我所爱的人的爱情，那和你又有什么关系呢？你应该可怜我才是，不应该反而来侮蔑我。
赫米娅	我不懂你说这种话的意思。
海丽娜	好，尽管装腔下去，扮着这一副苦脸，等我一转背，就要向我作嘴脸了；大家彼此眨眨眼睛，把这个绝妙的玩笑尽管开下去吧，将来会记载在历史上的。假如你们是有同情心，懂得礼貌的，就不该把我当作这样的笑柄。再会吧；一半也是我自己不好，死别或生离不久便可以补赎我的错误。
拉山德	不要走，温柔的海丽娜！听我解释。我的爱！我的生命！我的灵魂！美丽的海丽娜！
海丽娜	多好听的话！
赫米娅	亲爱的，不要那样嘲笑她。

狄米特律斯	要是她的恳求不能使你不说那种话，我将强迫你闭住你的嘴。
拉 山 德	她想恳求我，你想强迫我，可是都无济于事。你的威胁正和她的软弱的祈告同样没有力量。海伦，我爱你！随着我的生命发誓，我爱你！谁说我不爱你的，我愿意用我的生命证明他说谎；为了你我是乐意把生命捐献的。
狄米特律斯	我说我比他更要爱你得多。
拉 山 德	要是你这样说，那么把剑拔出来证明一下吧。
狄米特律斯	好，快些，来！
赫 米 娅	拉山德，这一切究竟是怎么一回事呢？
拉 山 德	走开，你这黑鬼！
狄米特律斯	不，不——你可不能弃我而自己逃走；假意说着未来，却在准备乘机溜去。你是个不中用的汉子，来吧！
拉 山 德	（向赫米娅）放开手，你这猫！你这牛蒡子！贱东西，放开手！否则我要像摔掉身上一条蛇那样摔掉你了。
赫 米 娅	为什么你变得这样凶暴？究竟是什么缘故呢，爱人？
拉 山 德	你的爱人！走开，黑鞑子！走开！可厌的毒物，叫人恶心的东西，给我滚吧！
赫 米 娅	你还是在开玩笑吗？
海 丽 娜	是的，你也是在开玩笑。
拉 山 德	狄米特律斯，我一定不失信于你。
狄米特律斯	你的话可有些不能算数，因为人家的柔情在牵系住你。我可信不过你的话。
拉 山 德	什么！难道要我伤害她、打她、杀死她吗？虽然我厌恨她，我还不致于这样残忍。
赫 米 娅	啊！还有什么事情比之你厌恨我更残忍呢？厌恨我！为什么呢？天哪！究竟是怎么一回事呢，我的好人？难道我不是赫米娅了吗？难道你不是拉山德了吗？我现在生得仍旧跟以前一个样子。就在这一夜里你还曾爱过我；但就在这一夜里你离开了我。那么你真的——唉，天哪！——存心离开我吗？
拉 山 德	一点不错，而且再不要看见你的脸了；因此你可以断了念头，不必疑心，我的话是千真万确的：我厌恨你，我爱海丽娜，一点不是开玩笑。
赫 米 娅	天啊！你这骗子！你这花中的蛀虫！你这爱情的贼！哼！你乘着黑

夜，悄悄地把我的爱人的心偷了去吗？

海　丽　娜　真好！难道你一点女人家的羞耻都没有，一点不晓得难为情，不晓得自重了吗？哼！你一定要引得我破口说出难听的话来吗？哼！哼！你这装腔作势的人！你这给人家愚弄的小玩偶！

赫　米　娅　小玩偶！噢，原来如此。现在我才明白了她为什么把她的身材跟我的比较；她自夸她生得长，用她那身材，那高高的身材，赢得了他的心。因为我生得矮小，所以他便把你看得高不可及了吗？我是怎样一个矮法？你这涂脂抹粉的花棒儿！请你说，我是怎样矮法？矮虽矮，我的指爪还挖得着你的眼珠哩！

海　丽　娜　先生们，虽然你们都在嘲弄我，但我求你们别让她伤害我。我从来不曾对使过性子；我也完全不懂得怎样跟人家闹架儿；我是一个胆小怕事的女子。不要让她打我。也许因为她比我矮些，你们就以为我打得过她吧。

赫　米　娅　生得矮些！听，又来了！

海　丽　娜　好赫米娅，不要对我这样凶！我一直是爱你的，赫米娅，有什么事总跟你商量，从来不曾对你作过欺心的事；除了这次，为了对于狄米特律斯的爱情的缘故，我把你私奔到这座林中的事告诉了他。他追踪着你；为了爱，我又追踪着他；但他一直是斥骂着我，威吓着我说要打我、踢我，甚至于要杀死我。现在你让我悄悄地走了吧；我愿带着我的愚蠢回到雅典去，不再跟着你们了。让我走；你瞧我是多么傻多么痴心！

赫　米　娅　好，你走就走吧，谁在拦你？

海　丽　娜　一颗发痴的心，但我把它丢弃在这里了。

赫　米　娅　噢，给了拉山德了是不是？

海　丽　娜　不，给了狄米特律斯。

拉　山　德　不要怕，她不会伤害你的，海丽娜。

狄米特律斯　当然不会的，先生；即使你帮着她也不要紧。

海　丽　娜　啊，她一发起怒来，真是又凶又狠。在学校里她就是出名的雌老虎；很小的时候便那么凶了。

赫　米　娅　又是"很小"！老是矮啊小啊的说个不住！为什么你让她这样讥笑我呢？让我跟她拼命去。

拉　山　德　滚开，你这矮子！你这发育不全的三寸丁！你这小珠子！你这小青豆！

狄米特律斯　她用不着你帮忙，因此不必那样乱献殷勤。让她去；不许你嘴里再提到海丽娜，不要你来给她撑腰。要是你再向她略献殷勤，就请你当心着吧！

拉　山　德　现在她已经不再拉住我了；你要是有胆子，跟我来吧，我们倒要试试看究竟海丽娜该属于谁。

狄米特律斯　跟你来！嘿，我要和你并着肩走呢。（拉山德、狄米特律斯二人下）

赫　米　娅　你，小姐，这一切的纷扰都是因为你的缘故。嗳，别逃啊！

海　丽　娜　我怕你，我不敢跟脾气这么大的你在一起。打起架来，你的手比我快得多；但我的腿比你长些，逃起来你追不上我。（下）

赫　米　娅　我简直莫名其妙，不知道说些什么话好。（下）

奥　布　朗　这是你的大意所致；要不是你弄错了，一定是你故意在捣蛋。

迫　　　克　相信我，仙王，是我弄错了。你不是对我说只要认清楚那人穿着雅典人的衣裳？照这样说起来我完全不曾错，因为我是把花汁滴在一个雅典人的眼上。事情会弄到这样我是满快活的，因为他们的吵闹看着怪有趣味。

奥　布　朗　你瞧这两个恋人找地方决斗去了，因此，罗宾，快去把夜天遮暗了；你就去用像冥河的水一样黑的浓雾盖住了星空，再引这两个声势汹汹的仇人迷失了路，不要让他们碰在一起。有时你学着拉山德的声音痛骂狄米特律斯，叫他气得直跳，有时学着狄米特律斯的样子斥责拉山德：用这种法子把他们两个分开，直到他们奔波得精疲力竭，死一样的睡眠拖着铅样沉重的腿和蝙蝠的翅膀爬上了他们的额上；然后你把这草挤出汁来涂在拉山德的眼睛上，它能够解去一切的错误，使他的眼睛恢复从前的眼光。等他们醒来之后，这一切的戏谑，就会像是一场梦景或是空虚的幻象；这一班恋人们便将回到雅典去，而且将订下白头到老、永无尽期的盟约。在我差遣你去作这件事的时候，我要去访问我的王后，向她讨那个印度孩子；然后我要解除她眼中所见的怪物的幻觉，一切事情都将和平解决。

迫　　　克　这事我们必须赶早办好，主公，
因为黑夜已经驾起他的飞龙；
晨星，黎明的先驱，已照亮苍穹；
一个个鬼魂四散地奔返殡宫：
还有那横死的幽灵抱恨长终，
道旁水底有他们的白骨成丛，
为怕白昼揭露了丑恶的形容，
早已向重泉归寝，相伴着蛆虫；
他们永远见不到日光的融融，

只每夜在暗野里凭吊着清风。

奥布朗 但你我可完全不能比配他们；
晨光中我惯和猎人一起游巡，
如同林居人一样踏访着丛林：
即使东方开起了火红的天门，
大海上照耀万道灿烂的光针，
青碧的大海化成了一片黄金，
但我们应该早早办好这事情，
最好别把它迁延着直到天明。（下）

迫　　克 奔到这边来，奔过那边去；
我要领他们，奔来又奔去。
林间和市上，无人不怕我；
我要领他们，走尽林中路。
这儿来了一个。

拉山德重上。

拉　山　德 你在哪里，骄傲的狄米特律斯？说出来！

迫　　克 在这儿，恶徒！把你的剑拔出来准备着吧。你在哪里？

拉　山　德 我立刻就过来。

迫　　克 那么跟我来吧，到平坦一点的地方。（拉山德随声音下）

狄米特律斯重上。

狄米特律斯 拉山德，你再开口啊！你逃走了，你这懦夫！你逃走了吗？说话呀！躲在那一堆树丛里吗？你躲在哪里呀？

迫　　克 你这懦夫！你在向星星们夸口，向树林子挑战，但是却不敢过来吗？来，卑怯汉！来，你这小孩子！我要好好抽你一顿。谁要跟你比剑才真倒霉！

狄米特律斯 呀，你在那边吗？

迫　　克 跟我的声音来吧；这儿不是适宜我们战斗的地方。（同下）

拉山德重上。

拉　山　德 他走在我的前头，老是挑拨着我上前；一等我走到他叫喊着的地方，他又早已不在。这个坏蛋比我脚步快得多，我追得快，他可逃得更快，使我在黑暗崎岖的路上绊了一交。让我在这儿休息一下吧。（躺下）来吧，你仁心的白昼！只要你一露出你的一线灰白的微光，我就可以看见狄米特律斯而洗雪这次仇恨了。（睡去）

迫克及狄米特律斯重上。

迫　　克　　哈！哈！哈！懦夫！你为什么不来？

狄米特律斯　　要是你有胆量的话，等着我吧；我全然明白你跑在我前面，从这儿
窜到那儿，不敢站住，也不敢见我的面。你现在是在什么地方？

迫　　克　　过来，我在这儿。

狄米特律斯　　哼，你在摆布我。要是天亮了我看见你的面孔，你好好地留点儿
神；现在，去你的吧！疲乏随着我倒下在这寒冷的地上，等候着白
天的降临。（躺下睡去）

　　　　　　　　海丽娜重上。

海　丽　娜　　疲乏的夜啊！冗长的夜啊！减少一些你的时辰吧！从东方出来的安
慰，快照耀起来吧！好让我借着晨光回到雅典去，离开这一群人，
他们大家都讨厌着可怜的我。慈悲的睡眠，有时你闭上了悲伤的眼
睛，求你暂时让我忘却了自己的存在吧！（躺下睡去）

迫　　克　　两男加两女，四个无错误；
　　　　　　三人已在此，一人在何处？
　　　　　　哈哈她来了，满脸愁面罩：
　　　　　　爱神真不好，惯惹人烦恼！

　　　　　　　　赫米娅重上。

赫　米　娅　　从来不曾这样疲乏过，从来不曾这样伤心过！我的身上沾满了露
水，我的衣裳被荆棘所抓破；我跑也跑不动，爬也爬不动了；我的
两条腿再也不能听从我的心愿。让我在这儿休息一下以待天明。要
是他们真要决斗的话，愿天保佑拉山德吧！（躺下睡去）

迫　　克　　梦将残，睡方酣，
　　　　　　神仙药，祛幻觉，
　　　　　　百般迷梦全消却。（挤草汁于拉山德眼上）
　　　　　　醒眼见，旧人脸，
　　　　　　乐满心，情不禁，
　　　　　　从此欢爱复深深。
　　　　　　一句俗语说得好，
　　　　　　各人各有各的宝，
　　　　　　等你醒来就知道：
　　　　　　　哥儿爱姐儿，
　　　　　　　两两无参差；
　　　　　　　失马复得马，
　　　　　　　一场大笑话！（下）

第 四 幕

第一场 林中。拉山德、狄米特律斯、海丽娜、赫米娅酣睡未醒

提泰妮娅及波顿上，众仙服侍；奥布朗潜随其后。

提泰妮娅 来，坐下在这花床上。我要爱抚你的可爱的脸颊；我要把麝香玫瑰插在你柔软光滑的头颅上；我要吻你的美丽的大耳朵，我的温柔的宝贝！

波　顿 豆花呢？

豆　花 有。

波　顿 替咱把头搔搔，豆花儿。蛛网先生在哪儿？

蛛　网 有。

波　顿 蛛网先生，好先生，把您的刀拿好，替咱把那蓟草叶尖上的红屁股的野蜂儿杀了；然后，好先生，替咱把蜜囊儿拿来。干那事的时候可别太性急，先生；而且，好先生，当心别把蜜囊儿给弄破了；要是您在蜜囊里头淹死了，那咱可不很乐意，先生。芥子先生在哪儿？

芥　子 有。

波　顿 把您的小手儿给我，芥子先生。请您不要多礼吧，好先生。

芥　子 你有什么吩咐？

波　顿 没有什么，好先生，只是帮蛛网骑士替咱搔搔痒。咱一定得理发去，先生，因为咱觉得脸上毛得很。咱是一头感觉非常灵敏的驴子，要是一根毛把咱触痒了，咱就非得搔一下子不可。

提泰妮娅 你要不要听一些音乐，我的好人？

波　顿 咱很懂得一点儿音乐。咱们来一下子锣鼓吧。

提泰妮娅 好人，你要吃些什么呢？

波　顿 真的，来一堆刍秣吧；您要是有好的干麦秆，也可以给咱大嚼一顿。咱想，咱怪想吃那么一捆干草；好干草，美味的干草，什么也比不上它。

提泰妮娅 我有一个敢于冒险的小神仙，可以给你到松鼠的仓里取些新鲜的榛栗来。

波　顿 咱宁可吃一把两把干豌豆。但是谢谢您，吩咐您那些人们别惊动咱吧，咱想要睡他妈的一觉。

提泰妮娅 睡吧，我要把你抱在我的臂中。神仙们，往各处散开去吧。（众仙下）菟丝也正是这样温柔地缠附着芬芳的金银花；女萝也正是这样缭绕着榆树的皱折的臂枝。啊，我是多么爱你！我是多么热恋着你！（同睡去）

迫克上。

奥布朗　（上前）欢迎，好罗宾！你见没见这种可爱的情景？我对于她的痴恋开始有点不忍了。刚才我在树林后面遇见她正在为这个可憎的蠢货找寻爱情的礼物，我就谴责她，跟她争吵起来，因为那时她把芬芳的鲜花绕成花环，环绕着他那毛茸茸的额角；原来在嫩芯上晶莹饱满、如同东方的明珠一样的露水，如今却含在那一朵朵美艳的小花的眼中，像是盈盈欲滴的眼泪，痛心着它们所受的耻辱。我把她尽情嘲骂一番之后，她低声下气地请求我息怒，于是我便乘机向她索讨那个换儿；她立刻把他给了我，差她的仙侍把他送到了我的寝宫。现在我已经把这个孩子弄到手，我将解去她眼中这种可憎的迷惑。好迫克，你去把这雅典村夫头上的变形的头盖揭下，等他和大家一同醒来的时候，好让他回到雅典去，把这晚间发生的一切事情只当作一场梦魇。但是先让我给仙后解去了魔法吧。（以草触她的眼睛）

　　回复你原来的本性，解去你眼前的幻景；

　　这一朵女贞花采自月姊园庭，

　　它会使爱情的小卉失去功能。

喂！我的提泰妮娅，醒醒吧，我的好王后！

提泰妮娅　我的奥布朗！我看见了怎样的幻景！好像我爱上了一头驴子啦。

奥布朗　那边就是你的爱人。

提泰妮娅　这一切事情怎么会发生的呢？啊，现在我看见他的样子是多么惹气！

奥布朗　静一会儿。罗宾，把他的头壳揭下了。提泰妮娅，叫他们奏起音乐来吧，让这五个人睡得全然失去了知觉。

提泰妮娅　来，奏起催眠的乐声柔婉！（音乐）

迫克　等你一觉醒来，蠢汉，用你的傻眼睛瞧看。

奥布朗　奏下去，音乐！来，我的王后，让我们携手同行，让我们的舞蹈震动这些人睡着的地面。现在我们已经言归于好，明天夜半将要一同到忒修斯公爵的府中跳着庄严的欢舞，祝福他家繁荣昌盛。这两对忠心的恋人也将在那里和忒修斯同时举行婚礼，大家心中充满了喜乐。

迫克　仙王，仙王，留心听，

　　我听见黄雀歌吟。

奥布朗　王后，让我们静静

　　追随着夜的踪影；

　　我们环绕着地球，

　　快过明月的光流。

提泰妮娅　　夫君，请你在一路

告诉我一切缘故，

这些人来自何方，

当我熟睡的时光。（同下。幕内号角声）

忒修斯、希波吕忒、伊吉斯及侍从等上。

忒　修　斯　　你们中间谁去把猎奴唤来。我们已把五月节的仪式遵行，现在才只是清晨，我的爱人应当听一听猎犬的音乐。把它们放在西面的山谷里；快去把猎奴唤来。美丽的王后，让我们到山顶上去，领略着猎犬们的吠叫和山谷中的回声应和在一起的妙乐吧。

希波吕忒　　我曾经同赫剌克勒斯和卡德摩斯一起在克里特林中行猎，他们用斯巴达的猎犬追赶着巨熊，那种雄壮的吠声我真是第一次听到；除了丛林之外，天空和群山，以及一切附近的区域，似乎混成了一起交互的呐喊。我从来不曾听见过那样谐美的喧声，那样悦耳的雷鸣。

忒　修　斯　　我的猎犬也是斯巴达种，一样的颊肉下垂，一样的黄沙的毛色；它们的头上垂着两片挥拂晨露的耳朵；它们的膝骨是弯曲的，并且像忒萨利亚种的公牛一样喉头长着垂肉。它们在追逐时不很迅速，但它们的吠声彼此高下相应，就像钟声那样合调。无论在克里特、斯巴达或是忒萨利亚，都不曾有过这么一队猎狗，应和着猎人的号角和呼召，吠得这样好听；你听见了之后便可以自己判断。但是且慢！这些都是什么仙女？

伊　吉　斯　　殿下，这儿躺着的是我的女儿；这是拉山德；这是狄米特律斯；这是海丽娜，奈达老人的女儿。我不知道他们怎么都在这儿。

忒　修　斯　　他们一定早期守五月节，因为闻知了我们的意旨，所以赶到这儿来参加我们的典礼。但是，伊吉斯，今天不是赫米娅应该决定她的选择的日子吗？

伊　吉　斯　　是的，殿下。

忒　修　斯　　去，叫猎奴们吹起号角来惊醒他们。（幕内号角及呐喊声；拉山德、狄米特律斯、赫米娅、海丽娜四人惊醒跳起）早安，朋友们！情人节早已过去了，你们这一辈林鸟到现在才配起对吗？

拉　山　德　　请殿下恕罪！（偕余人并跪下）

忒　修　斯　　请你们站起来吧。我知道你们两人是对头冤家，怎么会变得这样和气，大家睡在一块儿，没有一点猜忌，再不怕敌人了呢？

拉　山　德　　殿下，我现在还是糊里糊涂，不知道应当怎样回答您的问话；但是我敢发誓说我真的不知道怎么会在这儿；但是我想——我要说老实话，我现在记起来了，一点不错，我是和赫米娅一同到这儿来的；我们想要逃出雅典，避过了雅典法律的严峻，我们便可以——

| 伊 吉 斯 | 够了，够了，殿下；话已经说得够了。我要求依法，依法惩办他。他们打算，他们打算逃走，狄米特律斯，他们打算用那种手段玩弄我们，使你的妻子落空，使我给你的允许也落空。 |

狄米特律斯 殿下，海丽娜告诉了我他们的出奔，告诉了我他们到这儿林中来的目的；我在盛怒之下追踪他们，同时海丽娜因为痴心的缘故也追踪着我。但是，殿下，我不知道什么一种力量——但一定是有一种力量——使我对于赫米娅的爱情会像霜雪一样溶解，现在想起来，就像回忆一段童年时所爱好的一件物品一样；我一切的忠信、一切的心思、一切乐意的眼光，都是属于海丽娜一个人了。我在没有认识赫米娅之前，殿下，就已经和她订过盟约；但正如一个人在生病的时候一样，我厌倦着这一道珍馐，等到健康恢复，就会回复正常的胃口。现在我希求着她，珍爱着她，思慕着她，将要永远忠心于她。

忒 修 斯 俊美的恋人们，我们相遇得很巧；等会儿我们便可以再听你们把这段话讲下去。伊吉斯，你的意志只好屈服一下了；这两对少年不久便将跟我们一起在神庙中缔结永久的鸳盟。现在清晨快将过去，我们本来准备的行猎只好中止。跟我们一起到雅典去吧；三三成对地，我们将要大张盛宴。来，希波吕忒。（忒修斯、希波吕忒、伊吉斯及侍从下）

狄米特律斯 这些事情似乎微细而无从捉摸，好像化为云雾的远山一样。

赫 米 娅 我觉得好像这些事情我都用昏花的眼睛看着，一切都化作了层叠的两重似的。

海 丽 娜 我也是这样想。我得到了狄米特律斯，像是得到了一颗宝石，好像是我自己的，又好像不是我自己的。

狄米特律斯 你们真能断定我们现在是醒着吗？我觉得我们还是在睡着做梦。你们是不是以为公爵方才在这儿，叫我们跟他走吗？

赫 米 娅 是的，我的父亲也在。

海 丽 娜 还有希波吕忒。

拉 山 德 他确曾叫我们跟他到神庙里去。

狄米特律斯 那么我们真的已经醒了。让我们跟着他走；一路上讲着我们的梦。

（同下）

波 顿 （醒）轮到咱说尾白的时候，请你们叫咱一声，咱就会答应；咱下面的一句是，"最美丽的皮拉摩斯。"喂！喂！彼得·昆斯！弗鲁特，修风箱的！斯诺特，补锅子的！斯塔佛林！他妈的！悄悄地溜走了，把咱扔下在这儿一个人睡觉吗？咱看见了一个奇怪得了不得的幻象，咱做了一个梦。没有人说得出那是怎样的一个梦；要是谁想把这个梦解释一下，那他一定是一头驴子。咱好像是——没有人说得出那是什么东西；咱好像是——咱好像有——但要是谁敢说出来咱好像有什么东西，那他一定是一个蠢材。咱那个梦啊，人们的眼睛从来没有听到过，人们的耳朵从来没有看见过，人们的手也尝不出来是什么味道，人们的舌头也想不出来是什么道理，人们的心也说不出来究竟那是怎样的一个梦。咱要叫彼得·昆斯给咱写一首歌儿咏一下这个梦，题目就叫做"波顿的梦"，因为这个梦可没有个底儿；咱要在演完戏之后当着公爵大人的面前唱这个歌——或者更好些，还是等咱死了之后再唱吧。（下）

第二场　雅典。昆斯家中

昆斯、弗鲁特、斯诺特、斯塔佛林上。

昆　　斯　你们差人到波顿家里去过了吗？他还没有回家吗？

斯塔佛林　一点消息都没有。他准是给妖精拐了去了。

弗　鲁　特　要是他不回来，那么咱们的戏就要搁起来啦；它不能再演下去，是不是？

昆　　斯　那当然演不下去啰；整个雅典城里除了他之外就没有第二个人可以演皮拉摩斯。

弗　鲁　特　谁也演不了；他在雅典手艺人中间简直是最聪明的一个。

昆　　斯　对，而且也是顶好的人；他有一副好喉咙，吊起膀子来真是顶呱呱的。

弗　鲁　特　你说错了，你应当说"吊嗓子"。吊膀子，老天爷！那是一件难为情的事。

斯纳格上。

斯　纳　格　列位，公爵大人刚从神庙里出来，还有两三位贵人和小姐们也在同时结了婚。要是咱们的玩意儿能够干下去，咱们一定大家都有好处。

弗　鲁　特　哎呀，可爱的波顿好家伙！他从此就不能再拿到六便士一天的恩俸了。他准可以拿到六便士一天的。咱可以赌咒公爵大人见了他扮演皮拉摩斯，一定会赏给他六便士一天。他应该可以拿到六便士一天的；扮演了皮拉摩斯，应该拿六便士一天，少一个子儿都不行。

波顿上。

波　　顿　孩儿们在什么地方？心肝们在什么地方？

昆	斯	波顿！哎呀，顶好顶好的日子，顶吉利顶吉利的时辰！
波	顿	列位，咱要讲古怪事儿给你们听，可不许问咱什么事；要是咱对你们说了，咱不算是真的雅典人。咱要把一切全都告诉你们，一个字也不漏掉。
昆	斯	讲给咱们听吧，好波顿。
波	顿	关于咱自己的事可一个字也不能告诉你们。咱要报告给你们知道的是，公爵大人已经用过正餐了。把你们的行头收拾起来，胡须上要用坚牢的穿绳，舞靴上要结簇新的缎带；立刻在宫门前集合；各人温熟了自己的台词；总而言之一句话，咱们的戏已经送上去了。无论如何，可得叫提斯柏穿一件干净一点的衬衫；还有扮演狮子的那位别把指甲铰掉，因为那是要露出在外面当作狮子的脚爪的。顶要紧的，列位老板们，别吃洋葱和大蒜，因为咱们可不能把人家熏倒胃口；咱一定会听见他们说，"这是一出香甜的喜剧。"完了，去吧！去吧！（同下）

第 五 幕

第一场　雅典。忒修斯宫中

忒修斯、希波吕忒、菲劳斯特莱特及大臣侍从等上。

希 波 吕 忒　忒修斯，这些恋人们所说的话真是奇怪得很。

忒 修 斯　奇怪得不像会是真实。我永不相信这种古怪的传说和胡扯的神话。情人们和疯子们都富于纷乱的思想和成形的幻觉，他们所理会到的永远不是冷静的理智所能充分了解。疯子、情人和诗人，都是幻想的产儿：疯子眼中所见的鬼，多过于广大的地狱所能容纳；情人，同样是那么疯狂，能从埃及人的黑脸上看见海伦的美貌；诗人的眼睛在神奇的狂放的一转中，便能从天上看到地下，从地下看到天上。想像会把不知名的事物用一种形式呈现出来，诗人的笔再使它们具有如实的形象，空虚的无物也会有了居处和名字。强烈的想像往往具有这种本领，只要一领略到一些快乐，就会相信那种快乐的背后有一个赐予的人；夜间一转到恐惧的念头，一株灌木一下子便会变成一头熊。

希 波 吕 忒　但他们所说的一夜间全部的经历，以及他们大家心理上都受到同样影响的一件事实，可以证明那不会是幻想。虽然那故事是怪异而惊人，却并不令人不能置信。

忒 修 斯　这一班恋人们高高兴兴地来了。

拉山德、狄米特律斯、赫米娅、海丽娜上。

忒 修 斯　恭喜，好朋友们！恭喜！愿你们心灵里永远享受着没有阴翳的爱情日子！

拉 山 德　愿更大的幸福永远追随着殿下的起居！

忒 修 斯　来，我们应当用什么假戏剧或是舞蹈来消磨在尾餐和就寝之间的三点钟悠长的岁月呢？我们一向玩管戏乐的人在哪里？有哪几种余兴准备着？有没有一出戏剧可以祛除难挨的时辰里按捺不住的焦急呢？叫菲劳斯特莱特过来。

菲劳斯特莱特　有，伟大的忒修斯。

忒 修 斯　说，你有些什么可以缩短这黄昏的节目？有些什么假戏剧？有些什么音乐？要是一点娱乐都没有，我们怎么把这迟迟的时间消度过去呢？

菲劳斯特莱特　这儿是一张预备好的各种戏目的单子，请殿下自己拣选哪一项先来。（呈上单子）

忒　修　斯　"与马人作战，由一个雅典太监和竖琴而唱"。那个我们不要听；我已经告诉过我的爱人这一段表彰我的姻兄赫剌克勒斯武功的故事了。"醉酒者之狂暴，特剌刻歌人惨遭肢裂的始末。"那是老调，当我上次征服忒拜凯旋回来的时候就已经表演过了。"九缪斯神痛悼学术的沦亡"。那是一段犀利尖刻的讽刺，不适合于婚礼时的表演。"关于年轻的皮拉摩斯及其爱人提斯柏的冗长的短戏，非常悲哀的趣剧"。悲哀的趣剧！冗长的短戏！那简直是说灼热的冰，发烧的雪。这种矛盾怎么能调和起来呢？

菲劳斯特莱特　殿下，一出一共只有十来个字那么长的戏，当然是再短没有了；然而即使只有十个字，也会嫌太长，叫人看了厌倦；因为在全剧之中，没有一个字是用得恰当的，没有一个演员是支配得适如其份的。那本戏的确很悲哀，殿下，因为皮拉摩斯在戏里要把自己杀死。可是我看他们预演那一场的时候，我得承认确曾使我的眼中充满了眼泪；但那些泪都是在纵声大笑的时候忍俊不住而流下来的，再没有人流过比那更开心的泪水了。

忒　修　斯　扮演这戏的是些什么人呢？

菲劳斯特莱特　都是在这儿雅典城里作工过活的胼手胝足的汉子。他们从来不曾用过头脑，今番为了准备参加殿下的婚礼，才辛辛苦苦地把这本戏记诵起来。

忒　修　斯　好，就让我们听一下吧。

菲劳斯特莱特　不，殿下，那是不配烦渎您的耳朵的。我已经听完过他们一次，简直一无足取；除非你嘉纳他们的一片诚心和苦苦背诵的辛勤。

忒　修　斯　我要把那本戏听一次，因为纯洁和忠诚所呈献的礼物，总是可取的。去把他们带来。各位夫人女士们，大家请坐下。（菲劳斯特莱特下）

希波吕忒　我不喜欢看见微贱的人作他们力量所不及的事，忠诚因为努力的狂妄而变成毫无价值。

忒　修　斯　啊，亲爱的，你不会看见他们糟到那地步。

希波吕忒　他说他们根本不会演戏。

忒　修　斯　那更显得我们的宽宏大度，虽然他们的劳力毫无价值，他们仍能得到我们的嘉纳。我们可以把他们的错误作为取笑的资料。我们

不必较量他们那可怜的忠诚所不能达到的成就，而该重视他们的
辛勤。凡是我所到的地方，那些有学问的人都预先准备好欢迎辞
迎接我；但是一看见了我，便发抖、脸色变白，句子没有说完便
中途顿住，背熟了的话梗在喉中，吓得说不出来，结果是一句欢
迎我的话都没有说。相信我，亲爱的，从这种无言中我却领受了他
们一片欢迎的诚意；在诚惶诚恐的忠诚的畏怯上表示出来的意味，
并不少于一条娓娓动听的辩舌和无所忌惮的口才。因此，爱人，照
我所能观察到的，无言的纯洁所表示的情感，才是最丰富的。

菲劳斯特莱特重上。

菲劳斯特莱特 请殿下吩咐，念开场诗的预备登场了。

忒 修 斯 让他上来吧。（喇叭奏花腔）

昆斯上，念开场诗。

昆 斯 要是咱们，得罪了请原谅。

咱们本来是，一片的好意，
想要显一显。薄薄的伎俩，
那才是咱们原来的本意。
因此列位咱们到这儿来。
为的要让列位欢笑欢笑，
否则就是不曾。到这儿来，
如果咱们，惹动列位气恼。
一个个演员，都将，要登场，
你们可以仔细听个端详。

忒 修 斯 这家伙简直乱来。

拉 山 德 他念他的开场诗就像骑一头顽劣的小马一样，乱冲乱撞，该停的
地方不停，不该停的地方反而停下。殿下，这是一个好教训：单
是会讲话不能算数，要讲话总该讲得像个路数。

希 波 吕 忒 真的，他就像一个小孩子学吹笛，呜哩呜哩了一下，可是全不入调。

忒 修 斯 他的话像是一段纠缠在一起的链索，并没有欠缺，可是全弄乱
了。跟着是谁登场呢？

皮拉摩斯及提斯柏、墙、月光、狮子上。

昆 斯 列位大人，也许你们会奇怪这一班人跑出来干么。尽管奇怪吧，
自然而然地你们总会明白过来。这个人是皮拉摩斯，要是你们想
要知道的话；这位美丽的姑娘不用说便是提斯柏啦。这个人身上

涂着石灰和粘土，是代表墙头的，那堵隔开这两个情人的坏墙头；他们这两个可怜的人只好在墙缝里低声谈话，这是要请大家明白的。这个人提着灯笼，牵着犬，拿着柴枝，是代表月亮；因为你们要知道，这两个情人觉得在月光底下到尼纳斯的坟头见面谈情倒也不坏。这一头可怕的畜生名叫狮子，那晚上忠实的提斯柏先到约会的地方，给它吓跑了，或者不如说是被它惊走了；她在逃走的时候脱落了她的外套，那件外套因为给那恶狮子咬住在它那张血嘴里，所以沾满了血斑。隔了不久，皮拉摩斯，那个高个儿的美少年，也来了，一见他那忠实的提斯柏的外套躺在地上死了，便赤楞楞地一声拔出一把血淋淋的该死的剑来，对准他那热辣辣的胸脯里豁拉拉地刺了进去。那时提斯柏却躲在桑树的树荫里，等到她发现了这回事，便把他身上的剑拔出来，结果了她自己的性命。至于其余的一切，可以让狮子、月光、墙头和两个情人详详细细地告诉你们，当他们上场的时候。（昆斯及皮拉摩斯、提斯柏、狮子、月光同下）

忒修斯 我不知道狮子要不要说话。

狄米特律斯 殿下，这可不用怀疑，要是一班驴子都会讲人话，狮子当然也会说话啦。

墙 小子斯诺特是也，在这本戏文里扮做墙头；须知此墙不是他墙，乃是一堵有裂缝的墙，凑着那条裂缝，皮拉摩斯和提斯柏两个情人常常偷偷地低声谈话。这一把石灰、这一撮粘土、这一块砖头，表明咱是一堵真正的墙头，并非滑头冒险之流。这便是那条从右到左的缝儿，这两个胆小的情人就在那儿谈着知心话儿。

忒修斯 石灰和泥土筑成的东西，居然这样会说话，难得难得！

狄米特律斯 殿下，我从来也不曾听见过一堵墙居然能说出这样俏皮的话来。

忒修斯 皮拉摩斯走近墙边来了。静听！

皮拉摩斯重上。

皮拉摩斯 板着脸孔的夜啊！漆黑的夜啊！

夜啊，白天一去，你就来啦！

夜啊！夜啊！唉呀！唉呀！唉呀！

咱担心咱的提斯柏要失约啦！

墙啊！亲爱的、可爱的墙啊！

你硬生生地隔开了咱们两人的家！

墙啊！亲爱的，可爱的墙啊！

露出你的裂缝，让咱向里头瞧瞧吧！（墙举手叠指作裂缝状）

谢谢你，殷勤的墙！上帝大大保佑你！

但是咱瞧见些什么呢？咱瞧不见伊。

刁恶的墙啊！不让咱瞧见可爱的伊；

愿你倒霉吧，因为你竟这样把咱欺！

忒 修 斯	这墙并不是没有知觉的，我想他应当反骂一下。
皮 拉 摩 斯	没有的事，殿下，真的，他不能。"把咱欺"是该提斯柏接下去的尾白；她现在就要上场啦，咱就要在墙缝里看她。你们瞧着吧，下面做下去正跟咱告诉你们的完全一样。那边她来啦。

提斯柏重上。

提 斯 帕	墙啊！你常常听得见咱的呻吟，
	怨你生生把咱共他两两分拆！
	咱的樱唇常跟你的砖石亲吻，
	你那用泥泥胶得紧紧的砖石。
皮 拉 摩 斯	咱瞧见一个声音；让咱去望望，
	不知可能听见提斯柏的脸庞。
	提斯柏！
提 斯 柏	你是咱的好人儿，咱想。
皮 拉 摩 斯	尽你想吧，咱是你风流的情郎。
	好像里芒德，咱此心永无变更。
提 斯 柏	咱就像海伦，到死也决不变心。
皮 拉 摩 斯	沙发勒斯对待皮洛克勒斯不过如此。
提 斯 柏	你就是皮洛克勒斯，咱就是沙发勒斯。
皮 拉 摩 斯	啊，在这堵万恶的墙缝中请给咱一吻！
提 斯 柏	咱吻着墙缝，可全然吻不到你的嘴唇。
皮 拉 摩 斯	你肯不肯到宁尼的坟头去跟咱相聚？
提 斯 柏	活也好，死也好，咱一准立刻动身前去。（二人下）
墙	现在咱已把墙头扮好，
	因此咱便要拔脚跑了。（下）
忒 修 斯	现在隔在这两户人家之间的墙头已经倒下了。
狄米特律斯	殿下，墙头要是都像这样随随便便偷听人家的谈话，可真没法好想。
希波吕忒	我从来没有听到过比这再蠢的东西。

忒 修 斯　　最好的戏剧也不过是人生的一个缩影；最坏的只要用想像补足一下，也就不会坏到什么地方去。

希 波 吕 忒　　那该是靠你的想像，而不是靠他们的想像。

忒 修 斯　　要是他们在我们的想像里并不比在他们自己的想像里更坏，那么他们也可以算得顶好的人了。两个好东西登场了，一个是人，一个是狮子。

狮子及月光重上。

狮　　子　　各位太太小姐们，你们那柔弱的心一见了地板上爬着的一头顶小的老鼠就会害怕，现在看见一头凶暴的狮子发狂地怒吼，多少要发起抖来吧？但是请你们放心，咱实在是细木工匠斯纳格，既不是凶猛的公狮，也不是一头母狮；要是咱真的是一头狮子冲到了这儿，那咱才大倒其霉！

忒 修 斯　　一头非常善良的畜生，有一颗好良心。

狄米特律斯　　殿下，这是我所看见过的最好的畜生了。

拉 山 德　　这头狮子按勇气说只好算是一只狐狸。

忒 修 斯　　对了，而且按他那小心翼翼的样子说起来倒像是一只鹅。

狄米特律斯　　可不能那么说，殿下；因为他的"勇气"还敌不过他的"小心"，可是一只狐狸却能把一只鹅拖了走。

忒 修 斯　　我肯定说，他的"小心"推不动他的"勇气"，就像一只鹅拖不动一只狐狸。好，别管他吧，让我们听月亮说话。

月　　光　　这盏灯笼代表着角儿弯弯的新月；——

狄米特律斯　　他应当把角装在头上。

忒 修 斯　　他并不是新月，圆圆的哪里有个角儿？

月　　光　　这盏灯笼代表着角儿弯弯的新月；咱好像就是月亮里的仙人。

忒 修 斯　　这该是最大的错误了。应该把这个人放进灯笼里去；否则他怎么会是月亮里的仙人呢？

狄米特律斯　　他因为怕烛火要恼火，所以不敢进去。

希 波 吕 忒　　这月亮使我厌倦；他应该变化变化才好！

忒 修 斯　　照他那昏昏沉沉的样子看起来，他大概是一个残月；但是为着礼貌和一切的理由，我们得忍耐一下。

拉 山 德　　说下去，月亮。

月　　光　　总而言之，咱要告诉你们的是，这灯笼便是月亮；咱便是月亮里的仙人；这柴枝是咱的柴枝；这狗是咱的狗。

狄米特律斯　　嗨，这些都应该放进灯笼里去才对，因为它们都是在月亮里的。但是静些，提斯柏来了。

提斯柏重上。

提 斯 柏	这是宁尼老人的坟。咱的好人儿呢？
狮 子	（吼）呜！——（提斯柏奔下）
狄米特律斯	吼得好，狮子！
忒 修 斯	奔得好，提斯柏！
希波吕忒	照得好，月亮！真的，月亮照得姿势很好。（狮子撕破提斯柏的外套后下）
忒 修 斯	撕得好，狮子！
狄米特律斯	于是皮拉摩斯来了。
拉 山 德	于是狮子不见了。

皮拉摩斯重上。

皮 拉 摩 斯　可爱的月亮，咱多谢你的阳光；
　　　　　　　谢谢你，因为你照得这么皎洁！
　　　　　靠着你那慈和的闪烁的金光，
　　　　　　　咱将要饱餐着提斯柏的秀色。
　　　　　　　　但是且住，啊该死！
　　　　　　　　瞧哪，可怜的骑士，
　　　　　　　这是一场什么惨景！
　　　　　　　　眼睛，你看不看见？
　　　　　　　　这种事怎会出现？
　　　　　　　可爱的宝贝啊，亲亲！
　　　　　　　　你的好外套一件，
　　　　　　　　怎么全都是血点？
　　　　　　　过来吧，狰狞的凶神！
　　　　　　　　快把生命的羁缠
　　　　　　　从此后一刀割断；
　　　　　　今朝咱了结了残生！

忒 修 斯　这一种情感再加上一个好朋友的死，很可以使一个人脸带愁容。

希 波 吕 忒　该死！我倒真有点可怜这个人。

皮 拉 摩 斯　苍天啊！你为什么要造下狮子，
　　　　　　　让它在这里蹂躏了咱的爱人？
　　　　　　她在一切活着爱着的人中，是
　　　　　　　一个最美最美最最美的美人。

> 淋漓地流吧，眼泪！
> 咱要把宝剑一挥，
> 当着咱的胸头划破：
> 一剑刺过了左胸，
> 叫心儿莫再跳动，
> 这样咱就死，
> 现在咱已经身死，
> 现在咱已经去世，
> 咱灵魂儿升到天堂；
> 太阳，不要再照耀！
> 月亮，给咱拔脚跑！ （月光下）
> 咱已一命、一命丧亡。（死）

狄米特律斯 不是双亡，是单亡，因为他是孤零零地死去。

拉 山 德 他现在死去，不但成不了双，而且成不了单；他已经变成"没有"啦。

忒 修 斯 要是就去请外面医生来，也许还可以把他医活转来，叫他做一头驴子。

希波吕忒 提斯柏还要回来找她的情人，月亮怎么这样性急，这会儿就走了呢？

忒 修 斯 她可以在星光底下看见他的，现在她来了。她再痛哭流涕一下子，戏文也就完了。

提斯柏重上。

希波吕忒 我想对于这样一个宝货皮拉摩斯，她可以不必浪费口舌；我希望她说得短一点儿。

狄米特律斯 她跟皮拉摩斯较量起来真是半斤八两。上帝保佑我们不要嫁到这种男人，也保佑我们不要娶着这种妻子！

拉 山 德 她那秋波已经看见他了。

狄米特律斯 于是悲声而言曰：——

提 斯 柏 睡着了吗，好人儿？
> 啊！死了，咱的鸽子？
> 皮拉摩斯啊，快醒醒！
> 说呀！说呀！哑了吗？
> 唉，死了！一堆黄沙
> 将要盖住你的美睛。
> 嘴唇像百合花开，
> 鼻子像樱桃可爱，

黄花像是你的脸孔，

　一起消失、消失了，

　有情人同声哀悼！

他眼睛绿得像青葱。

　命运女神三姊妹，

　快快到我这里来，

伸出你玉手像白面，

　伸进血里泡一泡——

你割断他的生命线。

　舌头，不许再多言！

　凭着这一柄好剑，

赶快把咱胸膛刺穿。（以剑自刺）

　再会，我的朋友们！

　提斯柏已经毕命；

再见吧，再见吧，再见！（死）

忒　修　斯　他们的葬事要让月亮和狮子来料理了吧？

狄米特律斯　是的，还有墙头。

波　　顿　（跳起）不，咱对你们说，那堵隔开他们两家的墙早已经倒了。你们要不要瞧瞧收场诗，或者听一场咱们两个伙计的贝格摩舞？

忒　修　斯　请把收场诗免了吧，因为你们的戏剧无须再请求人家原谅；扮戏的人一个个死了，我们还能责怪谁不成？真的，要是写那本戏的人自己来扮皮拉摩斯，把他自己吊死在提斯柏的袜带上，那倒真是一出绝妙的悲剧。实在你们这次演得很不错。现在把你们的收场诗搁在一旁，还是跳起你们的贝格摩舞来吧。（跳舞）夜钟已经敲过了十二点；恋人们，睡觉去吧，现在已经差不多是神仙们游戏的时间了。我担心我们明天早晨会起不来，因为今天晚上睡得太迟。这出粗劣的戏剧却使我们不觉把冗长的时间打发走了。好朋友们，去睡吧。我们要用半月工夫把这喜庆延续，夜夜有不同的欢乐。（众下）

第二场　同　　前

迫克上。

迫　　克　饿狮在高声咆哮；

　豺狼在向月长嗥；

农夫们鼾息沉沉，
完毕一天的辛勤。
火把还留着残红，
　鸱鸮叫得人胆战，
传进愁人的耳中，
　仿佛见殓衾飘飏。
现在夜已经深深，
　坟墓都裂开大口，
吐出了百千幽灵，
　荒野里四散奔走。
我们跟着赫卡忒，
　离开了阳光赫奕，
像一场梦景幽灵，
　追随黑暗的踪迹。
且把这吉屋打扫，
供大家一场欢闹；
驱走扰人的小鼠，
还得揩干净门户。

奥布朗、提泰妮娅及侍从等上。

奥 布 朗 屋中消沉的火星
　微微地尚在闪耀；
跳跃着每个精灵
　像花枝上的小鸟；
随我唱一支曲调，
　一起轻轻地舞蹈。

提 泰 妮 娅 先要把歌儿练熟，
　每个字玉润珠圆；
然后齐声唱祝福，
　手携手缥缈回旋。（歌舞）

奥 布 朗 趁东方尚未发白，
让我们满屋蹓跶；
先去看一看新床，
祝福它吉利祯祥。
这三对新婚伉俪，

愿他们永无离贰；
生下男孩和女娃，
无妄无灾福气大；
一个个相貌堂堂，
没有一点儿破相；
不生黑痣不缺唇，
更没有半点瘢痕。
凡是不祥的胎记，
不会在身上发现。
用这神圣的野露，
你们去浇洒门户，
祝福屋子的主人，
永享着福禄康宁。
快快去，莫犹豫；
天明时我们重聚。（除迫克外皆下）

迫　　克　（向观众）

要是我们这辈影子
有拂了诸位的尊意，
就请你们这样思量，
一切便可得到补偿；
这种种幻景的显现，
不过是梦中的妄念；
这一段无聊的情节，
似同诞梦一样无力。
先生们，请不要见笑！
倘蒙原宥，定当补报。
万一我们幸而免脱
这一遭嘘嘘的指斥，
我们决不忘记大恩，
迫克生乎不会骗人。
否则尽管骂我混蛋。
我迫克祝大家晚安。
再会了！肯赏个脸儿的话，
就请拍两下手，多谢多谢！（下）

威尼斯商人

剧中人物

威 尼 斯 公 爵

摩 洛 哥 亲 王 ⎫
阿 拉 贡 亲 王 ⎭ 鲍西娅的求婚者

安 东 尼 奥　威尼斯商人

巴 萨 尼 奥　安东尼奥的朋友

葛 莱 西 安 诺 ⎫
萨 莱 尼 奥 ⎬ 安东尼奥和巴萨尼奥的朋友
萨 拉 里 诺 ⎭

罗 兰 佐　杰西卡的恋人

夏 洛 克　犹太富翁

杜 伯 尔　犹太人，夏洛克的朋友

朗斯洛特·高波　小丑，夏洛克的仆人

老 高 波　朗斯洛特的父亲

里 奥 那 多　巴萨尼奥的仆人

鲍 尔 萨 泽 ⎫
斯 丹 法 诺 ⎭ 鲍西娅的仆人

鲍 西 娅　富家嗣女

尼 莉 莎　鲍西娅的侍女

杰 西 卡　夏洛克的女儿

威尼斯众士绅、法庭官吏、狱史、鲍西娅家中的仆人及其他侍从。

地　点

　一部分在威尼斯；一部分在大陆上的贝尔蒙特，鲍西娅邸宅所在地。

第 一 幕

第一场　威尼斯。街道

安东尼奥、萨拉里诺及萨莱尼奥上。

安东尼奥　真的，我不知道我为什么这样闷闷不乐。你们说你们见我这样子，心里觉得很厌烦，其实我自己也觉得很厌烦呢；可是我怎样会让忧愁沾上身，这种忧愁究竟是怎么一种东西，它是从什么地方产生的，我却全不知道；忧愁已经使我变成了一个傻子，我简直有点自己不了解自己了。

萨拉里诺　您的心是跟着您那些扯着满帆的大船在海洋上簸荡着呢；它们就像水上的达官富绅，炫示着它们的豪华，那些小商船向它们点头敬礼，它们却睬也不睬，凌风直驶。

萨莱尼奥　相信我，老兄，要是我也有这么一笔买卖在外洋，我一定要用大部分的心思牵挂它；我一定常常拔草观测风吹的方向，在地图上查看港口码头的名字；凡是足以使我担心那些货物的命运的一切事情，不用说都会引起我的忧愁。

萨拉里诺　吹凉我的粥的一口气，也会吹痛我的心，只要我想到海面上的一阵暴风将会造成怎样一场灾祸。我一看见沙漏的时期，就会想起海边的沙滩，仿佛看见我那艘满载货物的商船倒插在沙里，船底朝天，它的高高的桅樯吻着它的葬身之地。要是我到教堂里去，看见那用石块筑成的神圣的殿堂，我怎么会不立刻想起那些危险的礁石，它们只要略微碰一碰我那艘好船的船舷，就会把满船的香料倾泻在水里，让汹涌的波涛披戴着我的绸缎绫罗；方才还是价值连城的，一转瞬间尽归乌有？要是我想到了这种情形，我怎么会不担心这种情形也许会果然发生，从而发起愁来呢？不用对我说，我知道安东尼奥是因为担心他的货物而忧愁。

安东尼奥　不，相信我；感谢我的命运，我的买卖的成败并不完全寄托在一艘船上，更不是倚赖着一处地方；我的全部财产，也不会因为这一年的盈亏而受到影响，所以我的货物并不能使我忧愁。

萨拉里诺　啊，那么您是在恋爱了。

安东尼奥　呸！哪儿的话！

萨拉里诺	也不是在恋爱吗？那么让我们说，您忧愁，因为您不快乐；就像您笑笑跳跳，说您很快乐，因为您不忧愁，实在再简单也没有了。凭二脸神雅努斯起誓，老天造下人来，真是无奇不有：有的人老是眯着眼睛笑，好像鹦鹉见了吹风笛的人一样；有的人终日皱着眉头，即使涅斯托发誓说那笑话很可笑，他听了也不肯露一露他的牙齿，装出一个笑容来。

巴萨尼奥，罗兰佐及葛莱西安诺上。

萨莱尼奥	您的一位最尊贵的朋友，巴萨尼奥，跟葛莱西安诺、罗兰佐都来了。再见；您现在有了更好的同伴，我们可以少陪啦。
萨拉里诺	倘不是因为您的好朋友来了，我一定要叫您快乐了才走。
安东尼奥	你们的友谊我是十分看重的。照我看来，恐怕还是你们自己有事，所以借着这个机会想抽身出去吧？
萨拉里诺	早安，各位大爷。
巴萨尼奥	两位先生，咱们什么时候再聚在一起谈谈笑笑？你们近来跟我十分疏远了。难道非走不可吗？
萨拉里诺	您什么时候有空，我们一定奉陪。（萨拉里诺、萨莱尼奥下）
罗兰佐	巴萨尼奥大爷，您现在已经找到安东尼奥，我们也要少陪啦；可是请您千万别忘记吃饭的时候咱们在什么地方会面。
巴萨尼奥	我一定不失约。
葛莱西安诺	安东尼奥先生，您的脸色不大好，您把世间的事情看得太认真了；一个人思虑太多，就会失却做人的乐趣。相信我，您近来真是变的太厉害啦。
安东尼奥	葛莱西安诺，我把这世界不过看作一个世界，每一个人必须在这舞台上扮演一个角色，我扮演的是一个悲哀的角色。
葛莱西安诺	让我扮演一个小丑吧。让我在嘻嘻哈哈的欢笑声中不知不觉地老去；宁可用酒温暖我的肠胃，不要用折磨自己的呻吟冰冷我的心。为什么一个身体里面流着热血的人，要那么正襟危坐，就像他祖宗爷爷的石膏像一样呢？明明醒着的时候，为什么偏要像睡去了一般？为什么动不动翻脸生气，把自己气出了一场黄疸病来？我告诉你吧，安东尼奥——因为我爱你，所以我才对你说这样的话：世界上有一种人，他们的脸上装出一副心如止水的神气，故意表示他们的冷静，好让人家称赞他们一声智慧深沉，思想渊博；他们的神气之间，好像说，"我的说话都是纶音天语，我要是一张开嘴唇来，

不许有一只狗乱叫！"啊，我的安东尼奥，我看透这一种人，他们只是因为不说话，博得了智慧的名声；可是我可以确定说一句，要是他们说起话来，听见的人，谁都会骂他们是傻瓜。等有机会的时候，我再告诉你关于这种人的笑话吧；可是请你千万别再用悲哀做钓饵，去钓这种无聊的名誉了。来，好罗兰佐，回头见。等我吃完了饭，再来向你结束我的劝告。

罗 兰 佐 好，咱们在吃饭的时候再见吧。我大概也就是他所说的那种以不说话为聪明的人，因为葛莱西安诺不让我有说话的机会。

葛莱西安诺 嘿，你只要再跟我两年，就会连你自己说话的口音也听不出来。

安 东 尼 奥 再见，我会把自己慢慢儿训练得多说话一点的。

葛莱西安诺 那就再好没有了；只有干牛舌和没人要的老处女，才是应该沉默的。（葛莱西安诺、罗兰佐下）

安 东 尼 奥 他说的这一番话有些什么意思？

巴 萨 尼 奥 葛莱西安诺比全威尼斯城里无论哪一个人都更会拉上一大堆废话。他的道理就像藏在两桶砻糠里的两粒麦子，你必须费去整天工夫才能够把它们找到，可是找到了它们以后，你会觉得费这许多气力找它们出来，是一点不值得的。

安 东 尼 奥 好，您今天答应告诉我您立誓要去秘密拜访的那位姑娘的名字，现在请您告诉我吧。

巴 萨 尼 奥 安东尼奥，您知道得很清楚，我怎样为了维持我外强中干的体面，把一份微薄的资产都挥霍光了；现在我对于家道中落、生活紧缩，倒也不怎么在乎了；我最大的烦恼是怎样可以解脱我背上这一重重由于挥霍而积欠下来的债务。无论在钱财方面或是友谊方面，安东尼奥，我欠您的债都是顶多的；因为你我交情深厚，我才敢大胆把我心里所打算的怎样了清这一切债务的规划全部告诉您。

安 东 尼 奥 好巴萨尼奥，请您告诉我吧。只要您的规划跟您向来的立身行事一样光明正大，那么我的钱囊可以让您任意取用，我自己也可以供您驱使；我愿意用我所有的力量，帮助您达到目的。

巴 萨 尼 奥 我在学校里练习射箭的时候，每次把一枝箭射得不知去向，便用另一枝同样射程的箭向着同一方向射去，眼睛看准了它掉在什么地方，就往往可以把那失去的箭找回来；这样，冒着双重的险，就能找到两枝箭。我提起这一件儿童时代的往事作为比喻，因为我将要对您说的话，完全是一种很天真的思想。我欠了您很多的债，而且像一个不听话的孩子一样，把借来的钱一起挥霍完了；可是您要是愿意向着您放射第一枝箭的方向，再射出您的第二枝箭，那么这一回我一定会把目标看准，即使不把两枝箭一起找回来，至少也可以把第二枝箭交还给您，让我仍旧对于您先前给我的援助做一个知恩图报的负债者。

安东尼奥 您是知道我的为人的，现在您用这种比喻的话来试探我的友谊，不过是浪费时间罢了；您要是怀疑我不肯尽力相助，那就比花掉我所有的钱还要对不起我。所以您只要对我说我应该怎么做，如果您知道哪件事是我的力量所能办到的，我一定会给您办到。您说吧。

巴萨尼奥 在贝尔蒙特有一位富家的嗣女，长得非常美貌，尤其值得称道的，她有非常卓越的德性；从她的眼睛里，我有时接到她的脉脉含情的流盼。她的名字叫做鲍西娅，比起古代凯图的女儿，勃鲁托斯的贤妻鲍西娅来，毫无逊色。这广大的世界也没有漠视她的好处，四方的风从每一处海岸上带来了声名藉藉的求婚者；她的光亮的长发就像是传说中的金羊毛，把她所住的贝尔蒙特变做了神话中的王国，引诱着无数的伊阿宋前来向她追求。啊，我的安东尼奥！只要我有相当的财力，可以和他们中间无论哪一个人对敌，那么我觉得我有充分的把握，一定会达到愿望的。

安东尼奥 你知道我的全部财产都在海上；我现在既没有钱，也没有可以变换现款的货物。所以我们还是去试一试我的信用，看它在威尼斯城里有些什么效力吧；我一定凭着我这一点面子，能借多少就借多少，尽我最大的力量供给你到贝尔蒙特去见那位美貌的鲍西娅。去，我们两人就去分头打听什么地方可以借到钱，我就用我的信用做担保，或者用我自己的名义给你借下来。（同下）

第二场　贝尔蒙特。鲍西娅家中一室

鲍西娅及尼莉莎上。

鲍西娅 真的，尼莉莎，我这小小的身体已经厌倦了这个广大的世界了。

尼莉莎 好小姐，您的不幸要是跟您的好运气一样大，那么无怪您会厌倦这个世界的；可是照我的愚见看来，吃得太饱的人，跟挨饿不吃东西的人，一样是会害病的，所以中庸之道才是最大的幸福：富贵催人生白发，布衣蔬食易长年。

鲍西娅 很好的句子。

尼莉莎 要是能够照着它做去，那就更好了。

鲍西娅 倘使做一件事情就跟知道应该做什么事情一样容易，那么小教堂都要变成大礼拜堂，穷人的草屋都要变成王侯的宫殿了。一个好的说教师才会遵从他自己的训诲；我可以教训二十个人，吩咐他们应该做些什么事，可是要我做这二十个人中间的一个，履行我自己的教训，我就要敬谢不敏了。理智可以制定法律来约束感情，可是热情激动起来，就会把冷酷的法令蔑弃不顾；年轻人是一只不受拘束的野兔，会跳过老年人所设立的理智的藩篱。可是我这样大发议论，是不会帮助我选择一个丈夫的。唉，说什么选择！我既不能选择我所中意的人，又不能拒绝我所憎厌的人；一个活着的女儿的意志，却要被一个死了的父亲的遗嘱所箝制。尼莉莎，像我这样不能选择，也不能拒绝，不是太叫人难堪了吗？

尼莉莎 老太爷生前道高德重，大凡有道君子临终之时，必有神悟；他既然定下这抽签取决的方法，叫谁能够在这金、银、铅三匣之中选中了他预定的一只，便可以跟您匹配成亲，那么能够选中的人，一定是值得您倾心相爱的。可是在这些已经到来向您求婚的王孙公子中间，您对于哪一个最有好感呢？

鲍西娅 请你列举他们的名字，当你提到什么人的时候，我就对他下几句评语；凭着我的评语，你就可以知道我对于他们各人的印象。

尼莉莎 第一个是那不勒斯的亲王。

鲍西娅 嗯，他真是一匹小马；他不讲话则已，讲起话来，老是说他的马怎么怎么；他因为能够亲自替自己的马装上蹄铁，算是一件天大的本领。我很有点儿疑心他的令堂太太是跟铁匠有过勾搭的。

尼莉莎 还有那位巴拉廷伯爵呢？

鲍西娅 他一天到晚皱着眉头，好像说，"你要是不爱我，随你的便。"他听见笑话也不露一丝笑容。我看他年纪轻轻，就这么愁眉苦脸，到老来只好一天到晚痛哭流涕了。我宁愿嫁给一个骷髅，也不愿嫁给这两人中间的任何一个；上帝保佑我不要落在这两个人手里！

尼莉莎 您说那位法国贵族勒·滂先生怎样？

鲍西娅 既然上帝造下他来，就算他是个人吧。凭良心说，我知道讥笑人是一桩罪过，可是他！嘿！他的马比那不勒斯亲王那一匹好一点，他的皱眉头的坏脾气也胜过那位巴拉廷伯爵。什么人的坏处他都有一点，可是一点没有他自己的特色；听见画眉唱歌，他就会手舞足蹈；见了自己的影子，也会跟它比剑。我倘然嫁给他，等于嫁给二十个丈夫；要是他瞧不起我，我会原谅他，因为即使他爱我爱到发狂，我也是永远不会报答他的。

尼莉莎 那么您说那个英国的少年男爵，福康勃立琪呢？

鲍西娅 你知道我没有对他说过一句话，因为我的话他听不懂，他的话我也听不懂；他不会说拉丁话、法国话、意大利话；至于我的英国话是如何高明，你是可以替我出席法庭作证的。他的模样倒还长得不错，可是唉！谁高兴跟一个哑巴做手势谈话呀？他的装束多么古怪！我想他的紧身衣是在意大利买的，他的裤子是在法国买的，他的软帽是在德国买的，至于他的行为举止，那是他从四面八方学来的。

尼莉莎 您觉得他的邻居，那位苏格兰贵族怎样？

鲍西娅 他很懂得礼尚往来的睦邻之道，因为那个英国人曾经赏给他一记耳光，他就发誓说，一有机会，立即奉还；我想那法国人是他的保人，他已经签署契约，声明将来加倍报偿哩。

尼莉莎 您看那位德国少爷，萨克逊公爵的侄子怎样？

鲍西娅 他在早上清醒的时候，就已经很坏了，一到下午喝醉了酒，尤其坏透；当他顶好的时候，叫他是个人还有点不够资格，当他顶坏的时候，他简直比畜生好不了多少。要是最不幸的祸事降临到我身上，我也希望永远不要跟他在一起。

尼莉莎 要是他要求选择，结果居然给他选中了预定的匣子，那时候您倘然拒绝嫁给他，那不是违背老太爷的遗命了吗？

鲍西娅 为了预防万一起见，我要请你替我在错误的匣子上放好一杯满满的莱茵河葡萄酒；要是魔鬼在他的心里，诱惑在他的面前，我相信他一定会选中那一只匣子的。什么事情我都愿意做，尼莉莎，只要别让我嫁给一个酒鬼。

尼莉莎 小姐，您放心吧，您再也不会嫁给这些贵人中间的任何一个的。他们已经把他们的决心告诉了我，说除了您父亲所规定的用选择匣子决定取舍的办法以外，要是他们不能用别的方法得到您的应允，那么他们决定动身回国，不再麻烦您了。

鲍西娅 要是没有人愿意照我父亲的遗命把我娶去，那么即使我活到一千岁，也只好终身不嫁。我很高兴这一群求婚者都是这么懂事，因为他们中间没有一个人我不是唯望其速去的；求上帝赐给他们一路顺风吧！

尼莉莎 小姐，您还记不记得，当老太爷在世的时候，有一个跟着蒙特佛拉侯爵到这儿来的文武双全的威尼斯人？

鲍西娅 是的，是的，那是巴萨尼奥；我想这是他的名字。

尼莉莎　正是，小姐；照我这双痴人的眼睛看起来，他是一切男子中间最值得相配一位佳人的。

鲍西娅　我很记得他，他果然值得你的夸奖。

一仆人上。

鲍西娅　啊！什么事？

仆　人　小姐，那四位客人要来向您告别；另外还有第五位客人，摩洛哥亲王，差了一个人先来报信，说他的主人亲王殿下今天晚上就要到这儿来了。

鲍西娅　要是我能够竭诚欢迎这第五位客人，就像我竭诚欢送那四位客人一样，那就好了。假如他有圣人般的德性，偏偏生着一副魔鬼样的面貌，那么与其让他做我的丈夫，还不如让他听我的忏悔。来，尼莉莎。喂，你前面走。正是——

垂翅狂蜂方出户，寻芳浪蝶又登门。（同下）

第三场　威尼斯。广场

巴萨尼奥及夏洛克上。

夏洛克　三千块钱，嗯？

巴萨尼奥　是的，大叔，三个月为期。

夏洛克　三个月为期，嗯？

巴萨尼奥　我已经对你说过了，这一笔钱可以由安东尼奥签立借据。

夏洛克　安东尼奥签立借据，嗯？

巴萨尼奥　你愿意帮助我吗？你愿意应承我吗？可不可以让我知道你的答复？

夏洛克　三千块钱，借三个月，安东尼奥签立借据。

巴萨尼奥　你的答复呢？

夏洛克　安东尼奥是个好人。

巴萨尼奥　你有没有听见人家说过他不是个好人？

夏洛克　啊，不，不，不，不；我说他是个好人，我的意思是说他是个有身价的人。可是他的财产却还有些问题：他有一艘商船开到特里坡利斯，另外一艘开到西印度群岛，我在交易所里还听人说起，他有第三艘船在墨西哥，第四艘到英国去了，此外还有遍布在海外各国的买卖；可是船不过是几块木板钉起来的东西，水手也不过是些血肉之躯，岸上有旱老鼠，水里也有水老鼠，有陆地的强盗，也有海上的强盗，还有风波礁石各种危险。不过虽然这么说，他这个人是靠得住的。三千块钱，我想我可以接受他的契约。

巴萨尼奥　你放心吧，不会有错的。

夏　洛　克　我一定要放了心才敢把债放出去，所以还是让我再考虑考虑吧。我可不可以跟安东尼奥谈谈？

巴萨尼奥　不知道你愿不愿意陪我们吃一顿饭？

夏　洛　克　是的，叫我去闻猪肉的味道，吃你们拿撒勒先知把魔鬼赶进去的脏东西的身体！我可以跟你们做买卖，讲交易，谈天散步，以及诸如此类的事情，可是我不能陪你们吃东西喝酒做祷告。交易所里有些什么消息？那边来的是谁？

安东尼奥上。

巴萨尼奥　这位就是安东尼奥先生。

夏　洛　克　（*旁白*）他的样子多么像一个摇尾乞怜的税吏！我恨他因为他是个基督徒，可是尤其因为他是个傻子，借钱给人不取利钱，把咱们在威尼斯城里干放债这一行的利息都压低了。要是我有一天抓住他的把柄，一定要痛痛快快地向他报复我的深仇宿怨。他憎恶我们神圣的民族，甚至在商人会集的地方当众辱骂我，辱骂我的交易，辱骂我辛辛苦苦赚下来的钱，说那些都是盘剥得来的腌臜钱。要是我饶过了他，让我们的民族永远没有翻身的日子。

巴萨尼奥　夏洛克，你听见吗？

夏　洛　克　我正在估计我手头的现款，照我大概记得起来的数目，要一时凑足三千块钱，恐怕办不到。可是那没有关系，我们族里有一个犹太富翁杜伯尔，可以供给我必要的数目。且慢！您打算借几个月？（*向安东尼奥*）您好，好先生；哪一阵好风把尊驾吹了来啦？

安东尼奥　夏洛克，虽然我跟人家互通有无，从来不讲利息，可是为了我的朋友的急需，这回我要破一次例。（*向巴萨尼奥*）他有没有知道你需要多少？

夏　洛　克　嗯，嗯，三千块钱。

安东尼奥　三个月为期。

夏　洛　克　我倒忘了，正是三个月，您对我说过的。好，您的借据呢？让我瞧一瞧。可是听着，好像您说您从来借钱不讲利息。

安东尼奥　我从来不讲利息。

夏　洛　克　当雅各替他的舅父拉班牧羊的时候——这个雅各是我们圣祖亚伯兰的后裔，他的聪明的母亲设计使他做第三代的族长，是的，他是第三代——

安东尼奥　为什么说起他呢？他也是取利息的吗？

夏 洛 克 不,不是取利息,不是像你们所说的那样直接取利息。听好雅各用些什么手段:拉班跟他约定,生下来的小羊凡是有条纹斑点的,都归雅各所有,作为他牧羊的酬劳;到晚秋的时候,那些母羊因为淫情发动,跟公羊交合,这个狡狯的牧人就乘着这些毛畜正在进行传种工作的当儿,削好了几根木棒,插在淫浪的母羊的面前,它们这样怀下了孕,一到生产的时候,产下的小羊都是有斑纹的,所以都归雅各所有。这是致富的妙法,上帝也祝福他;只要不是偷窃,会打算盘总是好事。

安东尼奥 雅各虽然幸而获中,可是这也是他按约应得的酬报;上天的意旨成全了他,却不是出于他自己的力量。你提起这一件事,是不是要证明取利息是一件好事?还是说金子银子就是你的公羊母羊?

夏 洛 克 这我倒不能说;我只是叫它像母羊生小羊一样地快快生利息。可是先生,您听我说。

安东尼奥 你听,巴萨尼奥,魔鬼也会引证《圣经》来替自己辩护哩。一个指着神圣的名字作证的恶人,就像一个脸带笑容的奸徒,又像一只外观美好、心中腐烂的苹果。唉,奸伪的表面是多么动人!

夏 洛 克 三千块钱,这是一笔可观的整数。三个月——一年照十二个月计算——让我看看利钱应该有多少。

安东尼奥 好,夏洛克,我们可不可以仰仗你这一次?

夏 洛 克 安东尼奥先生,好多次您在交易所里骂我,说我盘剥取利,我总是忍气吞声,耸耸肩膀,没有跟您争辩,因为忍受迫害本来是我们民族的特色。您骂我异教徒,杀人的狗,把唾沫吐在我的犹太长袍上,只因为我用我自己的钱博取几个利息。好,看来现在是您来向我求助了;您跑来见我,您说,"夏洛克,我们要几个钱,"您这样对我说。您把唾沫吐在我的胡子上,用您的脚踢我,好像我是您门口的一条野狗一样;现在您却来问我要钱,我应该怎样对您说呢?我要不要这样说,"一条狗会有钱吗?一条恶狗能够借人三千块钱吗?"或者我应不应该弯下身子,像一个奴才似的低声下气,恭恭敬敬地说,"好先生,您在上星期三用唾沫吐在我身上;有一天您用脚踢我;还有一天您骂我狗;为了报答您这许多恩典,所以我应该借给您这么些钱吗?"

安东尼奥 我恨不得再这样骂你、唾你、踢你。要是你愿意把这钱借给我,不要把它当作借给你的朋友——哪有朋友之间通融几个钱也要斤斤较量地计算利息的道理?——你就把它当作借给你的仇人吧;倘使我失了信用,你尽管拉下脸来照约处罚就是了。

夏 洛 克　嗳哟，瞧您生这么大的气！我愿意跟您交个朋友，得到您的友情；您从前加在我身上的种种羞辱，我愿意完全忘掉；您现在需要多少钱，我愿意如数供给您，而且不要您一个子儿的利息；可是您却不愿意听我说下去。我这完全是一片好心哩。

安东尼奥　这倒果然是一片好心。

夏 洛 克　我要叫你们看看我到底是不是一片好心。跟我去找一个公证人，就在那儿签好了约；我们不妨开个玩笑，在约里载明要是您不能按照约中所规定的条件，在什么日子、什么地点还给我一笔什么数目的钱，就得照我的意思，在您身上的任何部分割下整整一磅白肉，作为处罚。

安东尼奥　很好，就这么办吧；我愿意签下这样一张约，还要对人家说这个犹太人的心肠倒不坏呢。

巴萨尼奥　我宁愿安守贫困，不能让你为了我的缘故签这样的约。

安东尼奥　老兄，你怕什么；我决不会受罚的。就在这两个月之内，离开签约满期还有一个月，我就可以有九倍这笔借款的数目进门。

夏 洛 克　亚伯兰老祖宗啊！瞧这些基督徒因为自己待人刻薄，所以疑心人家对他们不怀好意。请您告诉我，要是他到期不还，我照着约上规定的条款向他执行处罚了，那对我又有什么好处？从人身上割下来的一磅肉，它的价值可以比得上一磅羊肉、牛肉或是山羊肉吗？我为了要博得他的好感，所以才向他卖这样一个交情；要是他愿意接受我的条件，很好，否则就算了。千万请你们不要误会我这一番诚意。

安东尼奥　好，夏洛克，我愿意签约。

夏 洛 克　那么就请您先到公证人的地方等我，告诉他这一张游戏的契约怎样写法；我就去马上把钱凑起来，还要回到家里去瞧瞧，让一个靠不住的奴才看守着门户，有点放心不下；然后我立刻就来瞧您。

安东尼奥　那么你去吧，善良的犹太人。（夏洛克下）这犹太人快要变做基督徒了，他的心肠变得好多啦。

巴萨尼奥　我不喜欢口蜜腹剑的人。

安东尼奥　好了好了，这又有什么要紧？再过两个月，我的船就要回来了。（同下）

第 二 幕

第一场　贝尔蒙特。鲍西娅家中一室

喇叭奏花腔。摩洛哥亲王率侍从；鲍西娅、尼莉莎及婢仆等同上。

摩洛哥亲王　不要因为我的肤色而憎厌我；我是骄阳的近邻，我这一身黪黑的制服，便是它的威焰的赐予。给我在终年不见阳光、冰山雪柱的极北找一个最白皙姣好的人来，让我们刺血察验对您的爱情，看看究竟是他的血红还是我的血红。我告诉你，小姐，我这副容貌曾经吓破了勇士的肝胆；凭着我的爱情起誓，我们国土里最有声誉的少女也曾为它害过相思。我不愿变更我的肤色，除非为了取得您的欢心，我的温柔的女王！

鲍　西　娅　讲到选择这一件事，我倒并不单单凭信一双善于挑剔的少女的眼睛；而且我的命运由抽签决定，自己也没有任意取舍的权力；可是我的父亲倘不曾用他的远见把我束缚住了，使我只能委身于按照他所规定的方法赢得我的男子，那么您，声名卓著的王子，您的容貌在我的心目之中，并不比我所已经看到的那些求婚者有什么逊色。

摩洛哥亲王　单是您这一番美意，已经使我万分感激了；所以请您带我去瞧瞧那几个匣子，试一试我的命运吧。凭着这一柄曾经手刃波斯王并且使一个三次战败苏里曼苏丹的波斯王子授首的宝剑起誓，我要瞪眼吓退世间最狰狞的猛汉，跟全世界最勇武的壮士比赛胆量，从母熊的胸前夺下哺乳的小熊；当一头饿狮咆哮攫食的时候，我要向它揶揄侮弄，为了要博得你的垂青，小姐。可是唉！即使像赫刺克勒斯那样的盖世英雄，要是跟他的奴婢赌起骰子来，也许他的运气还不如一个下贱之人——而赫刺克勒斯终于在他的奴婢的手里送了命。我现在听从着盲目的命运的指挥，也许结果终于失望，眼看着一个不如我的人把我的意中人挟走，而自己在悲哀中死去。

鲍　西　娅　您必须信任命运，或者死了心放弃选择的尝试，或者当您开始选择以前，先立下一个誓言，要是选得不对，终身不再向任何女子求婚；所以还是请您考虑考虑吧。

摩洛哥亲王　我的主意已决，不必考虑了；来，带我去试我的运气吧。

鲍　西　娅　第一先到教堂里去；吃过了饭，您就可以试试您的命运。

摩洛哥亲王　好，成功失败，在此一举！正是不挟美人归，壮士无颜色。（奏喇叭；众下）

第二场 威尼斯。街道

朗斯洛特·高波上。

朗 斯 洛 特 要是我从我的主人这个犹太人的家里逃走，我的良心是一定要责备我的。可是魔鬼拉着我的臂膀，引诱着我，对我说，"高波，朗斯洛特·高波，好朗斯洛特，拔起你的腿来，开步，走！"我的良心说，"不，留心，老实的朗斯洛特；留心，老实的高波；"或者就是这么说，"老实的朗斯洛特·高波，别逃跑；用你的脚跟把逃跑的念头踢得远远的。"好，那个大胆的魔鬼却劝我卷起铺盖滚蛋；"去呀！"魔鬼说，"去呀！看在老天的面上，鼓起勇气来，跑吧！"好，我的良心挽住我心里的脖子，很聪明地对我说，"朗斯洛特我的老实朋友，你是一个老实人的儿子，"——或者还不如说一个老实妇人的儿子，因为我的父亲的确有点儿不大那个，有点儿很丢脸的坏脾气——好，我的良心说，"朗斯洛特，别动！"魔鬼说，"动！"我的良心说，"别动！""良心，"我说，"你说得不错；""魔鬼，"我说，"你说得有理。"要是听良心的话，我就应该留在我的主人那犹太人家里，上帝恕我这样说，他也是一个魔鬼；要是从犹太人的地方逃走，那么我就要听从魔鬼的话，对不住，他本身就是魔鬼。可是我说，那犹太人一定就是魔鬼的化身；凭良心说话，我的良心劝我留在犹太人那地方，未免良心太狠。还是魔鬼的话说得像个朋友。我要跑，魔鬼；我的脚跟听从着你的指挥；我一定要逃跑。

老高波携篮上。

老 高 波 年轻的先生，请问一声，到犹太老爷的家里怎么走？

朗 斯 洛 特 （旁白）天啊！这是我的亲生的父亲，他的眼睛因为有八九分盲，所以不认识我。待我戏弄他一下。

老 高 波 年轻的少爷先生，请问一声，到犹太老爷的家里怎么走？

朗 斯 洛 特 你在转下一个弯的时候，往右手转过去；临了一次转弯的时候，往左手转过去；再下一次转弯的时候，什么手也不用转，曲曲弯弯地转下去，就转到那犹太人的家里了。

老 高 波 哎哟，这条路可不容易走哩！您知道不知道有一个住在他家里的朗斯洛特，现在还在不在他家里？

朗斯洛特 你说的是朗斯洛特少爷吗？（旁白）瞧着我吧，现在我要诱他流起眼泪来了。——你说的是朗斯洛特少爷吗？

老 高 波 不是什么少爷，先生，他是一个穷人的儿子；他的父亲，不是我说一句，是个老老实实的穷光蛋，多谢上帝，他还活得好好的。

朗斯洛特 好，不要管他的父亲是个什么人，咱们讲的是朗斯洛特少爷。

老 高 波 他是您少爷的朋友，他就叫朗斯洛特。

朗斯洛特 对不住，老人家，所以我要问你，你说的是朗斯洛特少爷吗？

老 高 波 是朗斯洛特，少爷。

朗斯洛特 所以就是朗斯洛特少爷。老人家，你别提起朗斯洛特少爷啦；因为这位年轻的少爷，根据天命气数鬼神这一类阴阳怪气的说法，是已经去世啦，或者说得明白一点是已经归天啦。

老 高 波 哎哟，天哪！这孩子是我老年的拐杖，我的惟一的靠傍哩。

朗斯洛特 （旁白）我难道像一根棒儿，或是一根柱子？一根撑棒，或是一根拐杖？——爸爸，您不认识我吗？

老 高 波 唉，我不认识您，年轻的少爷；可是请您告诉我，我的孩子——上帝安息他的灵魂！——究竟是活着还是死了？

朗斯洛特 您不认识我吗，爸爸？

老 高 波 唉，少爷，我是个瞎子；我不认识您。

朗斯洛特 哦，真的，您就是眼睛明亮，也许会不认识我，只有聪明的父亲才会知道自己的儿子。好，老人家，让我告诉您关于您儿子的消息吧。请您给我祝福；真理总会显露出来，杀人的凶手总会给人捉住；儿子虽然会暂时躲过去，事实到最后总是瞒不过的。

老 高 波 少爷，请您站起来。我相信您一定不会是朗斯洛特，我的孩子。

朗斯洛特 废话少说，请您给我祝福：我是朗斯洛特，从前是您的孩子，现在是您的儿子，将来也还是您的小子。

老 高 波 我不能想像您是我的儿子。

朗斯洛特 那我倒不知道应该怎样想法了；可是我的确是在犹太人家里当仆人的朗斯洛特，我也相信您的妻子玛格蕾就是我的母亲。

老 高 波 她的名字果真是玛格蕾。你倘然真的就是朗斯洛特，那么你就是我亲生血肉了。上帝果然灵圣！你长了多长的一把胡子啦！你脸上的毛，比我那拖车子的马儿道平尾巴上的毛还多呐！

朗斯洛特 这样看起来，那么道平的尾巴一定是越长越短了；我还清楚记得，上一次我看见它的时候，它尾巴上的毛比我脸上的毛多得多哩。

老 高 波 上帝啊！你真是变了样子啦！你跟主人合得来吗？我给他带了点儿礼

物来了。你们现在合得来吗？

朗斯洛特　合得来，合得来；可是从我自己这一方面讲，我既然已经决定逃跑，那么非到跑了一程路之后，我是决不会停下来的。我的主人是个十足的犹太人；给他礼物！还是给他一根上吊的绳子吧。我替他做事情，把身体都饿瘦了；您可以用我的肋骨摸出我的每一条手指来。爸爸，您来了我很高兴。把您的礼物送给一位巴萨尼奥大爷吧，他是会赏漂亮的新衣服给佣人穿的。我要是不能服侍他，我宁愿跑到地球的尽头去。啊，运气真好！正是他来了。到他跟前去，爸爸。我要是再继续服侍这个犹太人，连我自己都要变做犹太人了。

巴萨尼奥率里奥那多及其他侍从上。

巴萨尼奥　你们就这样做吧，可是要赶快点儿，晚饭顶迟必须在五点钟预备好。这几封信替我分别送出；叫裁缝把制服做起来；回头再请葛莱西安诺立刻到我的寓所里来。（一仆下）

朗斯洛特　上去，爸爸。

老　高　波　上帝保佑大爷！

巴萨尼奥　谢谢你，有什么事？

老　高　波　大爷，这一个是我的儿子，一个苦命的孩子——

朗斯洛特　不是苦命的孩子，大爷，我是犹太富翁的跟班，不瞒大爷说，我想要——我的父亲可以给我证明——

老　高　波　大爷，正像人家说的，他一心一意地想要侍候——

朗斯洛特　总而言之一句话，我本来是侍候那个犹太人的，可是我很想要——我的父亲可以给我证明——

老　高　波　不瞒大爷说，他的主人跟他有点儿意见不合——

朗斯洛特　干脆一句话，实实在在说，这犹太人欺侮了我，他叫我——我的父亲是个老头子，我希望他可以替我向您证明——

老　高　波　我这儿有一盘烹好的鸽子送给大爷，我要请求大爷一件事——

朗斯洛特　废话少说，这请求是关于我的事情，这位老实的老人家可以告诉您；不是我说一句，我这父亲虽然是个老头子，却是个苦人儿。

巴萨尼奥　让一个人说话。你们究竟要什么？

朗斯洛特　侍候您，大爷。

老　高　波　正是这一件事，大爷。

巴萨尼奥　我认识你；我可以答应你的要求；你的主人夏洛克今天曾经向我说起，要把你举荐给我。可是你不去侍候一个有钱的犹太人，反要来做一个穷绅士的跟班，恐怕没有什么好处吧。

朗 斯 洛 特 　大爷，一句老古话刚好说着我的主人夏洛克跟您：他有的是钱，您
　　　　　　有的是上帝的恩惠。

巴 萨 尼 奥 　你说得很好。老人家，你带着你的儿子，先去向他的旧主人告别，
　　　　　　然后再来打听我的住址。（向侍从）给他做一身比别人格外鲜艳一点
　　　　　　的制服，不可有误。

朗 斯 洛 特 　爸爸，进去吧。我不能得到一个好差使吗？我生了嘴不会说话吗？
　　　　　　好，（视手势）在意大利要是有谁生得一手比我还好的掌纹，他一定
　　　　　　会交好运的。好，这儿是一条笔直的寿命线；这儿有不多几个老
　　　　　　婆；唉！十五个老婆算得什么，十一个寡妇，再加上九个黄花闺
　　　　　　女，对于一个男人也不算太多啊。还要三次溺水不死，有一次几乎
　　　　　　在一张天鹅绒的床边送了性命，好险呀好险！好，要是命运之神是
　　　　　　个女的，这一回她倒是个很好的娘儿。爸爸，来，我要用一霎眼的
　　　　　　功夫向那犹太人告别。（朗斯洛特及老高波下）

巴 萨 尼 奥 　好里奥那多，请你记好，这些东西买到以后，把它们安排停当，就
　　　　　　赶紧回来，因为我今晚要宴请我的最有名望的相识；快去吧。

里 奥 那 多 　我一定给您尽力办去。

　　　　　　葛莱西安诺上。

葛 莱 西 安 诺 　你家主人呢？

里 奥 那 多 　他就在那边走着，先生。（下）

葛 莱 西 安 诺 　巴萨尼奥大爷！

巴 萨 尼 奥 　葛莱西安诺！

葛 莱 西 安 诺 　我要向您提出一个要求。

巴 萨 尼 奥 　我答应你。

葛 莱 西 安 诺 　您不能拒绝我；我一定要跟您到贝尔蒙特去。

巴 萨 尼 奥 　啊，那么我只好让你去了。可是听着，葛莱西安诺，你这个人太随
　　　　　　便，太不拘礼节，太爱高声说话了；这几点本来对于你是再合适不
　　　　　　过的，在我们的眼睛里也不以为嫌，可是在陌生人家里，那就好像
　　　　　　有点儿放肆啦。请你千万留心在你的活泼的天性里尽力放进几分冷
　　　　　　静去，否则人家见了你这样狂放的行为，也许会对我发生误会，害
　　　　　　我不能达到我的希望。

葛 莱 西 安 诺 　巴萨尼奥大爷，听我说。我一定会装出一副安详的态度，说起话来
　　　　　　恭而敬之，难得赌一两句咒，口袋里放一本祈祷书，脸孔上堆满了
　　　　　　庄严；不但如此，在念食前祈祷的时候，我还要把帽子拉下来遮住
　　　　　　我的眼睛，叹一口气，说一句"阿门"；我一定遵守一切礼仪，就

像人家有意装得循规蹈矩去讨他老祖母的欢喜一样。要是我不照这样的话做去。您以后不用相信我好了。

巴萨尼奥　好，我们倒要瞧瞧你装得像不像。

葛莱西安诺　今天晚上可不算；您不能按照我今天晚上的行动来判断我。

巴萨尼奥　不，今天晚上就这样做，那未免太煞风景了。我倒要请你今天晚上痛痛快快地欢畅一下，因为我已经跟几个朋友约定，大家都要尽兴狂欢。现在我还有点事情，等会儿见。

葛莱西安诺　我也要去找罗兰佐，还有那些人；晚饭的时候我们一定来看您。

（各下）

第三场　同前。夏洛克家中一室

杰西卡及朗斯洛特上。

杰　西　卡　你这样离开我的父亲，使我很不高兴；我们这个家是一座地狱，幸亏有你这淘气的小鬼，多少解除了几分忧虑。可是再会吧，朗斯洛特，这一块钱你且拿了去；你在晚饭的时候，可以看见一位叫做罗兰佐的，是你新主人的客人，这封信你替我交给他，留心别让旁人看见。现在你快去吧，我不敢让我的父亲瞧见我跟她谈话。

朗斯洛特　再见！眼泪哽住了我的舌头。顶美丽的异教徒，顶温柔的犹太人！要不是有个基督徒来把你拐跑，就算我有眼无珠。再会吧！这些傻气的泪点，快要把我的男子气概都淹没啦。再见！

杰　西　卡　再见，好朗斯洛特。（朗斯洛特下）唉，我真是罪恶深重，竟会羞于做我父亲的孩子！可是虽然我在血统上是他的女儿，在行为上却不是他的女儿。罗兰佐啊！你要是能够守信不渝，我将要结束我内心的冲突，皈依基督教，做你的亲爱的妻子。（下）

第四场　同前。街道

葛莱西安诺、罗兰佐、萨拉里诺及萨莱尼奥同上。

罗　兰　佐　不，咱们就在吃晚饭的时候溜了出去，在我的寓所里化装好了，只消一点钟工夫就可以把事情办好回来。

葛莱西安诺　咱们还没有好好儿准备呢。

萨拉里诺　咱们还没有提到过拿火炬的人。

萨莱尼奥　那一定要经过一番训练，否则叫人瞧着笑话；依我看来，还是不用了吧。

罗 兰 佐 现在还不过四点钟；咱们还有两个钟头可以准备起来。

朗斯洛特持函上。

罗 兰 佐 朗斯洛特朋友，你带什么消息来了？

朗 斯 洛 特 请您把这封信拆开来，好像它会告诉您。

罗 兰 佐 我认识这笔迹；这几个字写得真好看；写这封信的那双手，是比这信纸还要洁白的。

葛莱西安诺 一定是情书。

朗 斯 洛 特 大爷，小的告辞了。

罗 兰 佐 你还要到哪儿去？

朗 斯 洛 特 呃，大爷，我要去请我的旧主人犹太人今天晚上陪我的新主人基督徒吃饭。

罗 兰 佐 慢着，这几个钱赏给你；你去回复温柔的杰西卡，我不会误她的约；留心说话的时候别给旁人听见。各位，去吧。（朗斯洛特下）你们愿意去准备今天晚上的假面跳舞会吗？我已经有了一个拿火炬的人了。

萨 拉 里 诺 是，我立刻就去准备起来。

萨 莱 尼 奥 我也就去。

罗 兰 佐 再过一点钟左右，咱们大家在葛莱西安诺的寓所里相会。

萨 拉 里 诺 很好。（萨拉里诺、萨莱尼奥同下）

葛莱西安诺 那封信不是杰西卡写给你的吗？

罗 兰 佐 我必须把一切都告诉你。她已经教我怎样带着她逃出她父亲的家，告诉我她随身带了多少金银珠宝，已经准备好怎样一身小童的服装。要是她的父亲那个犹太人有一天会上天堂，那一定因为上帝看在他善良的女儿面上特别开恩；恶运再也不敢侵犯她，除非因为她的父亲是一个奸诈的犹太人。来，跟我一块儿去；你可以一边走一边读这封信。美丽的杰西卡将要替我拿着火炬。（同下）

第五场　同前。夏洛克家门前

夏洛克及朗斯洛特上。

夏 洛 克 好，你就可以知道，你就可以亲眼瞧瞧夏洛克老头子跟巴萨尼奥有什么不同啦。——喂，杰西卡！——我家里容得你狼吞虎咽，别人家里是不许你这样放肆的——喂，杰西卡！——我家里还让你睡觉打鼾，把衣服胡乱撕破——喂，杰西卡！

朗斯洛特 喂，杰西卡！

夏 洛 克 谁叫你喊的？我没有叫你喊呀。

朗斯洛特 您老人家不是常常怪我一定要等人家吩咐了才做事吗？

杰西卡上。

杰 西 卡 您叫我吗？有什么吩咐？

夏 洛 克 杰西卡，人家请我去吃晚饭；这儿是我的钥匙，你好生收管着。可是我去干吗呢？人家又不是真心邀请我，他们不过拍拍我的马屁而已。可是我因为恨他们，倒要去这一趟，受用受用这个浪子基督徒的酒食。杰西卡，我的孩子，留心照看门户。我实在有点不愿意去；昨天晚上我做梦看见钱袋，恐怕不是个吉兆，叫我心神难安。

朗斯洛特 老爷，请您一定去；我家少爷在等着您赏光呢。

夏 洛 克 我也在等着他赏我一记耳光哩。

朗斯洛特 他们已经商量好了；我并不说您可以看到一场假面跳舞，可是您要是果然看到了，那就怪不得我在上一个黑曜日早上六点钟会流起鼻血来啦，那一年正是在圣灰节星期三第四年的下午。

夏 洛 克 怎么！还有假面跳舞吗？听好，杰西卡，把家里的门锁上了；听见鼓声和弯笛子的怪叫声音，不许爬到窗格子上张望，也不要伸出头去，瞧那些脸上涂得花花绿绿的傻基督徒们打街道上走过。把我这屋子的耳朵都封起来——我说的是那些窗子；别让那些无聊的胡闹的声音钻进我的清静的屋子。凭着雅各的牧羊杖发誓，我今晚真有点不想出去参加什么宴会。可是就去这一次吧。小子，你先回去，说我就来了。

朗斯洛特 那么我先去了，老爷。小姐，留心看好窗外；"跑来一个基督徒，不要错过好姻缘。"（下）

夏 洛 克 嘿，那个夏甲的傻瓜后裔说些什么？

杰 西 卡 没有说什么，他只是说，"再会，小姐。"

夏 洛 克 这蠢才人倒还好，就是食量太大；做起事来，慢腾腾的像条蜗牛一般；白天睡觉的本领，比野猫还胜过几分；我家里可容不得懒惰的黄蜂，所以才打发他走了，让他去跟着那个靠借债过日子的败家精，正好帮他消费。好，杰西卡，进去吧；也许我一会儿就回来。记住我的话，把门随手关了。"缚得牢，跑不了"，这是一句千古不磨的至理名言。（下）

杰 西 卡 再会；要是我的命运不跟我作梗，那么我将要失去一个父亲，你也要失去一个女儿了。（下）

第六场 同 前

葛莱西安诺及萨拉里诺戴假面同上。

葛莱西安诺 这儿屋檐下便是罗兰佐叫我们守望的地方。

萨拉里诺 他约定的时间快要过去了。

葛莱西安诺 他会迟到真是件怪事，因为恋人们总是赶在时钟的前面的。

萨拉里诺 啊！维纳斯的鸽子飞去缔结新欢的盟约，比之履行旧日的诺言，总是要快上十倍。

葛莱西安诺 那是一定的道理。谁在席终人散以后，他的食欲还像初入座时候那么强烈？哪一匹马在冗长的归途上，会像它起程时那么长驱疾驰？世间的任何事物，追求时的兴致总要比享用时的兴致浓烈。一艘新下水的船只扬帆出港的当儿，多么像一个娇养的少年，给那轻狂的风儿爱抚搂抱！可是等到它回来的时候，船身已遭风日的侵蚀，船帆也变成了百结的破衲，它又多么像一个落魄的浪子，给那轻狂的风儿肆意欺凌！

萨拉里诺 罗兰佐来啦；这些话你留着以后再说吧。

罗兰佐上。

罗 兰 佐 两位好朋友，累你们久等了，对不起得很；实在是因为我有点事情，急切里抽身不出。等你们将来也要偷妻子的时候，我一定也替你们守这些时候。过来，这儿就是我的犹太岳父所住的地方。喂！里面有人吗？

杰西卡男装自上方上。

杰 西 卡 你是哪一个？我虽然认识你的声音，可是为了免得错认人，请你把名字告诉我。

罗 兰 佐 我是罗兰佐，你的爱人。

杰 西 卡 你果然是罗兰佐，也的确是我的爱人；除了你，谁会使我爱得这个样子呢？罗兰佐，除了你之外，谁还知道我究竟是不是属于你的呢？

罗 兰 佐 上天和你的思想，都可以证明你是属于我的。

杰 西 卡 来，把这匣子接住了，你拿了去会大有好处。幸亏在夜里，你瞧不见我，我改扮成这个怪样子，怪不好意思哩。可是恋爱是盲目的，恋人们瞧不见他们自己所干的傻事；要是他们瞧得见的话，那么丘比德瞧见我变成了一个男孩子，也会红起脸来哩。

罗 兰 佐	下来吧,你必须替我拿着火炬。
杰 西 卡	怎么!我必须拿着烛火,照亮自己的羞耻吗?像我这样子,已经太轻狂了,应该遮掩遮掩才是,怎么反而要在别人面前露脸?
罗 兰 佐	亲爱的,你穿上这一身漂亮的男孩子衣服,人家不会认出你来的。快来吧,夜色已经在不知不觉中浓了起来,巴萨尼奥在等着我们去赴宴呢。
杰 西 卡	让我把门窗关好,再收拾些银钱带在身边,然后立刻就来。(自上方下)
葛莱西安诺	凭着我的头巾发誓,她真是个基督徒,不是个犹太人。
罗 兰 佐	我从心底里爱着她。要是我有判断的能力,那么她是聪明的;要是我的眼睛没有欺骗我,那么她是美貌的;她已经替自己证明她是忠诚的;像她这样又聪明、又美丽、又忠诚,怎么不叫我把她永远放在自己的灵魂里呢?

杰西卡上。

罗 兰 佐	啊,你来了吗?朋友们,走吧!我们的舞伴们现在一定在那儿等着我们了。(罗兰佐、杰西卡、萨拉里诺同下)

安东尼奥上。

安 东 尼 奥	那边是谁?
葛莱西安诺	安东尼奥先生!
安 东 尼 奥	咦,葛莱西安诺!还有那些人呢?现在已经九点钟啦,我们的朋友们大家在那儿等着你们。今天晚上的假面跳舞会取消了;风势已转,巴萨尼奥就要立刻上船。我已经差了二十个人来找你们了。
葛莱西安诺	那好极了;我巴不得今天晚上就开船出发。(同下)

第七场 贝尔蒙特。鲍西娅家中一室

喇叭奏花腔。鲍西娅及摩洛哥亲王各率侍从上。

鲍 西 娅	去把帐幕揭开,让这位尊贵的王子瞧瞧那几个匣子。现在请殿下自己选择吧。
摩洛哥亲王	第一只匣子是金的,上面刻着这几个字:"谁选择了我,将要得到众人所希求的东西。"第二只匣子是银的,上面刻着这样的约许:"谁选择了我,将要得到他所应得的东西。"第三只匣子是用沉重的铅打成的,上面刻着像铅一样冷酷的警告:"谁选择了我,必须准备把他所有的一切作为牺牲。"我怎么可以知道我选得错不错呢?

鲍 西 娅　这三只匣子中间，有一只里面藏着我的小像；您要是选中了那一只，我就是属于您的了。

摩洛哥亲王　求神明指示我！让我看；我且先把匣子上面刻着的字句再推敲一遍。这一个铅匣子上面说些什么？"谁选择了我，必须准备把他所有的一切作为牺牲。"必须准备牺牲；为什么？为了铅吗？为了铅而牺牲一切吗？这匣子说的话儿倒有些吓人。人们为了希望得到重大的利益，才会不惜牺牲一切；一颗贵重的心，决不会屈躬俯就鄙贱的外表；我不愿为了铅的缘故而作任何的牺牲。那个色泽皎洁的银匣子上面说些什么？"谁选择了我，将要得到他所应得的东西。"得到他所应得的东西！且慢，摩洛哥，把你自己的价值作一下公正的估计吧。照你自己判断起来，你应该得到很高的评价，可是也许凭着你这几分长处，还不配娶到这样一位小姐；然而我要是疑心我自己不够资格，那未免太小看自己了。得到我所应得的东西！当然那就是指这位小姐而说的；讲到家世、财产、人品、教养，我在哪一点上配不上她？可是超乎这一切之上，凭着我这一片深情，也就应该配得上她了。那么我不必迟疑，就选了这一个匣子吧。让我再瞧瞧那金匣子上说些什么话："谁选择了我，将要得到众人所希求的东西。"啊，那正是这位小姐了；整个儿的世界都希求着她，他们从地球的四角迢迢而来，顶礼这位尘世的仙子：赫堪尼亚的沙漠和广大的阿拉伯的辽阔的荒野，现在已经成为各国王子们前来瞻仰美貌的鲍西娅的通衢大道；把唾沫吐在天庭盖上的傲慢不逊的海洋，也不能阻止外邦的远客，他们越过汹涌的波涛，就像跨过一条小河一样，为了要看一看鲍西娅的绝世姿容。在这三只匣子中间，有一只里面藏着她的天仙似的小像。难道那铅匣子里会藏着她吗？想起这样一个卑劣的思想，就是一种亵渎；就算这是个黑暗的坟，里面放的是她的寿衣，也都嫌罪过。那么她是会藏在那价值只及纯金十分之一的银匣子里面吗？啊，罪恶的思想！这样一颗珍贵的珠宝，决不会装在比金子低贱的匣子里。英国有一种金子铸成的钱币，表面上刻着天使的形象；这儿的天使，拿金子做床，却躲在黑暗里。把钥匙交给我；我已经选定了，但愿我的希望能够实现！

鲍 西 娅　亲王，请您拿着这钥匙；要是这里边有我的小像，我就是您的了。

（摩洛哥亲王开金匣）

摩洛哥亲王　哎哟，该死！这是什么？一个死人的骷髅，那空空的眼眶里藏着一张有字的纸卷。让我读一读上面写着什么。

> 发闪光的不全是黄金，
>
> 古人的说话没有骗人；
>
> 多少世人出卖了一生，
>
> 不过看到了我的外形，
>
> 蛆虫占据着镀金的坟。
>
> 你要是又大胆又聪明，
>
> 手脚壮健，见识却老成，
>
> 就不会得到这样回音：
>
> 再见，劝你冷却这片心。

冷却这片心；真的是枉费辛劳！

永别了，热情！欢迎，凛冽的寒飚！

> 再见，鲍西娅；悲伤塞满了心胸，
>
> 莫怪我这败军之将去得匆匆。（率侍从下；喇叭奏花腔）

鲍 西 娅 他去得倒还知趣。把帐幕拉下。但愿像他一样肤色的人，都像他一样选不中。（同下）

第八场　威尼斯。街道

萨拉里诺及萨莱尼奥上。

萨拉里诺 啊，朋友，我看见巴萨尼奥开船，葛莱西安诺也跟他回船去；我相信罗兰佐一定不在他们船里。

萨莱尼奥 那个恶犹太人大呼小叫地吵到公爵那儿去，公爵已经跟着他去搜巴萨尼奥的船了。

萨拉里诺 他去迟了一步，船已经开出。可是有人告诉公爵，说他们曾经看见罗兰佐跟他的多情的杰西卡在一艘平底船里；而且安东尼奥也向公爵证明他们并不在巴萨尼奥的船上。

萨莱尼奥 那犹太狗像发疯似的，样子都变了，在街上一路乱叫乱跳乱喊，"我的女儿！啊，我的银钱！啊，我的女儿！跟一个基督徒逃走啦！啊，我的基督徒的银钱！公道啊！法律啊！我的银钱，我的女儿！一袋封好的、两袋封好的银钱，给我的女儿偷去了！还有珠宝！两颗宝石，两颗珍贵的宝石，都给我的女儿偷去了！公道啊！把那女孩子找出来！她身边带着宝石，还有银钱。"

萨拉里诺 威尼斯城里所有的小孩子们，都跟在他背后，喊着：他的宝石呀，他的女儿呀，他的银钱呀。

萨莱尼奥 安东尼奥应该留心那笔债款不要误了期，否则他要在他身上报复的。

萨拉里诺 对了，你想起来不错。昨天我跟一个法国人谈天，他对我说起，在英、法二国之间的狭隘的海面上，有一艘从咱们国里开出去的满载着货物的船只出事了。我一听见这句话，就想起安东尼奥，但愿那艘船不是他的才好。

萨莱尼奥 你最好把你听见的消息告诉安东尼奥；可是你要轻描淡写地说，免得害他着急。

萨拉里诺 世上没有一个比他更仁厚的君子。我看见巴萨尼奥跟安东尼奥分别，巴萨尼奥对他说他一定尽早回来，他就回答说，"不必，巴萨尼奥，不要为了我的缘故而误了你的正事，你等到一切事情圆满完成以后再回来吧；至于我在那犹太人那里签下的约，你不必放在心上，你只管高高兴兴，一心一意地进行着你的好事，施展你的全副精神，去博得美人的欢心吧。"说到这里，他的眼睛里已经噙着一包眼泪，他就回转身去，把他的手伸到背后，亲亲热热地握着巴萨尼奥的手；他们就这样分别了。

萨莱尼奥 我看他只是为了他的缘故才爱这世界的。咱们现在就去找他，想些开心的事儿替他解解愁闷，你看好不好？

萨拉里诺 很好很好。（同下）

第九场 贝尔蒙特。鲍西娅家中一室

尼莉莎及一仆人上。

尼 莉 莎 赶快，赶快，扯开那帐幕；阿拉贡亲王已经宣过誓，就要来选匣子啦。

喇叭奏花腔。阿拉贡亲王及鲍西娅各率侍从上。

鲍 西 娅 瞧，尊贵的王子，那三个匣子就在这儿；您要是选中了有我的小像藏在里头的那一只，我们就可以立刻举行婚礼；可是您要是失败了的话，那么殿下，不必多言，您必须立刻离开这儿。

阿拉贡亲王 我已经宣誓遵守三项条件：第一，不得告诉任何人我所选的是哪一只匣子；第二，要是我选错了匣子，终身不得再向任何女子求婚；第三，要是我选不中，必须立刻离开此地。

鲍 西 娅 为了我这微贱的身子来此冒险的人，没有一个不曾立誓遵守这几个条件。

啊拉贡亲王 我已经有所准备了。但愿命运满足我的心愿！一只是金的，一只是银的，还有一只是下贱的铅的。"谁选择了我，必须准备把他所有的一切作为牺牲。"你要我为你牺牲，应该再好看一点才是。那个金匣子上面说的什么？哈！让我来看吧："谁选择了我，将要得到众人所希求的东西。"众人所希求的东西！那"众人"也许是指那无知的群众，他们只知道凭着外表取人，信赖着一双愚妄的眼睛，不知道窥察到内心，就像燕子把巢筑在风吹雨淋的屋外的墙壁上，自以为可保万全，不想到灾祸就会接踵而至。我不愿选择众人所希求的东西，因为我不愿随波逐流，与庸俗的群众为伍。那么还是让我瞧瞧你吧，你这白银的宝库；待我再看一遍刻在你上面的字句："谁选择了我，将要得到他所应得的东西。"说得好，一个人要是自己没有几分长处，怎么可以妄图非份？尊荣显贵，原来不是无德之人所可以忝窃的。唉！要是世间的爵禄官职，都能够因功授赏，不藉钻营，那么多少脱帽侍立的人将会高冠盛服，多少发号施令的人将会唯唯听命，多少卑劣鄙贱的渣滓可以从高贵的种子中间筛分出来，多少隐而不彰的贤才异能，可以从世俗的糠秕中间剔选出来，大放它们的光泽！闲话少说，还是让我考虑考虑怎样选择吧。"谁选择了我，将要得到他所应得的东西。"那么我就要取我份所应得的东西了。把这匣子上的钥匙给我，让我立刻打开藏在这里面的我的命运。（开银匣）

鲍　西　娅　您在这里面瞧见些什么？怎么呆住了一声也不响？

阿拉贡亲王　这是什么？一个眯着眼睛的傻瓜的画像，上面还写着字句！让我读一下看。唉！你跟鲍西娅相去得多么远！你跟我的希望，跟我所应得的东西又相去得多么远！"谁选择了我，将要得到他所应得的东西。"难道我只应该得到一副傻瓜的嘴脸吗？那便是我的奖品吗？我不该得到好一点的东西吗？

鲍　西　娅　毁谤和评判，是两件作用不同、性质相反的事。

阿拉贡亲王　这儿写着什么？

> 这银子在火里烧过七遍；
> 那永远不会错误的判断，
> 也必须经过七次的试炼。
> 有的人终身向幻影追逐，
> 只好在幻影里寻求满足。
> 我知道世上尽有些呆鸟，

> 空有着一个镀银的外表；
>
> 随你娶一个怎样的妻房，
>
> 摆脱不了这傻瓜的皮囊；
>
> 去吧，先生，莫再耽搁时光！

　　我要是再留在这儿发呆，

　　愈显得是个十足的蠢才；

　　顶一颗傻脑袋来此求婚，

　　带两个蠢头颅回转家门。

　　别了，美人，我愿遵守誓言，

　　默忍着心头愤怒的熬煎。（阿拉贡亲王率侍从下）

鲍　西　娅　正像飞蛾在烛火里伤身，

　　　　　　这些傻瓜们自恃着聪明，

　　　　　　免不了被聪明误了前程。

尼　莉　莎　古话说得好，上吊娶媳妇，都是一个人注定的天数。

鲍　西　娅　来，尼莉莎，把帐幕拉下了。

　　　　　　一仆人上。

仆　　　人　小姐呢？

鲍　西　娅　在这儿；尊驾有什么见教？

仆　　　人　小姐，门口有一个年轻的威尼斯人，说是来通知一声，他的主人就要来啦；他说他的主人叫他先来向小姐致意，除了一大堆恭维的客套以外，还带来了几件很贵重的礼物。小的从来没有见过这么一位体面的爱神的使者；预报繁茂的夏季快要来临的四月的天气，也不及这个为主人先驱的俊仆温雅。

鲍　西　娅　请你别说下去了吧；你把他称赞得这样天花乱坠，我怕你就要说他是你的亲戚了。来，来，尼莉莎，我倒很想瞧瞧这一位爱神差来的体面的使者。

尼　莉　莎　爱神啊，但愿来的是巴萨尼奥！（同下）

第 三 幕

第一场　威尼斯。街道

萨莱尼奥及萨拉里诺上。

萨莱尼奥 交易所里有什么消息?

萨拉里诺 他们都在那里说安东尼奥有一艘满装着货物的船在海峡里倾覆了;那地方的名字好像是古德温,是一处很危险的沙滩,听说有许多大船的残骸埋葬在那里,要是那些传闻之辞是确实可靠的话。

萨莱尼奥 我但愿那些谣言就像那些吃饱了饭没事做、嚼嚼生姜或者一把鼻涕一把眼泪地假装为了她第三个丈夫死去而痛哭的那些妻子们所说的鬼话一样靠不住。可是那的确是事实——不说啰哩啰嗦的废话,也不说枝枝节节的闲话——这位善良的安东尼奥,正直的安东尼奥——啊,我希望我有一个可以充分形容他的好处的字眼!——

萨拉里诺 好了好了,别说下去了吧。

萨莱尼奥 嘿!你说什么!总归一句话,他损失了一艘船。

萨拉里诺 但愿这是他最末一次的损失。

萨莱尼奥 让我赶快喊"阿门",免得给魔鬼打断了我的祷告,因为他已经扮成一个犹太人的样子来啦。

夏洛克上。

萨莱尼奥 啊,夏洛克!商人中间有什么消息?

夏 洛 克 有什么消息!我的女儿逃走啦,这件事情是你比谁都格外知道得详细的。

萨拉里诺 那当然啦,就是我也知道她飞走的那对翅膀是哪一个裁缝替她做的。

萨莱尼奥 夏洛克自己也何尝不知道,她羽毛已长,当然要离开娘家啦。

夏 洛 克 她干出这种不要脸的事来,死了一定要下地狱。

萨拉里诺 倘然魔鬼做她的判官,那是当然的事情。

夏 洛 克 我自己的血肉跟我过不去!

萨莱尼奥 说什么,老东西,活到这么大年纪,还跟你自己过不去?

夏 洛 克 我是说我的女儿是我自己的血肉。

萨拉里诺 你的肉跟她的肉比起来,比黑炭和象牙还差得远;你的血跟她的血比起来,比红葡萄酒和白葡萄酒还差得远。可是告诉我们,你听没听见人家说起安东尼奥在海上遭到了损失?

夏 洛 克　说起他，又是我的一桩倒霉事情。这个败家精，这个破落户，他不敢在交易所里露一露脸；他平常到市场上来，穿着多么齐整，现在可变成一个叫化子啦。让他留心他的借约吧；他老是骂我盘剥取利；让他留心他的借约吧；他是本着基督徒的精神，放债从来不取利息的；让他留心他的借约吧。

萨拉里诺　我相信要是他不能按约偿还借款，你一定不会要他的肉的；那有什么用处呢？

夏 洛 克　拿来钓鱼也好；即使他的肉不中吃，至少也可以出出我这一口气。他曾经羞辱过我，夺去我几十万块钱的生意，讥笑着我的亏蚀，挖苦着我的盈余，侮蔑我的民族，破坏我的买卖，离间我的朋友，煽动我的仇敌；他的理由是什么？只因为我是一个犹太人。难道犹太人没有眼睛吗？难道犹太人没有五官四肢、没有知觉、没有感情、没有血气吗？他不是吃着同样的食物，同样的武器可以伤害他，同样的医药可以诊治他，冬天同样会冷，夏天同样会热，就像一个基督徒一样吗？你们要是用刀剑刺我们，我们不是也会出血的吗？你们要是搔我们的痒，我们不是也会笑起来的吗？你们要是用毒药谋害我们，我们不是也会死的吗？那么要是你们欺侮了我们，我们难道不会复仇吗？要是在别的地方我们都跟你们一样，那么在这一点上也是彼此相同的。要是一个犹太人欺侮了一个墓督徒，那基督徒怎样表现他的谦逊？报仇。要是一个基督徒欺侮了一个犹太人，那么照着基督徒的榜样，那犹太人应该怎样表现他的宽容？报仇。你们已经把残虐的手段教给我，我一定会照着你们的教训实行，而且还要加倍奉敬哩。

一仆人上。

仆 　 人　两位先生，我家主人安东尼奥在家里要请两位过去谈谈。

萨拉里诺　我们正在到处找他呢。

杜伯尔上。

萨莱尼奥　又是一个他的族中人来啦；世上再也找不到第三个像他们这样的人，除非魔鬼自己也变成了犹太人。

（萨莱尼奥、萨拉里诺及仆人下）

夏 洛 克　啊，杜伯尔！热那亚有什么消息？你有没有找到我的女儿？

杜 伯 尔　我所到的地方，往往听见人家说起她，可是总找不到她。

夏 洛 克　哎呀，糟糕！糟糕！糟糕！我在法兰克福出两千块钱买来的那颗金刚钻也丢啦！咒诅到现在才降落到咱们民族头上；我到现在才觉得它的厉害。那一颗金刚钻就是两千块钱，还有别的贵重的贵重的珠宝。我希望我的女儿死在我的脚下，那些珠宝都挂在她的耳朵上；我希望她就在我的脚下入土安葬，那些银钱都放在她的棺材里！不知道他们的下落吗？哼，我不知道为了寻访他们，又花去了多少钱。你这你这——损失上再加损失！贼子偷了这么多走了，还要花这么多去寻访贼子，结果仍旧是一无所得，出不了这一口怨气。只有我一个人倒霉，只有我一个人叹气，只有我一个人流眼泪！

杜伯尔 倒霉的不单是你一个人。我在热那亚听人家说，安东尼奥——

夏洛克 什么？什么？什么？他也倒了霉吗？他也倒了霉吗？

杜伯尔 ——有一艘从特里科利斯来的大船，在途中触礁。

夏洛克 谢谢上帝！谢谢上帝！是真的吗？是真的吗？

杜伯尔 我曾经跟几个从那船上出险的水手谈过话。

夏洛克 谢谢你，好杜伯尔。好消息，好消息！哈哈！什么地方？在热那亚吗？

杜伯尔 听说你的女儿在热那亚一个晚上花去八十块钱。

夏洛克 你把一把刀戳进我心里！我再也瞧不见我的银子啦！一下子就是八十块钱！八十块钱！

杜伯尔 有几个安东尼奥的债主跟我同路到威尼斯来，他们肯定地说他这次一定要破产。

夏洛克 我很高兴。我要摆布摆布他；我要叫他知道些厉害。我很高兴。

杜伯尔 有一个人给我看一个指环，说是你女儿拿它向他买了一只猴子。

夏洛克 该死该死！杜伯尔，你提起这件事，真叫我心里难过；那是我的绿玉指环，是我的妻子莉娅在我们没有结婚的时候送给我的；即使人家把一大群猴子来向我交换，我也不愿把它给人。

杜伯尔 可是安东尼奥这次一定完了。

夏洛克 对了，这是真的，一点不错。去，杜伯尔，现在离开借约满期还有半个月，你先给我到衙门里走动走动，花费几个钱。要是他愆了约，我要挖出他的心来；只要威尼斯没有他，生意买卖全凭我一句话了。去，去，杜伯尔，咱们在会堂里见面。好杜伯尔，去吧；会堂里再见，杜伯尔。（各下）

第二场　贝尔蒙特。鲍西娅家中一室

巴萨尼奥，鲍西娅，葛莱西安诺、尼莉莎及侍从等上。

鲍西娅 请您不要太急，停一两天再赌运气吧；因为要是您选得不对，咱们就不能再在一块儿，所以请您暂时缓一下吧。我心里仿佛有一种什么感觉——可是那不是爱情——告诉我我不愿失去您；您一定也知道，嫌憎是不会向人说这种话的。一个女孩儿家本来不该信口说话，可是唯恐您不能懂得我的意思，我真想留您在这儿住上一两个月，然后再让您为我冒险一试。我可以教您怎样选才不会有错；可是这样我就要违犯了誓言，那是断断不可的；然而那样您也许会选错；要是您选错了，您一定会使我起了一个有罪的愿望，懊悔我不该为了不敢背誓而忍心让您失望。顶可恼的是您这一双眼睛，它们已经瞧透了我的心，把我分成两半：半个我是您的，还有那半个我也是您的——不，我的意思是说那半个我是我的，可是既然是我的，也就是您的，所以整个儿的我都是您的。唉！都是这些无聊的世俗礼法，使人们不能享受他们合法的权利；所以我虽然是您的，却又不是您的。要是结果真是这样，造孽的是那命运，不是我。我说得太啰嗦了，可是我的目的是要尽量拖延时间，不放您马上就去选择。

巴萨尼奥 让我选吧；我现在这样提心吊胆，才像给人拷问一样受罪呢。

鲍 西 娅 给人拷问，巴萨尼奥！那么您给我招认出来，在您的爱情之中，隐藏着什么奸谋？

巴萨尼奥 没有什么奸谋，我只是有点怀疑忧惧，但恐我的痴心化为徒劳；奸谋跟我的爱情正像冰炭一样，是无法相容的。

鲍 西 娅 嗯，可是我怕你是因为受不住拷问的痛苦，才说这样的话。一个人给绑上了刑床，还不是要他怎样讲就怎样讲？

巴萨尼奥 您要是答应赦我一死，我愿意招认真情。

鲍 西 娅 好，赦您一死，您招认吧。

巴萨尼奥 "爱"便是我所能招认的一切。多谢我的刑官，您教给我怎样免罪的答话了！可是让我去瞧瞧那几个匣子，试试我的运气吧。

鲍 西 娅 那么去吧！在那三个匣子中间，有一个里面锁着我的小像；您要是真的爱我，您会把我找出来的。尼莉莎，你跟其余的人都站开些。在他选择的时候，把音乐奏起来，要是他失败了，好让他像天鹅一样在音乐声中死去；把这比喻说得更确当一些，我的眼睛就是他葬身的清流。也许他会胜利的；那么那音乐又像什么呢？那时候音乐就像忠心的臣子俯伏迎迓新加冕的君王的时候所吹奏的号角，又像是黎明时分送进正在做着好梦的新郎的耳中，催他起来举行婚礼的甜柔的琴韵。现在他去了，他的沉毅的姿态，就像年轻的赫剌克勒斯奋身前去，在特洛亚人的呼叫声中，把他们祭献给海怪的处女拯救出来一样，可是他心里却藏着更多的爱情，我站在这儿做牺牲，她们站在旁边，就像泪眼模糊的特洛亚妇女们，出来看这场争斗的结果。去吧，赫剌克勒斯！我的生命悬在你手里，但愿你安然生还；我这观战的人心中比你上场作战的人还要惊恐万倍！巴萨尼奥独白时，乐队奏乐唱歌。

歌

> 告诉我爱情生长在何方？
> 还是在脑海？还是在心房？
> 它怎样发生？它怎样成长？
> 回答我，回答我。
> 爱情的火在眼睛里点亮，
> 凝视是爱情生活的滋养，
> 它的摇篮便是它的坟茔。
> 让我们把爱的丧钟鸣响，
> 丁当！丁当！
> 丁当！丁当！（众和）

巴萨尼奥 外观往往和事物的本身完全不符，世人却容易为表面的装饰所欺骗。在法律上，哪一件卑鄙邪恶的陈诉不可以用其动听的言词掩饰它的罪状？在宗教上，哪一桩罪大罪极的过失不可以引经据典，文过饰非，证明它的确上合天心？任何彰明昭著的罪恶，都可以在外表上装出一副道貌岸然的样子。多少没有胆量的懦夫，他们的心其实软弱得就像下不去脚的流沙，他们的肝如果取出来看一看，大概比乳汁还要白，可是他们的颊上却长着天神一样威武的须髯，人家只看着他们的外表，也就居然把他们当作英雄一样看待！再看那些世间所谓美貌吧，那是完全靠着脂粉装点出来的，愈是轻浮的女人，所涂的脂粉也愈重；至于那些随风飘扬像蛇一样的金丝鬈发，看上去果然漂亮，不知道却是从坟墓中死人的骷髅上借来的。所以装饰不过是一道把船只诱进凶涛险浪的怒海中去的陷人的海岸，又像是遮掩着一个黑丑蛮女的一道美丽的面幕；总而言之，它是狡诈的世人用来引诱智士的似是而非的真理。所以，你炫目的黄金，米达斯王的坚硬的食物，我不要你；你惨白的银子，在人们手里来来去去的下贱的奴才，我也不要你；可是你，寒伧的铅，你的形状只能使人退走，一点没有吸引人的力量，然而你的气质却比巧妙的言辞更能打动我的心，我就选了你吧，但愿结果美满！

鲍西娅 （旁白）一切纷杂的思绪；多心的疑虑、卤莽的绝望、战栗的恐惧、酸性的猜嫉，多么快地烟消云散了！爱情啊！把你的狂喜节制一下，不要让你的欢乐溢出界限，让你的情绪越过分寸；你使我感觉到太多的幸福，请你把它减轻几分吧，我怕我快要给快乐窒息而死了！

巴萨尼奥　这里面是什么？（开铅匣）美丽的鲍西娅的副本！这是谁的神化之笔，描画出这样一位绝世的美人？这双眼睛是在转动吗？还是因为我的眼球在转动，所以仿佛它们也在随着转动？她的微起的双唇，是因为她嘴里吐出来的甘美芳香的气息而分裂的；惟有这样甘美的气息才能分开这样甜蜜的朋友。画师在描画她的头发的时候，一定曾经化身为蜘蛛，织下了这么一个金丝的发网，来诱捉男子们的心；哪一个男子见了它，不会比飞蛾投入蛛网还快地陷下网罗呢？可是她的眼睛！他怎么能够睁着眼睛把它们画出来呢？他在画了一只眼睛以后，我想它的迷人的光芒一定会使他自己目眩神夺，再也描画不成其余的一只。可是，我用尽一切赞美的字句，还不能充分形容出这一个画中幻影的美妙；然而这幻影跟它的实体比较起来，又是多么望尘莫及！这儿是一纸手卷，宣判着我的命运。

　　　你选择不凭着外表，

　　　　　果然给你直中鹄心！

　　　胜利既已入你怀抱，

　　　　　你莫再往别处追寻。

　　　这结果倘使你满意，

　　　　　就请接受你的幸运，

　　　赶快回转你的身体，

　　　　　给你的爱深深一吻。

　　　温柔的纶音！美人，请恕我大胆，（吻鲍西娅）

　　　我奉命来把彼此的深情交换。

　　　像一个夺标的健儿驰骋身手，

　　　耳旁只听见沸腾的人声如吼，

　　　虽然明知道胜利已在他手掌，

　　　却不敢相信人们在向他赞赏。

　　　绝世的美人，我现在神眩目晕，

　　　仿佛闯进了一场离奇的梦境；

　　　除非你亲口证明这一切是真，

　　　我再也不相信我自己的眼睛。

鲍西娅　巴萨尼奥公子，您瞧我站在这儿，不过是这样的一个人。虽然为了我自己的缘故，我不愿妄想自己比现在的我更好一点；可是为了您的缘故，我希望我能够六十倍胜过我的本身，再加上一千倍的美丽，一万倍的富有；我但愿我有无比的贤德、美貌、财产和亲友，好让我在您的心目中占据一个很高的位置。可是我这一身却是一无所有，我只是一个不学无术、没有教养、缺少见识的女子；幸亏她的年纪还不是顶大，来得及发愤学习；她的天资也不是顶笨，可以加以教导；尤其大幸的，她有一颗柔顺的心灵，愿意把它奉献给您，听从您的指导，把您当作她的主人、她的统治者和她的君王。我自己以及我所有的一切，现在都变成您的所有了；刚才我还拥有着这一座华丽的大厦，我的仆人都听从着我的指挥，我是支配我自己的女王，可是就在现在，这屋子、这些仆人和这一个我，都是属于您的了，我的夫君。凭着这一个指环，我把这一切完全呈献给您；要是您让这指环离开您的身边，或者把它丢了，或者把它送给别人，那就预示着您的爱情的毁灭，我可以因此责怪您的。

巴萨尼奥 小姐，您使我说不出一句话来，只有我的热血在我的血管里跳动着向您陈诉。我的精神是在一种恍惚的状态中，正像喜悦的群众在听到他们所爱戴的君王的一篇美妙的演辞以后那种心灵眩惑的神情，除了口头的赞叹和内心的欢乐以外，一切的一切都混和起来，化成白茫茫的一片模糊。要是这指环有一天离开这手指，那么我的生命也一定已经终结；那时候您可以放胆地说，巴萨尼奥已经死了。

尼莉莎 姑爷，小姐，我们站在旁边，眼看我们的愿望成为事实，现在该让我们来道喜了。恭喜姑爷！恭喜小姐！

葛莱西安诺 巴萨尼奥大爷和我的温柔的夫人，愿你们享受一切的快乐！因为我敢说，你们享尽一切快乐，也剥夺不了我的快乐。我有一个请求，要是你们决定在什么时候举行嘉礼，我也想跟你们一起结婚。

巴萨尼奥 很好，只要你能够找到一个妻子。

葛莱西安诺 谢谢大爷，您已经替我找到一个了。不瞒大爷说，我这一双眼睛瞧起人来，并不比您大爷慢；您瞧见了小姐，我也看中了使女；您发生了爱情，我也发生了爱情。大爷，我的手脚并不比您慢啊。您的命运靠那几个匣子决定，我也是一样；因为我在这儿千求万告，身上的汗出了一身又是一身，指天誓日地说到唇干舌燥，才算得到这位好姑娘的一句回音，答应我要是您能够得到她的小姐，我也可以得到她的爱情。

鲍西娅 这是真的吗，尼莉莎？

尼莉莎 是真的，小姐，要是您赞成的话。

巴萨尼奥 葛莱西安诺，你也是出于真心吗？

葛莱西安诺	是的，大爷。
巴萨尼奥	我们的喜宴有你们的婚礼添兴，那真是喜上加喜了。
葛莱西安诺	我们要跟他们打赌一千块钱，看谁先养儿子。
尼莉莎	什么，还要赌一笔钱？
葛莱西安诺	不，我们怕是赢不了的，还是不下赌注了吧。可是谁来啦？罗兰佐和他的异教徒吗？什么！还有我那威尼斯老朋友萨莱尼奥？

罗兰佐、杰西卡及萨莱尼奥上。

巴萨尼奥	罗兰佐、萨莱尼奥，虽然我也是初履此地，让我僭用着这里主人的名义，欢迎你们的到来。亲爱的鲍西娅，请您允许我接待我这几个同乡朋友。
鲍西娅	我也是竭诚欢迎他们。
罗兰佐	谢谢。巴萨尼奥大爷，我本来并没有想到要到这儿来看您，因为在路上碰见萨莱尼奥，给他不由分说地硬拉着一块儿来啦。
萨莱尼奥	是我拉他来，大爷，我是有理由的。安东尼奥先生叫我替他向您致意。（给巴萨尼奥一信）
巴萨尼奥	在我没有拆开这信以前，请你告诉我我的好朋友近来好吗？
萨莱尼奥	他没有病，除非有点儿心病；也并不轻松，除非打开了心结。您看了他的信，就可以知道他的近况。
葛莱西安诺	尼莉莎，招待招待那位客人。把你的手给我，萨莱尼奥。威尼斯有些什么消息？那位善良的商人安东尼奥怎样？我知道他听见了我们的成功，一定会十分高兴；我们是两个伊阿宋，把金羊毛取了来啦。
萨莱尼奥	我希望你们能够把他失去的金羊毛取了回来，那就好了。
鲍西娅	那信里一定有些什么坏消息，巴萨尼奥的脸色都变白了；多半是一个什么好朋友死了，否则不会有别的事情会把一个堂堂男子激动到这个样子的。怎么，越来越糟了！恕我冒渎，巴萨尼奥，我是您自身的一半，这封信所带给您的任何不幸的消息，也必须让我分一半去。
巴萨尼奥	啊，亲爱的鲍西娅！这信里所写的，是自有纸墨以来最悲惨的字句。好小姐，当我初次向您倾吐我的爱慕之忧的时候，我坦白地告诉您，我的高贵的家世是我仅有的财产，那时我并没有向您说谎；可是，亲爱的小姐，单单把我说成一个两袖清风的寒士，还未免夸张过分，因为我不但一无所有，而且还负着一身债务；不但欠了我的一个好朋友许多钱，还累他为了我的缘故，欠了他仇家的钱。这一封信，小姐，那信纸就像是我朋友的身体，上面的每一个字，都是一处血淋淋的创伤。可是，萨莱尼奥，那是真的吗？难道他的

船舶都一起遭难了？竟没有一艘平安到港吗？从特里坡利斯、墨西哥、英国、里斯本、巴巴里和印度来的船只，没有一艘能够逃过那些毁害商船的礁石的可怕的撞击吗？

萨莱尼奥　一艘也没有逃过。而且即使他现在有钱还那犹太人，那犹太人也不肯收他。我从来没有见过这种家伙，样子像人，却一心一意只想残害他的同类；他不分昼夜地向公爵絮叨，说是他们倘不给他主持公道，那么威尼斯根本不成其为自由邦。二十个商人、公爵自己，还有那些最有名望的士绅，都曾劝过他，可是谁也不能叫他回心转意，放弃他狠毒的控诉；他一口咬定，要求按照约文的规定，处罚安东尼奥违约。

杰西卡　我在家里的时候，曾经听见他向杜伯尔和丘斯，他的两个同族的人谈起，说他宁可取安东尼奥身上的肉，不愿收受比他的欠款多二十倍的钱。要是法律和威权不能阻止他，那么可怜的安东尼奥恐怕难逃一死了。

鲍西娅　遭到这样危难的人，是不是您的好朋友？

巴萨尼奥　我的最亲密的朋友，一个心肠最仁慈的人，热心为善，多情尚义，在他身上存留着比任何意大利人更多的古代罗马的侠义精神。

鲍西娅　他欠那犹太人多少钱？

巴萨尼奥　他为了我的缘故，向他借了三千块钱。

鲍西娅　什么，只有这一点数目吗？还他六千块钱，把那借约毁了；两倍六千块钱，或者照这数目再翻三倍都可以，可是万万不能因为巴萨尼奥的过失，害这样一位好朋友损伤一根毛发。先和我到教堂里去结为夫妇，然后你就到威尼斯去看你的朋友；鲍西娅决不让你抱着一颗不安宁的良心睡在她的身旁。你可以带偿还这笔小小借款的二十倍那么多的钱去；债务清了以后，就带你的忠心的朋友到这儿来。我的侍女尼莉莎陪着我在家里，仍旧像未嫁的时候一样，守候着你们的归来。来，今天就是你结婚的日子，大家快快乐乐，好好招待你的朋友们。你既然是用这么大的代价买来的，我一定格外爱你。可是让我听听你朋友的信。

巴萨尼奥　"巴萨尼奥挚友如握：弟船只悉数遇难，债主煎迫，家业荡然。犹太人之约，业已愆期；履行罚则，殆无生望。足下前此欠弟债项，一切勾销，惟盼及弟未死之前，来相临视。或足下燕婉情浓，不忍遽别，则亦不复相强，此信置之可也。"

鲍西娅　啊，亲爱的，快把一切事情办好，立刻就去吧！

巴萨尼奥 既然蒙您允许，我就赶快收拾动身；可是——此去经宵应少睡，长留魂魄系相思。（同下）

第三场 威尼斯。街道

夏洛克、萨拉里诺、安东尼奥及狱吏上。

夏 洛 克 狱官，留心看住他；不要对我讲什么慈悲。这就是那个放债不取利息的傻瓜。狱官，留心看住他。

安东尼奥 再听我说句话，好夏洛克。

夏 洛 克 我一定要照约实行；你倘然想推翻这一张契约，那还是请你免开尊口的好。我已经发过誓，非得照约实行不可。你曾经无缘无故骂我狗，既然我是狗，那么你可留心着我的狗牙齿吧。公爵一定会给我主持公道的。你这糊涂的狱官，我真不懂你老是会答应他的请求，陪着他到外边来。

安东尼奥 请你听我说。

夏 洛 克 我一定要照约实行，不要听你讲什么鬼话；我一定要照约实行，所以请你闭嘴吧。我不像那些软心肠流眼泪的傻瓜们一样，听了基督徒的几句劝告，就会摇头叹气，懊悔屈服。别跟着我，我不要听你说话，我要照约实行。（下）

萨拉里诺 这是人世间一头最顽固的恶狗。

安东尼奥 别理他；我也不愿再费无益的唇舌向他哀求了。他要的是我的命，我也知道他的原因。有好多次，人家落在他手里，还不出钱来，弄得走投无路，跑来向我呼吁，是我帮助他们解除他的压制，所以他才恨我。

萨拉里诺 我相信公爵一定不会允许他执行这一种处罚。

安东尼奥 公爵不能变更法律的规定，因为威尼斯的繁荣，完全倚赖着各国人民的来往通商，要是剥夺了异邦人应享的权利，一定会使人对威尼斯的法治精神发生重大的怀疑。去吧，这些不如意的事情，已经把我搅得心力交瘁，我怕到明天身上也许剩不满一磅肉来，偿还我这位不怕血腥气的债主了。狱官，走吧。求上帝，让巴萨尼奥来亲眼看见我替他还债，我就死而无怨了！（同下）

第四场 贝尔蒙特。鲍西娅家中一室

鲍西娅、尼莉莎、罗兰佐、杰西卡及鲍尔萨泽上。

罗 兰 佐 夫人，不是我当面恭维您，您的确有一颗高贵真诚、不同凡俗的仁爱的心；尤其像这次敦促尊夫就道，宁愿割舍儿女的私情，这一种精神毅力，真令人万分钦佩。可是您倘使知道受到您这种好意的是个什么人，您所救援的是怎样一个正直的君子，他对于尊夫的交情又是怎样深挚，我相信您一定会格外因为做了这一件好事而自傲，一件寻常的善举可不能让您得到那么大的快乐。

鲍 西 娅　我做了好事从来不后悔，现在也当然不会。因为凡是常在一块儿谈心游戏的朋友，彼此之间都有一种相互的友爱，他们在容貌上、风度上、习性上，也必定相去不远；所以在我想来，这位安东尼奥既然是我丈夫的心腹好友，他的为人一定很像我的丈夫。要是我的猜想果然不错，那么我把一个跟我的灵魂相仿的人从残暴的迫害下救赎出来，花了这一点儿代价，算得什么！可是这样的话，太近于自吹自擂了，所以别说了吧，还是谈些其他的事情。罗兰佐，在我的丈夫没有回来以前，我要劳驾您替我照管家里；我自己已经向天许下密誓，要在祈祷和默念中过着生活，只让尼莉莎一个人陪着我，直到我们两人的丈夫回来。在两哩路之外有一所修道院，我们就预备住在那儿。我向您提出这一个请求，不只是为了个人的私情，还有其他事实上的必要，请您不要拒绝我。

罗 兰 佐　夫人，您有什么吩咐，我无不乐于遵命。

鲍 西 娅　我的仆人们都已知道我的决心，他们会把您和杰西卡当作巴萨尼奥和我自己一样看待。后会有期，再见了。

罗 兰 佐　但愿美妙的思想和安乐的时光追随在您的身旁！

杰 西 卡　愿夫人一切如意！

鲍 西 娅　谢谢你们的好意，我也愿意用同样的愿望祝福你们。再见，杰西卡。（杰西卡、罗兰佐下）鲍尔萨泽，我一向知道你诚实可靠，希望你永远做一个诚实可靠的人。这一封信你给我火速送到帕度亚，交给我的表兄培拉里奥博士亲手收拆；要是他有什么回信和衣服交给你，你就赶快带着它们到码头上，乘公共渡船到威尼斯去。不要多说话，去吧；我会在威尼斯等你。

鲍尔萨泽　小姐，我尽快去就是了。（下）

鲍 西 娅　来，尼莉莎，我现在还要干一些你没有知道的事情；我们要在我们的丈夫还没有想到我们之前去跟他们相会。

尼 莉 莎　我们要让他们看见我们吗？

鲍 西 娅　他们将会看见我们，尼莉莎，可是我们要打扮得叫他们认不出我们的本来面目。我可以拿无论什么东西跟你打赌，要是我们都扮成了少年男子，我一定比你漂亮点儿，带起刀子来也比你格外神气点儿；我会沙着喉咙讲话，就像一个正在发育的男孩子一样；我会把两个姗姗细步并成一个男人家的阔步；我会学着那些爱吹牛的哥儿们的样子，谈论一些击剑比武的玩意儿，再随口编造些巧妙的谎话，什么谁家的千金小姐爱上了我啦，我不接受她的好意，她害起病来死啦，我怎么心中不忍，后悔不该害了人家的性命啦，以及二十个诸如此类的无关紧要的谎话，人家听见了，一定以为我走出学校的门还不满一年。这些爱吹牛的娃娃们的鬼花样儿我有一千种在脑袋里，都可以搬出来应用。

尼莉莎　怎么，我们要扮成男人吗？

鲍西娅　为什么不？来，车子在林苑门口等着我们；我们上了车，我可以把我的整个计划一路告诉你。快去吧，今天我们要赶二十哩路呢。（同下）

第五场　同前。花园

朗斯洛特及杰西卡上。

朗斯洛特　真的，不骗您，父亲的罪恶是要子女承当的，所以我倒真的在替您捏着一把汗呢。我一向喜欢对您说老实话，所以现在我也老老实实把我心里所担忧的事情告诉您；您放心吧，我想您总免不了下地狱。只有一个希望也许可以帮帮您的忙，可是那也是个不大高妙的希望。

杰西卡　请问你，是什么希望呢？

朗斯洛特　嗯，您可以存着一半儿的希望，希望您不是您的父亲所生，不是这个犹太人的女儿。

杰西卡　这个希望可真的太不高妙啦；这样说来，我的母亲的罪恶又要降到我的身上来了。

朗斯洛特　那倒也是真的，您不是为您的父亲下地狱，就是为您的母亲下地狱；逃过了凶恶的礁石，逃不过危险的漩涡。好，您下地狱是下定了。

杰西卡　我可以靠着我的丈夫得救；他已经使我变成一个基督徒了。

朗斯洛特　这就是他大大的不该。咱们本来已经有很多的基督徒，简直快要挤都挤不下啦；要是再这样把基督徒一批一批制造出来，猪肉的价钱一定会飞涨，大家吃起猪肉来，恐怕每人只好分到一片薄薄的咸肉了。

杰西卡　朗斯洛特，你这样胡说八道，我一定要告诉我的丈夫。他来啦。

罗兰佐上。

罗兰佐　朗斯洛特，你要是再拉着我的妻子在壁角里说话，我真的要吃起醋来了。

杰西卡　不，罗兰佐，你放心好了，我已经跟朗斯洛特翻脸啦。他老实不客气地告诉我，上天不会对我发慈悲，因为我是一个犹太人的女儿；他又说你不是国家的好公民，因为你把犹太人变成了基督徒，提高了猪肉的价钱。

罗兰佐 要是政府向我质问起来，我自有话说。可是，朗斯洛特，你把那黑人的女儿弄大了肚子，这该是什么罪名呢？

朗斯洛特 那个摩尔姑娘会失去理智，给人弄大肚子，固然是件严重的事；可是如果她算不上是个规矩女人，那么我才是看错人啦。

罗兰佐 看，连傻瓜都会说起俏皮话来啦！照这样下去，连口才最好的才子，也只好哑口无言了。到时候就只听见八哥在那儿咭咭呱呱出风头！给我进去，小鬼，叫他们准备好开饭了。

朗斯洛特 先生，他们早已准备好了；他们都是有肚子的呢。

罗兰佐 老天爷，你的嘴真尖利！那么关照他们把饭菜准备起来。

朗斯洛特 饭和菜，他们也准备好了，大爷。您应当说：把饭菜端上来。

罗兰佐 那么就有劳尊驾吩咐下去：把饭菜端上来。

朗斯洛特 小的可没有这样大的气派，不敢这样使唤人啊。

罗兰佐 要怎样才能跟你讲得清楚！你可是打算把你的看家本领在今天一起使出来？我求你啦——我是个老实人，不会跟你瞎扯。去对你那些同伴们说，桌子可以铺起来，饭菜可以端上来，我们要进来吃饭啦。

朗斯洛特 是，先生，我就去叫他们把饭菜端起来，桌子端上来；至于您进不进来吃饭，那可悉随尊便。（下）

罗兰佐 啊，看他心眼儿多么"尖巧"，说话多么"合拍"！这个傻瓜，脑子里塞满了一大堆"动听的"字眼。我知道有好多傻瓜，地位比他高，跟他一样，"满腹锦绣"，一件事扯到哪儿他不管，只是卖弄了再说。你好吗，杰西卡？亲爱的好人儿，现在告诉我，你对于巴萨尼奥的夫人有什么意见？

杰西卡 好到没有话说。巴萨尼奥大爷娶到这样一位好夫人，享尽了人世天堂的幸福，自然应该不会走上邪路了。要是有两个天神打赌，各自拿一个人间的女子做赌注，如其一个是鲍西娅，那么还有一个必须另外加上些什么，才可以彼此相抵，因为这一个寒伧的世界还不能产生一个跟她同样好的人来。

罗兰佐 他娶到了这么一个好妻子，你也嫁着了我这么一个好丈夫。

杰西卡 那可要先问问我的意见。

罗兰佐 可以可以，可是先让我们吃了饭再说。

杰西卡 不，让我趁着胃口没有倒之前，先把你恭维两句。

罗兰佐 不，你有话还是留到吃饭的时候说吧；那么不论你说得好说得坏，我都可以连着饭菜一起吞下去。

杰西卡 好，你且等着听我怎样说你吧。（同下）

第 四 幕

第一场　威尼斯。法庭

公爵、众绅士、安东尼奥、巴萨尼奥、葛莱西安诺、萨拉里诺、萨莱尼奥及余人等同上。

公　　爵　安东尼奥有没有来?

安东尼奥　有,殿下。

公　　爵　我很为你不快乐;你是来跟一个心如铁石的对手当庭质对,一个不懂得怜悯、没有一丝慈悲心的不近人情的恶汉。

安东尼奥　听说殿下曾经用尽力量劝他不要过为已甚,可是他一味坚执,不肯略作让步。既然没有合法的手段可以使我脱离他的怨毒的掌握,我只有用默忍迎受他的愤怒,安心等待着他的残暴的处置。

公　　爵　来人,传那犹太人到庭。

萨拉里诺　他在门口等着;他来了,殿下。

夏洛克上。

公　　爵　大家让开些,让他站在我的面前。夏洛克,人家都以为——我也是这样想——你不过故意装出这一副凶恶的姿态,到了最后关头,就会显出你的仁慈恻隐来,比你现在这种表面上的残酷更加出人意料;现在你虽然坚持着照约处罚,一定要从这个不幸的商人身上割下一磅肉来,到了那时候,你不但愿意放弃这一种处罚,而且因为受到良心上的感动,说不定还会豁免他一部分的欠款。你看他最近接连遭逢的巨大损失,足以使无论怎样富有的商人倾家荡产,即使铁石一样的心肠,从来不知道人类同情的野蛮人,也不能不对他的境遇发生怜悯。犹太人,我们都在等候你一句温和的回答。

夏洛克　我的意思已经向殿下面禀过了;我也已经指着我们的圣安息日起誓,一定要照约执行处罚;要是殿下不准许我的请求,那就是蔑视宪章,我要到京城里去上告,要求撤销贵邦的特权。您要是问我为什么不愿接受三千块钱,宁愿拿一块腐烂的臭肉,那我可没有什么理由可以回答您,我只能说我欢喜这样,这是不是一个回答?要是我的屋子里有了耗子,我高兴出一万块钱叫人把它们赶掉,谁管得了我?这不是回答了您吗?有的人不爱看张开嘴的猪,有的人瞧见一只猫就要发脾气,还有人听见人家吹风笛的声音,就忍不住要小便;因为一个人的感情完全受着喜恶的支配，谁也做不了自己的主。现在我就这样回答您：为什么有人受不住一只张开嘴的猪，有人受不住一只有益无害的猫，还有人受不住咿咿唔唔的风笛的声音，这些都是毫无充分的理由的，只是因为天生的癖性，使他们一受到刺激，就会情不自禁地现出丑相来；所以我不能举什么理由，也不愿举什么理由，除了因为我对于安东尼奥抱着久积的仇恨和深刻的反感，所以才会向他进行这一场对于我自己并没有好处的诉讼。现在您不是已经得到我的回答了吗？

巴萨尼奥　你这冷酷无情的家伙，这样的回答可不能作为你的残忍的辩解。

夏洛克　我的回答本来不是为了讨你的欢喜。

巴萨尼奥　难道人们对于他们所不喜欢的东西，都一定要置之死地吗？

夏洛克　哪一个人会恨他所不愿意杀死的东西？

巴萨尼奥　初次的冒犯，不应该就引为仇恨。

夏洛克　什么！你愿意给毒蛇咬两次吗？

安东尼奥　请你想一想，你现在跟这个犹太人讲理，就像站在海滩上，叫那大海的怒涛减低它的奔腾的威力，责问豺狼为什么害得母羊为了失去它的羔羊而哀啼，或是叫那山上的松柏，在受到天风吹拂的时候，不要摇头摆脑，发出谡谡的声音。要是你能够叫这个犹太人的心变软——世上还有什么东西比它更硬呢？——那么还有什么难事不可以做到？所以我请你不用再跟他商量什么条件，也不用替我想什么办法，让我爽爽快快受到判决，满足这犹太人的心愿吧。

巴萨尼奥　借了你三千块钱，现在拿六千块钱还你好不好？

夏洛克　即使这六千块钱中间的每一块钱都可以分做六份，每一份都可以变成一块钱，我也不要它们；我只要照约处罚。

公　爵　你这样一点没有慈悲之心，将来怎么能够希望人家对你慈悲呢？

夏洛克　我又不干错事，怕什么刑罚？你们买了许多奴隶，把他们当作驴狗骡马一样看待，叫他们做种种卑贱的工作，因为他们是你们出钱买来的。我可不可以对你们说，让他们自由，叫他们跟你们的子女结婚？为什么他们要在重担之下流着血汗？让他们的床铺得跟你们的床同样柔软，让他们的舌头也尝尝你们所吃的东西吧，你们会回答说："这些奴隶是我们所有的。"所以我也可以回答你们：我向他要求的这一磅肉，是我出了很大的代价买来的；它是属于我的，我一定要把它拿到手里。您要是拒绝了我，那么你们的法律去见鬼吧！威尼斯城的法令等于一纸空文。我现在等候着判决，请快些回答我，我可不可以拿到这一磅肉？

公　　爵　我已经差人去请培拉里奥，一位有学问的博士，来替我们审判这件案子；要是他今天不来，我可以有权宣布延期判决。

萨拉里诺　殿下，外面有一个使者刚从帕度亚来，带着这位博士的书信，等候着殿下的召唤。

公　　爵　把信拿来给我；叫那使者进来。

巴萨尼奥　高兴起来吧，安东尼奥！喂，老兄，不要灰心！这犹太人可以把我的肉、我的血、我的骨头、我的一切都拿去，可是我决不让你为了我的缘故流一滴血。

安东尼奥　我是羊群里一头不中用的病羊，死是我的应分；最软弱的果子最先落到地上，让我也就这样结束了我的一生吧。巴萨尼奥，我只要你活下去，将来替我写一篇墓志铭，那你就是做了再好不过的事。

　　　　　　尼莉莎扮律师书记上。

公　　爵　你是从帕度亚培拉里奥那里来的吗？

尼　莉　莎　是，殿下。培拉里奥叫我向殿下致意。（呈上一信）

巴萨尼奥　你这样使劲儿磨着刀干吗？

夏　洛　克　从那破产的家伙身上割下那磅肉来。

葛莱西安诺　狠心的犹太人，你不是在鞋口上磨刀，你这把刀是放在你的心口上磨；无论哪种铁器，就连刽子手的钢刀，都赶不上你这刻毒的心肠一半的锋利。难道什么恳求都不能打动你吗？

夏　洛　克　不能，无论你说得多么婉转动听，都没有用。

葛莱西安诺　万恶不赦的狗，看你死后不下地狱！让你这种东西活在世上，真是公道不生眼睛。你简直使我的信仰发生摇动，相信起毕达哥拉斯所说畜生的灵魂可以转生人体的议论来了；你的前生一定是一头豺狼，因为吃了人给人捉住吊死，它那凶恶的灵魂就从绞架上逃了出来，钻进了你那老娘的腌臜的胎里，因为你的性情正像豺狼一样残暴贪婪。

夏　洛　克　除非你能够把我这一张契约上的印章骂掉，否则像你这样拉开了喉咙直嚷，不过白白伤了你的肺，何苦来呢？好兄弟，我劝你还是让你的脑子休息一下吧，免得它损坏了，将来无法收拾。我在这儿要求法律的裁判。

公　　爵　培拉里奥在这封信上介绍一位年轻有学问的博士出席我们的法庭。他在什么地方？

尼　莉　莎　他就在这儿附近等着您的答复，不知道殿下准不准许他进来？

公　　爵　非常欢迎。来，你们去三四个人，恭恭敬敬领他到这儿来。现在让我们把培拉里奥的来信当庭宣读。

书　　记　（读）"尊翰到时，鄙人抱疾方剧；适有一青年博士鲍尔萨泽君自罗马来此，致其慰问，因与详讨犹太人与安东尼奥一案，抱稽群籍，折衷是非，遂恳其为鄙人庖代，以应殿下之召。凡鄙人对此案所具意见，此君已深悉无遗；其学问才识，虽穷极赞辞，亦不足道其万一，务希勿以其年少而忽之，盖如此少年老成之士，实鄙人生平所仅见也。倘蒙延纳，必能不辱使命。敬祈钧裁。"

公　　爵　你们已经听到了博学的培拉里奥的来信。这儿来的大概就是那位博士了。

　　　　　　鲍西娅扮律师上。

公　　爵　把您的手给我。足下是从培拉里奥老前辈那儿来的吗？

鲍　西　娅　正是，殿下。

公　　爵　欢迎欢迎；请上坐。您有没有明了今天我们在这儿审理的这件案子的两方面的争点？

鲍　西　娅　我对于这件案子的详细情形已经完全知道了。这儿哪一个是那商人，哪一个是犹太人？

公　　爵　安东尼奥，夏洛克，你们两人都上来。

鲍　西　娅　你的名字就叫夏洛克吗？

夏　洛　克　夏洛克是我的名字。

鲍　西　娅　你这场官司打得倒也奇怪，可是按照威尼斯的法律，你的控诉是可以成立的。（向安东尼奥）你的生死现在操在他的手里，是不是？

安东尼奥　他是这样说的。

鲍　西　娅　你承认这借约吗？

安东尼奥　我承认。

鲍　西　娅　那么犹太人应该慈悲一点。

夏　洛　克　为什么我应该慈悲一点？把您的理由告诉我。

鲍　西　娅　慈悲不是出于勉强，它是像甘霖一样从天上降下尘世；它不但给幸福于受施的人，也同样给幸福于施与的人；它有超乎一切的无上威力，比皇冠更足以显出一个帝王的高贵：御杖不过象征着俗世的威权，使人民对于君上的尊严凛然生畏；慈悲的力量却高出于权力之上，它深藏在帝王的内心，是一种属于上帝的德性，执法的人倘能把慈悲调剂着公道，人间的权力就和上帝的神力没有差别。所以，犹太人，虽然你所要求的是公道，可是请你想一想，要是真的按照公道执行其赏罚来，谁也没有死后得救的希望；我们既然祈祷着上帝的慈悲，就应该按照诉祷的指点，自己做一些慈悲的事。我说了这一番话，为的是希望你能够从你的法律的立场上作几分让步；可是如果你坚持着原来的要求，那么威尼斯的法庭是执法无私的，只好把那商人宣判定罪了。

夏 洛 克　我自己做的事，我自己当！我只要求法律允许我照约执行处罚。

鲍 西 娅　他是不是无力偿还这笔借款？

巴萨尼奥　不，我愿意替他当庭还清；照原数加倍也可以；要是这样他还不满足，那么我愿意签署契约，还他十倍的数目，拿我的手、我的头、我的心做抵押；要是这样还不能使他满足，那就是真心害人，不顾天理了。请堂上运用权力，把法律稍为变通一下，犯一次小小的错误，干一件大大的功德，别让这个残忍的恶魔逼他杀人的兽欲。

鲍 西 娅　那可不行，在威尼斯谁也没有权力变更既成的法律；要是开了这一个恶例，以后谁都可以借口有例可援，什么坏事情都可以干了。这是不行的。

夏 洛 克　一个但尼尔来做法官了！真的是但尼尔再世！聪明的青年法官啊，我真佩服你！

鲍 西 娅　请你让我瞧瞧那借约。

夏 洛 克　在这儿，可尊敬的博士；请看吧。

鲍 西 娅　夏洛克，他们愿意出三倍的钱还你呢。

夏 洛 克　不行，不行，我已经对天发过誓啦，难道我可以让我的灵魂背上毁誓的罪名吗？不，把整个儿的威尼斯给我，我都不能答应。

鲍 西 娅　好，那么就应该照约处罚；根据法律，这犹太人有权要求从这商人的胸口割下一磅肉来。还是慈悲一点，把三倍原数的钱拿去，让我撕了这张约吧。

夏 洛 克　等他按照约中所载条款受罚以后，再撕不迟。您瞧上去像是一个很好的法官；您懂得法律，您讲的话也很有道理，不愧是法律界的中流砥柱，所以现在我就用法律的名义，请您立刻进行宣判，凭着我的灵魂起誓，谁也不能用他的口舌改变我的决心。我现在但等着执行原约。

安东尼奥　我也诚心请求堂上从速宣判。

鲍 西 娅　好，那么就是这样：你必须准备让他的刀子刺进你的胸膛。

夏 洛 克　啊，尊严的法官！好一位优秀的青年！

鲍 西 娅　因为这约上所订定的惩罚，对于法律条文的涵义并无抵触。

夏　洛　克　很对很对！啊，聪明正直的法官！想不到你瞧上去这样年轻，见识却这么老练！

鲍　西　娅　所以你应该把你的胸膛袒露出来。

夏　洛　克　对了，"他的胸部"，约上是这么说的；——不是吗，尊严的法官？——"附近心口的所在"，约上写得明明白白的。

鲍　西　娅　不错，称肉的天平有没有预备好？

夏　洛　克　我已经带来了。

鲍　西　娅　夏洛克，去请一位外科医生来替他堵住伤口，费用归你负担，免得他流血而死。

夏　洛　克　约上有这样的规定吗？

鲍　西　娅　约上并没有这样的规定；可是那又有什么相干呢？肯做一件好事总是好的。

夏　洛　克　我找不到；约上没有这一条。

鲍　西　娅　商人，你还有什么话说吗？

安东尼奥　我没有多少话要说；我已经准备好了。把你的手给我，巴萨尼奥，再会吧！不要因为我为了你的缘故遭到这种结局而悲伤，因为命运对我已经特别照顾了：她往往让一个不幸的人在家产荡尽以后继续活下去，用他凹陷的眼睛和满是皱纹的额角去挨受贫困的暮年；这一种拖延时日的刑罚，她已经把我豁免了。替我向尊夫人致意，告诉她安东尼奥的结局；对她说我怎样爱你，又怎样从容就死；等到你把这一段故事讲完以后，再请她判断一句，巴萨尼奥是不是曾经有过一个真心爱他的朋友。不要因为你将要失去一个朋友而懊恨，替你还债的人是死而无怨的；只要那犹太人的刀刺得深一点，我就可以在一刹那的时间把那笔债完全还清。

巴萨尼奥　安东尼奥，我爱我的妻子，就像我自己的生命一样；可是我的生命、我的妻子以及整个的世界，在我的眼中都不比你的生命更为贵重；我愿意丧失一切，把它们献给这恶魔做牺牲，来救出你的生命。

鲍　西　娅　尊夫人要是就在这儿听见您说这样话，恐怕不见得会感谢您吧。

葛莱西安诺　我有一个妻子，我可以发誓我是爱她的；可是我希望她马上归天，好去祈求上帝改变这恶狗一样的犹太人的心。

尼　莉　莎　幸亏尊驾在她的背后说这样的话，否则府上一定要吵得鸡犬不宁了。

夏　洛　克　这些便是相信基督教的丈夫！我有一个女儿，我宁愿她嫁给强盗的子孙，不愿她嫁给一个基督徒，别再浪费光阴了；请快些儿宣判吧。

鲍 西 娅　　那商人身上的一磅肉是你的；法庭判给你，法律许可你。

夏 洛 克　　公平正直的法官！

鲍 西 娅　　你必须从他的胸前割下这磅肉来；法律许可你，法庭判给你。

夏 洛 克　　博学多才的法官！判得好！来，预备！

鲍 西 娅　　且慢，还有别的话哩。这约上并没有允许你取他的一滴血，只是写明着"一磅肉"；所以你可以照约拿一磅肉去，可是在割肉的时候，要是流下一滴基督徒的血，你的土地财产，按照威尼斯的法律，就要全部充公。

葛莱西安诺　啊，公平正直的法官！听着，犹太人；啊，博学多才的法官！

夏 洛 克　　法律上是这样说吗？

鲍 西 娅　　你自己可以去查查明白。既然你要求公道，我就给你公道，而且比你所要求的更地道。

葛莱西安诺　啊，博学多才的法官！听着，犹太人；好一个博学多才的法官！

夏 洛 克　　那么我愿意接受还款；照约上的数目三倍还我，放了那基督徒。

巴萨尼奥　　钱在这儿。

鲍 西 娅　　别忙！这犹太人必须得到绝对的公道。别忙！他除了照约处罚以外，不能接受其他的赔偿。

葛莱西安诺　啊，犹太人！一个公平正直的法官，一个博学多才的法官！

鲍 西 娅　　所以你准备着动手割肉吧。不准流一滴血，也不准割得超过或是不足一磅的重量；要是你割下来的肉，比一磅略微轻一点或是重一点，即使相差只有一丝一毫，或者仅仅一根汗毛之微，就要把你抵命，你的财产全部充公。

葛莱西安诺　一个再世的但尼尔，一个但尼尔，犹太人！现在你可掉在我的手里了，你这异教徒！

鲍 西 娅　　那犹太人为什么还不动手？

夏 洛 克　　把我的本钱还我，放我去吧。

巴萨尼奥　　钱我已经预备好在这儿，你拿去吧。

鲍 西 娅　　他已经当庭拒绝过了；我们现在只能给他公道，让他履行原约。

葛莱西安诺　好一个但尼尔，一个再世的但尼尔！谢谢你，犹太人，你教会我说这句话。

夏 洛 克　　难道我单单拿回我的本钱都不成吗？

鲍 西 娅　　犹太人，除了冒着你自己生命的危险割下那一磅肉以外，你不能拿一个钱。

夏 洛 克	好，那么魔鬼保佑他去享用吧！我不打这场官司了。
鲍 西 娅	等一等，犹太人，法律上还有一点牵制你。威尼斯的法律规定：凡是一个异邦人企图用直接或间接手段，谋害任何公民，查明确有实据者，他的财产的半数应当归受害的一方所有，其余的半数没入公库，犯罪者的生命悉听公爵处置，他人不得过问。你现在刚巧陷入这一条法网，因为根据事实的发展，已经足以证明你确有运用直接间接手段，危害被告生命的企图，所以你已经遭逢着我刚才所说起的那种危险了。快快跪下来，请公爵开恩吧。
葛莱西安诺	求公爵开恩，让你自己去寻死吧；可是你的财产现在充了公，一根绳子也买不起啦，所以还是要让公家破费把你吊死。
公 爵	让你瞧瞧我们基督徒的精神，你虽然没有向我开口，我自动饶恕了你的死罪。你的财产一半划归安东尼奥，还有一半没入公库；要是你能够诚心悔过，也许还可以减处你一笔较轻的罚款。
鲍 西 娅	这是说没入公库的一部分，不是说划归安东尼奥的一部分。
夏 洛 克	不，把我的生命连着财产一起拿了去吧，我不要你们的宽恕。你们拿掉了支撑房子的柱子，就是拆了我的房子；你们夺去了我的养家活命的根本，就是活活要了我的命。
鲍 西 娅	安东尼奥，你能不能够给他一点慈悲？
葛莱西安诺	白送给他一根上吊的绳子吧；看在上帝的面上，不要给他别的东西！
安 东 尼 奥	要是殿下和堂上愿意从宽发落，免予没收他的财产的一半，我就十分满足了；只要他能够让我接管他的另外一半的财产，等他死了以后，把它交给最近和他的女儿私奔的那位绅士；可是还要有两个附带的条件：第一，他接受了这样的恩典，必须立刻改信基督教；第二，他必须当庭写下一张文凭，声明他死了以后，他的全部财产传给他的女婿罗兰佐和他的女儿。
公 爵	他必须履行这两个条件，否则我就撤销刚才所宣布的赦令。
鲍 西 娅	犹太人，你满意吗？你有什么话说？
夏 洛 克	我满意。
鲍 西 娅	书记，写下一张授赠产业的文凭。
夏 洛 克	请你们允许我退庭，我身子不大舒服。文凭写好了送到我家里，我在上面签名就是了。
公 爵	去吧，可是临时变卦是不成的。
葛莱西安诺	你在受洗礼的时候，可以有两个教父；要是我做了法官，我一定给

你请十二个教父，不是领你去受洗，是送你上绞架。（夏洛克下）

公　　爵　先生，我想请您到舍间去用餐。

鲍 西 娅　请殿下多多原谅，我今天晚上要回帕度亚去，必须现在就动身，恕不奉陪了。

公　　爵　您这样繁忙，不能容我略尽寸心，真是抱歉得很。安东尼奥，谢谢这位先生，你这回全亏了他。（公爵、众士绅及侍从等下）

巴萨尼奥　最可尊敬的先生，我跟我这位朋友今天多赖您的智慧，免去了一场无妄之灾；为了表示我们的敬意，这三千块钱本来是预备还那犹太人的，现在就奉送给先生，聊以报答您的辛苦。

安 东 尼 奥　您的大恩大德，我们是永远不忘记的。

鲍 西 娅　一个人做了心安理得的事，就是得到了最大的酬报；我这次帮两位的忙，总算没有失败，已经引为十分满足，用不着再谈什么酬谢了。但愿咱们下次见面的时候，两位仍旧认识我。现在我就此告辞了。

巴萨尼奥　好先生，我不能不再向您提出一个请求，请您随便从我们身上拿些什么东西去，不算是酬谢，只算是留个纪念。请您答应我两件事儿：既不要推卸，还要原谅我的要求。

鲍 西 娅　你们这样殷勤，倒叫我却之不恭了。（向安东尼奥）把您的手套送给我，让我戴在手上留个纪念吧；（向巴萨尼奥）为了纪念您的盛情，让我拿了这戒指去。不要缩回您的手，我不再向您要什么了；您既然是一片诚意，想来总也不会拒绝我吧。

巴萨尼奥　这指环吗，好先生？唉！它是个不值钱的玩意儿；我不好意思把这东西送给您。

鲍 西 娅　我什么都不要，就是要这指环；现在我想我非把它要来不可了。

巴萨尼奥　这指环的本身并没有什么价值，可是因为有其他的关系，我不能把它送人。我愿意搜访威尼斯最贵重的一枚指环来送给您，可是这一枚却只好请您原谅了。

鲍 西 娅　先生，您原来是个口头上慷慨的人；您先教我怎样伸手求讨，然后再教我懂得了一个叫化子会得到怎样的回答。

巴萨尼奥　好先生，这指环是我的妻子给我的；她把它套上我的手指的时候，曾经叫我发誓永远不把它出卖、送人或是遗失。

鲍 西 娅　人们在吝惜他们的礼物的时候，都可以用这样的话做推托的。要是尊夫人不是一个疯婆子，她知道了我对于这指环是多么受之无愧，一定不会因为您把它送掉了而跟您长久反目的。好，愿你们平安！

（鲍西娅、尼莉莎同下）

安东尼奥 我的巴萨尼奥少爷，让他把那指环拿去吧；看在他的功劳和我的交情份上，违犯一次尊夫人的命令，想来不会有什么要紧。

巴萨尼奥 葛莱西安诺，你快追上他们，把这指环送给他；要是可能的话，领他到安东尼奥的家里去。去，赶快！（葛莱西安诺下）来，我就陪着你到你府上；明天一早咱们两人就飞到贝尔蒙特去。来，安东尼奥。

（同下）

第二场 同前。街道

鲍西娅及尼莉莎上。

鲍 西 娅 打听打听这犹太人住在什么地方，把这文件交给他，叫他签了字。我们要比我们的丈夫先一天到家，所以一定得在今天晚上动身。罗兰佐拿到了这一张文件，一定高兴得不得了。

葛莱西安诺上。

葛莱西安诺 好先生，我好容易追上了您。我家大爷巴萨尼奥再三考虑之下，决定叫我把这指环拿来送给您，还要请您赏光陪他吃一顿饭。

鲍 西 娅 那可没法应命；他的指环我受下了，请你替我谢谢他。我还要请你给我这小兄弟带路到夏洛克老头儿的家里。

葛莱西安诺 可以可以。

尼 莉 莎 大哥，我要向您说句话儿。（向鲍西娅旁白）我要试一试我能不能把我丈夫的指环拿下来。我曾经叫他发誓永远不离手。

鲍 西 娅 你一定能够。我们回家以后，一定可以听听他们指天誓日，说他们是把指环送给男人的；可是我们要压倒他们，比他们发更厉害的誓。你快去吧，你知道我会在什么地方等你。

尼 莉 莎 来，大哥，请您给我带路。（各下）

第 五 幕

第一场　贝尔蒙特。通至鲍西娅住宅的林荫路

罗兰佐及杰西卡上。

罗 兰 佐　好皎洁的月色！微风轻轻地吻着树枝，不发出一点声响；我想正是在这样一个夜里，特洛伊罗斯登上了特洛亚的城墙，遥望着克瑞西达所寄身的希腊人的营幕，发出他内心深处的悲叹。

杰 西 卡　正是在这样一个夜里，提斯柏心惊胆战地踩着露水，去赴她情人的约会，因为看见了一头狮子的影子，吓得远远逃走。

罗 兰 佐　正是在这样一个夜里，狄多手里执着柳枝，站在辽阔的海滨，招她的爱人回到迦太基来。

杰 西 卡　正是在这样一个夜里，美狄亚采集了灵芝仙草，使衰迈的埃宋返老还童。

罗 兰 佐　正是在这样一个夜里，杰西卡从犹太富翁的家里逃了出来，跟着一个不中用的情郎从威尼斯一直走到贝尔蒙特。

杰 西 卡　正是在这样一个夜里，年轻的罗兰佐发誓说他爱她，用许多忠诚的盟言偷去了她的灵魂，可是没有一句话是真的。

罗 兰 佐　正是在这样一个夜里，可爱的杰西卡像一个小泼妇似的，信口毁谤她的情人，可是他饶恕了她。

杰 西 卡　倘不是有人来了，我可以搬弄出比你所知道的更多的夜的典故来。可是听！这不是一个人的脚步声吗？

罗 兰 佐　谁在这静悄悄的深夜里跑得这么快？

斯丹法诺　一个朋友。

罗 兰 佐　一个朋友！什么朋友？请问朋友尊姓大名？

斯丹法诺　我的名字是斯丹法诺，我来向你们报个信，我家女主人在天明以前，就要到贝尔蒙特来了；她一路上看见圣十字架，便停步下来，长跪祷告，祈求着婚姻的美满。

罗 兰 佐　谁陪她一起来？

斯丹法诺　没有什么人，只是一个修道的隐士和她的侍女。请问我家主人有没有回来？

罗 兰 佐　他没有回来，我们也没有听到他的消息。可是，杰西卡，我们进去吧；让我们按照着礼节，准备一些欢迎这屋子的女主人的仪式。

朗斯洛特上。

朗斯洛特 索拉！索拉！哦哈呵！索拉！索拉！

罗 兰 佐 谁在那儿嚷？

朗斯洛特 索拉！你看见罗兰佐大爷吗？罗兰佐大爷！索拉！索拉！

罗 兰 佐 别嚷啦，朋友；他就在这儿。

朗斯洛特 索拉！哪儿？哪儿？

罗 兰 佐 这儿。

朗斯洛特 对他说我家主人差一个人带了许多好消息来了；他在天明以前就要回家来啦。（下）

罗 兰 佐 亲爱的，我们进去，等着他们回来吧。不，还是不用进去。我的朋友斯丹法诺，请你进去通知家里的人，你们的女主人就要来啦，叫他们准备好乐器到门外来迎接。（斯丹法诺下）月光多么恬静地睡在山坡上！我们就在这儿坐下来，让音乐的声音悄悄送进我们的耳边；柔和的静寂和夜色，是最足以衬托出音乐的甜美的。坐下来，杰西卡。瞧，天宇中嵌满了多少灿烂的金钹；你所看见的每一颗微小的天体，在转动的时候都会发出天使般的歌声，永远应和着嫩眼的天婴的妙唱。在永生的灵魂里也有这一种音乐，可是当它套上这一具泥土制成的俗恶易朽的皮囊以后，我们便再也听不见了。

众乐工上。

罗 兰 佐 来啊！奏起一支圣歌来唤醒狄安娜女神；用最温柔的节奏倾注到你们女主人的耳中，让她被乐声吸引着回来。（音乐）

杰 西 卡 我听见了柔和的音乐，总觉得有些惆怅。

罗 兰 佐 这是因为你有一个敏感的灵魂。你只要看一群不服管束的畜生，或是那野性未驯的小马，逞着它们奔放的血气，乱跳狂奔，高声嘶叫，倘然偶尔听到一声喇叭，或是任何乐调，就会一起立定，它们狂野的眼光，因为中了音乐的魅力，变成温和的注视。所以诗人会造出俄耳甫斯用音乐感动木石、平息风浪的故事，因为无论怎样坚硬顽固狂暴的事物，音乐都可以立刻改变它们的性质；灵魂里没有音乐，或是听了甜蜜和谐的乐声而不会感动的人，都是擅于为非作恶、使奸弄诈的；他们的灵魂像黑夜一样昏沉，他们的感情像鬼域一样幽暗；这种人是不可信任的。听这音乐！

鲍西娅及尼莉莎自远处上。

鲍 西 娅 那灯光是从我家里发出来的。一枝小小的蜡烛，它的光照耀得多么远！

一件真事也正像这枝蜡烛一样，在这罪恶的世界上发出广大的光辉。

尼 莉 莎　月光明亮的时候，我们就看不见灯光。

鲍 西 娅　小小的荣耀也正是这样给更大的光荣所掩。国王出巡的时候摄政的威权未尝不就像一个君主，可是一到国王回来，他的威权就归于乌有，正像溪涧中的细流注入大海一样。音乐！听！

尼 莉 莎　小姐，这是我们家里的音乐。

鲍 西 娅　没有比较，就显不出长处；我觉得它比在白天好听得多哪。

尼 莉 莎　小姐，那是因为晚上比白天静寂的缘故。

鲍 西 娅　如果没有人欣赏，乌鸦的歌声也就和云雀一样；要是夜莺在白天杂在群鹅的聒噪里歌唱，人家决不以为它比鹪鹩唱得更美。多少事情因为逢到有利的环境，才能够达到尽善的境界，博得一声恰当的赞赏！喂，静下来！月亮正在拥着她的情郎酣睡，不肯就醒来呢。（音乐停止）

罗 兰 佐　要是我没有听错，这分明是鲍西娅的声音。

鲍 西 娅　我的声音太难听，所以一下子就给他听出来了，正像瞎子能够辨认杜鹃一样。

罗 兰 佐　好夫人，欢迎您回家来！

鲍 西 娅　我们在外边为我们的丈夫祈祷平安，希望他们能够因我们钓祈祷而多福。他们已经回来了吗?

罗 兰 佐　夫人，他们还没有来；可是刚才有人来送过信，说他们就要来了。

鲍 西 娅　进去，尼莉莎，吩咐我的仆人们，叫他们就当我们两人没有出去过一样；罗兰佐，您也给我保守秘密；杰西卡，您也不要多说。（喇叭声）

罗 兰 佐　您的丈夫来啦，我听见他的喇叭的声音。我们不是搬嘴弄舌的人，夫人，您放心好了。

鲍 西 娅　这样的夜色就像一个昏沉的白昼，不过略微惨淡点儿；没有太阳的白天，看上去也不过如此。

巴萨尼奥、安东尼奥、葛莱西安诺及侍从等上。

巴萨尼奥　要是您在没有太阳的地方走路，我们就可以和地球那一面的共同享有着白昼。

鲍 西 娅　让我发出光辉，可是不要让我像光一样轻浮；因为一个轻浮的妻子，是会使丈夫的心头沉重的，我决不愿意巴萨尼奥为了我而心头沉重。可是一切都是上帝作主！欢迎您回家来，夫君！

巴萨尼奥　谢谢您，夫人。请您欢迎我这位朋友；这就是安东尼奥，我曾经受过他无穷的恩惠。

鲍 西 娅　他的确使您受惠无穷，因为我听说您曾经使他受累无穷呢。

安东尼奥　没有什么，现在一切都已经圆满解决了。

鲍 西 娅　先生，我们非常欢迎您的光临；可是口头的空言不能表示诚意，所以一切客套的话，我都不说了。

葛莱西安诺　(向尼莉莎) 我望着那边的月亮发誓，你冤枉了我，我真的把它送给了那法官的书记。好人，你既然把这件事情看得这么重，那么我但愿拿了去的人是个割掉了鸡巴的。

鲍 西 娅　啊！已经在吵架了吗？为了什么事？

葛莱西安诺　为了一个金圈圈儿，她给我的一个不值钱的指环，上面刻着的诗句，就跟那些刀匠们刻在刀子上的差不多，什么"爱我毋相弃"。

尼 莉 莎　你管它什么诗句，什么值钱不值钱？我当初给你的时候，你曾经向我发誓，说你要戴着它直到死去，死了就跟你一起葬在坟墓里；即使不为我，为了你所发的重誓，你也应该把它看重，好好儿地保存着。送给一个法官的书记！呸！上帝可以给我判断，拿了这指环去的那个书记，一定是个脸上永远不会出毛的。

葛莱西安诺　他年纪长大起来，自然会出胡子的。

尼 莉 莎　一个女人也会长成男子吗？

葛莱西安诺　我举手发誓，我的确把它送给一个少年人，一个年纪小小、发育不全的孩子；他的个儿并不比你高，这个法官的书记。他是个多话的孩子，一定要我把这指环给他做酬劳，我实在不好意思不给他。

鲍 西 娅　恕我说句不客气的话，这是你的不对；你怎么可以把你妻子的第一件礼物随随便便给了人？你已经发过誓把它套在你的手指上，它就是你身体上不可分的一部分。我也曾经送给我的爱人一个指环，使他发誓永不把它抛弃；他现在就在这儿，我敢代他发誓，即使把世间所有的财富向他交换，他也不肯丢掉它或是把它从他的手指上取下来。真的，葛莱西安诺，你太对不起你的妻子了；倘然是我的话，我早就发起脾气来啦。

巴萨尼奥　(旁白) 嗳哟，我应该把我的左手砍掉了，那就可以发誓说，因为强盗要我的指环，我不肯给他，所以连手都给砍下来了。

葛莱西安诺　巴萨尼奥大爷也把他的指环给那法官了，因为那法官一定向他讨那指环；其实他就是拿了指环去，也一点不算过份。那个孩子、那法官的书记，因为写了几个字，也就讨了我的指环去做酬劳。他们主仆两人什么都不要，就是要这两个指环。

鲍　西　娅　　我的爷，您把什么指环送了人哪？我想不会是我给您的那一个吧？

巴萨尼奥　　要是我可以用说谎来加重我的过失，那么我会否认的；可是您瞧我的手指上已没有指环；它已经没有了。

鲍　西　娅　　正像您的虚伪的心里没有一丝真情一样。我对天发誓，除非等我见了这指环，我再也不跟您同床共枕。

尼　莉　莎　　要是我看不见我的指环，我也再不跟你同床共枕。

巴萨尼奥　　亲爱的鲍西娅，要是您知道我把这指环送给什么人，要是您知道我为了谁的缘故把这指环送人，要是您能够想到为了什么理由我把这指环送人，我又是多么舍不下这个指环，可是人家随便什么也不要，一定要这个指环，那时候您就不会生这么大的气了。

鲍　西　娅　　要是您知道这指环的价值，或是识得了把这指环给您的那人的一半好处，或是懂得了您自己保存着这指环的光荣，您就不会把这指环抛弃。只要你肯稍为用诚恳的话向他解释几句，世上哪有这样不讲理的人，会好意思硬要人家留作纪念的东西？尼莉莎讲的话一点不错，我可以用我的生命赌咒，一定是什么女人把这指环拿去了。

巴萨尼奥　　不，夫人，我用我的名誉、我的灵魂发誓，并不是什么女人拿去，的确是送给那位法学博士的；他不接受我送给他的三千块钱，一定要讨这指环，我不答应，他就老大不高兴地去了。就是他救了我的好朋友的性命；我应该怎么说呢，好太太？我没有法子，只好叫人追上去送给他；人情和礼貌逼着我这样做，我不能让我的名誉沾上忘恩负义的污点。原谅我，好夫人，望着天上的明灯发誓，要是那时候您也在那儿，我想您一定会恳求我把这指环送给这位贤能的博士的。

鲍　西　娅　　让那博士再也不要走近我的屋子。他既然拿去了我所珍爱的宝物，又是您所发誓永远为我保存的东西，那么我也会像您一样慷慨；我会把我所有的一切都给他，即使他要我的身体，或是我的丈夫的眠床，我都不会拒绝他。我总有一天会认识他的，那是我完全有把握的；您还是一夜也不要离开家里，像个百眼怪物那样看守着我吧；否则我可以凭着我的尚未失去的贞操发誓，要是您让我一个人在家里，我一定要跟这个博士睡在一床的。

尼　莉　莎　　我也要跟他的书记睡在一床；所以你还是留心不要走开我的身边。

葛莱西安诺　　好，随你的便，只要不让我碰到他；要是他给我捉住了，我就折断这个少年书记的那枝笔。

安东尼奥　　都是我的不是，引出你们这一场吵闹。

鲍 西 娅　先生，这跟您没有关系；您来我们是很欢迎的。

巴萨尼奥　鲍西娅，饶恕我这一次出于不得已的错误，当着这许多朋友们的面前，我向您发誓，望着您这一双美丽的眼睛，在它们里面我可以看见我自己——

鲍 西 娅　你们听他的话！我的左眼里也有一个他，我的右眼里也有一个他；您用您的两重人格发誓，我还能够相信您吗？

巴萨尼奥　不，听我说。原谅我这一次错误，凭着我的灵魂发誓；我以后再不违背对您发出的誓言。

安东尼奥　我曾经为了他的幸福，把我自己的身体向人抵押，倘不是幸亏那个把您丈夫的指环拿去的人，几乎送了性命；现在我敢再立一张契约，把我的灵魂作为担保，保证您的丈夫决不会再有故意背信的行为。

鲍 西 娅　那么就请您做他的保证人，把这个给他，叫他比上回那一个保存得牢一些。

安东尼奥　拿着，巴萨尼奥；请您发誓永远保存这一个指环。

巴萨尼奥　天哪！这就是我给那博士的那一个！

鲍 西 娅　我就是从他手里拿来的。原谅我，巴萨尼奥，因为凭着这个指环，那博士已经跟我睡过觉了。

尼 莉 莎　原谅我，我的好葛莱西安诺；就是那个发育不全的孩子，那个博士的书记，因为我问他讨这个指环，昨天晚上已经跟我睡在一起了。

葛莱西安诺　嗳哟，这就像是在夏天把铺得好好的道路重新翻造。嘿！我们就这样冤冤枉枉地做起王八来了吗？

鲍 西 娅　不要说得那么难听。你们大家都有点莫名奇妙；这儿有一封信，拿去慢慢地念吧，它是培拉里奥从帕度亚寄来的，你们从这封信里，就可以知道那位博士就是鲍西娅，她的书记便是这位尼莉莎。罗兰佐可以向你们证明，当你们出发以后，我就立刻动身；我回家来还没有多少时候，连大门也没有进去过呢。安东尼奥，我们非常欢迎您到这儿来；我还带着一个您所意料不到的好消息给您，请您拆开这封信，您就可以知道您有三艘商船，已经满载而归，马上要到港了。您再也想不出这封信怎么会那么巧地到了我的手里。

安东尼奥　我没有话说了。

巴萨尼奥　您就是那个博士，我还不认识您吗？

葛莱西安诺　你就是要叫我当王八的那个书记吗？

尼 莉 莎　是的，可是除非那书记会长成一个男子，他再也不能叫你当王八。

巴萨尼奥 好博士，你今晚就陪着我睡觉吧；当我不在的时候，您可以睡在我妻子的床上。

安东尼奥 好夫人，您救了我的命，又给了我一条活路；我从这封信里得到了确实的消息，我的船只已经平安到港了。

鲍 西 娅 喂，罗兰佐！我的书记也有一件好东西要给您哩。

尼 莉 莎 是的，我可以送给他，不收一些费用。这儿是那犹太富翁亲笔签署的一张授赠产业的文件，声明他死了以后，全部遗产都传给您和杰西卡，请你们收下吧。

罗 兰 佐 两位好夫人，你们像是散布玛哪的天使，救济着饥饿的人们。

鲍 西 娅 天已经差不多亮了，可是我知道你们还想把这些事情知道得详细一点。我们大家进去吧；你们还有什么疑惑的地方，尽管再向我们发问，我们一定老老实实地回答一切问题。

葛莱西安诺 很好，我要我的尼莉莎宣誓答复的第一个问题，是现在离白昼只有两小时了，我们还是就去睡觉呢，还是等明天晚上再睡？正是——

> 不惧黄昏近，但愁白日长；
>
> 偏偏书记俊，今夕喜同床。
>
> 金环束指间，灿烂自生光，
>
> 惟恐娇妻骂，莫将弃道旁。（众下）

罗密欧与朱丽叶

剧中人物

爱斯卡勒斯　维洛那亲王

帕里斯　少年贵族，亲王的亲戚

蒙太古
凯普莱特｝互相敌视的两家家长

罗密欧　蒙太古之子

茂丘西奥　亲王的亲戚

班伏里奥　蒙太古之侄　罗密欧的朋友

提伯尔特　凯普莱特夫人之内侄

劳伦斯神父　法兰西斯派教士

约翰神父　与劳伦斯同门的教士

鲍尔萨泽　罗密欧的仆人

山普孙
葛莱古里｝凯普莱特的仆人

彼　　得　朱丽叶乳媪的从仆

亚伯拉罕　蒙太古的仆人

卖药人

乐工三人

茂丘西奥的侍童

帕里斯的侍童

蒙太古夫人

凯普莱特夫人

朱丽叶　凯普莱特之女

朱丽叶的乳媪

维洛那市民；两家男女亲属；跳舞者、卫士、巡丁及侍从等致辞者

地　点

维洛那；第五幕第一场在曼多亚

开 场 诗

致辞者上。

故事发生在维洛那名城，
　有两家门第相当的巨族，
累世的宿怨激起了新争，
　鲜血把市民的白手污渎。
是命运注定这两家仇敌，
　生下了一双不幸的恋人，
他们的悲惨凄凉的殒灭，
　和解了他们交恶的尊亲。
这一段生生死死的恋爱，
　还有那两家父母的嫌隙，
把一对多情的儿女杀害，
　演成了今天这一本戏剧。
交代过这几句挈领提纲，
请诸位耐着心细听端详。（下）

第 一 幕

第一场 维洛那。广场

山普孙及葛莱古里各持盾剑上。

山 普 孙 葛莱古里，咱们可真的不能让人家当做苦力一样欺侮。

葛莱古里 对了，咱们不是可以随便给人欺侮的。

山 普 孙 我说，咱们要是发起脾气来，就会拔剑动武。

葛莱古里 对了，你可不要把脖子缩到领口里去。

山 普 孙 我一动性子，我的剑是不认人的。

葛莱古里 可是你不大容易动性子。

山 普 孙 我见了蒙太古家的狗子就生气。

葛莱古里 有胆量的，生了气就应当站住不动；逃跑的不是好汉。

山 普 孙 我见了他们家里的狗子，就会站住不动；蒙太古家里任何男女碰到了我，就像是碰到墙壁一样。

葛莱古里 这正说明你是个软弱无能的奴才；只有最没出息的家伙，才去墙底下躲难。

山 普 孙 的确不错；所以生来软弱的女人，就老是被人逼得不能动：我见了蒙太古家里人来，是男人我就把他们从墙边推出去，是女人我就把她们望着墙壁摔过去。

葛莱古里 吵架是咱们两家主仆男人们的事，与她们女人有什么相干？

山 普 孙 那我不管，我要做一个杀人不眨眼的魔王；一面跟男人们打架，一面对娘儿们也不留情面，我要她们的命。

葛莱古里 要娘儿们的性命吗？

山 普 孙 对了，娘儿们的性命，或是她们视同性命的童贞，你爱怎么说就怎么说。

葛莱古里 那就要看对方怎样感觉了。

山 普 孙 只要我下手，她们就会尝到我的辣手：就是有名的一身横肉呢。

葛莱古里 幸而你还不是一身鱼肉；否则你便是一条可怜虫了。拔出你的家伙来；有两个蒙太古家的人来啦。

亚伯拉罕及鲍尔萨泽上。

山 普 孙 我的剑已经出鞘；你去跟他们吵起来，我就在你背后帮你的忙。

葛莱古里 怎么？你想转过背逃走吗？

山　普　孙　你放心吧，我不是那样的人。

葛莱古里　哼，我倒有点不放心！

山　普　孙　还是让他们先动手，打起官司来也是咱们的理直。

葛莱古里　我走过去向他们横个白眼，瞧他们怎么样。

山　普　孙　好，瞧他们有没有胆量。我要向他们咬我的大拇指，瞧他们能不能忍受这样的侮辱。

亚伯拉罕　你向我们咬你的大拇指吗？

山　普　孙　我是咬我的大拇指。

亚伯拉罕　你是向我们咬你的大拇指吗？

山　普　孙　（向葛莱古里旁白）要是我说是，那么打起官司来是谁的理直？

葛莱古里　（向山普孙旁白）是他们的理直。

山　普　孙　不，我不是向你们咬我的大拇指；可是我是咬我的大拇指。

葛莱古里　你是要向我们挑衅吗？

亚伯拉罕　挑衅！不，哪儿的话。

山　普　孙　你要是想跟我们吵架，那么我可以奉陪；你也是你家主子的奴才，我也是我家主子的奴才，难道我家的主子就比不上你家的主子？

亚伯拉罕　比不上。

山　普　孙　好。

葛莱古里　（向山普孙旁白）说"比得上"；我家老爷的一位亲戚来了。

山　普　孙　比得上。

亚伯拉罕　你胡说。

山　普　孙　是汉子就拔出剑来。葛莱古里，别忘了你的杀手剑。（双方互斗）

　　　　　班伏里奥上。

班伏里奥　分开，蠢才！收起你们的剑；你们不知道你们在干些什么事。（击下众仆的剑）

　　　　　提伯尔特上。

提伯尔特　怎么！你跟这些不中用的奴才吵架吗？过来，班伏里奥，让我结果你的性命。

班伏里奥　我不过维持和平；收起你的剑，或者帮我分开这些人。

提伯尔特　什么！你拔出了剑，还说什么和平？我痛恨这两个字，就跟我痛恨地狱、痛恨所有蒙太古家的人和你一样。招剑，懦夫！（二人相斗）

　　　　　两家各有若干人上，加入争斗；一群市民持枪棍继上。

众　市　民　打！打！打！把他们打下来！打倒凯普莱特！打倒蒙太古！

凯普莱特穿长袍及凯普莱特夫人同上。

凯 普 莱 特　什么事吵得这个样子？喂！把我的长剑拿来。

凯普莱特夫人　拐杖呢？拐杖呢？你要剑干什么？

凯 普 莱 特　快拿剑来！蒙太古那老东西来啦；他还晃着他的剑，明明在跟我寻事。

蒙太古及蒙太古夫人上。

蒙 太 古　凯普莱特，你这奸贼！——别拉住我；让我走。

蒙太古夫人　你要去跟人家吵架，我连一步也不让你走。

亲王率侍从上。

亲　　　王　目无法纪的臣民，扰乱治安的罪人，你们的刀剑都被你们邻人的血玷污了；——他们不听我的话吗？喂，听着！你们这些人，你们这些畜生，你们为了扑灭你们怨毒的怒恨，不惜让殷红的流泉从你们的血管里喷涌出来；你们要是畏惧刑法，赶快从你们血腥的手里丢下你们的凶器，静听你们震怒的君王的判决。凯普莱特，蒙太古，你们已经三次为了一句口头上的空言，引起了市民的械斗，扰乱了我们街道上的安宁，害得维洛那的年老公民，也不能不脱下他们尊严的装束，在他们习于安乐的苍老衰弱的手里夺过古旧的长枪，分解你们溃烂的纷争。要是你们以后再在市街上闹事，就要把你们的生命作为扰乱治安的代价。现在别人都给我退下去；凯普莱特，你跟我来；蒙太古，你今天下午到自由村的审判厅里来，听候我对于今天这一案的宣判。大家散开去，倘有逗留不去的，格杀勿论！ *（除蒙太古夫妇及班伏里奥外皆下）*

蒙 太 古　这一场宿怨是谁又重新煽风点火？侄儿，对我说，他们动手的时候，你也在场吗？

班 伏 里 奥　我还没有到这儿来，您的仇家的仆人跟你们家里的仆人已经打成一团了。我拔出剑来分开他们；就在这时候，那个性如烈火的提伯尔特提着剑来了，他对我出言不逊，把剑在他自己头上舞得嗖嗖直响，就像风在那儿讥笑他的装腔作势一样。当我们正在剑来剑去的时候，人越来越多，有的帮这一面，有的帮那一面，乱哄哄地互相争斗，直等亲王来了，方才把两边的人喝开。

蒙太古夫人　啊，罗密欧呢？你今天见过他吗？我很高兴他没有参加这场争斗。

班 伏 里 奥　伯母，在尊严的太阳开始从东方的黄金窗里探出头来的一小时以前，我因为心中烦闷，到郊外去散步，在城西一丛枫树的下面，我看见罗密欧兄弟一早在那儿走来走去。我正要向他走过去，他已经看见了我，就躲到树林深处去了。我因为自己也是心灰意懒，觉得连自己这一身也是多余的，只想找一处没有人迹的地方，所以凭着自己的心境推测别人的心境，也就不去找他多事，彼此互相避开了。

蒙　太　古　好多天的早上曾经有人在那边看见过他，用眼泪洒为清晨的露水，用长叹嘘成天空的云雾；可是一等到鼓舞众生的太阳在东方的天边开始揭起黎明女神床上灰黑色的帐幕的时候，我那怀着一颗沉重的心的儿子，就逃避了光明，溜回到家里；一个人关起了门躲在房间里，闭紧了窗子，把大好的阳光锁在外面，为他自己造成了一个人工的黑夜。他这一种怪脾气恐怕不是好兆头，除非良言劝告可以替他解除心头的烦恼。

班伏里奥　伯父，您知道他的烦恼的根源吗？

蒙　太　古　我不知道，也没有法子从他自己嘴里探听出来。

班伏里奥　您有没有设法探问过他？

蒙　太　古　我自己以及许多其他的朋友都曾经探问过他，可是他把心事一古脑儿闷在自己肚里，总是守口如瓶，不让人家试探出来，正像一朵初生的蓓蕾，还没有迎风舒展它的嫩瓣，向太阳献吐它的娇艳，就给妒嫉的蛀虫咬啮了一样。只要能够知道他的悲哀究竟是从什么地方来的，我们一定会尽心竭力替他找寻治疗的方案。

班伏里奥　瞧，他来了；请您站在一旁，等我去问问他究竟有些什么心事，看他理不理我。

蒙　太　古　但愿你留在这儿，能够听到他的真情的吐露。来，夫人，我们去吧。（蒙大古夫妇同下）

罗密欧上。

班伏里奥　早安，兄弟。

罗　密　欧　天还是这样早吗？

班伏里奥　刚敲过九点钟。

罗　密　欧　唉！在悲哀里度过的时间似乎是格外长的。急忙忙地走过去的那个人，不就是我的父亲吗？

班伏里奥　正是。什么悲哀使罗密欧的时间过得这样长？

罗　密　欧　因为我缺少了可以使时间变为短促的东西。

班伏里奥　你跌进恋爱的网里了吗？

罗 密 欧	我还在门外徘徊——
班伏里奥	在恋爱的门外?
罗 密 欧	我不能得到我的意中人的欢心。
班伏里奥	唉!想不到爱神的外表这样温柔,实际上却是如此残暴!
罗 密 欧	唉!想不到爱神蒙着眼睛,却会一直闯进人们的心灵!我们在什么地方吃饭?嗳哟!又是谁在这儿打过架了?可是不必告诉我,我早就知道了。这些都是怨恨造成的后果,可是爱情的力量比它要大过许多。啊,吵吵闹闹的相爱,亲亲热热的怨恨!啊,无中生有的一切!啊,沉重的轻浮,严肃的狂妄,整齐的混乱,铅铸的羽毛,光明的烟雾,寒冷的火炬,憔悴的健康,永远觉醒的睡眠,否定的存在!我感觉到的爱情正是这么一种东西,可是我并不喜爱这一种爱情。你不会笑我吗?
班伏里奥	不,兄弟,我倒是有点儿想哭。
罗 密 欧	好人,为什么呢?
班伏里奥	因为瞧着你善良的心受到这样的痛苦。
罗 密 欧	唉!这就是爱情的错误,我自己已经有太多的忧愁重压在我的心头,你对我表示的同情,徒然使我在太多的忧愁之上再加上一重忧愁。爱情是叹息吹起的一阵烟;恋人的眼中有它净化了的火星;恋人的眼泪是它激起的波涛。它又是最智慧的疯狂,哽喉的苦味,吃不到嘴的蜜糖。再见,兄弟。(欲去)
班伏里奥	且慢,让我跟你一块儿去;要是你就这样丢下了我,未免太不给我面子啦。
罗 密 欧	嘿!我已经遗失了我自己;我不在这儿;这不是罗密欧,他是在别的地方。
班伏里奥	老实告诉我,你所爱的是谁?
罗 密 欧	什么!你要我在痛苦呻吟中说出她的名字来吗?
班伏里奥	痛苦呻吟!不,你只要告诉我她是谁就得了。
罗 密 欧	叫一个病人郑重其事地立起遗嘱来!啊,对于一个病重的人,还有什么比这更刺痛他的心?老实对你说,兄弟,我是爱上了一个女孩。
班伏里奥	我说你一定在恋爱,果然猜得不错。
罗 密 欧	好一个每发必中的射手!我所爱的是一位美貌的姑娘。
班伏里奥	好兄弟,目标越好,射得越准。
罗 密 欧	你这一箭就射岔了。丘比德的金箭不能射中她的心;她有狄安娜女神的圣洁,不让爱情软弱的弓矢损害她的坚不可破的贞操。她不愿听任

深怜密爱的词句把她包围，也不愿让灼灼逼人的眼光向她进攻，更不愿接受可以使圣人动心的黄金的诱惑；啊！美貌便是她巨大的财富，只可惜她一死以后，她的美貌也要化为黄土！

班伏里奥 那么她已经立誓终身守贞不嫁了吗？

罗 密 欧 她已经立下了这样的誓言，为了珍惜她自己，造成了莫大的浪费；因为她让美貌在无情的岁月中日渐枯萎，不知道替后世传留下她的绝世容华。她是个太美丽、太聪明的人儿，不应该剥夺她自身的幸福，使我抱恨终天。她已经立誓割舍爱情，我现在活着也就等于死去一般。

班伏里奥 听我的劝告，别再想起她了。

罗 密 欧 啊！那么你教我怎样忘记吧。

班伏里奥 你可以放纵你的眼睛，让它们多看几个世间的美人。

罗 密 欧 那不过格外使我觉得她的美艳无双罢了。那些吻着美人娇额的幸运的面罩，因为它们是黑色的缘故，常常使我们想起被它们遮掩的面庞不知多么娇丽。突然盲目的人，永远不会忘记存留在他消失了的视觉中的宝贵的影像。给我看一个姿容绝代的美人，她的美貌除了使我记起世上有一个人比她更美以外，还有什么别的用处？再见，你不能教我怎样忘记。

班伏里奥 我一定要证明我的意见不错，否则死不瞑目。（同下）

第二场 同前。街道

凯普莱特、帕里斯及仆人上。

凯普莱特 可是蒙太古也负着跟我同样的责任；我想像我们这样有了年纪的人，维持和平还不是难事。

帕 里 斯 你们两家都是很有名望的大族，结下了这样不解的冤仇，真是一件不幸的事。可是，老伯，您对于我的求婚有什么见教？

凯普莱特 我的意思早就对您表示过了。我的女儿今年还没有满十四岁，完全是一个不懂事的孩子；再过两个夏天，才可以谈到亲事。

帕 里 斯 比她年纪更小的人，都已经做了幸福的母亲了。

凯普莱特 早结果的树木一定早凋。我在这世上已经什么希望都没有了，只有她是我的惟一的安慰。可是向她求爱吧，善良的帕里斯，得到她的欢心；只要她愿意，我的同意是没有问题的。今天晚上，我要按照旧例，举行一次宴会，邀请许多亲友参加；您也是我所要邀请的一个，请您接受我的最诚意的欢迎。在我的寒舍里，今晚您可以见到灿烂的群星忘记下降，照亮黑暗的天空；在蓓蕾一样娇艳的女郎丛里，您可以充分享受青春的愉快，正像盛装的四月追随着残冬的足迹降临人世，在年轻人的心里充满着活跃的欢欣一样。您可以听一个够，看一个饱，从许多美貌的女郎中间，连我的女儿也在内，拣一个最好的做您的意中人。来，跟我去。（以一纸交仆）你到维洛那全城去走一转，挨着这单子上一个一个的名字去找人，请他们到我的家里来。（凯普莱特、帕里斯同下）

仆　　人　挨着这单子上的名字去找人！人家说，鞋匠的针线，裁缝的钉锤，渔夫的笔，画师的网，各人有各人的职司；可是我们的老爷却叫我挨着这单子上的名字去找人，我怎么知道写字的人在这上面写着些什么？我一定要找个识字的人。来得正好。

班伏里奥及罗密欧上。

班伏里奥　不，兄弟，新的火焰可以把旧的火焰扑灭，大的苦痛可以使小的苦痛减轻；头晕目眩的时候，只要转身向后；一桩绝望的忧伤，也可以用另一桩烦恼把它驱除。给你的眼睛找一个新的迷惑，你的原来的痼疾就可以霍然脱体。

罗　密　欧　你的药草只好医治——

班伏里奥　医治什么？

罗　密　欧　医治你的跌伤的胫骨。

班伏里奥　怎么，罗密欧，你疯了吗？

罗　密　欧　我没有疯，可是比疯人更不自由；关在牢狱里，不进饮食，挨受着鞭挞和酷刑——晚安，好朋友！

仆　　人　晚安！请问先生，您念过书吗？

罗　密　欧　是的，这是我的不幸中的资产。

仆　　人　也许您只会背诵；可是请问您会不会看着字一个一个地念？

罗　密　欧　我认得的字，我就会念。

仆　　人　您说得很老实；愿您一生快乐！（欲去）

罗　密　欧　等一等，朋友；我会念。"玛丁诺先生暨夫人及诸位令媛，安赛尔美伯爵及诸位令妹；寡居之维特鲁维奥夫人；帕拉森西奥先生及诸位令侄女；茂丘西奥及其令弟凡伦丁；凯普莱特叔父暨婶母及诸位贤妹；罗瑟琳贤侄女；里维娅；伐伦西奥先生及其令表弟提伯尔特；路西奥及活泼之海丽娜。"好一群名士贤媛！请他们到什么地方去？

仆　　人　到——

罗 密 欧 哪里？

仆 人 到我们家里吃饭去。

罗 密 欧 谁的家里？

仆 人 我的主人的家里。

罗 密 欧 对了，我该先问你的主人是谁才是。

仆 人 您也不用问了，我就告诉您吧。我的主人就是那个有财有势的凯普莱特；要是您不是蒙太古家里的人，请您也来跟我们喝一杯酒，愿您一生快乐！（下）

班伏里奥 在这一个凯普莱特家里按照旧例举行的宴会中间，你所热恋的美人罗瑟琳也要跟着维洛那城里所有的绝色名媛一同去赴宴。你也到那儿去吧，用不着带成见的眼光，把她的容貌跟别人比较比较，你就可以知道你的天鹅不过是一只乌鸦罢了。

罗 密 欧 要是我的虔敬的眼睛会相信这种谬误的幻象，那么让眼泪变成火焰，把这一双罪状昭著的异教邪徒烧成灰烬吧！比我的爱人还美！烛照万物的太阳，自有天地以来也不曾看见过一个可以和她媲美的人。

班伏里奥 嘿！你看见她的时候，因为没有别人在旁边，你的两只眼睛里只有她一个人，所以你以为她是美丽的；可是在你那水晶的天秤里，要是把你的恋人跟另外一个我可以在这宴会里指点给你看的美貌的姑娘同时较量起来，那么她现在虽然仪态万方，那时候就要自惭形秽了。

罗 密 欧 我倒要去这一次；不是去看你所说的美人，只要看看我自己的爱人怎样大放光彩，我就心满意足了。（同下）

第三场 同前。凯普莱特家中一室

凯普莱特夫人及乳媪上。

凯普莱特夫人 奶妈，我的女儿呢？叫她出来见我。

乳 媪 凭着我十二岁时候的童贞发誓，我早就叫过她了。喂，小绵羊！喂，小鸟儿！上帝保佑！这孩子到什么地方去啦？喂，朱丽叶！

朱丽叶上。

朱 丽 叶 什么事？谁叫我？

乳 媪 你的母亲。

朱 丽 叶 母亲，我来了。您有什么吩咐？

凯普莱特夫人 是这么一件事。奶妈，你出去一会儿。我们要谈些秘密的话。——奶妈，你回来吧；我想起来了，你也应当听听我们的谈话。你知道我的女儿年纪也不算怎么小啦。

乳　　媪　对啊，我把她的生辰记得清清楚楚的。

凯普莱特夫人　她现在还不满十四岁。

乳　　媪　我可以用我的十四颗牙齿打赌——唉，说来伤心，我的牙齿掉得只剩四颗啦！——她还没有满十四岁呢。现在离开收获节还有多久？

凯普莱特夫人　两个星期多一点。

乳　　媪　不多不少，不先不后，到收获节的晚上她才满十四岁。苏珊跟她同年——上帝安息一切基督徒的灵魂！唉！苏珊是跟上帝在一起啦，我命里不该有这样一个孩子。可是我说过的，到收获节的晚上，她就要满十四岁啦；正是，一点不错，我记得清清楚楚的。自从地震那一年到现在，已经十一年啦；那时候她已经断了奶，我永远不会忘记，不先不后，刚巧在那一天；因为我在那时候用艾叶涂在奶头上，坐在鸽棚下面晒着太阳；老爷跟您那时候都在曼多亚。瞧，我的记性可不算坏。可是我说的，她一尝到我奶头上的艾叶的味道，觉得变苦啦，嗳哟，这可爱的小傻瓜！她就发起脾气来，把奶头摔开啦。那时候地震，鸽棚都在摇动呢：这个说来话长，算来也有十一年啦；后来她就慢慢地会一个人站得直挺挺的，还会摇呀摆的到处乱跑，就是在她跌破额角的那一天，我那去世的丈夫——上帝安息他的灵魂！他是个喜欢说说笑笑的人，把这孩子抱了起来，"啊！"他说，"你往前扑了吗？等你年纪一大，你就要往后仰了；是不是呀，朱丽？"谁知道这个可爱的坏东西忽然停住了哭声，说"嗯。"嗳哟，真把人都笑死了！要是我活到一千岁，我也再不会忘记这句话。"是不是呀，朱丽？"他说；这可爱的小傻瓜就停住了哭声，说"嗯。"

凯普莱特夫人　得了得了，请你别说下去了吧。

乳　　媪　是，太太。可是我一想到她会停住了哭说"嗯"，就禁不住笑起来。不说假话，她额角上肿起了像小雄鸡的睾丸那么大的一个包哩；她痛得放声大哭；"啊！"我的丈夫说，"你往前扑了吗？等你年纪一大，你就要往后仰了；是不是呀，朱丽？"她就停住了哭声，说"嗯。"

朱　丽　叶　我说，奶妈，你也可以停住嘴了。

乳　　媪　好，我不说啦，我不说啦。上帝保佑你！你是在我手里抚养长大的一个最可爱的小宝贝；要是我能够活到有一天瞧着你嫁了出去，也算了结我的一桩心愿啦。

凯普莱特夫人 是呀，我现在就是要谈起她的亲事。朱丽叶，我的孩子，告诉我，要是现在把你嫁了出去，你觉得怎么样？

朱　丽　叶 这是我做梦也没有想到过的一件荣誉。

乳　　媪 一件荣誉！倘不是你只有我这一个奶妈，我一定要说你的聪明是从奶头上得来的。

凯普莱特夫人 好，现在你把婚姻问题考虑考虑吧。在这儿维洛那城里，比你再年轻点儿的千金小姐们，都已经做了母亲啦。就拿我来说吧，我在你现在这样的年纪，也已经生下了你。废话用不着多说，少年英俊的帕里斯已经来向你求过婚啦。

乳　　媪 真是一位好官人，小姐！像这样的一个男人，小姐，真是天下少有。嗳哟！他真是一位十全十美的好郎君。

凯普莱特夫人 维洛那的夏天找不到这样一朵好花。

乳　　媪 是啊，他是一朵花，真是一朵好花。

凯普莱特夫人 你怎么说？你能不能喜欢这个绅士？今晚上在我们家里的宴会中间，你就可以看见他。从年轻的帕里斯的脸上，你可以读到用秀美的笔写成的迷人诗句；一根根齐整的线条，交织成整个一幅谐和的图画；要是你想探索这一卷美好的书中的奥秘，在他的眼角上可以找到微妙的诠释。这本珍贵的恋爱的经典，只缺少一帧可以使它相得益彰的封面；正像游鱼需要活水，美妙的内容也少不了美妙的外表陪衬。记载着金科玉律的宝籍，锁合在漆金的封面里，它的辉煌富丽为众目所共见；要是你做了他的封面，那么他所有的一切都属于你所有了。

乳　　媪 何止如此！我们女人有了男人就富足了。

凯普莱特夫人 简简单单地回答我，你能够接受帕里斯的爱吗？

朱　丽　叶 要是我看见了他以后，能够发生好感，那么我是准备喜欢他的。可是我的眼光的飞箭，倘然没有得到您的允许，是不敢大胆发射出去的呢。

　　　　　　一仆人上。

仆　　人 太太，客人都来了，餐席已经摆好了，请您跟小姐快些出去。大家在厨房里埋怨着奶妈，什么都乱成一团。我要侍候客人去；请您马上就来。

凯普莱特夫人　我们就来了。朱丽叶，那伯爵在等着呢。

乳　　　媪　去，孩子，快去找天天欢乐，夜夜良宵。（同下）

第四场　同前。街道

罗密欧、茂丘西奥、班伏里奥及五六人或戴假面或持火炬上。

罗　密　欧　怎么！我们就用这一番话作为我们的进身之阶呢，还是就这么昂然直
入，不说一句道歉的话？

班伏里奥　这种虚文俗套，现在早就不流行了。我们用不着蒙着眼睛的丘比德，
背着一张花漆的木弓，像个稻草人似的去吓那些娘儿们；也用不着跟
着提示的人一句一句念那从书上默诵出来的登场白；随他们把我们认
做什么人，我们只要跳完一回舞，走了就完啦。

罗　密　欧　给我一个火炬，我不高兴跳舞。我的阴沉的心需要着光明。

茂丘西奥　不，好罗密欧，我们一定要你陪着我们跳舞。

罗　密　欧　我实在不能跳。你们都有轻快的舞鞋；我只有一个铅一样重的灵魂，
把我的身体紧紧地钉在地上，使我的脚步不能移动。

茂丘西奥　你是一个恋人，你就借着丘比德的翅膀，高高地飞起来吧。

罗　密　欧　他的羽镞已经穿透我的胸膛，我不能借着他的羽翼高翔；他束缚住了
我整个的灵魂，爱的重担压得我向下坠沉，跳不出烦恼去。

茂丘西奥　爱是一件温柔的东西，要是你拖着它一起沉下去，那未免太难为它了。

罗　密　欧　爱是温柔的吗？它是太粗暴、太专横、太野蛮了；它像荆棘一样刺人。

茂丘西奥　要是爱情虐待了你，你也可以虐待爱情；它刺痛了你，你也可以刺痛
它；这样你就可以战胜了爱情。给我一个面具，让我把我的尊容藏
起来；（戴假面）嗳哟，好难看的鬼脸！再给我拿一个面具来把它罩住
吧。也罢，就让人家笑我丑，也有这一张鬼脸替我遮羞。

班伏里奥　来，敲门进去；大家一进门，就跳起舞来。

罗　密　欧　拿一个火炬给我。让那些无忧无虑的公子哥儿们去卖弄他们的舞步
吧；莫怪我说句老气横秋的话，我对于这种玩意儿实在敬谢不敏，还
是作个壁上旁观的人吧。

茂丘西奥　胡说！要是你已经没头没脑深陷在恋爱的泥沼里——恕我说这样的
话——那么我们一定要拉你出来。来来来，我们别白昼点灯浪费光
阴啦！

罗　密　欧　我们并没有白昼点灯。

茂丘西奥	我的意思是说，我们耽误时光，好比白昼点灯一样。我们没有恶意，我们还有五个官能，可以有五倍的观察能力呢。
罗 密 欧	我们去参加他们的舞会也无恶意，只怕不是一件聪明的事。
茂丘西奥	为什么？请问。
罗 密 欧	昨天晚上我做了一个梦。
茂丘西奥	我也做了一个梦。
罗 密 欧	好，你做了什么梦？
茂丘西奥	我梦见做梦的人老是说谎。
罗 密 欧	一个人在睡梦里往往可以见到真实的事情。
茂丘西奥	啊！那么一定春梦婆来望过你了。
班伏里奥	春梦婆！她是谁？
茂丘西奥	她是精灵们的稳婆；她的身体只有郡吏手指上一颗玛瑙那么大；几匹蚂蚁大小的细马替她拖着车子，越过酣睡的人们的鼻梁，她的车辐是用蜘蛛的长脚作成的；车篷是蚱蜢的翅膀；挽索是小蜘蛛丝，颈带如水的月光；马鞭是蟋蟀的骨头；缰绳是天际的游丝。替她驾车的是一只小小的灰色的蚊虫，它的大小还不及从一个贪懒丫头的指尖上挑出来的懒虫的一半。她的车子是野蚕用一个榛子的空壳替她造成，它们从古以来，就是精灵们的车匠。她每夜驱着这样的车子，穿过情人们的脑中，他们就会在梦里谈情说爱；经过官员们的膝上，他们就会在梦里打躬作揖；经过律师们的手指，他们就会在梦里伸手讨讼费；经过娘儿们的嘴唇，她们就会在梦里跟人家接吻，可是因为春梦婆讨厌她们嘴里吐出来的糖果的气息，往往罚她们满嘴长着水泡。有时奔驰过廷臣的鼻子，他就会在梦里寻找好差事；有时她从捐献给教会的猪身上拔下它的尾巴来，撩拨着一个牧师的鼻孔，他就会梦见自己又领到一份俸禄；有时她绕过一个兵士的颈项，他就会梦见杀敌人的头，进攻、埋伏、锐利的剑锋、淋漓的痛饮——忽然被耳边的鼓声惊醒，咒骂了几句，又翻了个身睡去了。就是这一个春梦婆在夜里把马鬣打成了辫子，把懒女人的龌龊的乱发烘成一处处胶粘的硬块，倘然把它们梳通了，就要遭逢祸事；就是这个婆子在人家女孩子们仰面睡觉的时候，压在她们的身上，教会她们怎样养儿子；就是她——
罗 密 欧	得啦，得啦，茂丘西奥，别说啦！你全然在那儿痴人说梦。
茂丘西奥	对了，梦本来是痴人脑中的胡思乱想；它的本质像空气一样稀薄；它的变化莫测，就像一阵风，刚才还在向着冰雪的北方求爱，忽然发起

恼来，一转身又到雨露的南方来了。

班伏里奥 你讲起的这一阵风，不知把我们自己吹到哪儿去了。人家晚饭都用过了，我们进去怕要太晚啦。

罗 密 欧 我怕也许是太早了；我仿佛觉得有一种不可知的命运，将要从我们今天晚上的狂欢开始它的恐怖的统治，我这可憎恨的生命，将要遭遇惨酷的夭折而告一结束。可是让支配我的前途的上帝指导我的行动吧！前进，快活的朋友们！

班伏里奥 来，把鼓擂起来。（同下）

第五场　同前。凯普莱特家中厅堂

乐工各持乐器等候；众仆上。

仆　甲 卜得潘呢？他怎么不来帮忙把这些盘子拿下去？他不愿意搬碟子！他不愿意揩砧板！

仆　乙 一切事情都交给一两个人管，叫他们连洗手的工夫都没有，这真糟糕！

仆　甲 把折凳拿进去，把食器架搬开，留心打碎盘子。好兄弟，留一块杏仁酥给我；谢谢你去叫那管门的让苏珊跟耐儿进来。安东尼！卜得潘！

仆　乙 哦，兄弟，我在这儿。

仆　甲 里头在找着你，叫着你，问着你，到处寻着你。

仆　丙 我们可不能一身分两处呀。

仆　乙 来，孩子们，大家出力！（众仆退后）

凯普莱特、朱丽叶及其家族等自一方上；众宾客及假面跳舞者等自另一方上，相遇。

凯普莱特 诸位朋友，欢迎欢迎！足趾上不生茧子的小姐太太们要跟你们跳一回舞呢。啊哈！我的小姐们，你们中间现在有什么人不愿意跳舞？我可以发誓，谁要是推三阻四的，一定脚上长着老大的茧子；果然给我猜中了吗？诸位朋友，欢迎欢迎！我从前也曾经戴过假面，在一个标致姑娘的耳朵旁边讲些使得她心花怒放的话儿；这种时代现在是过去了，过去了，过去了。诸位朋友，欢迎欢迎！来，乐工们，奏起音乐来吧。站开些！站开些！让出地方来。姑娘们，跳起来吧。（奏乐；众开始跳舞）混蛋，把灯点亮一点，把桌子一起搬掉，把火炉熄了，这屋子里太热啦。啊，好小子！这才玩得有兴。啊！请坐，请坐，好兄弟，我们两人现在是跳不起来的了；您还记得我们最后一次戴着假面跳舞是在什么时候？

凯普莱特族人　这话说来也有三十年啦。

凯 普 莱 特　什么，兄弟！没有这么久，没有这么久；那是在路森修结婚的那年，大概离现在有二十五年模样，我们曾经跳过一次。

凯普莱特族人　不止了，不止了；大哥，他的儿子也有三十岁啦。

凯 普 莱 特　我难道不知道吗？他的儿子两年以前还没有成年哩。

罗 密 欧　挽着那位骑士的手的那位小姐是谁？

仆 　 人　我不知道，先生。

罗 密 欧　啊！火炬远不及她的明亮；

　　　　　她皎然悬在暮天的颊上，

　　　　　像黑奴耳边璀璨的珠环；

　　　　　她是天上明珠降落人间！

　　　　　瞧她随着女伴进退周旋，

　　　　　像鸦群中一头白鸽蹁跹。

　　　　　我要等舞阑后追随左右，

　　　　　握一握她那纤纤的素手。

　　　　　我从前的恋爱是假非真，

　　　　　今晚才遇见绝世的佳人！

提 伯 尔 特　听这个人的声音，好像是一个蒙太古家里的人。孩子，拿我的剑来。哼！这不知死活的奴才，竟敢套着一个鬼脸，到这儿来嘲笑我们的盛会吗？为了保持凯普莱特家族的光荣，我把他杀死了也不算罪过。

凯 普 莱 特　嗳哟，怎么，侄儿！你怎么动起怒来啦？

提 伯 尔 特　姑父，这是我们的仇家蒙太古家里的人；这贼子今天晚上到这儿来，一定不怀好意，存心来捣乱我们的盛会。

凯 普 莱 特　他是罗密欧那小子吗？

提 伯 尔 特　正是他，正是罗密欧这小杂种。

凯 普 莱 特　别生气，好侄儿，让他去吧。瞧他的举动倒也规规矩矩；说句老实话，在维洛那城里，他也算得一个品行很好的青年。我无论如何不愿意在我自己的家里跟他闹事。你还是耐着性子，别理他吧。我的意思就是这样，你要是听我的话，赶快收下了怒容，和和气气的，不要打断大家的兴致。

提 伯 尔 特　这样一个贼子也来做我们的宾客，我怎么不生气？我不能容他在这儿放肆。

凯普莱特	不容也得容；哼，目无尊长的孩子！我偏要容他。嘿！谁是这里的主人？是你还是我？嘿！你容不得他！什么话！你要当着这些客人的面前吵闹吗？你不服气！你要充好汉！
提伯尔特	姑父，咱们不能忍受这样的耻辱。
凯普莱特	得啦，得啦，你真是一点规矩都不懂。——是真的吗？您也许不喜欢这个调调儿。——我知道你一定要跟我闹别扭！——说得很好，我的好人儿！——你是个放肆的孩子；去，别闹！不然的话——把灯再点亮些！把灯再点亮些！——不害臊的！我要叫你闭嘴。——啊！痛痛快快地玩一下，我的好人儿们！
提伯尔特	我这满腔怒火偏给他浇下一盆冷水，好教我气得浑身哆嗦。我且退下去；可是今天由他闯进了咱们的屋子，看他不会有一天得意反成后悔。（下）
罗 密 欧	（向朱丽叶）
	要是我这俗手上的尘污，
	亵渎了你的神圣的庙宇，
	这两片嘴唇，含羞的信徒，
	愿意用一吻乞求你宥恕。
朱 丽 叶	信徒，莫把你的手儿侮辱，
	这样才是最虔诚的礼敬；
	神明的手本许信徒接触，
	掌心的密合远胜如亲吻。
罗 密 欧	生下了嘴唇有什么用处？
朱 丽 叶	信徒的嘴唇要祷告神明。
罗 密 欧	那么我要祷求你的允许，
	让手的工作交给了嘴唇。
朱 丽 叶	你的祷告已蒙神明允准。
罗 密 欧	神明，请容我把殊恩受领。（吻朱丽叶）
	这一吻涤清了我的罪孽。
朱 丽 叶	你的罪却沾上我的唇间。
罗 密 欧	啊，我的唇间有罪？感谢你精心的指摘！让我收回吧。
朱 丽 叶	你可以亲一下《圣经》。
乳　　媪	小姐，你妈要跟你说话。
罗 密 欧	谁是她的母亲？

乳　娼　小官人，她的母亲就是这儿府上的太太，她是个好太太，又聪明，又贤德；我替她抚养她的女儿，就是刚才跟您说话的那个；告诉您吧，谁要是娶了她去，才发财咧。

罗 密 欧　她是凯普莱特家里的人吗？嗳哟！我的生死现在操在我的仇人的手里了！

班伏里奥　去吧，跳舞快要完啦。

罗 密 欧　是的，我只怕盛筵易散，良会难逢。

凯普莱特　不，列位，请慢点儿去；我们还要请你们稍微用一点茶点。真要走吗？那么谢谢你们；各位朋友，谢谢，谢谢，再会！再会！再拿几个火把来！来，我们去睡吧。啊，好小子！天真是不早了；我要去休息一会儿。（除朱丽叶及乳娼外俱下）

朱 丽 叶　过来，奶妈。那边的那位绅士是谁？

乳　娼　提伯里奥那老头儿的儿子。

朱 丽 叶　现在跑出去的那个人是谁？

乳　娼　呃，我想他就是那个年轻的彼特鲁乔。

朱 丽 叶　那个跟在人家后面不跳舞的人是谁？

乳　娼　我不认识。

朱 丽 叶　去问他叫什么名字。——要是他已经结过婚，那么坟墓便是我的婚床。

乳　娼　他的名字叫罗密欧，是蒙太古家里的人，咱们仇家的独子。

朱 丽 叶　恨灰中燃起了爱火融融，
要是不该相识，何必相逢！
昨天的仇敌，今日的情人，
这场恋爱怕要种下祸根。

乳　娼　你在说什么？你在说什么？

朱 丽 叶　那是刚才一个陪我跳舞的人教给我的几句诗。（内呼，"朱丽叶！"）

乳　娼　就来，就来！来，咱们去吧；客人们都已经散了。（同下）

开 场 诗

致辞者上。

旧日的温情已尽付东流，

　　新生的爱恋正如日初上；

为了朱丽叶的绝世温柔，

　　忘却了曾为谁魂思梦想。

罗密欧爱着她媚人容貌，

　　把一片痴心呈献给仇雠；

朱丽叶恋着他风流才调，

　　甘愿被香饵钓上了金钩。

只恨解不开的世仇宿怨，

　　这段山海深情向谁申诉？

幽闺中锁住了桃花人面，

　　要相见除非是梦魂来去。

可是热情总会战胜辛艰，

苦味中间才有无限甘甜。（下）

第 二 幕

第一场　维洛那。凯普莱特花园墙外的小巷

罗密欧上。

罗　密　欧　我的心还逗留在这里，我能够就这样掉头前去吗？转回去，你这无精打彩的身子，去找寻你的灵魂吧。（攀登墙上，跳入墙内）

班伏里奥及茂丘西奥上。

班伏里奥　罗密欧！罗密欧兄弟！

茂丘西奥　他是个乖巧的家伙；我说他一定溜回家去睡了。

班伏里奥　他往这条路上跑，一定跳进这花园的墙里去了。好茂丘西奥，你叫叫他吧。

茂丘西奥　不，我还要念咒喊他出来呢。罗密欧！痴人！疯子！恋人！情郎！快快化做一声叹息出来吧！我不要你多说什么，只要你念一行诗，叹一口气，把咱们那位维纳斯奶奶恭维两句，替她的瞎眼儿子丘比德少爷取个绰号，这位小爱神真是个神弓手，竟让国王爱上了叫化子的女儿！他没有听见，他没有作声，他没有动静；这猴崽子难道死了吗？待我咒他的鬼魂出来。凭着罗瑟琳的光明的眼睛，凭着她的高额角，她的红嘴唇，她的玲珑的脚，挺直的小腿，弹性的大腿和大腿附近的那一部分，凭着这一切的名义，赶快给我现出真形来吧！

班伏里奥　他要是听见了，一定会生气的。

茂丘西奥　这不致于叫他生气；他要是生气，除非是气得他在他情人的圈儿里唤起一个异样的妖精，由它在那儿昂然直立，直等她降伏了它，并使它低下头来；那样做的话，才是怀着恶意呢；我的咒语却很正当，我无非凭着他情人的名字唤他出来罢了。

班伏里奥　来，他已经躲到树丛里，跟那多露水的黑夜作伴去了；爱情本来是盲目的，让他在黑暗里摸索去吧。

茂丘西奥　爱情如果是盲目的，就射不中靶。此刻他该坐在枇杷树下了，希望他的情人就是他口中的枇杷。——啊，罗密欧，但愿，但愿她真的成了你到口的枇杷！罗密欧，晚安！我要上床睡觉去；这儿草地上太冷啦，我可受不了。来，咱们走吧。

班伏里奥　好，走吧；他要避着我们，找他也是白费辛勤。（同下）

第二场　同前。凯普莱特家的花园

罗密欧上。

罗密欧　没有受过伤的才会讥笑别人身上的创痕。（朱丽叶自上方窗户中出现）轻声！那边窗子里亮起来的是什么光？那就是东方，朱丽叶就是太阳！起来吧，美丽的太阳！赶走那妒忌的月亮，她因为她的女弟子比她美得多，已经气得面色惨白了。既然她这样妒忌着你，你不要忠于她吧；脱下她给你的这一身惨绿色的贞女的道服，它是只配给愚人穿的。那是我的意中人；啊！那是我的爱；唉，但愿她知道我在爱着她！她欲言又止，可是她的眼睛已经道出了她的心事。待我去回答她吧；不，我不要太卤莽，她不是对我说话。天上两颗最灿烂的星，因为有事他去，请求她的眼睛替代它们在空中闪耀。要是她的眼睛变成了天上的星，天上的星变成了她的眼睛，那便怎样呢？她脸上的光辉会掩盖了星星的明亮，正像灯光在朝阳下黯然失色一样；在天上的她的眼睛，会在太空中大放光明，使鸟儿误认为黑夜已经过去而唱出它们的歌声。瞧！她用纤手托住了脸，那姿态是多么美妙！啊，但愿我是那一只手上的手套，好让我亲一亲她脸上的香泽！

朱丽叶　唉！

罗密欧　她说话了。啊！再说下去吧，光明的天使！因为我在这夜色之中仰视着你，就像一个尘世的凡人，张大了出神的眼睛，瞻望着一个生着翅膀的天使，驾着白云缓缓地驰过了天空一样。

朱丽叶　罗密欧啊，罗密欧！为什么你偏偏是罗密欧呢？否认你的父亲，抛充你的姓名吧；也许你不愿意这样做，那么只要你宣誓做我的爱人，我也不愿再姓凯普莱特了。

罗密欧　（旁白）我还是继续听下去呢，还是现在就对她说话？

朱丽叶　只有你的名字才是我的仇敌；你即使不姓蒙太古，仍然是这样的一个你。姓不姓蒙太古又有什么关系呢？它又不是手，又不是脚，又不是手臂，又不是脸，又不是身体上任何其他的部分。啊！换一个姓名吧！姓名本来是没有意义的；我们叫做玫瑰的这一种花，要是换了个名字，它的香味还是同样的芬芳；罗密欧要是换了别的名字，他的可爱的完美也决不会有丝毫改变。罗密欧，抛弃了你的名字吧；我愿意把我整个的心灵，赔偿你这一个身外的空名。

罗密欧 那么我就听你的话，你只要叫我做爱，我就重新受洗，重新命名；从今以后，永远不再叫罗密欧了。

朱丽叶 你是什么人，在黑夜里躲躲闪闪地偷听人家的话？

罗密欧 我没法告诉你我叫什么名字。敬爱的神明，我痛恨我自己的名字，因为它是你的仇敌；要是把它写在纸上，我一定把这几个字撕成粉碎。

朱丽叶 我的耳朵里还没有灌进从你嘴里吐出来的一百个字，可是我认识你的声音；你不是罗密欧，蒙太古家里的人吗？

罗密欧 不是，美人，要是你不喜欢这两个名字。

朱丽叶 告诉我，你怎么会到这儿来，为什么到这儿来？花园的墙这么高，是不容易爬上来的；要是我家里的人瞧见你在这儿，他们一定不让你活命。

罗密欧 我借着爱的轻翼飞过园墙，因为砖石的墙垣是不能把爱情阻隔的；爱情的力量所能够做到的事，它都会冒险尝试，所以我不怕你家里人的干涉。

朱丽叶 要是他们瞧见了你，一定会把你杀死的。

罗密欧 唉！你的眼睛比他们二十柄刀剑还厉害；只要你用温柔的眼光看着我，他们就不能伤害我的身体。

朱丽叶 我怎么也不愿让他们瞧见你在这儿。

罗密欧 朦胧的夜色可以替我遮住他们的眼睛。只要你爱我，就让他们瞧见我吧；与其因为得不到你的爱情而在这世上捱命，还不如在仇人的刀剑下丧生。

朱丽叶 谁叫你找到这儿来的？

罗密欧 爱情怂恿我探听出这一个地方；他替我出主意，我借给他眼睛。我不会操舟驾舵，可是倘使你在辽远辽远的海滨，我也会冒着风波寻访你这颗珍宝。

朱丽叶 幸亏黑夜替我罩上了一重面幕，否则为了我刚才被你听去的话，你一定可以看见我脸上羞愧的红晕。我真想遵守礼法，否认已经说过的言语，可是这些虚文俗礼，现在只好一切置之不顾了！你爱我吗？我知道你一定会说"是的"；我也一定会相信你的话；可是也许你起的誓只是一个谎，人家说，对于恋人们的寒盟背信，天神是一笑置之的。温柔的罗密欧啊！你要是真的爱我，就请你诚意告诉我；你要是嫌我太容易降心相从，我也会堆起怒容，装出倔强的神气，拒绝你的好意，好让你向我婉转求情，否则我是无论如何不会拒绝你的。俊秀的蒙太古啊，我真的太痴心了，所以也许你会觉得我的举动有点轻浮；可是相信我，朋友，总有一天你会知道我的忠心远胜过那些善于矜持作态的人。我必须承认，倘不是你乘我不备的时候偷听去了我的真情的表白，我一定会更加矜持一点的；所以原谅我吧，是黑夜泄漏了我心底的秘密，不要把我的允诺看作无耻的轻狂。

罗密欧 姑娘，凭着这一轮皎洁的月亮，它的银光涂染着这些果树的梢端，我发誓——

朱丽叶 啊！不要指着月亮起誓，它是变化无常的，每个月都有盈亏圆缺；你要是指着它起誓，也许你的爱情也会像它一样无常。

罗密欧 那么我指着什么起誓呢？

朱丽叶 不用起誓吧；或者要是你愿意的话，就凭着你优美的自身起誓，那是我所崇拜的偶像，我一定会相信你的。

罗密欧 要是我的出自深心的爱情——

朱丽叶 好，别起誓啦。我虽然喜欢你，却不喜欢今天晚上的密约；它太仓卒、太轻率、太出人意外了，正像一闪电光，等不及人家开一声口，已经消隐了下去。好人，再会吧！这一朵爱的蓓蕾，靠着夏天的暖风的吹拂，也许会在我们下次相见的时候，开出鲜艳的花来。晚安，晚安！但愿恬静的安息同样降临到你我两人的心头！

罗密欧 啊！你就这样离我而去，不给我一点满足吗？

朱丽叶 你今夜还要什么满足呢？

罗密欧 你还没有把你的爱情的忠实的盟誓跟我交换。

朱丽叶 在你没有要求以前，我已经把我的爱给了你了；可是我倒愿意重新给你。

罗密欧 你要把它收回去吗？为什么呢，爱人？

朱丽叶 为了表示我的慷慨，我要把它重新给你。可是我只愿意要我已有的东西：我的慷慨像海一样浩渺，我的爱情也像海一样深沉；我给你的越多，我自己也越是富有，因为这两者都是没有穷尽的。（乳媪在内呼唤）我听见里面有人在叫；亲爱的，再会吧！——就来了，好奶妈！——亲爱的蒙太古，愿你不要负心。再等一会儿，我就会来的。（自上方下）

罗密欧 幸福的，幸福的夜啊！我怕我只是在晚上做了一个梦，这样美满的事不会是真实的。

朱丽叶自上方重上。

朱丽叶 亲爱的罗密欧，再说三句话，我们真的要再会了。要是你的爱情的确是光明正大，你的目的是在于婚姻，那么明天我会叫一个人到你的地方来，请你叫他带一个信给我，告诉我你愿意在什么地方、什么时候举行婚礼；我就会把我的整个命运交托给你，把你当做我的主人，跟随你到天涯海角。

乳　媪　（在内）小姐！

朱丽叶　就来。——可是你要是没有诚意，那么我请求你——

乳　媪　（在内）小姐！

朱丽叶　等一等，我来了。——停止你的求爱，让我一个人独自伤心吧。明天我就叫人来看你。

罗密欧　凭着我的灵魂——

朱丽叶　一千次的晚安！（自上方下）

罗密欧　晚上没有你的光，我只有一千次的心伤！恋爱的人去赴他情人的约会，像一个放学归来的儿童；可是当他和情人分别的时候，却像上学去一般满脸懊丧。（退后）

朱丽叶自上方重上。

朱丽叶　嘘！罗密欧！嘘！唉！我希望我会发出呼鹰的声音，招这只鹰儿回来。我不能高声说话，否则我要让我的喊声传进厄科的洞穴，让她的无形的喉咙因为反复叫喊着我的罗密欧的名字而变成嘶哑。

罗密欧　那是我的灵魂在叫喊着我的名字。恋人的声音在晚间多么清婉，听上去就像最柔和的音乐！

朱丽叶　罗密欧！

罗密欧　我的爱！

朱丽叶　明天我应该在什么时候叫人来看你？

罗密欧　就在九点钟吧。

朱丽叶　我一定不失信；挨到那个时候，该有二十年那么长久！我记不起为什么要叫你回来了。

罗密欧　让我站在这儿，等你记起了告诉我。

朱丽叶　你这样站在我的面前，我一心想着多么爱跟你在一块儿，一定永远记不起来了。

罗密欧　那么我就永远等在这儿，让你永远记不起来，忘记除了这里以外还有什么家。

朱丽叶　天快要亮了；我希望你快去；可是我就好比一个淘气的女孩子，像放松一个囚犯似的让她心爱的鸟儿暂时跳出她的掌心，又用一根丝线把它拉了回来，爱的私心使她不愿意给它自由。

罗密欧　我但愿我是你的鸟儿。

朱丽叶　好人，我也但愿这样；可是我怕你会死在我的过分的爱抚里。晚安！晚

安！离别是这样甜蜜的凄清，我真要向你道晚安直到天明！（下）

罗密欧 但愿睡眠合上你的眼睛！

但愿平静安息我的心灵！

我如今要去向神父求教，

把今宵的艳遇诉他知晓。（下）

第三场　同前。劳伦斯神父的寺院

劳伦斯神父携篮上。

劳伦斯 黎明笑向着含愠的残宵，

金鳞浮上了东方的天梢；

看赤轮驱走了片片乌云，

像一群醉汉向四处狼奔。

趁太阳还没有睁开火眼，

晒干深夜里的涔涔露点，

我待要采摘下满篓盈筐，

毒草灵葩充实我的青囊。

大地是生化万类的慈母，

她又是掩藏群生的坟墓，

试看她无所不载的胸怀，

哺乳着多少的姹女婴孩！

天生下的万物没有弃掷，

什么都有它各自的特色，

石块的冥顽，草木的无知，

都含着玄妙的造化生机。

莫看那蠢蠢的恶木莠蔓，

对世间都有它特殊贡献；

即使最纯良的美谷嘉禾，

用得失当也会害性戕躯。

美德的误用会变成罪过，

罪恶有时反会造成善果。

这一朵有毒的弱蕊纤苞，

也会把淹煎的痼疾医疗；

它的香味可以祛除百病，

吃下腹中却会昏迷不醒。

草木和人心并没有不同，

各自有善意和恶念争雄；

恶的势力倘然占了上风，

死便会蛀蚀进它的心中。

罗密欧上。

罗密欧 早安，神父。

劳伦斯 上帝祝福你！是谁的温柔的声音这么早就在叫我？孩子，你一早起身，一定有什么心事。老年人因为多忧多虑，往往容易失眠，可是身心壮健的青年，一上了床就应该酣然入睡；所以你的早起，倘不是因为有什么烦恼，一定是昨夜没有睡过觉。

罗密欧 你的第二个猜测是对的；我昨夜享受到比睡眠更甜蜜的安息。

劳伦斯 上帝饶恕我们的罪恶！你是跟罗瑟琳在一起吗？

罗密欧 跟罗瑟琳在一起，我的神父？不，我已经忘记了那一个名字，和那个名字所带来的烦恼。

劳伦斯 那才是我的好孩子；可是你究竟到什么地方去了？

罗密欧 我愿意在你没有问我第二遍以前告诉你。昨天晚上我跟我的仇敌在一起宴会，突然有一个人伤害了我，同时她也被我伤害了；只有你的帮助和你的圣药，才会医治我们两人的重伤。神父，我并不怨恨我的敌人，因为爱，我来向你请求的事，不单为了我自己，也同样为了她。

劳伦斯 好孩子，说明白一点，把你的意思老老实实告诉我，别打着哑谜了。

罗密欧 那么老实告诉你吧，我心底的一往深情，已经完全倾注在凯普莱特的美丽的女儿身上了。她也同样爱着我；一切都完全定当了，只要你肯替我们主持神圣的婚礼。我们在什么时候遇见，在什么地方求爱，怎样彼此交换着盟誓，这一切我都可以慢慢告诉你；可是无论如何，请你一定答应就在今天替我们成婚。

劳伦斯 圣芳济啊！多么快的变化！难道你所深爱着的罗瑟琳，就这样一下子被你抛弃了吗？这样看来，年轻人的爱情，都是见异思迁，不是发于真心的。耶稣，马利亚！你为了罗瑟琳的缘故，曾经用多少的眼泪洗过你消瘦的面庞！为了替无味的爱情添加一点辛酸的味道，曾经浪费掉多少的咸水！太阳还没有扫清你吐向苍穹的怨气，我这龙钟的耳朵里还留着你往日的呻吟！瞧！就在你自己的颊上，还剩着一丝不曾揩去的旧时的泪痕。要是你不曾变了一个人，这些悲哀都是你真实的情感，那么你是罗瑟琳的，这些悲哀也是为罗瑟琳而发的；难道你现在已经变心了吗？男人既然这样没有恒心，那就莫怪女人家朝三暮四了。

罗密欧 你常常因为我爱罗瑟琳而责备我。

劳伦斯 我的学生，我不是说你不该恋爱，我只叫你不要因为恋爱而发痴。

罗密欧 你又叫我把爱情埋葬在坟墓里。

劳伦斯 我没有叫你把旧的爱情埋葬了，再去另找新欢。

罗密欧 请你不要责备我；我现在所爱的她，跟我心心相印，不像前回那个一样。

劳伦斯 啊，罗瑟琳知道你对她的爱情完全抄着人云亦云的老调，你还没有读过恋爱入门的一课哩。可是来吧，朝三暮四的青年，跟我来；为了一个理由，我愿意帮助你一臂之力：因为你们的结合也许会使你们两家释嫌修好，那就是天大的幸事了。

罗密欧 啊！我们就去吧，我巴不得越快越好。

劳伦斯 凡事三思而行；跑得太快是会滑倒的。（同下）

第四场　同前。街道

班伏里奥及茂丘西奥上。

茂丘西奥 见鬼的，这罗密欧究竟到哪儿去了？他昨天晚上没有回家吗？

班伏里奥 没有，我问过他的仆人了。

茂丘西奥 嗳哟！那个白面孔狠心肠的女人，那个罗瑟琳，一定把他虐待得要发疯了。

班伏里奥 提伯尔特，凯普莱特那老头子的亲戚，有一封信送到他父亲那里。

茂丘西奥 一定是一封挑战书。

班伏里奥 罗密欧一定会给他一个答复。

茂丘西奥 只要会写几个字，谁都会写一封复信。

班伏里奥 不，我说他一定会接受他的挑战。

茂丘西奥 唉！可怜的罗密欧！他已经死了，一个白女人的黑眼睛戳破了他的心；一支恋歌穿过了他的耳朵；瞎眼的丘比德的箭已把他当胸射中；他现在还能够抵得住提伯尔特吗？

班伏里奥 提伯尔特是个什么人？

茂丘西奥 我可以告诉你，他不是个平常的阿猫阿狗。啊！他是个胆大心细、剑法高明的人。他跟人打起架来，就像照着乐谱唱歌一样，一板一眼都不放松，一秒钟的停顿，然后一、二、三，刺进人家的胸膛；他全然是个穿礼服的屠夫，一个决斗的专家；一个名门贵胄，一个击剑能手。啊！那了不得的侧击！那反击！那直中要害的一剑！

班伏里奥 那什么？

茂丘西奥 那些怪模怪样、扭扭捏捏的装腔作势，说起话来怪声怪气的荒唐鬼的对头。他们只会说，"耶稣哪，好一柄锋利的刀子！"——好一个高大的汉子，好一个风流的婊子！嘿，我的老爷子，咱们中间有这么一群不知从哪儿飞来的苍蝇，这一群满嘴法国话的时髦人，他们因为趋新好异，坐在一张旧凳子上也会不舒服，这不是一件可以痛哭流涕的事吗？

罗密欧上。

班伏里奥 罗密欧来了，罗密欧来了。

茂丘西奥 瞧他孤零零的神气，倒像一条风干的咸鱼。啊，你这块肉呀，你是怎样变成了鱼的！现在他又要念起彼特拉克的诗句来了：罗拉比起他的情人来不过是个灶下的丫头，虽然她有一个会做诗的爱人；狄多是个蓬头垢面的村妇；克莉奥佩屈拉是个吉卜赛姑娘；海伦、希罗都是下流的娼妓；提斯柏也许有一双美丽的灰色眼睛，可是也不配相提并论。罗密欧先生，给你个法国式的敬礼！昨天晚上你给我们开了多大的一个玩笑哪。

罗 密 欧 两位大哥早安！昨晚我开了什么玩笑？

茂丘西奥 你昨天晚上逃走得好；装什么假？

罗 密 欧 对不起，茂丘西奥，我当时有一件很重要的事情，在那情况下我只好失礼了。

茂丘西奥 这就是说，在那情况下，你不得不屈一屈膝了。

罗 密 欧 你的意思是说，赔个礼。

茂丘西奥 你回答得正对。

罗 密 欧 正是十分有礼的说法。

茂丘西奥 何止如此，我是讲礼讲到头了。

罗 密 欧 像是花儿鞋子的尖头。

茂丘西奥 说得对。

罗 密 欧 那么我的鞋子已经全是花花的洞儿了。

茂丘西奥 讲得妙；跟着我把这个笑话追到底吧，直追得你的鞋子都破了，只剩下了鞋底，而那笑话也就变得又秃又呆了。

罗 密 欧 啊，好一个又呆又秃的笑话，真配傻子来说。

茂丘西奥　快来帮忙，好班伏里奥；我的脑袋不行了。

罗　密　欧　要来就快马加鞭；不然我就宣告胜利了。

茂丘西奥　不，如果比聪明像赛马，我承认我输了；我的马儿哪有你的野？说到野，我的五官加在一起也比不上你的任何一官。可是你野的时候，我几时跟你在一起过？

罗　密　欧　哪一次撒野没有你这呆头鹅？

茂丘西奥　你这话真有意思，我巴不得咬你一口才好。

罗　密　欧　啊，好鹅儿，莫咬我。

茂丘西奥　你的笑话又甜又辣；简直是辣酱油。

罗　密　欧　美鹅加辣酱，岂不绝妙？

茂丘西奥　啊，妙语横生，越拉越横！

罗　密　欧　横得好；你这呆头鹅变成一只横胖鹅了。

茂丘西奥　呀，我们这样打着趣岂不比呻吟求爱好得多吗？此刻你多么和气，此刻你才真是罗密欧了；不论是先天还是后天，此刻是你的真面目了；为了爱，急得涕零满脸，就像一个天生的傻子，奔上奔下，找洞儿藏他的棍儿。

班伏里奥　打住吧，打住吧。

茂丘西奥　你不让我的话讲完，留着尾巴好不顺眼。

班伏里奥　不打住你，你的尾巴还要长大呢。

茂丘西奥　啊，你错了；我的尾巴本来就要缩小了；我的话已经讲到了底，不想老占着位置啦。

罗　密　欧　看哪，好把戏来啦！

　　　　　　乳媪及彼得上。

茂丘西奥　一条帆船，一条帆船！

班伏里奥　两条，两条！一公一母。

乳　　媪　彼得！

彼　　得　有！

乳　　媪　彼得，我的扇子。

茂丘西奥　好彼得，替她把脸遮了；因为她的扇子比她的脸好看一点。

乳　　媪　早安，列位先生。

茂丘西奥　晚安，好太太。

乳　　媪　是道晚安时候了吗？

茂丘西奥　我告诉你，不会错；那日光上的指针正顶着中午呢。

乳　媪　你说什么！你是什么人！

罗密欧　好太太，上帝造了他，他可不知好歹。

乳　媪　说得好：你说他不知好歹哪？列位先生，你们有谁能够告诉我年轻的罗密欧在什么地方？

罗密欧　我可以告诉你；可是等你找到他的时候，年轻的罗密欧已经比你寻访他的时候老了点儿了。我因为取不到一个好一点的名字，所以就叫做罗密欧；在取这一个名字的人们中间，我是最年轻的一个。

乳　媪　您说得真好。

茂丘西奥　呀，这样一个最坏的家伙你也说好？想得周到；有道理，有道理。

乳　媪　先生，要是您就是他，我要跟您单独讲句话儿。

班伏里奥　她要拉他吃晚饭去。

茂丘西奥　一个老虔婆，一个老虔婆！有了！有了！

罗密欧　有了什么？

茂丘西奥　不是什么野兔子；要说是兔子的话，也不过是斋节里做的兔肉饼，没有吃完就发了霉。（唱）

> 老兔肉，发白霉，
>
> 老兔肉，发白霉，
>
> 原是斋节好点心：
>
> 可是霉了的兔肉饼，
>
> 二十个人也吃不尽，
>
> 吃不完的霉肉饼。

罗密欧，你到不到你父亲那儿去？我们要在那边吃饭。

罗密欧　我就来。

茂丘西奥　再见，老太太；（唱）

> 再见，我的好姑娘！（茂丘西奥、班伏里奥下）

乳　媪　好，再见！先生，这个满嘴胡说八道的放肆家伙是谁？

罗密欧　奶妈，这位先生最喜欢听他自己讲话；他在一分钟里所说的话，比他在一个月里听人家讲的话还多。

乳　媪　要是他对我说了一句不客气的话，尽管他力气再大一点，我也要给他一顿教训；这种家伙二十个我都对付得了，要是对付不了，我会叫那些对付得了他们的人来。混帐东西！他把老娘看做什么人啦？我不是那些烂污婊子，由他随便取笑。（向彼得）你也是个好东西，看着人家把我欺侮，站在旁边一动也不动！

彼　得　我没有看见什么人欺侮你；要是我看见了，一定会立刻拔出刀子来的。碰到吵架的事，只要理直气壮，打起官司来不怕人家，我是从来不肯落在人家后头的。

乳　媪　嗳哟！真把我气得浑身发抖。混帐的东西！对不起，先生，让我跟您说句话儿。我刚才说过的，我家小姐叫我来找您；她叫我说些什么话我可不能告诉您；可是我要先明白对您说一句，要是正像人家说的，您想骗她做一场春梦，那可真是人家说的一件顶坏的行为；因为这位姑娘年纪还小，所以您要是欺骗了她，实在是一桩对无论哪一位好人家的姑娘都是对不起的事情，而且也是一桩顶不应该的举动。

罗密欧　奶妈，请你替我向你家小姐致意。我可以对你发誓——

乳　媪　很好，我就这样告诉她。主啊！主啊！她听见了一定会非常喜欢的。

罗密欧　奶妈，你去告诉她什么话呢？你没有听我说呀。

乳　媪　我就对她说您发过誓了，证明您是一位正人君子。

罗密欧　你请她今天下午想个法子出来到劳伦斯神父的寺院里忏悔，就在那个地方举行婚礼。这几个钱是给你的酬劳。

乳　媪　不，真的，先生，我一个钱也不要。

罗密欧　别客气了，你还是拿着吧。

乳　媪　今天下午吗，先生？好，她一定会去的。

罗密欧　好奶妈，请你在这寺墙后面等一等，就在这一点钟之内，我要叫我的仆人去拿一捆扎得像船上的软梯一样的绳子来给你带去；在秘密的夜里，我要凭着它攀登我的幸福的尖端。再会！愿你对我们忠心，我一定不会有负你的辛劳。再会！替我向你的小姐致意。

乳　媪　天上的上帝保佑您！先生，我对您说。

罗密欧　你有什么话说，我的好奶妈？

乳　媪　您那仆人可靠得住吗？您没听见古话说，两个人知道是秘密，三个人知道就不是秘密吗？

罗密欧　你放心吧，我的仆人是最可靠不过的。

乳　媪　好先生，我那小姐是个最可爱的姑娘——主啊！主啊！——那时候她还是个咿咿呀呀怪会说话的小东西——啊！本地有一位叫做帕里斯的贵人，他巴不得把我家小姐抢到手里；可是她，好人儿，瞧他比瞧一只蛤蟆还讨厌。我有时候对她说帕里斯人品不错，你才不知道哩，她一听见这样的话，就会气得面如土色。请问罗丝玛丽花和罗密欧是不是同样一个字开头的呀？

罗密欧 是呀，奶妈；怎么样？都是罗字起头的哪。

乳　媪 啊，你开玩笑哩！那是狗的名字啊；阿罗就是那个——不对；我知道一定是另一个字开头的——她还把你同罗丝玛丽花连在一起，我也不懂，反正你听了一定喜欢的。

罗密欧 替我向你小姐致意。

乳　媪 一定一定。（罗密欧下）彼得！

彼　得 有！

乳　媪 给我带路，拿着我的扇子，快些走。（同下）

第五场　同前。凯普莱特家的花园

朱丽叶上。

朱丽叶 我在九点钟差奶妈去；她答应在半小时以内回来。也许她碰不见他；那是不会的。啊！她的脚走起路来不大方便。恋爱的使者应当是思想，因为它比驱散山坡上的阴影的太阳光还要快十倍；所以维纳斯的云车是用白鸽驾驶的，所以凌风而飞的丘比德生着翅膀。现在太阳已经升上中天，从九点钟到十二点钟是三个很长的钟点，可是她还没有回来。要是她是个有感情、有温暖的青春的血液的人，她的行动一定会像球儿一样敏捷，我用一句话就可以把她抛到我的心爱的情人那里，他也可以用一句话把她抛回到我这里；可是年纪老的人，大多像死人一般，手脚滞钝，呼唤不灵，慢腾腾地没有一点精神。

乳媪及彼得上。

朱丽叶 啊，上帝！她来了。啊，好心肝奶妈！什么消息？你碰到他了吗？叫那个人出去。

乳　媪 彼得，到门口去等着。（彼得下）

朱丽叶 亲爱的好奶妈——嗳呀！你怎么满脸的懊恼？即使是坏消息，你也应该装着笑容说；如果是好消息，你就不该用这副难看的面孔奏出美妙的音乐来。

乳　媪 我累死了，让我歇一会儿吧。嗳呀，我的骨头好痛！我赶了多少的路！

朱丽叶 我但愿把我的骨头给你，你的消息给我。求求你，快说呀；好奶妈，说呀。

乳　媪 耶稣哪！你忙什么？你不能等一下子吗？你没见我气都喘不过来吗？

朱丽叶 你既然气都喘不过来，那么你怎么会告诉我说你气都喘不过来？你费了这么久的时间推三阻四的，要是干脆告诉了我，还不是几句话就完了。

我只要你回答我，你的消息是好的还是坏的？只要先回答我一个字，详细的话慢慢再说好了。快让我知道了吧，是好消息还是坏消息？

乳　媪　好，你是个傻孩子，选中了这么一个人；你不知道怎样选一个男人。罗密欧！不，他不行，虽然他的脸长得比人家漂亮一点；可是他的腿才长得有样子；讲到他的手、他的脚、他的身体，虽然这种话不大好出口，可是的确谁也比不上他。他不仅懂得礼貌，可是温柔得就像一头羔羊。好，看你的运气吧，姑娘；好好敬奉上帝。怎么，你在家里吃过饭了吗？

朱丽叶　没有，没有。你这些话我都早就知道了。他对于结婚的事情怎么说？

乳　媪　主啊！我的头痛死了！我害了多厉害的头痛！痛得好像要裂成二十块似的。还有我那一边的背痛；嗳哟，我的背！我的背！你的心肠真好，叫我到外边东奔西走去寻死。

朱丽叶　害你这样不舒服，我真是说不出的抱歉。亲爱的，亲爱的，亲爱的奶妈，告诉我，我的爱人说些什么话？

乳　媪　你的爱人说——他说得很像个老老实实的绅士，很有礼貌，很和气，很漂亮，而且也很规矩——你的妈呢？

朱丽叶　我的妈！她就在里面；她还会在什么地方？你回答得多么古怪："你的爱人说，他说得很像个老老实实的绅士，你的妈呢？"

乳　媪　嗳哟，圣母娘娘！你这样性急吗？哼！反了反了，这就是你瞧着我筋骨酸痛而替我涂上的药膏吗？以后还是你自己去送信吧。

朱丽叶　别缠下去啦！快些，罗密欧怎么说？

乳　媪　你已经得到准许今天去忏悔吗？

朱丽叶　我已经得到了。

乳　媪　那么你快到劳伦斯神父的寺院里去，有一个丈夫在那边等着你去做他的妻子哩。现在你的脸红起来啦。你到教堂里去吧，我还要到别处去搬一张梯子来，等到天黑的时候，你的爱人就可以凭着它爬进鸟窠里。为了使你快乐我就吃苦奔跑；可是你到了晚上也要负起那个重担来啦。去吧，我还没有吃过饭呢。

朱丽叶　我要找寻我的幸运去！好奶妈，再会。（各下）

第六场　同前。劳伦斯神父的寺院

劳伦斯神父及罗密欧上。

劳伦斯　愿上天祝福这神圣的结合，不要让日后的懊恨把我们谴责！

罗密欧 阿门，阿门！可是无论将来会发生什么悲哀的后果，都抵不过我在看见她这短短一分钟内的欢乐。不管侵蚀爱情的死亡怎样伸展它的魔手，只要你用神圣的言语，把我们的灵魂结为一体，让我能够称她一声我的人，我也就不再有什么遗恨了。

劳伦斯 这种狂暴的快乐将会产生狂暴的结局，正像火和火药的亲吻，就在最得意的一刹那烟消云散。最甜的蜜糖可以使味觉麻木；不太热烈的爱情才会维持久远；太快和太慢，结果都不会圆满。

　　　　朱丽叶上。

劳伦斯 这位小姐来了。啊！这样轻盈的脚步，是永远不会踩破神龛前的砖石的；一个恋爱中的人，可以踏在随风飘荡的蛛网上而不会跌下，幻妄的幸福使他灵魂飘然轻举。

朱丽叶 晚安，神父。

劳伦斯 孩子，罗密欧会替我们两人感谢你的。

朱丽叶 我也向他同样问了好，他何必再来多余的客套。

罗密欧 啊，朱丽叶！要是你感觉到像我一样多的快乐，要是你的灵唇慧舌，能够宣述你衷心的快乐，那么让空气中满布着从你嘴里吐出来的芳香，用无比的妙乐把这一次会晤中我们两人给与彼此的无限欢欣倾吐出来吧。

朱丽叶 充实的思想不在于言语的富丽；只有乞儿才能够计数他的家私。真诚的爱情充溢在我的心里，我无法估计自己享有的财富。

劳伦斯 来，跟我来，我们要把这件事情早点办好；因为在神圣的教会没有把你们两人结合以前，你们两人是不能在一起的。（同下）

第 三 幕

第一场　维洛那。广场

茂丘西奥、班伏里奥、侍童及若干仆人上。

班伏里奥　好茂丘西奥，咱们还是回去吧。天这么热，凯普莱特家里的人满街都是，要是碰到了他们，又免不了吵架；因为在这种热天气里，一个人的脾气最容易暴躁起来。

茂丘西奥　你就像这么一种家伙，跑进了酒店的门，把剑在桌子上一放，说，"上帝保佑我不要用到你！"等到两杯喝罢，却无缘无故拿起剑来跟酒保吵架。

班伏里奥　我难道是这样一种人吗？

茂丘西奥　得啦得啦，你的坏脾气比得上意大利无论哪一个人；动不动就要生气，一生气就要乱动。

班伏里奥　再以后怎样呢？

茂丘西奥　哼！要是有两个像你这样的人碰在一起，结果总会一个也没有，因为大家都要把对方杀死了方肯罢休。你！嘿，你会因为人家比你多一根或是少一根胡须，就跟人家吵架。瞧见人家剥栗子，你也会跟他闹翻，你的理由只是因为你有一双栗色的眼睛。除了生着这样一双眼睛的人以外，谁还会像这样吹毛求疵地去跟人家寻事？你的脑袋里装满了惹事招非的念头，正像鸡蛋里装满了蛋黄蛋白，虽然为了惹事招非的缘故，你的脑袋曾经给人打得像个坏蛋一样。你曾经为了有人在街上咳了一声嗽而跟他吵架，因为他咳醒了你那条在太阳底下睡觉的狗。不是有一次你因为看见一个裁缝在复活节以前穿起他的新背心来，所以跟他大闹吗？不是还有一次因为他用旧带子系他的新鞋子，所以又跟他大闹吗？现在你却要教我不要跟人家吵架！

班伏里奥　要是我像你一样爱吵架，不消一时半刻，我的性命早就卖给人家了。

茂丘西奥　性命卖给人家！哼，算了吧！

班伏里奥　嗳哟！凯普莱特家里的人来了。

茂丘西奥　啊哼！我不在乎。

提伯尔特及余人等上。

提伯尔特　你们跟着我不要走开，等我去向他们说话。两位晚安！我要跟你们中间无论哪一位说句话儿。

茂丘西奥	您只要跟我们两人中间的一个人讲一句话吗？再来点儿别的吧。要是您愿意在一句话以外，再跟我们较量一两手，那我们倒愿意奉陪。
提伯尔特	只要您给我一个理由，您就会知道我也不是个怕事的人。
茂丘西奥	您不会自己想出一个什么理由来吗？
提伯尔特	茂丘西奥，你陪着罗密欧到处乱闯——
茂丘西奥	到处拉唱！怎么！你把我们当做一群沿街卖唱的人吗？你要是把我们当做沿街卖唱的人，那么我们倒要请你听一点儿不大好听的声音；这就是我的提琴上的拉弓，拉一拉就要叫你跳起舞来。他妈的！到处拉唱！
班伏里奥	这儿来往的人太多，讲话不大方便，最好还是找个清静一点的地方去谈谈；要不然大家别闹意气，有什么过不去的事平心静气理论理论；否则各走各的路，也就完了，别让这么许多人的眼睛瞧着我们。
茂丘西奥	人们生着眼睛总要瞧，让他们瞧去好了；我可不能为着别人高兴离开这块地方。

罗密欧上。

提伯尔特	好，我的人来了；我不跟你吵。
茂丘西奥	他又不吃你的饭，不穿你的衣，怎么是你的人？可是他虽然不是你的跟班，要是你拔脚逃起来，他倒一定会紧紧跟住你的。
提伯尔特	罗密欧，我对你的仇恨使我只能用一个名字称呼你——你是一个恶贼！
罗密欧	提伯尔特，我跟你无冤无恨，你这样无端挑衅，我本来是不能容忍的，可是因为我有必须爱你的理由，所以也不愿跟你计较了。我不是恶贼；再见，我看你还不知道我是个什么人。
提伯尔特	小子，你冒犯了我，现在可不能用这种花言巧语掩饰过去；赶快回过身子，拔出剑来吧。
罗密欧	我可以郑重声明，我从来没有冒犯过你，而且你想不到我是怎样爱你，除非你知道了我所以爱你的理由。所以，好凯普莱特——我尊重这一个姓氏，就像尊重我自己的姓氏一样——咱们还是讲和了吧。
茂丘西奥	哼，好丢脸的屈服！只有武力才可以洗去这种耻辱。（拔剑）提伯尔特，你这捉耗子的猫儿，你愿意跟我决斗吗？
提伯尔特	你要我跟你干么？
茂丘西奥	好猫精，听说你有九条性命，我只要取你一条命，留下那另外八条，等以后再跟你算账。快快拔出你的剑来，否则莫怪无情，我的剑就要临到你的耳朵边了。
提伯尔特	（拔剑）好，我愿意奉陪。
罗密欧	好茂丘西奥，收起你的剑。

茂丘西奥　来，来，来，我倒要领教领教你的剑法。（二人互斗）

罗 密 欧　班伏里奥，拔出剑来，把他们的武器打下来。两位老兄，这算什么？
快别闹啦！提伯尔特，茂丘西奥，亲王已经明令禁止在维洛那的街道
上斗殴。住手，提伯尔特！好茂丘西奥！（提伯尔特及其党徒下）

茂丘西奥　我受伤了。你们这两家倒霉的人家！我已经完啦。他不带一点伤就去
了吗？

班伏里奥　啊！你受伤了吗？

茂丘西奥　嗯，嗯，擦破了一点儿；可是也够受的了。我的侍童呢？你这家伙，
快去找个外科医生来。（侍童下）

罗 密 欧　放心吧，老兄；这伤口不算十分厉害。

茂丘西奥　是的，它没有一口井那么深，也没有一扇门那么阔，可是这一点伤也
就够要命的了；要是你明天找我，就到坟墓里来看我吧。我这一生是完
了。你们这两家倒霉的人家！他妈的！狗、耗子、猫儿，都会咬得死
人！这个说大话的家伙，这个混帐东西，打起架来也要按照着数学的
公式！谁叫你把身子插了进来？都是你把我拉住了，我才受了伤。

罗 密 欧　我完全是出于好意。

茂丘西奥　班伏里奥，快把我扶进什么屋子里去，不然我就要晕过去了。你们这
两家倒霉的人家！我已经死在你们手里了。——你们这两家人家！
（茂丘西奥，班伏里奥同下）

罗 密 欧　他是亲王的近亲，也是我的好友；如今他为了我的缘故受到了致命的
重伤。提伯尔特杀死了我的朋友，又毁谤了我的名誉，虽然他在一小
时以前还是我的亲人。亲爱的朱丽叶啊！你的美丽使我变成懦弱，磨
钝了我的勇气的锋刃！
班伏里奥重上。

班伏里奥　啊，罗密欧，罗密欧！勇敢的茂丘西奥死了；他已经撒手离开尘世，
他的英魂已经升上天庭了！

罗 密 欧　今天这一场意外的变故，怕要引起日后的灾祸。
提伯尔特重上。

班伏里奥　暴怒的提伯尔特又来了。

罗 密 欧　茂丘西奥死了，他却耀武扬威活在人世！现在我只好抛弃一切顾忌，
不怕伤了亲戚的情分，让眼睛里喷出火焰的愤怒支配着我的行动了！
提伯尔特，你刚才骂我恶贼，我要你把这两个字收回去；茂丘西奥的
阴魂就在我们头上，他在等着你去跟他作伴；我们两个人中间必须有
一个人去陪陪他，要不然就是两人一起死。

提 伯 尔 特	你这该死的小子，你生前跟他做朋友，死后也去陪他吧！
罗 密 欧	这柄剑可以替我们决定谁死谁生。（二人互斗；提伯尔特倒下）
班 伏 里 奥	罗密欧，快走！市民们都已经被这场争吵惊动了，提伯尔特又死在这儿。别站着发怔；要是你给他们捉住了，亲王就要判你死刑。快去吧！快去吧！
罗 密 欧	唉！我是受命运玩弄的人。
班 伏 里 奥	你为什么还不走？（罗密欧下）

市民等上。

市 民 甲	杀死茂丘西奥的那个人逃到哪儿去了？那凶手提伯尔特逃到什么地方去了？
班 伏 里 奥	躺在那边的就是提伯尔特。
市 民 甲	先生，起来吧，请你跟我去。我用亲王的名义命令你服从。

亲王率侍从；蒙太古夫妇、凯普莱特夫妇及余人等上。

亲 王	这一场争吵的肇祸的罪魁在什么地方？
班 伏 里 奥	啊，尊贵的亲王！我可以把这场流血的争吵的不幸的经过向您从头告禀。躺在那边的那个人，就是把您的亲戚，勇敢的茂丘西奥杀死的人，他现在已经被年轻的罗密欧杀死了。
凯普莱特夫人	提伯尔特，我的侄儿！啊，我的哥哥的孩子！亲王啊！侄儿啊！丈夫啊！嗳哟！我的亲爱的侄儿给人杀死了！殿下，您是正直无私的，我们家里流的血，应当用蒙太古家里流的血来报偿。嗳哟，侄儿啊！侄儿啊！
亲 王	班伏里奥，是谁开始这场血斗的？
班 伏 里 奥	死在这儿的提伯尔特，他是被罗密欧杀死的。罗密欧很诚恳地劝告他，叫他想一想这种争吵多么没意思，并且也提起您的森严的禁令。他用温和的语调、谦恭的态度，陪着笑脸向他反复劝解，可是提伯尔特充耳不闻，一味逞着他的骄横，拔出剑来就向勇敢的茂丘西奥胸前刺了过去；茂丘西奥也动了怒气，就和他两下交锋起来，自恃着本领高强，满不在乎地一手挡开了敌人致命的剑锋，一手向提伯尔特还刺过去，提伯尔特眼明手快，也把它挡开了。那个时候罗密欧就高声喊叫，"住手，朋友；两下分开！"说时迟，来时快，他的敏捷的腕臂已经打下了他们的利剑，他就插身在他们两人中间；谁料提伯尔特怀着毒心，冷不防打罗密欧的手臂下面刺了一剑过去，竟中了茂丘西奥的要害，于是他就逃

走了。等了一会儿他又回来找罗密欧，罗密欧这时候正是满腔怒火，就像闪电似的跟他打起来，我还来不及拔剑阻止他们，勇猛的提伯尔特已经中剑而死，罗密欧见他倒在地上，也就转身逃走了。我所说的句句都是真话，倘有虚言，愿受死刑。

凯普莱特夫人 他是蒙太古家的亲戚，他说的话都是徇着私情，完全是假的。他们一共有二十来个人参加这场恶斗，二十个人合力谋害一个人的生命。殿下，我要请您主持公道，罗密欧杀死了提伯尔特，罗密欧必须抵命。

亲　　王 罗密欧杀了他，他杀了茂丘西奥；茂丘西奥的生命应当由谁抵偿？

蒙　太　古 殿下，罗密欧不应该偿他的命；他是茂丘西奥的朋友，他的过失不过是执行了提伯尔特依法应处的死刑。

亲　　王 为了这一个过失，我现在宣布把他立刻放逐出境。你们双方的憎恨已经牵涉到我的身上，在你们残暴的斗殴中，已经流下了我的亲人的血；可是我要给你们一个重重的惩罚，儆戒儆戒你们的将来。我不要听任何的请求辩护，哭泣和祈祷都不能使我枉法徇情，所以不用想什么挽回的办法，赶快把罗密欧遣送出境吧；不然的话，我们什么时候发现他，就在什么时候把他处死。把这尸体抬去，不许违抗我的命令；对杀人的凶手不能讲慈悲，否则就是鼓励杀人了。（同下）

第二场　同前。凯普莱特家的花园

朱丽叶上。

朱丽叶 快快跑过去吧，踏着火云的骏马，把太阳拖回到它的安息的所在；但愿驾车的法厄同鞭策你们飞驰到西方，让阴沉的暮夜赶快降临。展开你密密的帷幕吧，成全恋爱的黑夜！遮住夜行人的眼睛，让罗密欧悄悄地投入我的怀里，不被人家看见也不被人家谈论！恋人们可以在他们自身美貌的光辉里互相缱绻；即使恋爱是盲目的，那也正好和黑夜相称。来吧，温文的夜，你朴素的黑衣妇人，教会我怎样在一场全胜的赌博中失败，把各人纯洁的童贞互为赌注。用你黑色的罩巾遮住我脸上羞怯的红潮，等我深藏内心的爱情慢慢地胆大起来，不再因为在行动上流露真情而惭愧。来吧，黑夜！来吧，罗密欧！来吧，你黑夜中的白昼！因为你将要睡在黑夜的翼上，比乌鸦背上的新雪还要皎白。来吧，柔和的黑夜！来吧，可爱的黑颜的夜，把我的罗密欧给我！等他死了以后，你再把他带去，分散成无数的星星，把天空装饰得如此美丽，使全世界都恋爱着黑夜，不再崇拜眩目的太阳。啊！我已经买下了一所恋爱的华厦，可是它还不曾属我所有；虽然我已经把自己出卖，可是还没有被买主领去。这日子长得真叫人厌烦，正像一个做好了新衣服的小孩，在节日的前夜焦躁地等着天明一样。啊！我的奶妈来了。

乳媪携绳上。

朱丽叶 她带着消息来了。谁的舌头上只要说出了罗密欧的名字，他就在吐露着天上的仙音。奶妈，什么消息？你带着些什么来了？那就是罗密欧叫你去拿的绳子吗？

乳　媪 是的，是的，这绳子。（将绳掷下）

朱丽叶 嗳哟！什么事？你为什么扭着你的手？

乳　媪 唉！唉！唉！他死了，他死了，他死了！我们完了，小姐，我们完了！唉！他去了，他给人杀了，他死了！

朱丽叶 天道竟会这样狠毒吗？

乳　媪 不是天道狠毒，罗密欧才下得了这样狠毒的手。啊！罗密欧，罗密欧！谁想得到会有这样的事情？罗密欧！

朱丽叶 你是个什么鬼，这样煎熬着我？这简直就是地狱里的酷刑。罗密欧把他自己杀死了吗？你只要回答我一个"是"字，这一个"是"字就比毒龙眼里射放的死光更会致人死命。如果真有这样的事，我就不会再在人世，或者说，那叫你说声"是"的人，从此就要把眼睛紧闭。要是他死了，你就说"是"；要是他没有死，你就说"不"；这两个简单的字就可以决定我的终身祸福。

乳　媪 我看见他的伤口，我亲眼看见他的伤口，慈悲的上帝！就在他的宽阔的胸上。一个可怜的尸体，一个可怜的流血的尸体，像灰一样苍白，满身都是血，满身都是一块块的血；我一瞧见就晕过去了。

朱丽叶 啊，我的心要碎了！——可怜的破产者，你已经丧失了一切，还是赶快碎裂了吧！失去了光明的眼睛，你从此不能再见天日了！你这俗恶的泥土之躯，赶快停止呼吸，复归于泥土，去和罗密欧同眠在一个圹穴里吧！

乳　媪 啊！提伯尔特，提伯尔特！我的顶好的朋友！啊，温文的提伯尔特，正直的绅士！想不到我活到今天，却会看见你死去！

朱丽叶 这是一阵什么风暴，一会儿又倒转方向！罗密欧给人杀了，提伯尔特又死了吗？一个是我的最亲爱的表哥，一个是我的更亲爱的夫君？那么，可怕的号角，宣布世界末日的来临吧！要是这样两个人都可以死去，谁还应该活在这世上？

乳　媪　提伯尔特死了，罗密欧放逐了；罗密欧杀了提伯尔特，他现在被放逐了。

朱丽叶　上帝啊！提伯尔特是死在罗密欧手里的吗？

乳　媪　是的，是的；唉！是的。

朱丽叶　啊，花一样的面庞里藏着蛇一样的心！那一条恶龙曾经栖息在这样清雅的洞府里？美丽的暴君！天使般的魔鬼！披着白鸽羽毛的乌鸦！豺狼一样残忍的羔羊！圣洁的外表包覆着丑恶的实质！你的内心刚巧和你的形状相反，一个万恶的圣人，一个庄严的奸徒！造物主啊！你为什么要从地狱里提出这一个恶魔的灵魂，把它安放在这样可爱的一座肉体的天堂里？哪一本邪恶的书籍曾经装订得这样美观？啊！谁想得到这样一座富丽的宫殿里，会容纳着欺人的虚伪！

乳　媪　男人都靠不住，没有良心，没有真心的；谁都是三心二意，反复无常，奸恶多端，尽是些骗子。啊！我的人呢？快给我倒点儿酒来；这些悲伤烦恼，已经使我老起来了。愿耻辱降临到罗密欧的头上！

朱丽叶　你说出这样的愿望，你的舌头上就应该长起水疱来！耻辱从来不曾和他在一起，它不敢侵上他的眉宇，因为那是君临天下的荣誉的宝座。啊！我刚才把他这样辱骂，我真是个畜生！

乳　媪　杀死了你的族兄的人，你还说他好话吗？

朱丽叶　他是我的丈夫，我应当说他坏话吗？啊！我的可怜的丈夫！你的三小时的妻子都这样凌辱你的名字，谁还会对它说一句温情的慰藉呢？可是你这恶人，你为什么杀死我的哥哥？他要是不杀死我的哥哥，我的凶恶的哥哥就会杀死我的丈夫。回去吧，愚蠢的眼泪，流回到你的源头；你那滴滴的细流，本来是悲哀的倾注，可是你却错把它呈献给喜悦。我的丈夫活着，他没有被提伯尔特杀死；提伯尔特死了，他想要杀死我的丈夫！这明明是喜讯，我为什么要哭泣呢？还有两个字比提伯尔特的死更使我痛心，像一柄利刃刺进了我的胸中；我但愿忘了它们，可是唉！它们紧紧地牢附在我的记忆里，就像萦回在罪人脑中的不可宥恕的罪恶。"提伯尔特死了，罗密欧放逐了！"放逐了！这"放逐"两个字，就等于杀死了一万个提伯尔特。单单提伯尔特的死，已经可以令人伤心了；即使祸不单行，必须在"提伯尔特死了"这一句话以后，再接上一句不幸的消息，为什么不说你的父亲，或是你的母亲，或是父母两人都死了，那也可以引起一点人情之常的哀悼？可是在提伯尔特的噩耗以后，再接连一记更大的打击，"罗密欧放逐了！"这句话简直等于说，父亲、母亲、提伯尔特、罗密欧、朱丽叶，一起被杀，一起死了。"罗密欧放逐了！"这一句话里面包含着无穷无际、无极无限的死亡，没有字句能够形容出这里面蕴蓄着的悲伤。——奶妈，我的父亲、我的母亲呢？

乳　媪　他们正在抚着提伯尔特的尸体痛哭。你要去看他们吗？让我带着你去。

朱丽叶　让他们用眼泪洗涤他的伤口，我的眼泪是要留着为罗密欧的放逐而哀哭的。拾起那些绳子来。可怜的绳子，你是失望了，我们俩都失望了，因为罗密欧已经被放逐；他要借着你做接引相思的桥梁，可是我却要做一个独守空闺的怨女而死去。来，绳儿；来，奶妈。我要去睡上我的新床，把我的童贞奉献给死亡！

乳　媪　那么你快到房里去吧；我去找罗密欧来安慰你，我知道他在什么地方。听着，你的罗密欧今天晚上一定会来看你；他现在躲在劳伦斯神父的寺院里，我就去找他。

朱丽叶　啊！你快去找他；把这指环拿去给我的忠心的骑士，叫他来作一次最后的诀别。（各下）

第三场　同前。劳伦斯神父的寺院

劳伦斯神父上。

劳伦斯　罗密欧，跑出来；出来吧，你受惊的人，你已经和坎坷的命运结下了不解之缘。

罗密欧上。

罗密欧　神父，什么消息？亲王的判决怎样？还有什么我所不知道的不幸的事情将要来找我？

劳伦斯　我的好孩子，你已经遭逢到太多的不幸了。我来报告你亲王的判决。

罗密欧　除了死罪以外，还会有什么判决？

劳伦斯　他的判决是很温和的：他并不判你死罪，只宣布把你放逐。

罗密欧　嘿！放逐！慈悲一点，还是说"死"吧！不要说"放逐"，因为放逐比死还要可怕。

劳伦斯　你必须立刻离开维洛那境内。不要懊恼，这是一个广大的世界。

罗密欧　在维洛那城以外没有别的世界，只有地狱的苦难；所以从维洛那放逐，就是从这世界上放逐，也就是死。明明是死，你却说是放逐，这就等于用一柄利斧砍下我的头，反因为自己犯了杀人罪而扬扬得意。

劳伦斯 嗳哟，罪过罪过！你怎么可以这样不知恩德！你所犯的过失，按照法律本来应该处死，幸亏亲王仁慈，特别对你开恩，才把可怕的死罪改成了放逐；这明明是莫大的恩典，你却不知道。

罗密欧 这是酷刑，不是恩典。朱丽叶所在的地方就是天堂；这儿的每一只猫、每一只狗、每一只小小的老鼠，都生活在天堂里，都可以瞻仰到她的容颜，可是罗密欧却看不见她。污秽的苍蝇都可以接触亲爱的朱丽叶的皎洁的玉手，从她的嘴唇上偷取天堂中的幸福，那两片嘴唇是这样的纯洁贞淑，永远含着娇羞，好像觉得它们自身的相吻也是一种罪恶；苍蝇可以这样做，我却必须远走高飞，它们是自由人，我却是一个放逐的流徒。你还说放逐不是死吗？难道你没有配好的毒药、锋锐的刀子或者无论什么致命的利器，而必须用"放逐"两个字把我杀害吗？放逐！啊，神父！只有沉沦在地狱里的鬼魂才会用到这两个字，伴着凄厉的呼号；你是一个教士，一个替人忏罪的神父，又是我的朋友，怎么忍心用"放逐"这两个字来寸磔我呢？

劳伦斯 你这痴心的疯子，听我说一句话。

罗密欧 啊！你又要对我说起放逐了。

劳伦斯 我要教给你怎样抵御这两个字的方法，用哲学的甘乳安慰你的逆运，让你忘却被放逐的痛苦。

罗密欧 又是"放逐"！我不要听什么哲学！除非哲学能够制造一个朱丽叶，迁徙一个城市，撤销一个亲王的判决，否则它就没有什么用处。别再多说了吧。

劳伦斯 啊！那么我看疯人是不生耳朵的。

罗密欧 聪明人不生眼睛，疯人何必生耳朵呢？

劳伦斯 让我跟你讨论讨论你现在的处境吧。

罗密欧 你不能谈论你所没有感觉到的事情；要是你也像我一样年轻，朱丽叶是你的爱人，才结婚一小时，就把提伯尔特杀了；要是你也像我一样热恋，像我一样被放逐，那时你才可以讲话，那时你才会像我现在一样扯着你的头发，倒在地上，替自己量一个葬身的墓穴。（内叩门声）

劳伦斯 快起来，有人在敲门；好罗密欧，躲起来吧。

罗密欧 我不要躲，除非我心底里发出来的痛苦呻吟的气息，会像一重云雾一样把我掩过了追寻者的眼睛。（叩门声）

劳伦斯 听！门打得多么响！——是谁在外面？——罗密欧，快起来，你要给他们捉住了。——等一等！——站起来；（叩门声）跑到我的书斋里去。——就来了！——上帝啊！瞧你多么不听话！——来了，来了！（叩门声）谁把门敲得这么响？你是什么地方来的？你有什么事？

乳　媪　（在内）让我进来，你就可以知道我的来意；我是从朱丽叶小姐那里来的。

劳伦斯　那好极了，欢迎欢迎！

乳媪上。

乳　媪　啊，神父！啊，告诉我，神父，我的小姐的姑爷呢？罗密欧呢？

劳伦斯　在那边地上哭得死去活来的就是他。

乳　媪　啊！他正像我的小姐一样，正像她一样！

劳伦斯　唉！真是同病相怜，一般的伤心！她也是这样躺在地上，一边唠叨一边哭，一边哭一边唠叨。起来，起来；是个男子汉就该起来；为了朱丽叶的缘故，为了她的缘故，站起来吧。为什么您要伤心到这个样子呢？

罗密欧　奶妈！

乳　媪　唉，姑爷！唉，姑爷！一个人到头来总是要死的。

罗密欧　你刚才不是说起朱丽叶吗？她现在怎么样？我现在已经用她近亲的血玷污了我们的新欢，她不会把我当作一个杀人的凶犯吗？她在什么地方？她怎么样？我这位秘密的新妇对于我们这一段中断的情缘说些什么话？

乳　媪　啊，她没有说什么话，姑爷，只是哭呀哭的哭个不停；一会儿倒在床上，一会儿又跳了起来；一会儿叫一声提伯尔特，一会儿哭一声罗密欧；然后又倒了下去。

罗密欧　好像我那一个名字是从枪口里瞄准了射出来似的，一弹出去就把她杀死，正像我这一双该死的手杀死了她的亲人一样。啊！告诉我，神父，告诉我，我的名字是在我身上哪一处万恶的地方？告诉我，好让我捣毁这可恨的巢穴。（拔剑）

劳伦斯　放下你的卤莽的手！你是一个男子吗？你的形状是一个男子，你却流着妇人的眼泪；你的狂暴的举动，简直是一头野兽的无可理喻的咆哮。你这须眉的贱妇，你这人头的畜类！我真想不到你的性情竟会这样毫无涵养。你已经杀死了提伯尔特，你还要杀死你自己吗？你没想到你对自己采取了这种万劫不赦的暴行就是杀死与你相依为命的你的妻子吗？为什么你要怨恨天地，怨恨你自己的生不逢辰？天地好容易生下你这一个人来，你却要亲手把你自己摧毁！呸！呸！你有的是一副堂堂的七尺之躯，有的是热情和智慧，你却不知道把它们好好利用，这岂不是辜负了你的七尺之躯，辜负了你的热情和智慧？你的堂堂的仪表不过是一尊蜡像，没有一点男子汉的血气；你的山盟海誓都是些空虚的谎语，杀害你所发誓珍爱的情人；你的智慧不知道指示你的行动，驾御你的感情，它已经变成了愚妄的谬见，正像装在一个笨拙的兵士的枪膛里的火药，本来是自卫的武器，因为不懂得点燃的方法，反而毁损了自己的肢体。怎么！起来吧，孩子！你刚才几乎要为了你的朱丽叶而自杀，可是她现在好好活着，这是你的第一件幸事。提伯尔特要把你杀死，可是你却杀死了提伯尔特，这是你的第二件幸事。法律上本来规定杀人抵命，可是它对你特别留情，减成了放逐的处分，这是你的第三件幸事。这许多幸事照顾着你，幸福穿着盛装向你献媚，你却像一个倔强乖僻的女孩，向你的命运和爱情噘起了嘴唇。留心，留心，像这样不知足的人是不得好死的。去，快去会见你的情人，按照预定的计划，到她的寝室里去，安慰安慰她；可是在逻骑没有出发以前，你必须及早离开，否则你就到不了曼多亚。你可以暂时在曼多亚住下，等我们觑着机会，把你们的婚姻宣布出来，和解了你们两家的亲族，向亲王请求特赦，那时我们就可以用超过你现在离别的悲痛二百万倍的欢乐招呼你回来。奶妈，你先去，替我向你家小姐致意；叫她设法催促她家里的人早早安睡，他们在遭到这样重大的悲伤以后，这是很容易办到的。你对她说，罗密欧就要来了。

乳　媪　主啊！像这样好的教训，我就是在这儿听上一整夜都愿意；啊！真是有学问人说的话！姑爷，我就去对小姐说您就要来了。

罗密欧　很好，请你再叫我的爱人预备好一顿责骂。

乳　媪　姑爷，这一个戒指小姐叫我拿来送给您，请您赶快就去，天色已经很晚了。（下）

罗密欧　现在我又重新得到了多大的安慰！

劳伦斯　去吧，晚安！你的运命在此一举：你必须在巡逻者没有开始查缉以前脱身，否则就得在黎明时候化装逃走。你就在曼多亚安下身来；我可以找到你的仆人，倘使这儿有什么关于你的好消息，我会叫他随时通知你。把你的手给我。时候不早了，再会吧。

罗密欧　倘不是一个超乎一切喜悦的喜悦在招呼着我，像这样匆匆的离别，一定会使我黯然神伤。再会！

（各下）

第四场　同前。凯普莱特家中一室

凯普莱特、凯普莱特夫人及帕里斯上。

凯普莱特　伯爵，舍间因为遭逢变故，我们还没有时间去开导小女；您知道她跟她那个表兄提伯尔特是友爱很笃的，我也非常喜欢他；唉！

人生不免一死，也不必再去说他了。现在时间已经很晚，她今夜不会再下来了；不瞒您说，倘不是您大驾光临，我也早在一小时以前上了床啦。

帕　里　斯 我在你们正在伤心的时候来此求婚，实在是太冒昧了。晚安，伯母；请您替我向令媛致意。

凯普莱特夫人 好，我明天一早就去探听她的意思；今夜她已经怀着满腔的悲哀关上门睡了。

凯　普　莱　特 帕里斯伯爵，我可以大胆替我的孩子作主，我想她一定会绝对服从我的意志；是的，我对于这一点可以断定。夫人，你在临睡以前先去看看她，把这位帕里斯伯爵向她求爱的意思告诉她知道；你再对她说，听好我的话，叫她在星期三——且慢！今天星期几？

帕　里　斯 星期一，老伯。

凯　普　莱　特 星期一！哈哈！好，星期三是太快了点儿，那么就是星期四吧。对她说，在这个星期四，她就要嫁给这位尊贵的伯爵。您来得及准备吗？您不嫌太匆促吗？咱们也不必十分铺张，略微请几位亲友就够了；因为提伯尔特才死不久，他是我们自己家里的人，要是我们大开欢宴，人家也许会说我们对去世的人太没有情分。所以我们只要请五六个亲友，把仪式举行一下就算了。您说星期四怎样？

帕　里　斯 老伯，我但愿星期四便是明天。

凯　普　莱　特 好，你去吧；那么就是星期四。夫人，你在临睡前先去看看朱丽叶，叫她预备预备，好作起新娘来啊。再见，伯爵。喂！掌灯时候已经很晚了，等一会儿我们就要说时间很早了。晚安！（各下）

第五场　同前。朱丽叶的卧室

罗密欧及朱丽叶上。

朱丽叶 你现在就要走了吗？天亮还有一会儿呢。那刺进你惊恐的耳膜中的，不是云雀，是夜莺的声音；它每天晚上在那边石榴树上歌唱。相信我，爱人，那是夜莺的歌声。

罗密欧 那是报晓的云雀，不是夜莺。瞧，爱人，不作美的晨曦已经在东天的云朵上镶起了金线，夜晚的星光已经烧烬，愉快的白昼蹑足踏上了迷雾的山巅。我必须到别处去找寻生路，或者留在这儿束手等死。

朱丽叶　那光明不是晨曦，我知道；那是从太阳中吐射出来的流星，要在今夜替你拿着火炬，照亮你到曼多亚去。所以你不必急着要去，再耽搁一会儿吧。

罗密欧　让我被他们捉住，让我被他们处死；只要是你的意思，我就毫无怨恨。我愿意说那边灰白色的云彩不是黎明睁开它的睡眼，那不过是从月亮的眉宇间反映出来的微光；那响彻云霄的歌声，也不是出于云雀的喉中。我巴不得留在这里，永远不要离开。来吧，死，我欢迎你！因为这是朱丽叶的意思。怎么，我的灵魂？让我们谈谈；天还没有亮哩。

朱丽叶　天已经亮了，天已经亮了；快走吧，快走吧！那唱得这样刺耳、嘶着粗涩的噪声和讨厌的锐音的，正是天际的云雀。有人说云雀会发出千变万化的甜蜜的歌声，这句话一点不对，因为它只使我们彼此分离；有人说云雀曾经和丑恶的蟾蜍交换眼睛，啊！我但愿它们也交换了声音，因为那声音使你离开了我的怀抱，用催醒的晨歌催促你登程。啊！现在你快走吧；天越来越亮了。

罗密欧　天越来越亮，我们悲哀的心却越来越黑暗。

　　　　　乳媪上。

乳　媪　小姐！

朱丽叶　奶妈？

乳　媪　你的母亲就要到你房里来了。天已经亮啦，小心点儿。（下）

朱丽叶　那么窗啊，让白昼进来，让生命出去。

罗密欧　再会，再会！给我一个吻，我就下去。（由窗口下降）

朱丽叶　你就这样走了吗？我的夫君，我的爱人，我的朋友！我必须在每一小时内的每一天听到你的消息，因为一分钟就等于许多天。啊！照这样计算起来，等我再看见我的罗密欧的时候，我不知道已经老到怎样了。

罗密欧　再会！我决不放弃任何的机会，爱人，向你传达我的衷忱。

朱丽叶　啊！你想我们会不会再有见面的日子？

罗密欧　一定会有的；我们现在这一切悲哀痛苦，到将来便是握手谈心的资料。

朱丽叶　上帝啊！我有一颗预感不祥的灵魂；你现在站在下面，我仿佛望见你像一具坟墓底下的尸骸。也许是我的眼光昏花，否则就是你的面容太惨白了。

罗密欧　相信我，爱人，在我的眼中你也是这样；忧伤吸干了我们的血液。再会！再会！（下）

朱丽叶　命运啊命运！谁都说你反复无常；要是你真的反复无常，那么你怎样对待一个忠贞不贰的人呢？愿你不要改变你的轻浮的天性，因为这样也许你会早早打发他回来。

凯普莱特夫人	（在内）喂，女儿！你起来了吗？
朱 丽 叶	谁在叫我？是我的母亲吗？——难道她这么晚还没有睡觉，还是这么早就起来了？什么特殊的原因使她到这儿来？

凯普莱特夫人上。

凯普莱特夫人	啊！怎么，朱丽叶！
朱 丽 叶	母亲，我不大舒服。
凯普莱特夫人	老是为了你表兄的死而掉泪吗？什么！你想用眼泪把他从坟墓里冲出来吗？就是冲得出来，你也没法子叫他复活；所以还是算了吧。适当的悲哀可以表示感情的深切，过度的伤心却可以证明智慧的欠缺。
朱 丽 叶	可是让我为了这样一个痛心的损失而流泪吧。
凯普莱特夫人	损失固然痛心，可是一个失去的亲人，不是眼泪哭得回来的。
朱 丽 叶	因为这损失实在太痛心了，我不能不为了失去的亲人而痛哭。
凯普莱特夫人	好，孩子，人已经死了，你也不用多哭他了；顶可恨的是那杀死他的恶人仍旧活在世上。
朱 丽 叶	什么恶人，母亲？
凯普莱特夫人	就是罗密欧那个恶人。
朱 丽 叶	（旁白）恶人跟他相去真有十万八千里呢。——上帝饶恕他！我愿意全心饶恕他；可是没有一个人像他那样使我心里充满了悲伤。
凯普莱特夫人	那是因为这个万恶的凶手还活在世上。
朱 丽 叶	是的，母亲，我恨不得把他抓住在我的手里。但愿我能够独自报复这一段杀兄之仇！
凯普莱特夫人	我们一定要报仇的，你放心吧；别再哭了。这个亡命的流徒现在到曼多亚去了，我要差一个人到那边去，用一种稀有的毒药把他毒死，让他早点儿跟提伯尔特见面；那时候我想你一定可以满足了。
朱 丽 叶	真的，我心里永远不会感到满足，除非我看见罗密欧在我的面前——死去；我这颗可怜的心是这样为了一个亲人而痛楚！母亲，要是您能够找到一个愿意带毒药去的人，让我亲手把它调好，好叫那罗密欧服下以后，就会安然睡去。唉！我心里多么难过，只听到他的名字，却不能赶到他的面前，为了我对哥哥的感情，我巴不得能在那杀死他的人的身上报这个仇！
凯普莱特夫人	你去想办法，我一定可以找到这样一个人。可是，孩子，现在我要告诉你好消息。

朱　丽　叶	在这样不愉快的时候，好消息来得真是再适当没有了。请问母亲，是什么好消息呢？
凯普莱特夫人	哈哈，孩子，你有一个体贴你的好爸爸哩；他为了替你排解愁闷已经为你选定了一个大喜的日子，不但你想不到，就是我也没有想到。
朱　丽　叶	母亲，快告诉我，是什么日子？
凯普莱特夫人	哈哈，我的孩子，星期四的早晨，那位风流年少的贵人，帕里斯伯爵，就要在圣彼得教堂里娶你做他的幸福的新娘了。
朱　丽　叶	望着圣彼得教堂和圣彼得的名字起誓，我决不让他娶我做他的幸福的新娘。世间哪有这样匆促的事情，人家还没有来向我求过婚，我倒先做了他的妻子了！母亲，请您对我的父亲说，我现在还不愿意出嫁；就是要出嫁，我可以发誓，我也宁愿嫁给我所痛恨的罗密欧，不愿嫁给帕里斯。真是些好消息！
凯普莱特夫人	你爸爸来啦；你自己对他说去，看他会不会听你的话。

凯普莱特及乳媪上。

凯　普　莱　特	太阳西下的时候，天空中落下了蒙蒙的细露；可是我的侄儿死了，却有倾盆的大雨送着他下葬。怎么！装起喷水管来了吗，孩子？咦！还在哭吗？雨到现在还没有停吗？你这小小的身体里面，也有船，也有海，也有风；因为你的眼睛就是海，永远有泪潮在那儿涨退；你的身体是一艘船，在这泪海上面航行；你的叹息是海上的狂风；你的身体经不起风浪的吹打，会在这汹涌的怒海中覆没的。怎么，妻子！你没有把我们的主意告诉她吗？
凯普莱特夫人	我告诉她了！可是她说谢谢你，她不要嫁人。我希望这傻丫头还是死了干净！
凯　普　莱　特	且慢！讲明白点儿，讲明白点儿，妻子。怎么！她不要嫁人吗？她不谢谢我们吗？她不称心吗？像她这样一个贱丫头，我们替她找到了这么一位高贵的绅士做她的新郎，她还不想想这是多大的福气吗？
朱　丽　叶	我没有喜欢，只有感激；你们不能勉强我喜欢一个我对他没有好感的人，可是我感激你们爱我的一片好心。
凯　普　莱　特	怎么！怎么！胡说八道！这是什么话？什么"喜欢""不喜欢"，"感激""不感激"！好丫头，我也不要你感谢，我也不要你喜欢，只要你预备好星期四到圣彼得教堂里去跟帕里斯结

婚；你要是不愿意，我就把你装在木笼里拖了去。不要脸的死丫头，贱东西！

凯普莱特夫人 嗳哟！嗳哟！你疯了吗？

朱　丽　叶 好爸爸，我跪下来求求您，请您耐心听我说一句话。

凯　普　莱　特 该死的小贱妇！不孝的畜生！我告诉你，星期四给我到教堂里去，不然以后再也不要见我的面。不许说话，不要回答我；我的手指痒着呢。——夫人，我们常常怨叹自己福薄，只生下这一个孩子；可是现在我才知道就是这一个已经太多了，总是家门不幸，出了这一个冤孽！不要脸的贱货！

乳　　媪 上帝祝福她！老爷，您不该这样骂她。

凯　普　莱　特 为什么不该！我的聪明的老太太？谁要你多嘴，我的好大娘？你去跟你那些婆婆妈妈们谈天去吧，去！

乳　　媪 我又没有说过一句冒犯您的话。

凯　普　莱　特 啊，去你的吧。

乳　　媪 人家就不能开口吗？

凯　普　莱　特 闭嘴，你这叽哩咕噜的蠢婆娘！我们不要听你的教训。

凯普莱特夫人 你的脾气太躁了。

凯　普　莱　特 哼！我气都气疯啦。每天每夜，时时刻刻，不论忙着空着，独自一个人或是跟别人在一起，我心里总是在盘算着怎样把她许配给一个好好的人家；现在好容易找到一位出身高贵的绅士，又有家私，又年轻，又受过高尚的教养，正是人家说的十二分的人才，好到没得说的了；偏偏这个不懂事的傻丫头，放着送上门来的好福气不要，说什么"我不要结婚"、"我不懂恋爱"、"我年纪太小"、"请你原谅我"；好，你要是不愿意嫁人，我可以放你自由，尽你的意思到什么地方去，我这屋子里容不得你了。你给我想想明白，我是一向说到哪里做到哪里的。星期四就在眼前；自己仔细考虑考虑。你倘然是我的女儿，就得听我的话嫁给我的朋友；你倘然不是我的女儿，那么你去上吊也好，做叫化子也好，挨饿也好，死在街道上也好，我都不管，因为凭着我的灵魂发誓，我是再也不会认你这个女儿的，你也别想我会分一点什么给你。我不会骗你，你想一想吧；我已经发过誓了，我一定要把它做到。（下）

朱　丽　叶 天知道我心里是多么难过，难道它竟会不给我一点慈悲吗？啊，

我的亲爱的母亲！不要丢弃我！把这门亲事延期一个月或是一个
星期也好；或者要是您不答应我，那么请您把我的新床安放在提
伯尔特长眠的幽暗的坟茔里吧！

凯普莱特夫人 不要对我讲话，我没有什么话好说的。随你的便吧，我是不管你
啦。（下）

朱　丽　叶 上帝啊！啊，奶妈！这件事情怎么避过去呢？我的丈夫还在世
间，我的誓言已经上达天听；倘使我的誓言可以收回，那么除非
我的丈夫已经脱离人世，从天上把它送还给我。安慰安慰我，替
我想想办法吧。唉！想不到天也会捉弄像我这样一个柔弱的人！
你怎么说？难道你没有一句可以使我快乐的话吗？奶妈，给我一
点安慰吧！

乳　　媪 好，那么你听我说。罗密欧是已经放逐了；我可以拿随便什么东
西跟你打赌，他再也不敢回来责问你，除非他偷偷地溜了回来。
事情既然这样，那么我想你最好还是跟那伯爵结婚吧。啊！他真
是个可爱的绅士！罗密欧比起他来只好算是一块抹布；小姐，一
只鹰也没有像帕里斯那样一双又是碧绿好看、又是锐利的眼睛。
说句该死的话，我想你这第二个丈夫，比第一个丈夫好得多啦；
纵然不是好得多，可是你的第一个丈夫虽然还在世上，对你已经
没有什么用处，也就跟死了差不多啦。

朱　丽　叶 你这些话是从心里说出来的吗？

乳　　媪 那不但是我心里的话，也是我灵魂里的话；倘有虚假，让我的灵
魂下地狱。

朱　丽　叶 阿门！

乳　　媪 什么！

朱　丽　叶 好，你已经给了我很大的安慰。你进去吧；告诉我的母亲说我出去
了，因为得罪了我的父亲，要到劳伦斯的寺院里去忏悔我的罪过。

乳　　媪 很好，我就这样告诉她；这才是聪明的办法哩。（下）

朱　丽　叶 老而不死的魔鬼！顶丑恶的妖精！她希望我背弃我的盟誓；她几
千次向我夸奖我的丈夫，说他比谁都好，现在却又用同一条舌头
说他的坏话！去，我的顾问；从此以后，我再也不把你当作心腹
看待了。我要到神父那儿去向他求救；要是一切办法都已用尽，
我还有死这条路。（下）

第 四 幕

第一场　维洛那。劳伦斯神父的寺院

劳伦斯神父及帕里斯上。

劳伦斯　在星期四吗，伯爵？时间未免太局促了。

帕里斯　这是我的岳父凯普莱特的意思；他既然这样性急，我也不愿把时间延迟
下去。

劳伦斯　您说您还没有知道那小姐的心思；我不赞成这种片面决定的事情。

帕里斯　提伯尔特死后她伤心过度，所以我没有跟她多谈恋爱，因为在一间哭哭啼
啼的屋子里，维纳斯是露不出笑容来的。神父，她的父亲因为看她这样一
味忧伤，恐怕会发生什么意外，所以才决定提早替我们完婚，免得她一天
到晚哭得像个泪人儿一般；一个人在房间里最容易触景伤情，要是有了伴
侣，也许可以替她排除悲哀。现在您可以知道我这次匆促结婚的理由了。

劳伦斯　（旁白）我希望我不知道它为什么必须延迟的理由。——瞧，伯爵，这位
小姐到我寺里来了。

朱丽叶上。

帕里斯　您来得正好，我的爱妻。

朱丽叶　伯爵，等我做了您妻子以后，也许您可以这样叫我。

帕里斯　爱人，也许到星期四这就要成为事实了。

朱丽叶　事实是无可避免的。

劳伦斯　那是当然的道理。

帕里斯　您是来向这位神父忏悔的吗？

朱丽叶　回答您这一个问题，我必须向您忏悔了。

帕里斯　不要在他的面前否认您爱我。

朱丽叶　我愿意在您的面前承认我爱他。

帕里斯　我相信您也一定愿意在我的面前承认您爱我。

朱丽叶　要是我必须承认，那么在您的背后承认，比在您的面前承认好得多啦。

帕里斯　可怜的人儿！眼泪已经毁损了你的美貌。

朱丽叶　眼泪并没有得到多大的胜利；因为我这副容貌在没有被眼泪毁损以前，
已经够丑了。

帕里斯　你不该说这样的话诽谤你的美貌。

朱丽叶	这不是诽谤，伯爵，这是实在的话，我当着我自己的脸说的。
帕里斯	你的脸是我的，你不该侮辱它。
朱丽叶	也许是的，因为它不是我自己的。神父，您现在有空吗？还是让我在晚祷的时候再来？
劳伦斯	我还是现在有空，多愁的女儿。伯爵，我们现在必须请您离开我们。
帕里斯	我不敢打扰你们的祈祷。朱丽叶，星期四一早我就来叫醒你；现在我们再会吧，请你保留下这一个神圣的吻。（下）
朱丽叶	啊！把门关了！关了门，再来陪着我哭吧。没有希望、没有补救、没有挽回了！
劳伦斯	啊，朱丽叶！我早已知道你的悲哀，实在想不出一个万全的计策。我听说你在星期四必须跟这伯爵结婚，而且毫无拖延的可能了。
朱丽叶	神父，不要对我说你已经听见这件事情，除非你能够告诉我怎样避免它；要是你的智慧不能帮助我，那么只要你赞同我的决心，我就可以立刻用这把刀解决一切。上帝把我的心和罗密欧的心结合在一起，我们两人的手是你替我们结合的；要是我这一只已经由你证明和罗密欧缔盟的手，再去和别人缔结新盟，或是我的忠贞的心起了叛变，投进别人的怀里，那么这把刀可以割下这背盟的手，诛戮这叛变的心。所以，神父，凭着你的丰富的见识阅历，请你赶快给我一些指教；否则瞧吧，这把血腥气的刀，就可以在我跟我的困难之间做一个公正人，替我解决你的经验和才能所不能替我觅得一个光荣解决的难题。不要老是不说话；要是你不能指教我一个补救的办法，那么我除了一死以外，没有别的希冀。
劳伦斯	住手，女儿：我已经望见了一线希望，可是那必须用一种非常的手段，方才能够抵御这一种非常的变故。要是你因为不愿跟帕里斯伯爵结婚，能够毅然立下视死如归的决心，那么你也一定愿意采取一种和死差不多的办法，来避免这种耻辱；倘然你敢冒险一试，我就可以把办法告诉你。
朱丽叶	啊！只要不嫁给帕里斯，你可以叫我从那边塔顶的雉堞上跳下来；你可以叫我在盗贼出没、毒蛇潜迹的路上匍匐行走；把我和咆哮的怒熊锁禁在一起；或者在夜间把我关在堆积尸骨的地窟里，用许多陈死的白骨、霉臭的腿胴和失去下颚的焦黄的骷髅掩盖着我的身体；或者叫我跑进一座新坟里去，把我隐匿在死人的殓衾里；无论什么使我听了战栗的事，只要可以让我活着对我的爱人做一个纯洁无瑕的妻子，我都愿意毫不恐惧、毫不迟疑地做去。
劳伦斯	好，那么放下你的刀；快快乐乐地回家去，答应嫁给帕里斯。明天就是

星期三了；明天晚上你必须一人独睡，别让你的奶妈睡在你的房间里；这一个药瓶你拿去，等你上床以后，就把这里面炼就的液汁一口喝下，那时就会有一阵昏昏沉沉的寒气通过你全身的血管，接着脉搏就会停止跳动；没有一丝热气和呼吸可以证明你还活着；你的嘴唇和颊上的红色都会变成灰白；你的眼睑闭下，就像死神的手关闭了生命的白昼；你身上的每一部分失去了灵活的控制，都像死一样僵硬寒冷；在这种与死无异的状态中，你必须经过四十二小时，然后你就仿佛从一场酣睡中醒了过来。当那新郎在早晨来催你起身的时候，他们会发现你已经死了，然后，照着我们国里的规矩，他们就要给你穿起盛装，用柩车载着你到凯普莱特族中祖先的坟茔里。同时因为要预备你醒来，我可以写信给罗密欧，告诉他我们的计划，叫他立刻到这儿来；我跟他两个人就守在你的身边，等你一醒过来，当夜就叫罗密欧带着你到曼多亚去。只要你不临时变卦，不中途气馁，这一个办法一定可以使你避免这一场眼前的耻辱。

朱丽叶 给我！给我！啊，不要对我说起害怕两个字！

劳伦斯 拿着；你去吧，愿你立志坚强，前途顺利！我就叫一个弟兄飞快到曼多亚，带我的信去送给你的丈夫。

朱丽叶 爱情啊，给我力量吧！只有力量可以搭救我。再会，亲爱的神父！（各下）

第二场　同前。凯普莱特家中厅堂

凯普莱特、凯普莱特夫人、乳媪及众仆上。

凯普莱特 这单子上有名字的，都是要去邀请的客人。（仆甲下）来人，给我去雇二十个有本领的厨子来。

仆　乙 老爷，您请放心，我一定要挑选能舔手指头的厨子来做菜。

凯普莱特 你怎么知道他们能做菜呢？

仆　乙 呀，老爷，不能舔手指头的就不能做菜：这样的厨子我就不要。

凯普莱特 好，去吧。咱们这一次实在有点儿措手不及。什么！我的女儿到劳伦斯神父那里去了吗？

乳　媪 正是。

凯普莱特 好，也许他可以劝告劝告她；真是个乖僻不听话的浪蹄子！

乳　媪 瞧她已经忏悔完毕，高高兴兴地回来啦。

朱丽叶上。

凯普莱特 啊，我的倔强的丫头！你荡到什么地方去啦？

朱　丽　叶　我因为自知忤逆不孝，违抗了您的命令，所以特地前去忏悔我的罪过。现在我听从劳伦斯神父的指教，跪在这儿请您宽恕。爸爸，请您宽恕我吧！从此以后，我永远听您的话了。

凯　普　莱　特　去请伯爵来，对他说：我要把婚礼改在明天早上举行。

朱　丽　叶　我在劳伦斯寺里遇见这位少年伯爵；我已经在不超过礼法的范围以内，向他表示过我的爱情了。

凯　普　莱　特　啊，那很好，我很高兴。站起来吧；这样才对。让我见见这伯爵；喂，快去请他过来。多谢上帝，把这位可尊敬的神父赐给我们！我们全城的人都感戴他的好处。

朱　丽　叶　奶妈，请你陪我到我的房间里去，帮我检点检点衣饰，看有哪几件可以在明天穿戴。

凯普莱特夫人　不，还是到星期四再说吧，急什么呢？

凯　普　莱　特　去，奶妈，陪她去。我们一定明天上教堂。（朱丽叶及乳媪下）

凯普莱特夫人　我们现在预备起来怕来不及；天已经快黑了。

凯　普　莱　特　胡说！我现在就动起手来，你看着吧，太太，到明天一定什么都安排得好好的。你快去帮朱丽叶打捞打扮；我今天晚上不睡了，让我一个人在这儿做一次管家妇。喂！喂！这些人一个都不在。好，让我自己跑到帕里斯那里去，叫他准备明天做新郎。这个倔强的孩子现在回心转意，真叫我高兴得了不得。（各下）

第三场　同前。朱丽叶的卧室

朱丽叶及乳媪上。

朱　丽　叶　嗯，那些衣服都很好。可是，好奶妈，今天晚上请你不用陪我，因为我还要念许多祷告，求上天宥恕我过去的罪恶，默佑我将来的幸福。

凯普莱特夫人上。

凯普莱特夫人　啊！你正在忙着吗？要不要我帮你？

朱　丽　叶　不，母亲！我们已经选择好了明天需用的一切，所以现在请您让我一个人在这儿吧；让奶妈今天晚上陪着您不睡，因为我相信这次事情办得太匆促了，您一定忙得不可开交。

凯普莱特夫人　晚安！早点睡觉，你应该好好休息休息。（凯普莱特夫人及乳媪下）

朱　丽　叶　再会！上帝知道我们将在什么时候相见。我觉得仿佛有一阵寒颤刺激着我的血液，简直要把生命的热流冻结起来似的；待我叫她们回来安慰安慰我。奶妈！——要她到这儿来干么？这凄惨的场面必须让我一个人扮演。来，药瓶。要是这药水不发生效力呢？那么我明天早上就必须结婚吗？不，不，这把刀会阻止我；你躺在那儿吧。（将匕首置枕边）也许这瓶里是毒药，那神父因为已经替我和罗密欧证婚，现在我再跟别人结婚，恐怕损害他的名誉，所以有意骗我服下去毒死我；我怕也许会有这样的事；可是他一向是众所公认的道高德重的人，我想大概不致于；我不能抱着这样卑劣的思想。要是我在坟墓里醒了过来，罗密欧还没有到来把我救出去呢？这倒是很可怕的一点！那时我不是要在终年透不进一丝新鲜空气的地窟里活活闷死，等不到我的罗密欧到来吗？即使不闷死，那死亡和长夜的恐怖，那古墓中阴森的气象，几百年来，我祖先的尸骨都堆积在那里，入土未久的提伯尔特蒙着他的殓衾，正在那里腐烂；人家说，一到晚上，鬼魂便会归返他们的墓穴；唉！唉！要是我太早醒来，这些恶臭的气味，这些使人听了会发疯的凄厉的叫声；啊！要是我醒来，周围都是这种吓人的东西，我不会心神迷乱，疯狂地抚弄着我的祖宗的骨胳，把肢体溃烂的提伯尔特拖出了他的殓衾吗？在这样疯狂的状态中，我不会拾起一根老祖宗的骨头来，当做一根棍子，打破我的发昏的头颅吗？啊，瞧！那不是提伯尔特的鬼魂，正在那里追赶罗密欧，报复他的一剑之仇吗？等一等，提伯尔特，等一等！罗密欧，我来了！我为你干了这一杯！（倒在幕内的床上）

第四场　同前。凯普莱特家中厅堂

凯普莱特夫人及乳媪上。

凯普莱特夫人　奶妈，把这串钥匙拿去，再拿一点香料来。

乳　　媪　点心房里在喊着要枣子和榲桲呢。

凯普莱特上。

凯　普　莱　特　来，赶紧点儿，赶紧点儿！鸡已经叫了第二次，晚钟已经打过，到三点钟了。好安吉丽加，当心看看肉饼有没有烤焦。多花几个钱没有关系。

乳　　媪　走开，走开，女人家的事用不着您多管；快去睡吧，今天忙了一个晚上，明天又要害病了。

凯 普 莱 特　不，哪儿的话！嘿，我为了没要紧的事，也曾经整夜不睡，几曾害过病来？

凯普莱特夫人　对啦，你从前也是惯偷女人的夜猫儿，可是现在我却不放你出去胡闹啦。（凯普莱特夫人及乳媪下）

凯 普 莱 特　真是个醋娘子！真是个醋娘子！

三四仆人持炙叉、木柴及篮上。

凯 普 莱 特　喂，这是什么东西？

仆　　　甲　老爷，都是拿去给厨子的，我也不知道是什么东西。

凯 普 莱 特　赶紧点儿，赶紧点儿。（仆甲下）喂，木头要拣干燥点儿的，你去问彼得，他可以告诉你什么地方有。

仆　　　乙　老爷，我自己也长着眼睛会拣木头，用不着麻烦彼得。（下）

凯 普 莱 特　嘿，倒说得有理，这个淘气的小杂种！嗳哟！天已经亮了；伯爵就要带着乐工来了，他说过的。（内乐声）我听见他已经走近了。奶妈！妻子！喂，喂！喂，奶妈呢？

乳媪重上。

凯 普 莱 特　快去叫朱丽叶起来，把她打扮打扮；我要去跟帕里斯谈天去了。快去，快去，赶紧点儿；新郎已经来了；赶紧点儿！（各下）

第五场　同前。朱丽叶的卧室

乳媪上。

乳　　　媪　小姐！喂，小姐！朱丽叶！她准是睡熟了。喂，小羊！喂，小姐！哼，你这懒丫头！喂，亲亲！小姐！心肝！喂，新娘！怎么！一声也不响？现在尽你睡去，尽你睡一个星期；到今天晚上，帕里斯伯爵可不让你安安静静休息一会儿了。上帝饶恕我，阿门，她睡得多熟！我必须叫她醒来。小姐！小姐！小姐！好，让那伯爵自己到你床上来吧，那时你可要吓得跳起来了，是不是？怎么！衣服都穿好了，又重新睡下去吗？我必须把你叫醒。小姐！小姐！小姐！嗳哟！嗳哟！救命！救命！我的小姐死了！嗳哟！我还活着做什么！喂，拿一点酒来！老爷！太太！凯普莱特夫人上。

凯普莱特夫人　吵什么？

乳　　　媪	嗳哟，好伤心啊！
凯普莱特夫人	什么事？
乳　　　媪	瞧，瞧！嗳哟，好伤心啊！
凯普莱特夫人	嗳哟，嗳哟！我的孩子，我的惟一的生命！醒来！睁开你的眼睛来！你死了，叫我怎么活得下去？救命！救命！大家来啊！

凯普莱特上。

凯　普　莱　特	还不送朱丽叶出来，她的新郎已经来啦。
乳　　　媪	她死了，死了，她死了！嗳哟，伤心啊！
凯普莱特夫人	唉！她死了，她死了，她死了！
凯　普　莱　特	嘿！让我瞧瞧。嗳哟！她身上冰冷的；她的血液已经停止不流，她的手脚都硬了；她的嘴唇里已经没有了生命的气息；死像一阵未秋先降的寒霜，摧残了这一朵最鲜嫩的娇花。
乳　　　媪	嗳哟，好伤心啊！
凯普莱特夫人	嗳哟，好苦啊！
凯　普　莱　特	死神夺去了我的孩子，他使我悲伤得说不出话来。

劳伦斯神父、帕里斯及乐工等上。

劳　伦　斯	来，新娘有没有预备好上教堂去？
凯　普　莱　特	她已经预备动身，可是这一去再不回来了。啊贤婿！死神已经在你新婚的前夜降临到你妻子的身上。她躺在那里，像一朵被他摧残了的鲜花。死神是我的新婿，是我的后嗣，他已经娶走了我的女儿。我也快要死了，把我的一切都传给他；我的生命财产，一切都是死神的！
帕　里　斯	难道我眼巴巴望到天明，却让我看见这一个凄惨的情景吗？
凯普莱特夫人	倒霉的、不幸的、可恨的日子！永无休止的时间的运行中的一个顶悲惨的时辰！我就生了这一个孩子，这一个可怜的疼爱的孩子，她是我惟一的宝贝和安慰，现在却被残酷的死神从我眼前夺了去啦！
乳　　　媪	好苦啊！好苦的、好苦的、好苦的日子啊！我这一生一世里顶伤心的日子，顶凄凉的日子！嗳哟，这个日子！这个可恨的日子！从来不曾见过这样倒霉的日子！好苦的、好苦的日子啊！
帕　里　斯	最可恨的死，你欺骗了我，杀害了她，拆散了我们的良缘，一切都被残酷的、残酷的你破坏了！啊！爱人！啊，我的生命！没有生命，只有被死亡吞噬了的爱情！

凯普莱特 悲痛的命运，为什么你要来打破、打破我们的盛礼？儿啊！儿啊！我的灵魂，你死了！你已经不是我的孩子了！死了！唉！我的孩子死了，我的快乐也随着我的孩子埋葬了！

劳伦斯 静下来！不害羞吗？你们这样乱哭乱叫是无济于事的。上天和你们共有着这一个好女儿；现在她已经完全属于上天所有，这是她的幸福，因为你们不能使她的肉体避免死亡，上天却能使她的灵魂得到永生。你们竭力替她找寻一个美满的前途，因为你们的幸福是寄托在她的身上；现在她高高地升上云中去了，你们却为她哭泣吗？啊！你们想着她享受最大的幸福，却这样发疯一样号啕叫喊，这可以算是真爱你们的女儿吗？活着，嫁了人，一直到老，这样的婚姻有什么乐趣呢？在年轻时候结了婚而死去，才是最幸福不过的。揩干你们的眼泪，把你们的香花散布在这美丽的尸体上，按照着习惯，把她穿着盛装抬到教堂里去。愚痴的天性虽然使我们伤心痛哭，可是在理智眼中，这些天性的眼泪却是可笑的。

凯普莱特 我们本来为了喜庆预备好的一切，现在都要变成悲哀的殡礼；我们的乐器要变成忧郁的丧钟，我们的婚筵要变成凄凉的丧席，我们的赞美诗要变成沉痛的挽歌，新娘手里的鲜花要放在坟墓中殉葬，一切都要相反而行。

劳伦斯 凯普莱特先生，您进去吧；夫人，您陪他进去；帕里斯伯爵，您也去吧；大家准备送这具美丽的尸体下葬。上天的愤怒已经降临在你们身上，不要再违拂他的意旨，招致更大的灾祸。（凯普莱特夫妇、帕里斯、劳伦斯同下）

乐工甲 真的，咱们也可以收起笛子走啦。

乳媪 啊！好兄弟们，收起来吧，收起来吧；这真是一场伤心的横祸！（下）

乐工甲 唉，我巴不得这事有什么办法补救才好。

（彼得上）

彼得 乐工！啊！乐工，《心里的安乐》，《心里的安乐》！啊！替我奏一曲《心里的安乐》，否则我要活不下去了。

乐工甲 为什么要奏《心里的安乐》呢？

彼得 啊！乐工，因为我的心在那里唱着《我心里充满了忧伤》。啊！替我奏一支快活的歌儿，安慰安慰我吧。

乐工甲 不奏不奏，现在不是奏乐的时候。

彼得 那么你们不奏吗？

乐工甲　不奏。

彼　得　那么我就给你们——

乐工甲　你给我们什么？

彼　得　我可不给你们钱，哼！我要给你们一顿骂；我骂你们是一群卖唱的叫
　　　　化子。

乐工甲　那么我就骂你是个下贱的奴才。

彼　得　那么我就把奴才的刀搁在你们的头颅上。我决不含糊：不是高音，就是
　　　　低调，你们听见吗？

乐工甲　什么高音低调，你倒还懂得这一套。

乐工乙　且慢，君子动口，小人动手。

彼　得　好，那么让我用舌剑唇枪杀得你们抱头鼠窜。有本领的，回答我这一个
　　　　问题：

　　　　　　悲哀伤痛着心灵，

　　　　　　忧郁萦绕在胸怀，

　　　　　　惟有音乐的银声——

　　　　为什么说"银声"？为什么说"音乐的银声"？西门·凯特林，你怎
　　　　么说？

乐工甲　因为银子的声音很好听。

彼　得　说得好！休·利培克，你怎么说？

乐工乙　因为乐工奏乐的目的，是想人家赏他一些银子。

彼　得　说得好！詹姆士·桑德普斯特，你怎么说？

乐工丙　不瞒你说，我可不知道应当怎么说。

彼　得　啊！对不起，你是只会唱唱歌的；我替你说了吧：因为乐工尽管奏乐奏
　　　　到老死，也换不到一些金子。

　　　　惟有音乐的银声，

　　　　可以把烦闷推开。（下）

乐工甲　真是个讨厌的家伙！

乐工乙　该死的奴才！来，咱们且慢回去，等吊客来的时候吹奏两声，吃他们一
　　　　顿饭再走。（同下）

第 五 幕

第一场 曼多亚。街道

罗密欧上。

罗 密 欧 要是梦寐中的幻景果然可以代表真实，那么我的梦预兆着将有好消息到来；我觉得心境宁恬，整日里有一种向所没有的精神，用快乐的思想把我从地面上飘扬起来。我梦见我的爱人来看见我死了——奇怪的梦，一个死人也会思想！——她吻着我，把生命吐进了我的嘴唇里，于是我复活了，并且成为一个君王。唉！仅仅是爱的影子，已经给人这样丰富的欢乐，要是能占有爱的本身，那该有多么甜蜜！

鲍尔萨泽上。

罗 密 欧 从维洛那来的消息！啊，鲍尔萨泽！不是神父叫你带信来给我吗？我的爱人怎样？我父亲好吗？我再问你一遍，我的朱丽叶安好吗？因为只要她安好，一定什么都是好好的。

鲍尔萨泽 那么都是安好的，什么都是好好的；她的身体长眠在凯普莱特家的坟茔里，她的不死的灵魂和天使们在一起。我看见她下葬在她亲族的墓穴里，所以立刻飞马前来告诉您。啊，少爷！恕我带了这恶消息来，因为这是您吩咐我做的事。

罗 密 欧 有这样的事！命运，我咒诅你！——你知道我的住处；给我买些纸笔，雇下两匹快马，我今天晚上就要动身。

鲍尔萨泽 少爷，请您宽心一下；您的脸色惨白而仓皇，恐怕是不吉之兆。

罗 密 欧 胡说，你看错了。快去，把我叫你做的事赶快办好。神父没有叫你带信给我吗？

鲍尔萨泽 没有，我的好少爷。

罗 密 欧 算了，你去吧，把马匹雇好了；我就来找你。（鲍尔萨泽下）好，朱丽叶，今晚我要睡在你的身旁。让我想个办法。啊，罪恶的念头！你会多么快钻进一个绝望者的心里！我想起了一个卖药的人，他的铺子就开设在附近，我曾经看见他穿着一身破烂的衣服，皱着眉头在那儿拣药草；他的形状十分消瘦，痛苦把他熬煎得只剩一把骨头；他的寒伧的房子里铺着一只乌龟，一头剥制的鳄鱼，还有几张形状丑陋的鱼皮；他的架子上稀疏地散放着几只空匣子、绿色的瓦罐、一些胞囊和发霉的种子、几段包扎的麻绳，还有几块陈年的干玫瑰花，作为聊胜于无的点缀。看到这一种寒酸的样子，我就对自己说，在曼多亚城里，谁出卖了毒药是会立刻处死的，可是倘有谁现在需要毒药，这儿有一个可怜的奴才会卖给他。啊！不料我这一个思想，竟会预兆着我自己的需要，这个穷汉的毒药却要卖给我。我记得这里就是他的铺子；今天是假日，所以这叫化子没有开门。喂！卖药的！

卖药人上。

卖 药 人 谁在高声叫喊？

罗 密 欧 过来，朋友。我瞧你很穷，这儿是四十块钱，请你给我一点能够迅速致命的毒药，厌倦于生命的人一服下去便会散入全身的血管，立刻停止呼吸而死去，就像火药从炮膛里放射出去一样快。

卖 药 人 这种致命的毒药我是有的；可是曼多亚的法律严禁发卖，出卖的人是要处死刑的。

罗 密 欧 难道你这样穷苦，还怕死吗？饥寒的痕迹刻在你的面颊上，贫乏和迫害在你的眼睛里射出了饿火，轻蔑和卑贱重压在你的背上；这世间不是你的朋友，这世间的法律也保护不到你，没有人为你定下一条法律使你富有；那么你何必苦耐着贫穷呢？违犯了法律，把这些钱收下吧。

卖 药 人 我的贫穷答应了你，可是那是违反我的良心的。

罗 密 欧 我的钱是给你的贫穷，不是给你的良心的。

卖 药 人 把这一服药放在无论什么饮料里喝下去，即使你有二十个人的气力，也会立刻送命。

罗 密 欧 这儿是你的钱，那才是害人灵魂的更坏的毒药，在这万恶的世界上，它比你那些不准贩卖的微贱的药品更会杀人；你没有把毒药卖给我，是我把毒药卖给你。再见；买些吃的东西，把你自己喂得胖一点。——来，你不是毒药，你是替我解除痛苦的仙丹，我要带着你到朱丽叶的坟上去，少不得要借助你一下哩。（各下）

第二场　维洛那。劳伦斯神父的寺院

约翰神父上。

约 翰 喂！师兄在哪里？

劳伦斯神父上。

劳伦斯 这是约翰师弟的声音。欢迎你从曼多亚回来！罗密欧怎么说？要是他的意思在信里写明，那么把他的信给我吧。

约　翰　我临走的时候，因为要找一个同门的师弟作我的同伴，他正在这城里访问病人，不料给本地巡逻的人看见了，疑心我们走进了一家染着瘟疫的人家，把门封锁住了，不让我们出来，所以耽误了我的曼多亚之行。

劳伦斯　那么谁把我的信送去给罗密欧了？

约　翰　我没有法子把它送出去，现在我又把它带回来了；因为他们害怕瘟疫传染，也没有人愿意把它送还给你。

劳伦斯　糟了！这封信不是等闲，性质十分重要，把它耽误下来，也许会引起极大的灾祸。约翰师弟，你快去给我找一柄铁锄，立刻带到这儿来。

约　翰　好师兄，我去给你拿来。（下）

劳伦斯　现在我必须独自到墓地里去；在这三小时之内，朱丽叶就会醒来，她因为罗密欧不曾知道这些事情，一定会责怪我。我现在要再写一封信到曼多亚去，让她留在我的寺院里，直等罗密欧到来。可怜的没有死的尸体，幽闭在一座死人的坟墓里！（下）

第三场　同前。凯普莱特家坟茔所在的墓地

帕里斯及侍童携鲜花火炬上。

帕里斯　孩子，把你的火把给我；走开，站在远远的地方；还是灭了吧，我不愿给人看见。你到那边的紫杉树底下直躺下来，把你的耳朵贴着中空的地面，地下挖了许多墓穴，土是松的，要是有跟跄的脚步走到坟地上来，你准听得见；要是听见有什么声息，便吹一个嗯哨通知我。把那些花给我。照我的话做去，走吧。

侍　童　（旁白）我简直不敢独自一个人站在这墓地上，可是我要硬着头皮试一下。（退后）

帕里斯　这些鲜花替你铺盖新床；
　　　惨啊，一朵娇红永委沙尘！
　　我要用沉痛的热泪淋浪，
　　　和着香水浇溉你的芳坟；
　　夜夜到你墓前散花哀泣，
　　这一段相思啊永无消歇！（侍童吹口哨）
　　这孩子在警告我有人来了。哪一个该死的家伙在这晚上到这儿来打扰我在爱人墓前的凭吊？什么！还拿着火把来吗？——让我躲在一旁看看他的动静。（退后）

罗密欧及鲍尔萨泽持火炬锹锄等上。

罗 密 欧 把那锄头跟铁钳给我。且慢，拿着这封信；等天一亮，你就把它送给我的父亲。把火把给我。听好我的吩咐，无论你听见什么瞧见什么，都只好远远地站着不许动，免得妨碍我的事情；要是动一动，我就要你的命。我所以要跑下这个坟墓里去，一部分的原因是要探望探望我的爱人，可是主要的理由却是要从她的手指上取下一个宝贵的指环，因为我有一个很重要的用途。所以你赶快给我走开吧；要是你不相信我的话，胆敢回来窥伺我的行动，那么，我可以对天发誓，我要把你的骨胳一节一节扯下来，让这饥饿的墓地上散满了你的肢体。我现在的心境非常狂野，比饿虎或是咆哮的怒海都要凶猛无情，你可不要惹我性起。

鲍尔萨泽 少爷，我走就是了，决不来打扰您。

罗 密 欧 这才像个朋友。这些钱你拿去，愿你一生幸福。再会，好朋友。

鲍尔萨泽 （旁白）虽然这么说，我还是要躲在附近的地方看着他；他的脸色使我害怕，我不知道他究竟打算做出什么事来。（退后）

罗 密 欧 你无情的泥土，吞噬了世上最可爱的人儿，我要擘开你的馋吻，（将墓门撬开）索性让你再吃一个饱！

帕 里 斯 这就是那个已经放逐出去的骄横的蒙太古，他杀死了我爱人的表兄，据说她就是因为伤心他的惨死而夭亡的。现在这家伙又要来盗尸发墓了，待我去抓住他。（上前）万恶的蒙太古！停止你的罪恶的工作，难道你杀了他们还不够，还要在死人身上发泄你的仇恨吗？该死的凶徒，赶快束手就捕，跟我见官去！

罗 密 欧 我果然该死，所以才到这儿来。年轻人，不要激怒一个不顾死活的人，快快离开我走吧；想想这些死了的人，你也该胆寒了。年轻人，请你不要激动我的怒气，使我再犯一次罪；啊，走吧！我可以对天发誓，我爱你远过于爱我自己，因为我来此的目的，就是要跟自己作对。别留在这儿，走吧；好好留着你的活命，以后也可以对人家说，是一个疯子发了慈悲，叫你逃走的。

帕 里 斯 我不听你这种鬼话；你是一个罪犯，我要逮捕你。

罗 密 欧 你一定要激怒我吗？那么好，来，朋友！（二人格斗。）

侍 童 哎哟，主啊！他们打起来了，我去叫巡逻的人来！（下）

帕 里 斯 （倒下）啊，我死了！——你倘有几分仁慈，打开墓门来，把我放在朱丽叶的身旁吧！（死）

罗 密 欧 好，我愿意成全你的志愿。让我瞧瞧他的脸；啊，茂丘西奥的亲戚，尊贵的帕里斯伯爵！当我们一路上骑马而来的时候，我的仆人曾经对我说过几句话，那时我因为心绪烦乱，没有听得进去；他说些什么？好像他告诉我说帕里斯本来预备娶朱丽叶为妻；他不是这样说吗？还是我做过这样的梦？或者还是我神经错乱，听见他说起朱丽叶的名字，所以发生了这一种幻想？啊！把你的手给我，你我都是登录在恶运的黑册上的人，我要把你葬在一个胜利的坟墓里；一个坟墓吗？啊，不！被杀害的少年，这是一个灯塔，因为朱丽叶睡在这里，她的美貌使这一个墓窟变成一座充满着光明的欢宴的华堂。死了的人，躺在那儿吧，一个死了的人把你安葬了。（将帕里斯放下墓中）人们临死的时候，往往反会觉得心中愉快，旁观的人便说这是死前的一阵回光返照；啊！这也就是我的回光返照吗？啊，我的爱人！我的妻子！死虽然已经吸去了你呼吸中的芳蜜，却还没有力量摧残你的美貌；你还没有被他征服，你的嘴唇上、面庞上，依然显着红润的美艳，不曾让灰白的死亡进占。提伯尔特，你也裹着你的血淋淋的殓衾躺在那儿吗？啊！你的青春葬送在你仇人的手里，现在我来替你报仇来了，我要亲手杀死那杀害你的人。原谅我吧，兄弟！啊！亲爱的朱丽叶，你为什么仍然这样美丽？难道那虚无的死亡，那枯瘦可憎的妖魔，也是个多情种子，所以把你藏匿在这幽暗的洞府里做他的情妇吗？为了防止这样的事情，我要永远陪伴着你，再不离开这漫漫长夜的幽宫；我要留在这儿，跟你的侍婢，那些蛆虫们在一起；啊！我要在这儿永久安息下来，从我这厌倦人世的凡躯上挣脱恶运的束缚。眼睛，瞧你的最后一眼吧！手臂，作你最后一次的拥抱吧！嘴唇，啊！你呼吸的门户，用一个合法的吻，跟网罗一切的死亡订立一个永久的契约吧！来，苦味的向导，绝望的领港人，现在赶快把你的厌倦于风涛的船舶向那崖岩上冲撞过去吧！为了我的爱人，我干了这一杯！（饮药）啊！卖药的人果然没有骗我，药性很快地发作了。我就这样在这一吻中死去。（死）

劳伦斯神父持灯笼、锄、锹自墓地另一端上。

劳 伦 斯 圣芳济保佑我！我这双老脚今天晚上怎么老是在坟堆里绊来跌去的！那边是谁？

鲍尔萨泽 是一个朋友，也是一个跟您熟识的人。

劳 伦 斯 祝福你！告诉我，我的好朋友，那边是什么火把，向蛆虫和没有眼睛的骷髅浪费着它的光明？照我辨认起来，那火把亮着的地方，几乎是凯普莱特家里的坟茔。

鲍尔萨泽　正是，神父；我的主人，您的好朋友，就在那儿。

劳 伦 斯　他是谁？

鲍尔萨泽　罗密欧。

劳 伦 斯　他来多久了？

鲍尔萨泽　足足半点钟。

劳 伦 斯　陪我到墓穴里去。

鲍尔萨泽　我不敢，神父。我的主人不知道我还没有走；他曾经对我严辞恐吓，说要是我留在这儿窥伺他的动静，就要把我杀死。

劳 伦 斯　那么你留在这儿，让我一个人去吧。恐惧降临到我的身上；啊！我怕会有什么不幸的祸事发生。

鲍尔萨泽　当我在这株紫杉树底下睡了过去的时候，我梦见我的主人跟另外一个人打架，那个人被我的主人杀了。

劳 伦 斯　（趋前）罗密欧！嗳哟！嗳哟，这坟墓的石门上染着些什么血迹？在这安静的地方，怎么横放着这两柄无主的血污的刀剑？（进墓）罗密欧！啊，他的脸色这么惨白！还有谁？什么！帕里斯也躺在这儿，浑身浸在血泊里？啊！多么残酷的时辰，造成了这场凄惨的意外！那小姐醒了。（朱丽叶醒）

朱 丽 叶　啊，善心的神父！我的夫君呢？我记得很清楚我应当在什么地方，现在我正在这地方。我的罗密欧呢？（内喧声）

劳 伦 斯　我听见有什么声音。小姐，赶快离开这个密布着毒氛腐臭的死亡的巢穴吧；一种我们所不能反抗的力量已经阻挠了我们的计划。来，出去吧。你的丈夫已经在你的怀中死去；帕里斯也死了。来，我可以替你找一处地方出家做尼姑。不要耽误时间盘问我，巡夜的人就要来了。来，好朱丽叶，去吧。（内喧声又起）我不敢再等下去了。

朱 丽 叶　去，你去吧！我不愿意走。（劳伦斯下）这是什么？一只杯子，紧紧地握住在我的忠心的爱人的手里？我知道了，一定是毒药结果了他的生命。唉，冤家！你一起喝干了，不留下一滴给我吗？我要吻着你的嘴唇，也许这上面还留着一些毒液，可以让我当作兴奋剂服下而死去。（吻罗密欧）你的嘴唇还是温暖的！

巡 丁 甲　（在内）孩子，带路；在哪一个方向？

朱 丽 叶　啊，人声吗？那么我必须快一点了结。啊，好刀子！（攫住罗密欧的匕首）这就是你的鞘子；（以匕首自刺）你插了进去，让我死了吧。（扑在罗密欧身上死去）

巡丁及帕里斯侍童上。

侍　　童　就是这儿，那火把亮着的地方。

巡丁甲　地上都是血；你们几个人去把墓地四周搜查一下，看见什么人就抓起来。（若干巡丁下）好惨！伯爵被人杀了躺在这儿，朱丽叶胸口流着血，身上还是热热的好像死得不久，虽然她已经葬在这里两天了。去，报告亲王，通知凯普莱特家里，再去把蒙太古家里的人也叫醒了，剩下的人到各处搜搜。（若干巡丁续下）我们看见这些惨事发生在这个地方，可是在没有得到人证以前，却无法明了这些惨事的真相。

若干巡丁率鲍尔萨泽上。

巡丁乙　这是罗密欧的仆人；我们看见他躲在墓地里。

巡丁甲　把他好生看押起来，等亲王来审问。

若干巡丁率劳伦斯神父上。

巡丁丙　我们看见这个教士从墓地旁边跑出来，神色慌张，一边叹气一边流泪，他手里还拿着锄头铁锹，都给我们拿下来了。

巡丁甲　他有很重大的嫌疑；把这教士也看押起来。

亲王及侍从上。

亲　　王　什么祸事在这样早的时候发生，打断了我的清晨的安睡？

凯普莱特、凯普莱特夫人及余人等上。

凯普莱特　外边这样乱叫乱喊，是怎么一回事？

凯普莱特夫人　街上的人们有的喊着罗密欧，有的喊着朱丽叶，有的喊着帕里斯；大家沸沸扬扬地向我们家里的坟上奔去。

亲　　王　这么许多人为什么发出这样惊人的叫喊？

巡丁甲　王爷，帕里斯伯爵被人杀死了躺在这儿；罗密欧也死了；已经死了两天的朱丽叶，身上还热着，又被人重新杀死了。

亲　　王　用心搜寻，把这场万恶的杀人命案的真相调查出来。

巡丁甲　这儿有一个教士，还有一个被杀的罗密欧的仆人，他们都拿着掘墓的器具。

凯普莱特　天啊！——啊，妻子！瞧我们的女儿流着这么多的血！这把刀弄错了地位了！瞧，它的空鞘子还在蒙太古家小子的背上，它却插进了我的女儿的胸前！

凯普莱特夫人　嗳哟！这些死的惨象就像惊心动魄的钟声，警告我这风烛残年，快要不久于人世了。

蒙太古及余人等上。

亲　王	来，蒙太古，你起来虽然很早，可是你的儿子倒下得更早。
蒙太古	唉！殿下，我的妻子因为悲伤小儿的远逐，已经在昨天晚上去世了；还有什么祸事要来跟我这老头子作对呢？
亲　王	瞧吧，你就可以看见。
蒙太古	啊，你这不孝的东西！你怎么可以抢在你父亲的前面，自己先钻到坟墓里去呢？
亲　王	暂时停止你们的悲恸，让我把这些可疑的事实审问明白，知道了详细的原委以后，再来领导你们放声一哭吧；也许我的悲哀还要远远胜过你们呢！——把嫌疑犯带上来。
劳伦斯	时间和地点都可以作不利于我的证人；在这场悲惨的血案中，我虽然是一个能力最薄弱的人，但却是嫌疑最重的人。我现在站在殿下的面前，一方面要供认我自己的罪过，一方面也要为我自己辩解。
亲　王	那么快把你所知道的一切说出来。
劳伦斯	我要把经过的情形尽量简单地叙述出来，因为我的短促的残生还不及一段冗烦的故事那么长。死了的罗密欧是死了的朱丽叶的丈夫，她是罗密欧的忠心的妻子，他们的婚礼是由我主持的。就在他们秘密结婚的那天，提伯尔特死于非命，这位才做新郎的人也从这城里被放逐出去；朱丽叶是为了他，不是为了提伯尔特，才那样伤心憔悴。你们因为要替她解除烦恼，把她许婚给帕里斯伯爵，还要强迫她嫁给他，她就跑来见我，神色慌张地要我替她想个办法避免这第二次的结婚，否则她要在我的寺院里自杀。所以我就根据我的医药方面的学识，给她一服安眠的药水；它果然发生了我所预期的效力，她一服下去就像死了一样昏沉过去。同时我写信给罗密欧，叫他就在这一个悲惨的晚上到这儿来，帮助把她搬出她寄寓的坟墓，因为药性一到时候便会过去。可是替我带信的约翰神父却因遭到意外，不能脱身，昨天晚上才把我的信依然带了回来。那时我只好按照着预先算定她醒来的时间，一个人前去把她从她家族的墓茔里带出来，预备把她藏匿在我的寺院里，等有方便再去叫罗密欧来；不料我在她醒来以前几分钟到这儿来的时候，尊贵的帕里斯和忠诚的罗密欧已经双双惨死了。她一醒过来，我就请她出去，劝她安心忍受这一种出自天意的变故；可是那时我听见了纷纷的人声，吓得逃出了墓穴，她在万分绝望之中不肯跟我去，看样子她是自杀了。这是我所知道的一切，至于他们两人的结婚，那么她的乳母也是耳闻的。要是这一场不幸的惨祸，是由我的疏忽所造成，那么我这条老命愿受最严厉的法律的制裁，请您让它提早几点钟牺牲了吧。

亲　王	我一向知道你是一个道行高尚的人。罗密欧的仆人呢？他有什么话说？
鲍尔萨泽	我把朱丽叶的死讯通知了我的主人，因此他从曼多亚急急地赶到这里，到了这座坟茔的前面。这封信他叫我一早送去给我家老爷；当他走进墓穴里的时候，他还恐吓我，说要是我不离开他赶快走开，他就要杀死我。
亲　王	把那封信给我，我要看看。叫巡丁来的那个伯爵的侍童呢？喂，你的主人到这地方来做什么？
侍　童	他带了花来散在他夫人的坟上，他叫我站得远远的，我就听他的话；不一会儿工夫，来了一个拿着火把的人把坟墓打开了。后来我的主人就拔剑跟他打了起来，我就奔去叫巡丁。
亲　王	这封信证实了这个神父的话，讲起他们恋爱的经过和她的去世的消息；他还说他从一个穷苦的卖药人手里买到一种毒药，要把它带到墓穴里来准备和朱丽叶长眠在一起。这两家仇人在哪里？——凯普莱特！蒙太古！瞧你们的仇恨已经受到了多大的惩罚，上天借手于爱情，夺去了你们心爱的人；我为了忽视你们的争执，也已经丧失了一双亲戚，大家都受到惩罚了。
凯普莱特	啊，蒙太古大哥！把你的手给我；这就是你给我女儿的一份聘礼，我不能再作更大的要求了。
蒙太古	但是我可以给你更多的；我要用纯金替她铸一座像，只要维洛那一天不改变它的名称，任何塑像都不会比忠贞的朱丽叶那一座更为卓越。
凯普莱特	罗密欧也要有一座同样富丽的金像卧在他情人的身旁，这两个在我们的仇恨下惨遭牺牲的可怜的人儿！
亲　王	清晨带来了凄凉的和解， 太阳也惨得在云中躲闪。 大家先回去发几声感慨， 该恕的、该罚的再听宣判。 古往今来多少离合悲欢， 谁曾见这样的哀怨辛酸！（同下）

哈姆莱特

剧中人物

克 劳 狄 斯　丹麦国王
哈 姆 莱 特　前王之子，今王之侄
福丁布拉斯　挪威王子
霍 　 拉 　 旭　哈姆莱特之友
波 洛 涅 斯　御前大臣
雷 欧 提 斯　波洛涅斯之子
伏 提 曼 德 ⎫
考 尼 律 斯 ⎪
罗森格兰兹 　⎬ 朝臣
吉尔登斯吞 ⎪
奥 斯 里 克 ⎭
教 　　　 士
侍 　　　 臣
马 西 勒 斯 ⎫
　　　　　 ⎬ 军官
勃 　 那 　 多 ⎭
弗兰西斯科　兵士
雷 奈 尔 多　波洛涅斯之仆
队 　　　 长
英 国 使 臣
众 　 伶 　 人
二 　 小 　 丑　掘坟墓者
乔 特 鲁 德　丹麦王后，哈姆莱特之母
奥 菲 利 娅　波洛涅斯之女
贵族、贵妇、军官、兵士、教士、水手、使者及侍从等
哈姆莱特父亲的鬼魂

地　　点

艾尔西诺

第 一 幕

第一场　艾尔西诺。城堡前的露台

弗兰西斯科立台上守望。勃那多自对面上。

勃 那 多　那边是谁?

弗兰西斯科　不,你先回答我;站住,告诉我你是什么人。

勃 那 多　国王万岁!

弗兰西斯科　勃那多吗?

勃 那 多　正是。

弗兰西斯科　你来得很准时。

勃 那 多　现在已经打过十二点钟;你去睡吧,弗兰西斯科。

弗兰西斯科　谢谢你来看我;天冷得厉害,我心里也老大不舒服。

勃 那 多　你守在这儿,一切都很安静吗?

弗兰西斯科　一只小老鼠也不见走动。

勃 那 多　好,晚安!要是你碰见霍拉旭和马西勒斯,我的守夜的伙伴们,就叫他们赶紧来。

弗兰西斯科　我想我听见了他们的声音。喂,站住!你是谁?

霍拉旭及马西勒斯上。

霍 拉 旭　都是自己人。

马 西 勒 斯　丹麦王的臣民。

弗兰西斯科　祝你们晚安!

马 西 勒 斯　啊!再会,正直的军人!谁替了你?

弗兰西斯科　勃那多接我的班。祝你们晚安!(下)

马 西 勒 斯　喂!勃那多!

勃 那 多　喂,——啊!霍拉旭也来了吗?

霍 拉 旭　有这么一个他。

勃 那 多　欢迎,霍拉旭!欢迎,好马西勒斯!

马 西 勒 斯　什么!这东西今晚又出现过了吗?

勃 那 多　我还没有瞧见什么。

马 西 勒 斯　霍拉旭说那不过是我们的幻想。我告诉他我们已经两次看见过这一个可怕的怪象,他总是不肯相信;所以我请他今晚也来陪我们守一夜，要是这鬼魂再出来，就可以证明我们并没有看错，还可以叫他和它说几句话。

霍 拉 旭　嘿，嘿，它不会出现的。

勃 那 多　先请坐下；虽然你一定不肯相信我们的故事，我们还是要把我们这两夜来所看见的情形再向你絮叨一遍。

霍 拉 旭　好，我们坐下来，听听勃那多怎么说。

勃 那 多　昨天晚上，北极星西面的那颗星已经移到了它现在吐射光辉的地方，时钟刚敲了一点，马西勒斯跟我两个人——

马 西 勒 斯　住声！不要说下去；瞧，它又来了！

　　　　　鬼魂上。

勃 那 多　正像已故的国王的模样。

马 西 勒 斯　你是有学问的人，去和它说话，霍拉旭。

勃 那 多　它的样子不像已故的国王吗？看，霍拉旭。

霍 拉 旭　像得很；它使我心里充满了恐怖和惊奇。

勃 那 多　它希望我们对它说话。

马 西 勒 斯　你去问它，霍拉旭。

霍 拉 旭　你是什么鬼怪，胆敢僭窃丹麦先王出征时的神武的雄姿，在这样深夜的时分出现？凭着上天的名义，我命令你说话！

马 西 勒 斯　它生气了。

勃 那 多　瞧，它昂然不顾地走开了！

霍 拉 旭　不要走！说呀，说呀！我命令你，快说！（鬼魂下）

马 西 勒 斯　它走了，不愿回答我们。

勃 那 多　怎么，霍拉旭！你在发抖，你的脸色这样惨白。这不是幻想吧？你有什么高见？

霍 拉 旭　凭上帝起誓，倘不是我自己的眼睛向我证明，我再也不会相信这样的怪事。

马 西 勒 斯　它不像我们的国王吗？

霍 拉 旭　正和你像你自己一样。它身上的那副战铠，就是它讨伐野心的挪威王的时候所穿的；它脸上的那副怒容，活像它有一次在谈判决裂以后把那些乘雪车的波兰人击溃在冰上的时候的神气。怪事怪事！

马 西 勒 斯　前两次它也是这样不先不后地在这个静寂的时辰，用军人的步态走过我们的眼前。

霍 拉 旭　我不知道究竟应该怎样想法；可是大概推测起来，这恐怕预兆着我们国内将要有一番非常的变故。

马西勒斯　好吧，坐下来。谁要是知道的，请告诉我，为什么我们要有这样森严
　　　　　的戒备，使全国的军民每夜不得安息；为什么每天都在制造铜炮，还
　　　　　要向国外购买战具；为什么征集大批造船匠，连星期日也不停止工
　　　　　作；这样夜以继日地辛苦忙碌，究竟为了什么？谁能告诉我？

霍拉旭　我可以告诉你；至少一般人都是这样传说。刚才它的形像还向我们出
　　　　现的那位已故的王上，你们知道，曾经接受骄矜好胜的挪威的福丁布
　　　　拉斯的挑战；在那一次决斗中间，我们的勇武的哈姆莱特，——他的
　　　　英名是举世称颂的——把福丁布拉斯杀死了；按照双方根据法律和骑
　　　　士精神所订立的协定，福丁布拉斯要是战败了，除了他自己的生命以
　　　　外，必须把他所有的一切土地拨归胜利的一方；同时我们的王上也提
　　　　出相当的土地作为赌注，要是福丁布拉斯得胜了，那土地也就归他所
　　　　有，正像在同一协定上所规定的，他失败了，哈姆莱特可以把他的土
　　　　地没收一样。现在要说起那位福丁布拉斯的儿子，他生得一副未经锻
　　　　炼的烈火也似的性格，在挪威四境召集了一群无赖之徒，供给他们衣
　　　　食，驱策他们去干冒险的勾当，好叫他们显一显身手。他的惟一的目
　　　　的，我们的当局看得很清楚，无非是要用武力和强迫性的条件，夺回
　　　　他父亲所丧失的土地。照我所知道的，这就是我们种种准备的主要动
　　　　机，我们这样戒备的惟一原因，也是全国所以这样慌忙骚乱的缘故。

勃那多　我想正是为了这个缘故。我们那位王上在过去和目前的战乱中间，都
　　　　是一个主要的角色，所以无怪他的武装的形像要向我们出现示警了。

霍拉旭　那是扰乱我们心灵之眼的一点微尘。从前在富强繁盛的罗马，在那雄
　　　　才大略的裘力斯·凯撒遇害以前不久，披着殓衾的死人都从坟墓里出
　　　　来，在街道上啾啾鬼语，星辰拖着火尾，露水带血，太阳变色，支配
　　　　潮汐的月亮被吞蚀得像一个没有气色的病人；这一类预报重大变故的征
　　　　兆，在我们国内的天上地下也已经屡次出现了。可是不要响！瞧！瞧！
　　　　它又来了！

　　　　鬼魂重上。

霍拉旭　我要挡住它的去路，即使它会害我。不要走，鬼魂！要是你能出声，
　　　　会开口，对我说话吧；要是我有可以为你效劳之处，使你的灵魂得到
　　　　安息，那么对我说话吧；要是你预知祖国的命运，靠着你的指示，也
　　　　许可以及时避免未来的灾祸，那么对我说话吧；或者你在生前曾经把
　　　　你搜括得来的财宝埋藏在地下，我听见人家说，鬼魂往往在他们藏金
　　　　的地方徘徊不散，（鸡啼）要是有这样的事，你也对我说吧；不要走，

说呀！拦住它，马西勒斯。

马西勒斯 要不要我用我的戟刺它？

霍 拉 旭 好的，要是它不肯站定。

勃 那 多 它在这儿！

霍 拉 旭 它在这儿！（鬼魂下）

马西勒斯 它走了！我们不该用暴力对待这样一个尊严的亡魂；因为它是像空气一样不可侵害的，我们无情的打击不过是恶意的徒劳。

勃 那 多 它正要说话的时候，鸡就啼了。

霍 拉 旭 于是它就像一个罪犯听到了可怕的召唤似的惊跳起来。我听人家说，报晓的雄鸡用它高锐的啼声，唤醒了白昼之神，一听到它的警告，那些在海里、火里、地下、空中到处浪游的有罪的灵魂，就一个个钻回自己的巢穴里去；这句话现在已经证实了。

马西勒斯 那鬼魂正是在鸡鸣的时候隐去的。有人说，在我们每次欢庆圣诞之前不久，这报晓的鸟儿总会彻夜长鸣；那时候，他们说，没有一个鬼魂可以出外行走，夜间的空气非常清净，没有一颗星用毒光射人，没有一个神仙用法术迷人，妖巫的符咒也失去了力量，一切都是圣洁而美好的。

霍 拉 旭 我也听人家这样说过，倒有几分相信。可是瞧，清晨披着赤褐色的外衣，已经踏着那边东方高山上的露水走过来了。我们也可以下班了。照我的意思，我们应该把我们今夜看见的事情告诉年轻的哈姆莱特；因为凭着我的生命起誓，这一个鬼魂虽然对我们不发一言，见了他一定有话要说。你们以为按着我们的交情和责任说起来，是不是应当让他知道这件事情？

马西勒斯 很好，我们决定去告诉他吧；我知道今天早上在什么地方最容易找到他。（同下）

第二场　城堡中的大厅

国王、王后、哈姆莱特、波洛涅斯、雷欧提斯、伏提曼德、考尼律斯、群臣、侍从等上。

国　　王 虽然我们亲爱的王兄哈姆莱特新丧未久，我们的心里应当充满了悲痛，我们全国都应当表示一致的哀悼，可是我们凛于后死者责任的重大，不能不违情背性，一方面固然要用适度的悲哀纪念他，一方面也要为自身的利害着想；所以，在一种悲喜交集的情绪之下，让幸福和忧郁分据了我的两眼，殡葬的挽歌和结婚的笙乐同时并奏，用盛大的喜乐抵销沉重的不幸，我已经和我旧日的长嫂，当今的王后，这一个多事之国的共同的统治者，结为夫妇；这一次婚姻事先曾经征求各位的意见，多承你们诚意的赞助，这是我必须向大家致谢的。现在我要告诉你们知道，年轻的福丁布拉斯看轻了我们的实力，也许他以为自从我们亲爱的王兄驾崩以后，我们的国家已经瓦解，所以挟着他的从中取利的梦想，不断向我们书面要求把他的父亲依法割让给我们英勇的王兄的土地归还。这是他一方面的话。现在要讲到我们的态度和今天召集各位来此的目的。我们的对策是这样的：我这儿已经写好了一封信给挪威国王，年轻的福丁布拉斯的叔父——他因为卧病在床，不曾与闻他侄子的企图——在信里我请他注意他的侄子擅自在国内征募壮丁，训练士卒，积极进行各种准备的事实，要求他从速制止他的进一步的行动；现在我就派遣你，考尼律斯，还有你，伏提曼德，替我把这封信送给挪威老王，除了训令上所规定的条件以外，你们不得僭用你们的权力，和挪威成立逾越范围的妥协。你们赶紧去吧，再会！

考尼律斯
伏提曼德 我们敢不尽力执行陛下的旨意。

国　　王 我相信你们的忠心；再会！（伏提曼德、考尼律斯同下）现在，雷欧提斯，你有什么话说？你对我说你有一个请求；是什么请求，雷欧提斯？只要是合理的事情，你向丹麦王说了，他总不会不答应你。你有什么要求，雷欧提斯，不是你未开口我就自动许给了你？丹麦王室和你父亲的关系，正像头脑之于心灵一样密切；丹麦国王乐意为你父亲效劳，正像双手乐于为嘴服役一样。你要些什么，雷欧提斯？

雷欧提斯 陛下，我要请求您允许我回到法国去。这一次我回国参加陛下加冕的盛典，略尽臣子的微忱，实在是莫大的荣幸；可是现在我的任务已尽，我的心愿又向法国飞驰，但求陛下开恩允准。

国　　王 你父亲已经答应你了吗？波洛涅斯怎么说？

波洛涅斯 陛下，我却不过他几次三番的恳求，已经勉强答应他了；请陛下放他去吧。

国　　王 好好利用你的时间，雷欧提斯，尽情发挥你的才能吧！可是来，我的侄儿哈姆莱特，我的孩子——

哈姆莱特 （旁白）超乎寻常的亲族，漠不相干的路人。

国　　王 为什么愁闷依旧笼罩在你的身上？

哈姆莱特 不，陛下；我已经在太阳里晒得太久了。

王　　后	好哈姆莱特，抛开你阴郁的神气吧，对丹麦王应该和颜悦色一点；不要老是垂下了眼皮，在泥土之中找寻你的高贵的父亲。你知道这是一件很普通的事情，活着的人谁都要死去，从生活踏进永久的宁静。
哈姆莱特	嗯，母亲，这是一件很普通的事情。
王　　后	既然是很普通的，那么你为什么瞧上去好像老是这样郁郁于心呢？
哈姆莱特	好像，母亲！不，是这样就是这样，我不知道什么"好像"不"好像"。好妈妈，我的墨黑的外套、礼俗上规定的丧服、难以吐出来的叹气、像滚滚江流一样的眼泪、悲苦沮丧的脸色，以及一切仪式、外表和忧伤的流露，都不能表示出我的真实的情绪。这些才真是给人瞧的，因为谁都可以做作成这种样子。它们不过是悲哀的装饰和衣服；可是我的郁结的心事却是无法表现出来的。
国　　王	哈姆莱特，你这样孝思不匮，原是你天性中纯洁过人之处；可是你要知道，你的父亲也曾失去过一个父亲，那失去的父亲自己也失去过父亲；那后死的儿子为了尽他的孝道，必须有一个时期服丧守节，然而固执不变的哀伤，却是一种违天悖理的愚行，不是堂堂男子所应有的举动；它表现出一个不肯安于天命的意志，一个经不起艰难痛苦的心，一个缺少忍耐的头脑和一个简单愚昧的理性。既然我们知道那是无可避免的事，无论谁都要遭遇到同样的经验，那么我们为什么要这样固执地把它介介于怀呢？嘿！那是对上天的罪戾，对死者的罪戾，也是违反人情的罪戾；在理智上它是完全荒谬的，因为从第一个死了的父亲起，直到今天死去的最后一个父亲为止，理智永远在呼喊，"这是无可避免的。"我请你抛弃了这种无意的悲伤，把我当做你的父亲；因为我要让全世界知道，你是王位的直接的继承者，我要给你的尊荣和恩宠，不亚于一个最慈爱的父亲之于他的儿子。至于你要回到威登堡去继续求学的意思，那是完全违反我们的愿望的；请你听从我的劝告，不要离开这里，在朝廷上领袖群臣，做我们最亲近的国亲和王子，使我们因为每天能看见你而感到欢欣。
王　　后	不要让你母亲的祈求全归无用，哈姆莱特；请你不要离开我们，不要到威登堡去。
哈姆莱特	我将要勉力服从您的意志，母亲。
国　　王	啊，那才是一句有孝心的答复；你将在丹麦享有和我同等的尊荣。御妻，来。哈姆莱特这一种自动的顺从使我非常高兴；为了表示庆祝，今天丹麦王每一次举杯祝饮的时候，都要放一响高入云霄的祝炮，让

上天应和着地上的雷鸣，发出欢乐的回声。来。（除哈姆莱特外均下）

哈姆莱特　啊，但愿这一个太坚实的肉体会融解、消散，化成一堆露水！或者那永生的真神未曾规定禁止自杀的律法！上帝啊！上帝啊！人世间的一切在我看来是多么可厌、陈腐、乏味而无聊！哼！哼！那是一个荒芜不治的花园，长满了恶毒的莠草。想不到居然会有这种事情！刚死了两个月！不，两个月还不满！这样好的一个国王，比起当前这个来，简直是天神和丑怪；这样爱我的母亲，甚至于不愿让天风吹痛了她的脸。天地呀！我必须记着吗？嘿，她会偎倚在他的身旁，好像吃了美味的食物，格外促进了食欲一般；可是，只有一个月的时间，我不能再想下去了！脆弱啊，你的名字就是女人！短短的一个月以前，她哭得像个泪人儿似的，送我那可怜的父亲下葬；她在送葬的时候所穿的那双鞋子还没有破旧，她就，她就——上帝啊！一头没有理性的畜生也要悲伤得长久一些——她就嫁给我的叔父，我的父亲的弟弟，可是他一点不像我的父亲，正像我一点不像赫剌克勒斯一样。只有一个月的时间，她那流着虚伪之泪的眼睛还没有消去红肿，她就嫁了人了。啊，罪恶的匆促，这样迫不及待地钻进了乱伦的衾被！那不是好事，也不会有好结果；可是碎了吧，我的心，因为我必须噤住我的嘴！

霍拉旭、马西勒斯、勃那多同上。

霍 拉 旭　祝福，殿下！

哈姆莱特　我很高兴看见你身体健康。你不是霍拉旭吗？绝对没有错。

霍 拉 旭　正是，殿下；我永远是您的卑微的仆人。

哈姆莱特　不，你是我的好朋友；我愿意和你朋友相称。你怎么不在威登堡，霍拉旭？马西勒斯！

马西勒斯　殿下——

哈姆莱特　我很高兴看见你。（向勃那多）你好，朋友。——可是你究竟为什么离开威登堡？

霍 拉 旭　无非是偷闲躲懒罢了，殿下。

哈姆莱特　我不愿听见你的仇敌说这样的话，你也不能用这样的话刺痛我的耳朵，使它相信你对你自己所作的诽谤；我知道你不是一个偷闲躲懒的人。可是你到艾尔西诺来有什么事？趁你未去之前，我们要陪你痛饮几杯哩。

霍 拉 旭　殿下，我是来参加您的父王的葬礼的。

哈姆莱特　请你不要取笑，我的同学；我想你是来参加我的母后的婚礼的。

霍 拉 旭　真的，殿下，这两件事情相去得太近了。

哈姆莱特　这是一举两便的办法，霍拉旭！葬礼中剩下来的残羹冷炙，正好宴请
　　　　　婚筵上的宾客。霍拉旭，我宁愿在天上遇见我的最痛恨的仇人，也不
　　　　　愿看到那样的一天！我的父亲，我仿佛看见我的父亲。

霍 拉 旭　啊，在什么地方，殿下？

哈姆莱特　在我的心灵的眼睛里，霍拉旭。

霍 拉 旭　我曾经见过他一次；他是一位很好的君王。

哈姆莱特　他是一个堂堂男子；整个说起来，我再也见不到像他那样的人了。

霍 拉 旭　殿下，我想我昨天晚上看见他。

哈姆莱特　看见谁？

霍 拉 旭　殿下，我看见您的父王。

哈姆莱特　我的父王！

霍 拉 旭　不要吃惊，请您静静地听我把这件奇事告诉您，这两位可以替我做
　　　　　见证。

哈姆莱特　看在上帝的份上，讲给我听。

霍 拉 旭　这两位朋友，马西勒斯和勃那多，在万籁俱寂的午夜守望的时候，曾
　　　　　经连续两夜看见一个自顶至踵全身甲胄、像您父亲一样的人形，在他
　　　　　们的面前出现，用庄严而缓慢的步伐走过他们的身边。在他们惊奇骇
　　　　　愕的眼前，它三次走过去，它手里所握的鞭杖可以碰到他们的身上；
　　　　　他们吓得几乎浑身都瘫痪了，只是呆立着不动，一句话也没有对它
　　　　　说。怀着惴惧的心情，他们把这件事悄悄地告诉了我，我就在第三夜
　　　　　陪着他们一起守望；正像他们所说的一样，那鬼魂又出现了，出现的
　　　　　时间和它的形状，证实了他们的每一个字都是正确的。我认识您的父
　　　　　亲；那鬼魂是那样酷似它的生前，我这两手也不及他们彼此的相似。

哈姆莱特　可是这是在什么地方？

马西勒斯　殿下，就在我们守望的露台上。

哈姆莱特　你们有没有和它说话？

霍 拉 旭　殿下，我说了，可是它没有回答我；不过有一次我觉得它好像抬起头
　　　　　来，像要开口说话似的，可是就在那时候，晨鸡高声啼了起来，它一
　　　　　听见鸡声，就很快地隐去不见了。

哈姆莱特　这很奇怪。

霍 拉 旭　凭着我的生命起誓，殿下，这是真的；我们认为按着我们的责任，应
　　　　　该让您知道这件事。

哈姆莱特　　不错，不错，朋友们；可是这件事情很使我迷惑。你们今晚仍旧要去守望吗？

马西勒斯
勃 那 多　　是，殿下。

哈姆莱特　　你们说它穿着甲胄吗？

马西勒斯
勃 那 多　　是，殿下。

哈姆莱特　　从头到脚？

马西勒斯
勃 那 多　　从头到脚，殿下。

哈姆莱特　　那么你们没有看见它的脸吗？

霍拉旭　　啊，看见的，殿下；它的脸甲是掀起的。

哈姆莱特　　怎么，它瞧上去像在发怒吗？

霍拉旭　　它的脸上悲哀多于愤怒。

哈姆莱特　　它的脸色是惨白的还是红红的？

霍拉旭　　非常惨白。

哈姆莱特　　它把眼睛注视着你吗？

霍拉旭　　它直盯着我瞧。

哈姆莱特　　我真希望当时我也在场。

霍拉旭　　那一定会使您吃惊万分。

哈姆莱特　　多半会的，多半会的。它停留得长久吗？

霍拉旭　　大概有一个人用不快不慢的速度从一数到一百的那段时间。

马西勒斯
勃 那 多　　还要长久一些，还要长久一些。

霍拉旭　　我看见它的时候，不过这么久。

哈姆莱特　　它的胡须是斑白的吗？

霍拉旭　　是的，正像我在它生前看见的那样，乌黑的胡须里略有几根变成白色。

哈姆莱特　　我今晚也要守夜去；也许它还会出来。

霍拉旭　　我可以担保它一定会出来。

哈姆莱特　　要是它借着我的父王的形貌出现，即使地狱张开嘴来，叫我不要作声，我也一定要对它说话。要是你们到现在还没有把你们所看见的告诉别人，那么就要请求你们大家继续保持沉默；无论今夜发生什么事情，都请放在心里，不要在口舌之间泄漏出去。我一定会报答你们的忠诚。好，再会；今晚十一点钟到十二点钟之间，我要到露台上来看你们。

众　　人　我们愿意为殿下尽忠。

哈姆莱特　让我们彼此保持着不渝的交情；再会！（霍拉旭、马西勒斯、勃那多同下）我父亲的灵魂披着甲胄！事情有些不妙；我想这里面一定有奸人的恶习。但愿黑夜早点到来！静静地等着吧，我的灵魂；罪恶的行为总有一天会发现，虽然地上所有的泥土把它们遮掩。（下）

第三场　波洛涅斯家中一室

雷欧提斯及奥菲利娅上。

雷欧提斯　我需要的物件已经装在船上，再会了；妹妹，在好风给人方便、船只来往无阻的时候，不要贪睡，让我听见你的消息。

奥菲利娅　你还不相信我吗？

雷欧提斯　对于哈姆莱特和他的调情献媚，你必须把它认作年轻人一时的感情冲动，一朵初春的紫罗兰早熟而易凋，馥郁而不能持久，一分钟的芬芳和喜悦，如此而已。

奥菲利娅　不过如此吗？

雷欧提斯　不过如此；因为一个人成长的过程，不仅是肌肉和体格的增强，而且随着身体的发展，精神和心灵也同时扩大。也许他现在爱你，他的真诚的意志是纯洁而不带狡诈的；可是你必须留心，他有这样高的地位，他的意志并不属于他自己，因为他自己也要被他的血统所支配；他不能像一般庶民一样为自己选择，因为他的决定足以影响到整个国土的安危，他是全身的首脑，他的选择必须得到各部分肢体的同意；所以要是他说，他爱你，你不可贸然相信，应该明白：照他的身分地位说来，他要想把自己的话付诸实现，决不能越出丹麦国内普遍舆论所同意的范围。你再想一想，要是你用过于轻信的耳朵倾听他的歌曲，让他攫走了你的心，在他的狂妄的渎求之下，打开了你的宝贵的童贞，那时候你的名誉将要蒙受多大的损失。留心，奥菲利娅，留心，我的亲爱的妹妹，不要放纵你的爱情，不要让欲望的利箭把你射中。一个自爱的女郎，若是向月亮显露她的美貌就算是极端放荡了；圣贤也不能逃避谗口的中伤；春天的草木往往还没有吐放它们的蓓蕾，就被蛀虫蠹蚀；朝露一样晶莹的青春，常常会受到罡风的吹打。

所以留心吧，戒惧是最安全的方策；即使没有旁人的诱惑，少年的血气也要向他自己叛变。

奥菲利娅 我将要记住你这个很好的教训，让它看守着我的心。可是，我的好哥哥，你不要像有些坏牧师一样，指点我上天去的险峻的荆棘之途，自己却在花街柳巷流连忘返，忘记了自己的箴言。

雷欧提斯 啊！不要为我担心。我耽搁得太久了；可是父亲来了。

波洛涅斯上。

雷欧提斯 两度的祝福是双倍的福分；第二次的告别是格外可喜的。

波洛涅斯 还在这儿，雷欧提斯！上船去，上船去，真好意思！风息在帆顶上，人家都在等着你哩。好，我为你祝福！还有几句教训，希望你铭刻在记忆之中：不要想到什么就说什么，凡事必须三思而行。对人要和气，可是不要过分狎昵。相知有素的朋友，应该用钢圈箍在你的灵魂上，可是不要对每一个泛泛的新知滥施你的交情。留心避免和人家争吵；可是万一争端已起，就应该让对方知道你不是可以轻侮的。倾听每一个人的意见，可是只对极少数人发表你的意见；接受每一个人的批评，可是保留你自己的判断。尽你的财力购买贵重的衣服，可是不要炫新立异，必须富丽而不浮艳，因为服装往往可以表现人格；法国的名流要人，就是在这点上显得最高尚，与众不同。不要向人借贷，也不要借钱给人；因为债款放了出去，往往不但丢了本钱，而且还失去了朋友；向人借贷的结果，容易养成因循懒惰的习惯。尤其要紧的，你必须对你自己忠实；正像有了白昼才有黑夜一样，对自己忠实，才不会对别人狡诈。再会；愿我的祝福使这一番话在你的行事中奏效！

雷欧提斯 父亲，我告别了。

波洛涅斯 时候不早了；去吧，你的仆人都在等着。

雷欧提斯 再会，奥菲利娅，记住我对你说的话。

奥菲利娅 你的话已经锁在我的记忆里，那钥匙你替我保管着吧。

雷欧提斯 再会！（下）

波洛涅斯 奥菲利娅，他对你说些什么话？

奥菲利娅 回父亲的话，我们刚才谈起哈姆莱特殿下的事情。

波洛涅斯 嗯，这是应该考虑一下的。听说他近来常常跟你在一起，你也从来不拒绝他的求见；要是果然有这种事——人家这样告诉我，也无非是叫我注意的意思——那么我必须对你说，你还没有懂得你做了我的女儿，按照你的身份，应该怎样留心你自己的行动。究竟在你们两人之间有些什么关系？老实告诉我。

奥菲利娅 父亲，他最近曾经屡次向我表示他的爱情。

波洛涅斯 爱情！呸！你讲的话完全像是一个不曾经历过这种危险的不懂事的女孩子。你相信你所说的他的那种表示吗？

奥菲利娅 父亲，我不知道我应该怎样想才好。

波洛涅斯 好，让我来教你；你应该这样想，你是一个毛孩子，竟然把这些假意的表示当作了真心的奉献。你应该"表示"出一番更大的架子，要不然——就此打住吧，这个可怜的字眼被我使唤得都快断气了——你就"表示"你是个十足的傻瓜。

奥菲利娅 父亲，他向我求爱的态度是很光明正大的。

波洛涅斯 不错，那只是态度；算了，算了。

奥菲利娅 而且，父亲，他差不多用尽一切指天誓日的神圣的盟约，证实他的言语。

波洛涅斯 嗯，这些都是捕捉愚蠢的山鹬的圈套。我知道在热情燃烧的时候，一个人无论什么盟誓都会说出口来；这些火焰，女儿，是光多于热的，刚刚说出口就会光销焰灭，你不能把它们当作焰火看待。从现在起，你还是少露一些你的女儿家的脸；你应该抬高身价，不要让人家以为你是可以随意呼召的。对于哈姆莱特殿下，你应该这样想，他是个年轻的王子，他比你在行动上有更大的自由。总而言之，奥菲利娅，不要相信他的盟誓，它们不过是淫媒，内心的颜色和服装完全不一样，只晓得诱人干一些龌龊的勾当，正像道貌岸然大放厥辞的鸨母，只求达到其人的目的。我的言尽于此，简单一句话，从现在起，我不许你一有空闲就跟哈姆莱特殿下聊天。你留点儿神吧；进去。

奥菲利娅 我一定听从您的话，父亲。（同下）

第四场 露 台

哈姆莱特、霍拉旭及马西勒斯上。

哈姆莱特 风吹得人怪痛的，这天气真冷。

霍拉旭 是很凛冽的寒风。

哈姆莱特 现在什么时候了？

霍拉旭 我想还不到十二点。

马西勒斯　不，已经打过了。

霍 拉 旭　真的？我没有听见；那么鬼魂出现的时候快要到了。（内喇叭奏花腔及鸣炮声）这是什么意思，殿下？

哈姆莱特　王上今晚大宴群臣，作通宵的醉舞；每次他喝下了一杯葡萄美酒，铜鼓和喇叭便吹打起来，欢祝万寿。

霍 拉 旭　这是向来的风俗吗？

哈姆莱特　嗯，是的。可是我虽然从小就熟习这种风俗，我却以为把它破坏了倒比遵守它还体面些。这一种酗酒纵乐的风俗，使我们在东西各国受到许多非议；他们称我们为财徒醉汉，将下流的污名加在我们头上，使我们各项伟大的成就都因此而大为减色。在个人方面也常常是这样，由于脾性上有某些丑恶的瘢痣：或者是天生的——这就不能怪本人，因为天性不能由自己选择；或者是某种偏偏发展到反常地步，冲破了理智的约束和防卫；或者是某种习惯玷污了原来令人喜爱的举止；这些人只要带着上述一种缺点的烙印——天生的标记或者偶然的机缘——不管在其余方面他们是如何圣洁，如何具备一个人所能有的无限美德，由于那点特殊的毛病，在世人的非议中也会感染溃烂；少量的邪恶足以勾销全部高贵的气质，害得人声名狼藉。

鬼魂上。

霍 拉 旭　瞧，殿下，它来了！

哈姆莱特　天使保佑我们！不管你是一个善良的灵魂或是万恶的妖魔，不管你带来了天上的和风或是地狱中的罡风，不管你的来意好坏，因为你的形状是这样引起我的怀疑，我要对你说话；我要叫你哈姆莱特，君王，父亲！尊严的丹麦先王，啊，回答我！不要让我在无知的蒙昧里抱恨终天；告诉我为什么你的长眠的骸骨不安窀穸，为什么安葬着你的遗体的坟墓张开它的沉重的大理石的两颚，把你重新吐放出来。你这已死的尸体这样全身甲胄，出现在月光之下，使黑夜变得这样阴森，使我们这些为造化所玩弄的愚人由于不可思议的恐怖而心惊胆颤，究竟是什么意思呢？说，这是为了什么？你要我们怎样？（鬼魂向哈姆莱特招手）

霍 拉 旭　它招手叫您跟着它去，好像它有什么话要对您一个人说似的。

马西勒斯　瞧，它用很有礼貌的举动，招呼您到一个偏远的所在去；可是别跟它去。

霍 拉 旭　千万不要跟它去。

哈姆莱特　它不肯说话；我还是跟它去。

霍 拉 旭　不要去，殿下。

哈姆莱特　嗨，怕什么呢？我把我的生命看得不值一枚针；至于我的灵魂，那是跟它自己同样永生不灭的，它能够加害它吗？它又在招手叫我前去了；我要跟它去。

霍 拉 旭　殿下，要是它把您诱到潮水里去，或者把您领到下临大海的峻峭的悬崖之巅，在那边它现出了狰狞的面貌，吓得您丧失理智，变成疯狂，那可怎么好呢？您想，无论什么人一到了那样的地方，望着下面千仞的峭壁，听见海水奔腾的怒吼，即使没有别的原因，也会起穷凶极恶的怪念的。

哈姆莱特　它还在向我招手。去吧，我跟着你。

马西勒斯　您不能去，殿下。

哈姆莱特　放开你们的手！

霍 拉 旭　听我们的劝告，不要去。

哈姆莱特　我的命运在高声呼喊，使我全身每一根微细的血管都变得像怒狮的筋骨一样坚硬。（鬼魂招手）它仍旧在招我去。放开我，朋友们；（挣脱二人之手）凭着上天起誓，谁要是拉住我，我要叫他变成一个鬼！走开！去吧，我跟着你。（鬼魂及哈姆莱特同下）

霍 拉 旭　幻想占据了他的头脑，使他不顾一切。

马西勒斯　让我们跟上去；我们不应该服从他的话。

霍 拉 旭　那么跟上去吧。这种事情会引出些什么结果来呢？

马西勒斯　丹麦国里恐怕有些不可告人的坏事。

霍 拉 旭　上帝的旨意支配一切。

马西勒斯　得了，我们还是跟上去吧。（同下）

第五场　露台的另一部分

鬼魂及哈姆莱特上。

哈姆莱特　你要领我到什么地方去？说，我不愿再前进了。

鬼　　魂　听我说。

哈姆莱特　我在听着。

鬼　　魂　我的时间快到了，我必须再回到硫黄的烈火里去受煎熬的痛苦。

哈姆莱特　唉，可怜的亡魂！

鬼　　魂　不要可怜我，你只要留心听着我要告诉你的话。

哈姆莱特　说吧；我自然要听。

鬼　　魂　你听了以后，也自然要替我报仇。

哈姆莱特　什么？

鬼　　魂　我是你父亲的灵魂，因为生前孽障未尽，被判在晚间游行地上，白昼忍受火焰的烧灼，必须经过相当的时期，等生前的过失被火焰净化以后，方才可以脱罪。若不是因为我不能违犯禁令，泄漏我的狱中的秘密，我可以告诉你一桩事，最轻微的几句话，都可以使你魂飞魄散，使你年轻的血液凝冻成冰，使你的双眼像脱了轨道的星球一样向前突出，使你的纠结的鬈发根根分开，像愤怒的豪猪身上的刺毛一样森然耸立；可是这一种永恒的神秘，是不能向血肉的凡耳宣示的。听着，听着，啊，听着！要是你曾经爱过你的亲爱的父亲——

哈姆莱特　上帝啊！

鬼　　魂　你必须替他报复那逆伦惨恶的杀身的仇恨。

哈姆莱特　杀身的仇恨！

鬼　　魂　杀人是重大的罪恶；可是这一件谋杀的惨案，更是骇人听闻而伤天害理的罪行。

哈姆莱特　赶快告诉我，让我驾着像思想和爱情一样迅速的翅膀，飞去把仇人杀死。

鬼　　魂　我的话果然激动了你；要是你听见了这种事情而漠然无动于衷，那你除非比飘散在忘河之滨的蔓草还要冥顽不灵。现在，哈姆莱特，听我说；一般人都以为我在花园里睡觉的时候，一条蛇来把我螫死，这一个虚构的死状，把丹麦全国的人都骗过了；可是你要知道，好孩子，那毒害你父亲的蛇，头上戴着王冠呢。

哈姆莱特　啊，我的预感果然是真的！我的叔父！

鬼　　魂　嗯，那个乱伦的、奸淫的畜生，他有的是过人的诡诈，天赋的奸恶，凭着他的阴险的手段，诱惑了我的外表上似乎非常贞淑的王后，满足他的无耻的兽欲。啊，哈姆莱特，那是一个多么卑鄙无耻的背叛！我的爱情是那样纯洁真诚，始终信守着我在结婚的时候对她所作的盟誓；她却会对一个天赋的才德远不如我的恶人降心相从！可是正像一个贞洁的女子，虽然淫欲罩上神圣的外表，也不能把她煽动一样，一个淫妇虽然和光明的天使为偶，也会有一天厌倦于天上的唱曲之乐，而宁愿搂抱人间的朽骨。可是且慢！我仿佛嗅到了清晨的空气；让我把话说得简短一些。当我按照每天午后的惯例，在花园里睡觉的时候，你的叔父乘我不备，悄悄溜了进来，拿着一个盛着毒草汁的小瓶，把一种使人麻痹的药水注入我的耳腔之内，那药性发作起来，会像水银一样很快地流过全身的大小血管，像酸液滴进牛乳一般把淡薄而健全的血液凝结起来；它一进入我的身体，我全身光滑的皮肤上便立刻发生无数疱疹，像害着癞病似的满布着可憎的鳞片。这样，我在睡梦之中，被一个兄弟同时夺去了我的生命、我的王冠和我的王后；甚至于不给我一个忏罪的机会，使我在没有领到圣餐也没有受过临终涂膏礼以前，就一无准备地负着我的全部罪恶去对簿阴曹。可怕啊，可怕！要是你有天性之情，不要默尔而息，不要让丹麦的御寝变成了藏奸养贼的卧榻；可是无论你怎样进行复仇，不要胡乱猜疑，更不可对你的母亲有什么不利的图谋，她自会受到上天的裁判，和她自己内心中的荆棘的刺戳。现在我必须去了！萤火的微光已经开始暗淡下去，清晨快要到来了；再会，再会！哈姆莱特，记着我。（下）

哈姆莱特 天上的神明啊！地啊！再有什么呢？我还要向地狱呼喊吗？啊，呸！忍着吧，忍着吧，我的心！我的全身的筋骨，不要一下子就变成衰老，支持着我的身体呀！记着你！是的，我可怜的亡魂，当记忆不曾从我这混乱的头脑里消失的时候，我会记着你的。记着你！是的，我要从我的记忆的碑面上，拭去一切琐碎愚蠢的记录、一切书本上的格言、一切陈言套语、一切过去的印象、我的少年的阅历所留下的痕迹，只让你的命令留在我的脑筋的书卷里，不搀杂一些下贱的废料；是的，上天为我作证！啊，最恶毒的妇人！啊，奸贼，奸贼，脸上堆着笑的万恶的奸贼！我的记事簿呢？我必须把它记下来：一个人可以尽管满面都是笑，骨子里却是杀人的奸贼；至少我相信在丹麦是这样的。（写字）好，叔父，我把你写下来了。现在我要记下我的座右铭，那是，"再会，再会！记着我。"我已经发过誓了。

霍拉旭 （在内）殿下！殿下！

马西勒斯 （在内）哈姆莱特殿下！

霍拉旭 （在内）上天保佑他！

马西勒斯 （在内）但愿如此！

霍拉旭 （在内）喂，呵，呵，殿下！

哈姆莱特 喂，呵，呵，孩儿！来，鸟儿，来。

霍拉旭及马西勒斯上。

马西勒斯 怎样，殿下！

霍 拉 旭	有什么事，殿下？
哈姆莱特	啊！奇怪！
霍 拉 旭	好殿下，告诉我们。
哈姆莱特	不，你们会泄漏出去的。
霍 拉 旭	不，殿下，凭着上天起誓，我一定不泄漏。
马西勒斯	我也一定不泄漏，殿下。
哈姆莱特	那么你们说，哪一个人会想得到有这种事？可是你们能够保守秘密吗？
霍 拉 旭 马西勒斯	是，上天为我们作证，殿下。
哈姆莱特	全丹麦从来不曾有哪一个奸贼不是一个十足的坏人。
霍 拉 旭	殿下，这样一句话是用不着什么鬼魂从坟墓里出来告诉我们的。
哈姆莱特	啊，对了，你说得有理；所以，我们还是不必多说废话，大家握握手分开了吧。你们可以去照你们自己的意思干你们自己的事——因为各人都有各人的意思和各人的事，这是实际情况——至于我自己，那么我对你们说，我是要祈祷去的。
霍 拉 旭	殿下，您这些话好像有些疯疯癫癫似的。
哈姆莱特	我的话得罪了你，真是非常抱歉；是的，我从心底里抱歉。
霍 拉 旭	谈不上得罪，殿下。
哈姆莱特	不，凭着圣伯特力克的名义，霍拉旭，谈得上，而且罪还不小呢。讲到这一个幽灵，那么让我告诉你们，它是一个老实的亡魂；你们要是想知道它对我说了些什么话，我只好请你们暂时不必动问。现在，好朋友们，你们都是我的朋友，都是学者和军人，请你们允许我一个卑微的要求。
霍 拉 旭	是什么要求，殿下？我们一定允许您。
哈姆莱特	永远不要把你们今晚所见的事情告诉别人。
霍 拉 旭 马西勒斯	殿下，我们一定不告诉别人。
哈姆莱特	不，你们必须宣誓。
霍 拉 旭	凭着良心起誓，殿下，我决不告诉别人。
马西勒斯	凭着良心起誓，殿下，我也决不告诉别人。
哈姆莱特	把手按在我的剑上宣誓。
马西勒斯	殿下，我们已经宣誓过了。
哈姆莱特	那不算，把手按在我的剑上。

鬼　魂　（在下）宣誓！

哈姆莱特　啊哈！孩儿！你也这样说吗？你在那儿吗，好家伙？来；你们不听见这个地下的人怎么说吗？宣誓吧。

霍拉旭　请您教我们怎样宣誓，殿下。

哈姆莱特　永不向人提起你们所看见的这一切。把手按在我的剑上宣誓。

鬼　魂　（在下）宣誓！

哈姆莱特　"说哪里，到哪里"吗？那么我们换一个地方。过来，朋友们。把你们的手按在我的剑上，宣誓永不向人提起你们所听见的这件事。

鬼　魂　（在下）宣誓！

哈姆莱特　说得好，老鼹鼠！你能够在地底钻得这么快吗？好一个开路的先锋！好朋友们，我们再来换一个地方。

霍拉旭　嗳哟，真是不可思议的怪事！

哈姆莱特　那么你还是用见怪不怪的态度对待它吧。霍拉旭，天地之间有许多事情，是你们的哲学里所没有梦想到的呢。可是，来，上帝的慈悲保佑你们，你们必须再作一次宣誓。我今后也许有时候要故意装出一副疯疯癫癫的样子，你们要是在那时候看见了我的古怪的举动，切不可像这样交替着手臂，或者这样摇头摆脑的，或者嘴里说一些吞吞吐吐的言词，例如"呃，呃，我们知道"，或者"只要我们高兴，我们就可以"，或是"要是我们愿意说出来的话"，或是"有人要是怎么怎么"，诸如此类的含糊其辞的话语，表示你们知道我有些什么秘密；你们必须答应我避开这一类言词，上帝的恩惠和慈悲保佑着你们，宣誓吧。

鬼　魂　（在下）宣誓！（二人宣誓）

哈姆莱特　安息吧，安息吧，受难的灵魂！好，朋友们，我以满怀的热情，信赖着你们两位；要是在哈姆莱特的微弱的能力以内，能够有可以向你们表示他的友情之处，上帝在上，我一定不会有负你们。让我们一同进去；请你们记着无论在什么时候都要守口如瓶。这是一个颠倒混乱的时代，唉，倒楣的我却要负起重整乾坤的责任！来，我们一块儿去吧。（同下）

第 二 幕

第一场　波洛涅斯家中一室

波洛涅斯及雷奈尔多上。

波洛涅斯　把这些钱和这封信交给他，雷奈尔多。

雷奈尔多　是，老爷。

波洛涅斯　好雷奈尔多，你在没有去看他以前，最好先探听探听他的行为。

雷奈尔多　老爷，我本来就是这个意思。

波洛涅斯　很好，很好，好得很。你先给我调查调查有些什么丹麦人在巴黎，他们是干什么的，叫什么名字，有没有钱，住在什么地方，跟哪些人作伴，用度大不大；用这种转弯抹角的方法，要是你打听到他们也认识我的儿子，你就可以更进一步，表示你对他也有相当的认识；你可以这样说："我知道他的父亲和他的朋友，对他也略为有点认识。"你听见没有，雷奈尔多?

雷奈尔多　是，我在留心听着，老爷。

波洛涅斯　"对他也略为有点认识，可是，"你可以说，"不怎么熟悉；不过假如果然是他的话，那么他是个很放浪的人，有些怎样怎样的坏习惯。"说到这里，你就可以随便捏造一些关于他的坏话；当然啰，你不能把他说得太不成样子，那是会损害他的名誉的，这一点你必须注意；可是你不妨举出一些子弟们所犯的最普通的浪荡的行为。

雷奈尔多　譬如赌钱，老爷。

波洛涅斯　对了，或是喝酒、斗剑、赌咒、吵嘴、嫖妓之类，你都可以说。

雷奈尔多　老爷，那是会损害他的名誉的。

波洛涅斯　不，不，你可以在言语之间说得轻淡一些。你不能说他公然纵欲，那可不是我的意思；可是你要把他的过失讲得那么巧妙，让人家听着好像那不过是行为上的小小的不检，一个躁急的性格不免会有的发作，一个血气方刚的少年的一时胡闹，算不了什么。

雷奈尔多　可是老爷——

波洛涅斯　为什么叫你做这种事?

雷奈尔多　是的，老爷，请您告诉我。

波洛涅斯　呃，我的用意是这样的，我相信这是一种说得过去的策略；你这样轻描淡写地说了我儿子的一些坏话，就像你提起一件略有污损的东西似的，听着，要是跟你谈话的那个人，也就是你向他探询的那个人，果然看见过你所说起的那个少年犯了你刚才所列举的那些罪恶，他一定会用这样的话向你表示同意："好先生——"也许他称你"朋友"，"仁兄"，按照着各人的身份和各国的习惯。

雷奈尔多 很好，老爷。

波洛涅斯 然后他就——他就——我刚才要说一句什么话？嗳哟，我正要说一句什么话；我说到什么地方啦？

雷奈尔多 您刚才说到"用这样的话表示同意"；还有"朋友"或者"仁兄"。

波洛涅斯 说到"用这样的话表示同意"，嗯，对了；他会用这样的话对你表示同意："我认识这位绅士，昨天我还看见他，或许是前天，或许是什么什么时候，跟什么什么人在一起，正像您所说的，他在什么地方赌钱，在什么地方喝得酩酊大醉，在什么地方因为打网球而跟人家打起架来；"也许他还会说，"我看见他走进什么什么一家生意人家去，"那就是说窑子或是诸如此类的所在。你瞧，你用说谎的钓饵，就可以把事实的真相诱上你的钓钩；我们有智慧、有见识的人，往往用这种旁敲侧击的方法，间接达到我们的目的；你也可以照着我上面所说的那一番话，探听出我的儿子的行为。你懂得我的意思没有？

雷奈尔多 老爷，我懂得。

波洛涅斯 上帝和你同在；再会！

雷奈尔多 那么我去了，老爷。

波洛涅斯 你自己也得留心观察他的举止。

雷奈尔多 是，老爷。

波洛涅斯 叫他用心学习音乐。

雷奈尔多 是，老爷。

波洛涅斯 你去吧！ （雷奈尔多下）

奥菲利娅上。

波洛涅斯 啊，奥菲利娅！什么事？

奥菲利娅 嗳哟，父亲，吓死我了！

波洛涅斯 凭着上帝的名义，怕什么？

奥菲利娅 父亲，我正在房间里缝纫的时候，哈姆莱特殿下跑了进来，走到我的面前；他的上身的衣服完全没有扣上纽子，头上也不戴帽子，他的袜子上沾着污泥，没有袜带，一直垂到脚踝上；他的脸色像他的衬衫一样白，他的膝盖互相碰撞，他的神气是那样凄惨，好像他刚从地狱里逃出来，要向人讲述地狱的恐怖一样。

波洛涅斯 他因为不能得到你的爱而发疯了吗？

奥菲利娅 父亲，我不知道，可是我想也许是的。

波洛涅斯 他怎么说？

奥菲利娅 他握住我的手腕紧紧不放，拉直了手臂向后退立，用他的另一只手这样遮在他的额角上，一眼不眨地瞧着我的脸，好像要把它临摹下来似的。这样经过了好久的时间，然后他轻轻地摇动一下我的手臂，他的头上上下下点了三次，于是他发出一声非常惨痛而深长的叹息，好像他的整个的胸部都要爆裂，他的生命就在这一声叹息中间完毕似的。然后他放松了我，转过他的身体，他的头还是向后回顾，好像他不用眼睛的帮助也能够找到他的路，因为直到他走出了门外，他的两眼还是注视在我的身上。

波洛涅斯 跟我来；我要见王上去。这正是恋爱不遂的疯狂；一个人受到这种剧烈的刺激，什么不顾一切的事情都会干得出来，其他一切能迷住我们本性的狂热，最厉害也不过如此。我真后悔。怎么，你最近对他说过什么使他难堪的话没有？

奥菲利娅 没有，父亲，可是我已经遵从您的命令，拒绝他的来信，并且不允许他来见我。

波洛涅斯 这就是使他疯狂的原因。我很后悔考虑得不够周到，看错了人。我以为他不过把你玩弄玩弄，恐怕贻误你的终身；可是我不该这样多疑！正像年轻人干起事来，往往不知道瞻前顾后一样，我们这种上了年纪的人，总是免不了鳃鳃过虑。来，我们见王上去。这种事情是不能蒙蔽起来的，要是隐讳不报，也许会闹出乱子来，比直言受责要严重得多。来。（同下）

第二场　城堡中一室

国王、王后、罗森格兰兹、吉尔登斯吞及侍从等上。

国　　王 欢迎，亲爱的罗森格兰兹和吉尔登斯吞！这次匆匆召请你们两位前来，一方面是因为我非常思念你们，一方面也是因为我有需要你们帮忙的地方。你们大概已经听到哈姆莱特的变化；我把它瞧为变化，因为无论在外表上或是精神上，他已经和从前大不相同。除了他父亲的死以外，究竟还有些什么原因，把他激成了这种疯疯癫癫的样子，我实在无从猜测。你们从小便跟他在一起长大，素来知道他的脾气，所以我特地请你们到我们宫廷里来盘桓几天，陪伴陪伴他，替他解解愁闷，同时乘机窥探他究竟有些什么秘密的心事，为我们所不知道的，也许一旦公开之后，我们就可以替他对症下药。

王　　后　他常常讲起你们两位，我相信世上没有哪两个人比你们更为他所亲信了。你们要是不嫌怠慢，答应在我们这儿小作勾留，帮助我们实现我们的希望，那么你们的盛情雅意，一定会受到丹麦王室隆重的礼谢的。

罗森格兰兹　我们是两位陛下的臣子，两位陛下有什么旨意，尽管命令我们；像这样言重的话，倒使我们置身无地了。

吉尔登斯吞　我们愿意投身在两位陛下的足下，两位陛下无论有什么命令，我们都愿意尽力奉行。

国　　王　谢谢你们，罗森格兰兹和善良的吉尔登斯吞。

王　　后　谢谢你们，吉尔登斯吞和善良的罗森格兰兹。现在我就要请你们立刻去看我的大大变了样子的儿子。来人，领这两位绅士到哈姆莱特的地方去。

吉尔登斯吞　但愿上天加佑，使我们能够得到他的欢心，帮助他恢复常态！

王　　后　阿门！（罗森格兰兹、吉尔登斯吞及若干侍从下）

波洛涅斯上。

波洛涅斯　启禀陛下，我们派往挪威去的两位钦使已经喜气洋洋地回来了。

国　　王　你总是带着好消息来报告我们。

波洛涅斯　真的吗，陛下？不瞒陛下说，我把我对于我的上帝和我的宽仁厚德的王上的责任，看得跟我的灵魂一样重呢。此外，除非我的脑筋在观察问题上不如过去那样有把握了，不然我肯定相信我已经发现了哈姆莱特发疯的原因。

国　　王　啊！你说吧，我急着要听呢。

波洛涅斯　请陛下先接见了钦使；我的消息留着做盛筵以后的佳果美点吧。

国　　王　那么有劳你去迎接他们进来。（波洛涅斯下）我的亲爱的乔特鲁德，他对我说他已经发现了你的儿子心神不定的原因。

王　　后　我想主要的原因还是他父亲的死和我们过于迅速的结婚。

国　　王　好，等我们仔细问问。

波洛涅斯率伏提曼德及考尼律斯重上。

国　　王　欢迎，我的好朋友们！伏提曼德，我们的挪威王兄怎么说？

伏提曼德　他叫我们向陛下转达他的友好的问候。他听到了我们的要求，就立刻传
　　　　谕他的侄儿停止征兵；本来他以为这种举动是准备对付波兰人的，可是
　　　　一经调查，才知道它的对象原来是陛下；他知道此事以后，痛心自己因
　　　　为年老多病，受人迷罔，震怒之下，传令把福丁布拉斯逮捕；福丁布拉
　　　　斯并未反抗，受到了挪威王一番申斥，最后就在他的叔父面前立誓决不
　　　　兴兵侵犯陛下。老王看见他诚心悔过，非常欢喜，当下就给他三千克朗
　　　　的年俸，并且委任他统率他所征募的那些兵士，去向波兰人征伐；同时
　　　　他叫我把这封信呈上陛下，（以书信呈上）请求陛下允许他的军队借道通过
　　　　陛下的领土，他已经在信里提出若干条件，保证决不扰乱地方的安宁。

国　　王　这样很好，等我们有空的时候，还要仔细考虑一下，然后答复。你们
　　　　远道跋涉，不辱使命，很是劳苦了，先去休息休息，今天晚上我们还
　　　　要在一起欢宴。欢迎你们回来！（伏提曼德、考尼律斯同下）

波洛涅斯　这件事情总算圆满结束了。王上，娘娘，要是我向你们长篇大论地解
　　　　释君上的尊严，臣下的名分，白昼何以为白昼，黑夜何以为黑夜，时
　　　　间何以为时间，那不过徒然浪费了昼、夜、时间；所以，既然简洁是
　　　　智慧的灵魂，冗长是肤浅的藻饰，我还是把话说得简单一些吧。你们
　　　　的那位殿下是疯了；我说他疯了，因为假如再说明什么才是真疯，那
　　　　就只有发疯，此外还有什么可说的呢？可是那也不用说了。

王　　后　多谈些实际，少弄些玄虚。

波洛涅斯　娘娘，我发誓我一点不弄玄虚。他疯了，这是真的；惟其是真的，所
　　　　以才可叹，它的可叹也是真的——蠢话少说，因为我不愿弄玄虚。
　　　　好，让我们同意他已经疯了；现在我们就应该求出这一个结果的原
　　　　因，或者不如说，这一种病态的原因，因为这个病态的结果不是无因
　　　　而至的，这就是我们现在要做的一步工作。我们来想一想吧。我有一
　　　　个女儿——当她还不过是我的女儿的时候，她是属于我的——难得她
　　　　一片孝心，把这封信给了我；现在请猜一猜这里面说些什么话。"给
　　　　那天仙化人的，我的灵魂的偶像，最艳丽的奥菲利娅——"这是一个
　　　　粗俗的说法，下流的说法；"艳丽"两字用得非常下流；可是你们听
　　　　下去吧；"让这几行诗句留存在她的皎洁的胸中——"

王　　后　这是哈姆莱特写给她的吗？

波洛涅斯　好娘娘，等一等，我要老老实实地照原文念：

　　　　　　　"你可以疑心星星是火把；

　　　　　　　你可以疑心太阳会移转；

> 你可以疑心真理是谎话；
>
> 可是我的爱永没有改变。

亲爱的奥菲利娅啊！我的诗写得太坏。我不会用诗句来抒写我的愁怀；可是相信我，最好的人儿啊！我最爱的是你。再会！最亲爱的小姐，只要我一息尚存，我就永远是你的，哈姆莱特。"这一封信是我的女儿出于孝顺之心拿来给我看的；此外，她又把他一次次求爱的情形，在什么时候，用什么方法，在什么所在，全都讲给我听了。

国　王　可是她对于他的爱情抱着怎样的态度呢？

波洛涅斯　陛下以为我是怎样的一个人？

国　王　一个忠心正直的人。

波洛涅斯　但愿我能够证明自己是这样一个人。可是假如我看见这场热烈的恋爱正在进行——不瞒陛下说，我在我的女儿没有告诉我以前，早就看出来了——假如我知道有了这么一回事，却在暗中玉成他们的好事，或者故意视若无睹，假作痴聋，一切不闻不问，那时候陛下的心里觉得怎样？我的好娘娘，您这位王后陛下的心里又觉得怎样？不，我一点儿也不敢懈怠我的责任，立刻就对我那位小姐说："哈姆莱特殿下是一位王子，不是你可以仰望的；这种事情不能让它继续下去。"于是我把她教训一番，叫她深居简出，不要和他见面，不要接纳他的来使，也不要收受他的礼物；她听了这番话，就照着我的意思实行起来。说来话短，他遭到拒绝以后，心里就郁郁不快，于是饭也吃不下了，觉也睡不着了，他的身体一天憔悴一天，他的精神一天恍惚一天，这样一步步发展下去，就变成现在他这一种为我们大家所悲痛的疯狂。

国　王　你想是这个原因吗？

王　后　这是很可能的。

波洛涅斯　我倒很想知道知道，哪一次我曾经肯定地说过了"这件事情是这样的"，而结果却并不这样？

国　王　照我所知道的，那倒没有。

波洛涅斯　要是我说错了话，把这个东西从这个上面拿下来吧。（指自己的头及肩）只要有线索可寻，我总会找出事实的真相，即使那真相一直藏在地球的中心。

国　王　我们怎么可以进一步试验试验？

波洛涅斯　您知道，有时候他会接连几个钟头在这儿走廊里踱来踱去。

王　后　他真的常常这样踱来踱去。

波洛涅斯　乘他踱来踱去的时候，我就让我的女儿去见他，你我可以躲在帏幕后面注视他们相会的情形；要是他不爱她，他的理智不是因为恋爱而丧失，那么不要叫我襄理国家的政务，让我去做个耕田赶牲口的农夫吧。

国　　王　我们要试一试。

王　　后　可是瞧，这可怜的孩子忧忧愁愁地念着一本书来了。

波洛涅斯　请陛下和娘娘避一避；让我走上去招呼他。（国王、王后及侍从等下）

　　　　　哈姆莱特读书上。

波洛涅斯　啊，恕我冒昧。您好，哈姆莱特殿下？

哈姆莱特　呃，上帝怜悯世人！

波洛涅斯　您认识我吗，殿下？

哈姆莱特　认识认识，你是一个卖鱼的贩子。

波洛涅斯　我不是，殿下。

哈姆莱特　那么我但愿你是一个和鱼贩子一样的老实人。

波洛涅斯　老实，殿下！

哈姆莱特　嗯，先生；在这世上，一万个人中间只不过有一个老实人。

波洛涅斯　这句话说得很对，殿下。

哈姆莱特　要是太阳能在一条死狗尸体上孵育蛆虫，因为它是一块可亲吻的臭肉——你有一个女儿吗？

波洛涅斯　我有，殿下。

哈姆莱特　不要让她在太阳光底下行走；肚子里有学问是幸福，但不是像你女儿肚子里会有的那种学问。朋友，留心哪。

波洛涅斯　（旁白）你们瞧，他念念不忘地提我的女儿；可是最初他不认识我，他说我是一个卖鱼的贩子。他的疯病已经很深了，很深了。说句老实话，我在年轻的时候，为了恋爱也曾大发其疯，那样子也跟他差不多哩。让我再去对他说话。——您在读些什么，殿下？

哈姆莱特　都是些空话，空话，空话。

波洛涅斯　讲的是什么事，殿下？

哈姆莱特　谁同谁的什么事？

波洛涅斯　我是说您读的书里讲到些什么事，殿下。

哈姆莱特　一派诽谤，先生；这个专爱把人讥笑的坏蛋在这儿说着，老年人长着灰白的胡须，他们的脸上满是皱纹，他们的眼睛里粘满了眼屎，他们的头脑是空空洞洞的，他们的两腿是摇摇摆摆的；这些话，先生，虽然我十分相信，可是照这样写在书上，总有些有伤厚道；因为就是拿您先生自己来说，要是您能够像一只蟹一样向后倒退，那么您也应该跟我一样年轻了。

波洛涅斯	（旁白）这些虽然是疯话，却有深意在内。——您要走进里边去吗，殿下？别让风吹着！
哈姆莱特	走进我的坟墓里去？
波洛涅斯	那倒真是风吹不着的地方。（旁白）他的回答有时候是多么深刻！疯狂的人往往能够说出理智清明的人所说不出来的话。我要离开他，立刻就去想法让他跟我的女儿见面。——殿下，我要向您告别了。
哈姆莱特	先生，那是再好没有的事；但愿我也能够向我的生命告别，但愿我也能够向我的生命告别，但愿我也能够向我的生命告别。
波洛涅斯	再会，殿下。（欲去）
哈姆莱特	这些讨厌的老傻瓜！

罗森格兰兹及吉尔登斯吞重上。

波洛涅斯	你们要找哈姆莱特殿下，那儿就是。
罗森格兰兹	上帝保佑您，大人！（波洛涅斯下）
吉尔登斯吞	我的尊贵的殿下！
罗森格兰兹	我的最亲爱的殿下！
哈姆莱特	我的好朋友们！你好，吉尔登斯吞？啊，罗森格兰兹！好孩子们，你们两人都好？
罗森格兰兹	不过像一般庸庸碌碌之辈，在这世上虚度时光而已。
吉尔登斯吞	无荣无辱便是我们的幸福；我们高不到命运女神帽子上的钮扣。
哈姆莱特	也低不到她的鞋底吗？
罗森格兰兹	正是，殿下。
哈姆莱特	那么你们是在她的腰上，或是在她的怀抱之中吗？
吉尔登斯	说老实话，我们是在她的私处。
哈姆莱特	在命运身上秘密的那部分吗？啊，对了；她本来是一个娼妓。你们听到什么消息没有？
罗森格兰兹	没有，殿下，我们只知道这世界变得老实起来了。
哈姆莱特	那么世界末日快到了；可是你们的消息是假的。让我再仔细问问你们；我的好朋友们，你们在命运手里犯了什么案子，她把你们送到这儿牢狱里来了？
古尔登斯吞	牢狱，殿下！
哈姆莱特	丹麦是一所牢狱。
罗森格兰兹	那么世界也是一所牢狱。
哈姆莱特	一所很大的牢狱，里面有许多监房、囚室、地牢；丹麦是其中最坏

的一间。

罗森格兰兹　我们倒不这样想，殿下。

哈姆莱特　啊，那么对于你们它并不是牢狱；因为世上的事情本来没有善恶，都是各人的思想把它们分别出来的；对于我它是一所牢狱。

罗森格兰兹　啊，那是因为您的雄心太大，丹麦是个狭小的地方，不够给您发展，所以您把它看成一所牢狱啦。

哈姆莱特　上帝啊！倘不是因为我总作恶梦，那么即使把我关在一个果壳里，我也会把自己当作一个拥有着无限空间的君王的。

吉尔登斯吞　那种恶梦便是您的野心；因为野心家本身的存在，也不过是一个梦的影子。

哈姆莱特　一个梦的本身便是一个影子。

罗森格兰兹　不错，因为野心是那么空虚轻浮的东西，所以我认为它不过是影子的影子。

哈姆莱特　那么我们的乞丐是实体，我们的帝王和大言不惭的英雄，却是乞丐的影子了。我们进宫去好不好？因为我实在不能陪着你们谈玄说理。

罗森格兰兹
吉尔登斯吞　我们愿意侍候殿下。

哈姆莱特　没有的事，我不愿把你们当作我的仆人一样看待；老实对你们说吧，在我旁边侍候我的人全很不成样子。可是，凭着我们多年的交情，老实告诉我，你们到艾尔西诺来有什么贵干？

罗森格兰兹　我们是来拜访您来的，殿下；没有别的原因。

哈姆莱特　像我这样一个叫化子，我的感谢也是不值钱的，可是我谢谢你们；我想，亲爱的朋友们，你们专程而来，只换到我的一声不值半文钱的感谢，未免太不值得了。不是有人叫你们来的吗？果然是你们自己的意思吗？真的是自动的访问吗？来，不要气我。来，来，快说。

吉尔登斯吞　叫我们说些什么话呢，殿下？

哈姆莱特　无论什么话都行，只要不是废话。你们是奉命而来的；瞧你们掩饰不了你们良心上的惭愧，已经从你们的脸色上招认出来了。我知道是我们这位好国王和好王后叫你们来的。

罗森格兰兹　为了什么目的呢，殿下？

哈姆莱特　那可要请你们指教我了。可是凭着我们朋友间的道义，凭着我们少年时候亲密的情谊，凭着我们始终不渝的友好的精神，凭着比我口才更好的人所能提出的其他一切更有力量的理由，让我要求你们开诚布公，告诉我究竟你们是不是奉命而来的？

罗森格兰兹 （向吉尔登斯吞旁白）你怎么说？

哈姆莱特 （旁白）好，那么我看透你们的行动了。——要是你们爱我，别再抵赖了吧。

吉尔登斯吞 殿下，我们是奉命而来的。

哈姆莱特 让我代你们说明来意，免得你们泄漏了自己的秘密，有负国王、王后的付托。我近来不知为了什么缘故，一点兴致都提不起来，什么游乐的事都懒得过问；在这一种抑郁的心境之下，仿佛负载万物的大地，这一座美好的框架，只是一个不毛的荒岬；这个覆盖众生的苍穹，这一顶壮丽的帐幕，这个金黄色的火球点缀着的庄严的屋宇，只是一大堆污浊的瘴气的集合。人类是一件多么了不得的杰作！多么高贵的理性！多么伟大的力量！多么优美的仪表！多么文雅的举动！在行为上多么像一个天使！在智慧上多么像一个天神！宇宙的精华！万物的灵长！可是在我看来，这一个泥土塑成的生命算得了什么？人类不能使我发生兴趣；不，女人也不能使我发生兴趣，虽然从你现在的微笑之中，我可以看到你在这样想。

罗森格兰兹 殿下，我心里并没有这样的思想。

哈姆莱特 那么当我说"人类不能使我发生兴趣"的时候，你为什么笑起来？

罗森格兰兹 我想，殿下，要是人类不能使您发生兴趣，那么那班戏子们恐怕要来自讨一场没趣了；我们在路上赶过了他们，他们是要到这儿来向您献技的。

哈姆莱特 扮演国王的那个人将要得到我的欢迎，我要在他的御座之前致献我的敬礼；冒险的骑士可以挥舞他的剑盾；情人的叹息不会没有酬报；躁急易怒的角色可以平安下场；小丑将要使那班善笑的观众捧腹；我们的女主角可以坦白诉说她的心事，不用怕那无韵诗的句子脱去板眼。他们是一班什么戏子？

罗森格兰兹 就是您向来所欢喜的那一个班子，在城里专演悲剧的。

哈姆莱特 他们怎么走起江湖来了呢？固定在一个地方演戏，在名誉和进益上都要好得多哩。

罗森格兰兹 我想他们不能在一个地方立足，是为了时势的变化。

哈姆莱特 他们的名誉还是跟我在城里那时候一样吗？他们的观众还是那么多吗？

罗森格兰兹 不，他们现在已经大非昔比了。

哈姆莱特	怎么会这样的？他们的演技退步了吗？
罗森格兰兹	不，他们还是跟从前一样努力；可是，殿下，他们的地位已经被一群羽毛未丰的黄口小儿占夺了去。这些娃娃们的嘶叫博得了台下疯狂的喝采，他们是目前流行的宠儿，他们的声势压倒了所谓普通的戏班，以至于许多腰佩长剑的上流顾客，都因为惧怕批评家鹅毛管的威力，而不敢到那边去。
哈姆莱特	什么！是一些童伶吗？谁维持他们的生活？他们的薪工是怎么计算的？他们一到不能唱歌的年龄，就不再继续他们的本行了吗？要是他们赚不了多少钱，长大起来多半还是要做普通戏子的，那时候难道他们不会抱怨写戏词的人把他们害了，因为原先叫他们挖苦备至的不正是他们自己的未来前途吗？
罗森格兰兹	真的，两方面闹过不少的纠纷，全国的人都站在旁边恬不为意地呐喊助威，怂恿他们互相争斗。曾经有一个时期，一个脚本非得插进一段编剧家和演员争吵的对话，不然是没有人愿意出钱购买的。
哈姆莱特	有这等事？
吉尔登斯吞	是啊，在那场交替里，许多人都投入了大量心血。
哈姆莱特	结果是娃娃们打赢了吗？
罗森格兰兹	正是，殿下；连赫剌克勒斯和他背负的地球都成了他们的战利品。
哈姆莱特	那也没有什么希奇；我的叔父是丹麦的国王，那些当我父亲在世的时候对他扮鬼脸的人，现在都愿意拿出二十、四十、五十、一百块金洋来买他的一幅小照。哼，这里面有些不是常理可解的地方，要是哲学能够把它推究出来的话。（内喇叭奏花腔）
吉尔登斯吞	这班戏子们来了。
哈姆莱特	两位先生，欢迎你们到艾尔西诺来。把你们的手给我；欢迎总要讲究这些礼节、俗套；让我不要对你们失礼，因为这些戏子们来了以后，我不能不敷衍他们一番，也许你们见了会发生误会，以为我招待你们还不及招待他们殷勤。我欢迎你们；可是我的叔父父亲和婶母母亲可弄错啦。
吉尔登斯吞	弄错了什么，我的好殿下？
哈姆莱特	天上刮着西北风，我才发疯；风从南方吹来的时候，我不会把一只鹰当作了一只鹭鸶。

波洛涅斯重上。

波洛涅斯	祝福你们，两位先生！

哈姆莱特　听着，吉尔登斯吞；你也听着；一只耳朵边有一个人听：你们看见的那个大孩子，还在襁褓之中，没有学会走路哩。

罗森格兰兹　也许他是第二次裹在襁褓里，因为人家说，一个老年人是第二次做婴孩。

哈姆莱特　我可以预言他是来报告我戏子们来到的消息的；听好。——你说得不错；在星期一早上；正是正是。

波洛涅斯　殿下，我有消息要来向您报告。

哈姆莱特　大人，我也有消息要向您报告。当罗歇斯在罗马演戏的时候——

波洛涅斯　那班戏子们已经到这儿来了，殿下。

哈姆莱特　嗤！嗤！

波洛涅斯　凭着我的名誉起誓——

哈姆莱特　那时每一个伶人都骑着驴子而来——

波洛涅斯　他们是全世界最好的伶人，无论悲剧、喜剧，历史剧、田园剧、田园喜剧、田园史剧、历史悲剧、历史田园悲喜剧、场面不变的正宗戏或是摆脱拘束的新派戏，他们无不拿手；塞内加的悲剧不嫌其太沉重，普鲁图斯的喜剧不嫌其太轻浮。无论在演出规律的或是自由的剧本方面，他们都是惟一的演员。

哈姆莱特　以色列的士师耶弗他啊，你有一件怎样的宝贝！

波洛涅斯　他有什么宝贝，殿下？

哈姆莱特　嗨，

　　他有一个独生娇女，

　　爱她胜过掌上明珠。

波洛涅斯　（旁白）还在提我的女儿。

哈姆莱特　我念得对不对，耶弗他老头儿？

波洛涅斯　要是您叫我耶弗他，殿下，那么我有一个爱如明珠的娇女。

哈姆莱特　不，下面不是这样的。

波洛涅斯　那么应当是怎样的呢，殿下？

哈姆莱特　嗨，

　　上天不佑，劫数临头。

　　下面你知道还有，

　　偏偏凑巧，谁也难保——

　　要知道全文，请查这支圣歌的第一节，因为，你瞧，有人来把我的话头打断了。

优伶四五人上。

哈姆莱特 欢迎，各位朋友，欢迎欢迎！——我很高兴看见你这样健康。——欢迎，列位。——啊，我的老朋友！你的脸上比我上次看见你的时候，多长了几根胡子，格外显得威武啦；你是要到丹麦来向我挑战吗？啊，我的年轻的姑娘！凭着圣母起誓，您穿上了一双高底木靴，比我上次看见您的时候更苗条得多啦；求求上帝，但愿您的喉咙不要沙嘎得像一片破碎的铜锣才好！各位朋友，欢迎欢迎！我们要像法国的鹰师一样，不管看见什么就撒出鹰去；让我们立刻就来念一段剧词。来，试一试你们的本领，来一段激昂慷慨的剧词。

伶 甲 殿下要听的是哪一段？

哈姆莱特 我曾经听见你向我背诵过一段台词，可是它从来没有上演过；即使上演，也不会有一次以上，因为我记得这本戏并不受大众的欢迎。它是不合一般人口味的鱼子酱；可是照我的意思看来，还有其他在这方面比我更有权威的人也抱着同样的见解，它是一本绝妙的戏剧，场面支配得很是适当，文字质朴而富于技巧。我记得有人这样说过：那出戏里没有滥加提味的作料，字里行间毫无矫揉造作的痕迹；他把它视为一种老老实实的写法，真有刚健与柔和之美，壮丽而不流于纤巧。其中有一段话是我最喜爱的，那就是埃涅阿斯对狄多讲述的故事，尤其是讲到普里阿摩斯被杀的那一节。要是你们还没有把它忘记，请从这一行念起；让我想想，让我想想：——

　　野蛮的皮洛斯像猛虎一样——

　　不，不是这样；

　　但是的确是从皮洛斯开始的；——

　　野蛮的皮洛斯蹲伏在木马之中，

　　黝黑的手臂和他的决心一样，

　　像黑夜一般阴森而恐怖；

　　在这黑暗狰狞的肌肤之上，

　　现在更染上令人惊怖的纹章，

　　从头到脚，他全身一片殷红，

　　溅满了父母子女们无辜的血；

　　那些燃烧着熊熊烈火的街道，

　　发出残忍而惨恶的凶光，

　　照亮敌人去肆行他们的杀戮，

　　也焙干了到处横流的血泊；

冒着火焰的熏炙，像恶魔一般，

全身胶黏着凝结的血块，

圆睁着两颗血红的眼睛，

来往寻找普里阿摩斯老王的踪迹。

你接下去吧。

波洛涅斯 上帝在上，殿下，您念得好极了，真是抑扬顿挫，曲尽其妙。

伶　甲 那老王正在苦战，

但是砍不着和他对敌的希腊人；

一点不听他手臂的指挥，

他的古老的剑锵然落地；

皮洛斯瞧他孤弱可欺，

疯狂似的向他猛力攻击，

凶恶的利刃虽然没有击中，

一阵风却把那衰弱的老王推倒。

这一下打击有如天崩地裂，

惊动了没有感觉的伊利恩，

冒着火焰的城楼霎时坍下，

那轰然的巨响像一个霹雳，

震聋了皮洛斯的耳朵；瞧！

他的剑还没砍下普里阿摩斯

白发的头颅，却已在空中停住；

像一个涂朱抹彩的暴君，

对自己的行为漠不关心，

他兀立不动。

在一场暴风雨未来以前，

天上往往有片刻的宁寂，

一块块乌云静悬在空中，

狂风悄悄地收起它的声息，

死样的沉默笼罩整个大地；

可是就在这片刻之内，

可怕的雷鸣震裂了天空。

经过暂时的休止，杀人的暴念，

重新激起了皮洛斯的精神；

库克罗普斯为战神铸造甲胄，

那巨力的锤击，还不及皮洛斯，
流血的剑向普里阿摩斯身上劈下，
那样凶狠无情。
去，去，你娼妇一样的命运！
天上的诸神啊！剥去她的权力，
不要让她僭窃神明的宝座；
拆毁她的车轮，把它滚下神山，
直到地狱的深渊。

波洛涅斯　这一段太长啦。

哈姆莱特　它应当跟你的胡子一起到理发匠那儿去剃一剃念下去吧。他只爱听俚俗的歌曲和淫秽的故事，否则他就要瞌睡的。念下去；下面要讲到赫卡柏了。

伶　　甲　可是啊！谁看见那蒙脸的王后——

哈姆莱特　"那蒙脸的王后"？

波洛涅斯　那很好；"蒙脸的王后"是很好的句子。

伶　　甲　满面流泪，在火焰中赤脚奔走，
一块布覆在失去宝冕的头上，
也没有一件蔽体的衣服，
只有在惊惶中抓到的一幅毡巾，
裹住她瘦削而多产的腰身；
谁见了这样伤心惨目的景象，
不要向残酷的命运申申毒詈？
她看见皮洛斯以杀人为戏，
正在把她丈夫的肢体脔割，
忍不住大放哀声，那凄凉的号叫——
除非人间的哀乐不能感动天庭——
即使天上的星星也会陪她流泪，
假使那时诸神曾在场目击，
他们的心中都要充满悲愤。

波洛涅斯　瞧，他的脸色都变了，他的眼睛里已经含着眼泪！不要念下去了吧。

哈姆莱特　很好，其余的部分等会儿再念给我听吧。大人，请您去找一处好好的地方安顿这一班伶人。听着，他们是不可怠慢的，因为他们是这一个时代的缩影；宁可在死后得到一首恶劣的墓铭，不要在生前受他们一场刻毒的讥讽。

波 洛 涅 斯　　殿下，我按着他们应得的名分对待他们就是了。

哈 姆 莱 特　　嗳哟，朋友，还要客气得多哩！要是照每一个人应得的名分对待
　　　　　　　他，那么谁逃得了一顿鞭子？照你自己的名誉地位对待他们；他们
　　　　　　　越是不配受这样的待遇，越可以显出你的谦虚有礼。领他们进去。

波 洛 涅 斯　　来，各位朋友。

哈 姆 莱 特　　跟他去，朋友们；明天我们要听你们唱一本戏。（波洛涅斯偕众仆下，伶
　　　　　　　甲独留）听着，老朋友，你会演《贡扎古之死》吗？

伶　　　甲　　会演的，殿下。

哈 姆 莱 特　　那么我们明天晚上就把它上演。也许我为了必要的理由，要另外写
　　　　　　　下约莫十几行句子的一段剧词插进去，你能够把它预先背熟吗？

伶　　　甲　　可以，殿下。

哈 姆 莱 特　　很好。跟着那位老爷去；留心不要取笑他。（伶甲下。向罗森格兰兹、吉
　　　　　　　尔登斯呑）我的两位好朋友，我们今天晚上再见；欢迎你们到艾尔西
　　　　　　　诺来！

吉尔登斯呑　　再会，殿下！（罗森格兰兹、吉尔登斯呑同下）

哈 姆 莱 特　　好，上帝和你们同在！现在我只剩一个人了。啊，我是一个多么不
　　　　　　　中用的蠢才！这一个伶人不过在一本虚构的故事、一场激昂的幻梦
　　　　　　　之中，却能够使他的灵魂融化在他的意象里，在它的影响之下，他
　　　　　　　的整个的脸色变成惨白，他的眼中洋溢着热泪，他的神情流露着仓
　　　　　　　皇，他的声音是这么呜咽凄凉，他的全部动作都表现得和他的意象
　　　　　　　一致，这不是极其不可思议的吗？而且一点也不为了什么！为了赫
　　　　　　　卡柏！赫卡柏对他有什么相干，他对赫卡柏又有什么相干，他却
　　　　　　　要为她流泪？要是他也有了像我所有的那样使人痛心的理由，他将
　　　　　　　要怎样呢？他一定会让眼泪淹没了舞台，用可怖的字句震裂了听众
　　　　　　　的耳朵，使有罪的人发狂，使无罪的人惊骇，使愚昧无知的人惊惶
　　　　　　　失措，使所有的耳目迷乱了它们的功能。可是我，一个糊涂颠顷的
　　　　　　　家伙，垂头丧气，一天到晚像在做梦似的，忘记了杀父的大仇；虽
　　　　　　　然一个国王给人家用万恶的手段掠夺了他的权位，杀害了他的最宝
　　　　　　　贵的生命，我却始终哼不出一句话来。我是一个懦夫吗？谁骂我恶
　　　　　　　人？谁敲破我的脑壳？谁拔去我的胡子，把它吹在我的脸上？谁扭
　　　　　　　我的鼻子？谁当面指斥我胡说？谁对我做这种事？嘿！我应该忍受
　　　　　　　这样的侮辱，因为我是一个没有心肝、逆来顺受的怯汉，否则我早
　　　　　　　已用这奴才的尸肉，喂肥了满天盘旋的乌鸢了。嗜血的、荒淫的恶

贼！狠心的、奸诈的、淫邪的、悖逆的恶贼！啊！复仇！——嗨，我真是个蠢才！我的亲爱的父亲被人谋杀了，鬼神都在鞭策我复仇，我这做儿子的却像一个下流女人似的，只会用空言发发牢骚，学起泼妇骂街的样子来，在我已经是了不得的了！呸！呸！活动起来吧，我的脑筋！我听人家说，犯罪的人在看戏的时候，因为台上表演的巧妙，有时会激动天良，当场供认他们的罪恶；因为暗杀的事情无论干得怎样秘密，总会借着神奇的喉舌泄露出来。我要叫这班仆人在我的叔父面前表演一本跟我的父亲的惨死情节相仿的戏剧，我就在一旁窥察他的神色；我要探视到他的灵魂的深处，要是他稍露惊骇不安之态，我就知道我应该怎么办。我所看见的幽灵也许是魔鬼的化身，借着一个美好的形状出现，魔鬼是有这一种本领的；对于柔弱忧郁的灵魂，他最容易发挥他的力量；也许他看准了我的柔弱和忧郁，才来向我作祟，要把我引诱到沉沦的路上。我要先得到一些比这更切实的证据；凭着这一本戏，我可以发掘国王内心的隐秘。（下）

第 三 幕

第一场　城堡中一室

国王、王后、波洛涅斯、奥菲利娅、罗森格兰兹及吉尔登斯吞上。

国　　王　你们不能用迂回婉转的方法，探出他为什么这样神魂颠倒，让紊乱而危险的疯狂困扰他的安静的生活吗？

罗森格兰兹　他承认他自己有些神经迷惘，可是绝口不肯说为了什么缘故。

吉尔登斯吞　他也不肯虚心接受我们的探问；当我们想要引导他吐露他自己的一些真相的时候，他总是用假作痴呆的神气故意回避。

王　　后　他对待你们还客气吗？

罗森格兰兹　很有礼貌。

吉尔登斯吞　可是不大自然。

罗森格兰兹　他很吝惜自己的话，可是我们问他话的时候，他回答起来却是毫无拘束。

王　　后　你们有没有劝诱他找些什么消遣？

罗森格兰兹　娘娘，我们来的时候，刚巧有一班戏子也要到这儿来，给我们赶过了；我们把这消息告诉了他，他听了好像很高兴。现在他们已经到了宫里，我想他已经吩咐他们今晚为他演出了。

波 洛 涅 斯　一点不错；他还叫我来请两位陛下同去看看他们演得怎样哩。

国　　王　那好极了；我非常高兴听见他在这方面感兴趣。请你们两位还要更进一步鼓起他的兴味，把他的心思移转到这种娱乐上面。

罗森格兰兹　是，陛下。（罗森格兰兹、吉尔登斯吞同下）

国　　王　亲爱的乔特鲁德，你也暂时离开我们；因为我们已经暗中差人去唤哈姆莱特到这儿来，让他和奥菲利娅见见面，就像他们偶然相遇一般。她的父亲跟我两人将要权充一下密探，躲在可以看见他们，却不能被他们看见的地方，注意他们会面的情形，从他的行为上判断他的疯病究竟是不是因为恋爱上的苦闷。

王　　后　我愿意服从您的意旨。奥菲利娅，但愿你的美貌果然是哈姆莱特疯狂的原因；更愿你的美德能够帮助他恢复原状，使你们两人都能安享尊荣。

奥 菲 利 娅　娘娘，但愿如此。（王后下）

波洛涅斯　　奥菲利娅，你在这儿走走。陛下，我们就去躲起来吧。（向奥菲利娅）你拿这本书去读，他看见你这样用功，就不会疑心你为什么一个人在这儿了。人们往往用至诚的外表和虔敬的行动，掩饰一颗魔鬼般的内心，这样的例子是太多了。

国　　王　　（旁白）啊，这句话是太真实了！它在我的良心上抽了多么重的一鞭！涂脂抹粉的娼妇的脸，还不及掩藏在虚伪的言辞后面的我的行为更丑恶。难堪的重负啊！

波洛涅斯　　我听见他来了；我们退下去吧，陛下。（国王及波洛涅斯下）

哈姆莱特上。

哈姆莱特　　生存还是毁灭，这是一个值得考虑的问题；默然忍受命运的暴虐的毒箭，或是挺身反抗人世的无涯的苦难，通过斗争把它们扫清，这两种行为，哪一种更高贵？死了；睡着了；什么都完了；要是在这一种睡眠之中，我们心头的创痛，以及其他无数血肉之躯所不能避免的打击，都可以从此消失，那正是我们求之不得的结局。死了；睡着了；睡着了也许还会做梦；嗯，阻碍就在这儿：因为当我们摆脱了这一具朽腐的皮囊以后，在那死的睡眠里，究竟将要做些什么梦，那不能不使我们踌躇顾虑。人们甘心久困于患难之中，也就是为了这个缘故；谁愿意忍受人世的鞭挞和讥嘲、压迫者的凌辱、傲慢者的冷眼、被轻蔑的爱情的惨痛、法律的迁延、官吏的横暴和费尽辛勤所换来的小人的鄙视，要是他只要用一柄小小的刀子，就可以清算他自己的一生？谁愿意负着这样的重担，在烦劳的生命的压迫下呻吟流汗，倘不是因为惧怕不可知的死后，惧怕那从来不曾有一个旅人回来过的神秘之国，是它迷惑了我们的意志，使我们宁愿忍受目前的折磨，不敢向我们所不知道的痛苦飞去？这样，重重的顾虑使我们全变成了懦夫，决心的赤热的光彩，被审慎的思维盖上了一层灰色，伟大的事业在这一种考虑之下，也会逆流而退，失去了行动的意义。且慢！美丽的奥菲利娅！——女神，在你的祈祷之中，不要忘记替我忏悔我的罪孽。

奥菲利娅　　我的好殿下，您这许多天来贵体安好吗？

哈姆莱特　　谢谢你，很好，很好，很好。

奥菲利娅　　殿下，我有几件您送给我的纪念品，我早就想把它们还给您；请您现在收回去吧。

哈姆莱特　　不，我不要；我从来没有给你什么东西。

奥菲利娅　　殿下，我记得很清楚您把它们送给了我，那时候您还向我说了许多甜言蜜语，使这些东西格外显得贵重；现在它们的芳香已经消散，请您拿回去吧，因为在有骨气的人看来，送礼的人要是变了心，礼物虽贵，也会失去了价值。拿去吧，殿下。

哈姆莱特　哈哈！你贞洁吗？

奥菲利娅　殿下！

哈姆莱特　你美丽吗？

奥菲利娅　殿下是什么意思？

哈姆莱特　要是你既贞洁又美丽，那么你的贞洁应该断绝跟你的美丽来往。

奥菲利娅　殿下，难道美丽除了贞洁以外，还有什么更好的伴侣吗？

哈姆莱特　嗯，真的；因为美丽可以使贞洁变成淫荡，贞洁却未必能使美丽受它自己的感化；这句话从前像是怪诞之谈，可是现在时间已经把它证实了。我的确曾经爱过你。

奥菲利娅　真的，殿下，您曾经使我相信您爱我。

哈姆莱特　你当初就不应该相信我，因为美德不能熏陶我们罪恶的本性；我没有爱过你。

奥菲利娅　那么我真是受了气了。

哈姆莱特　进尼姑庵去吧；为什么你要生一群罪人出来呢？我自己还不算是一个顶坏的人；可是我可以指出我的许多过失，一个人有了那些过失，他的母亲还是不要生下他来的好。我很骄傲，有仇必报，富于野心，我的罪恶是那么多，连我的思想也容纳不下，我的想像也不能给它们形像，甚至于我都没有充分的时间可以把它们实行出来。像我这样的家伙，匍匐于天地之间，有什么用处呢？我们都是些十足的坏人；一个也不要相信我们。进尼姑庵去吧。你的父亲呢？

奥菲利娅　在家里，殿下。

哈姆莱特　把他关起来，让他只好在家里发发傻劲。再会！

奥菲利娅　嗳哟，天哪！救救他！

哈姆莱特　要是你一定要嫁人，我就把这一个咒诅送给你做嫁妆：尽管你像冰一样坚贞，像雪一样纯洁，你还是逃不过谗人的诽谤。进尼姑庵去吧，去；再会！或者要是你必须嫁人的话，就嫁给一个傻瓜吧；因为聪明人都明白你们会叫他们变成怎样的怪物。进尼姑庵去吧，去；越快越好。再会！

奥菲利娅　天上的神明啊，让他清醒过来吧！

哈姆莱特　我也知道你们会怎样涂脂抹粉；上帝给了你们一张脸，你们又替自己另外造了一张。你们烟视媚行，淫声浪气，替上帝造下的生物乱取名字，卖弄你们不懂事的风骚。算了吧，我再也不敢领教了；它已经使我发了狂。我说，我们以后再不要结什么婚了；已经结过婚的，除了一个人以外，都可以让他们活下去；没有结婚的不准再结婚，进尼姑庵去吧，去。（下）

奥菲利娅 啊，一颗多么高贵的心是这样殒落了！朝臣的眼睛、学者的辩舌、军人的利剑、国家所瞩望的一朵娇花；时流的明镜、人伦的雅范、举世注目的中心，这样无可挽回地殒落了！我是一切妇女中间最伤心而不幸的，我曾经从他音乐一般的盟誓中吮吸芬芳的甘蜜，现在却眼看着他的高贵无上的理智，像一串美妙的银铃失去了谐和的音调，无比的青春美貌，在疯狂中凋谢！啊！我好苦，谁料过去的繁华，变作今朝的泥土！

国王及波洛涅斯重上。

国　　王 恋爱！他的精神错乱不像是为了恋爱；他说的话虽然有些颠倒，也不像是疯狂。他有些什么心事盘踞在他的灵魂里，我怕它也许会产生危险的结果。为了防止万一，我已经当机立断，决定了一个办法：他必须立刻到英国去，向他们追索延宕未纳的贡物；也许他到海外各国游历一趟以后，时时变换的环境，可以替他排解去这一桩使他神思恍惚的心事。你看怎么样？

波洛涅斯 那很好；可是我相信他的烦闷的根本原因，还是为了恋爱上的失意。啊，奥菲利娅！你不用告诉我们哈姆莱特殿下说些什么话；我们全都听见了。陛下，照您的意思办吧；可是您要是认为可以的话，不妨在戏剧终场以后，让他的母后独自一人跟他在一起，恳求他向她吐露他的心事；她必须很坦白地跟他谈谈，我就找一个所在听他们说些什么。要是她也探听不出他的秘密来，您就叫他到英国去，或者凭着您的高见，把他关禁在一个适当的地方。

国　　王 就这样吧；大人物的疯狂是不能听其自然的。（同下）

第二场　城堡中的厅堂

哈姆莱特及若干仆人上。

哈 姆 莱 特 请你念这段剧词的时候，要照我刚才读给你听的那样子，一个字一个字打舌头上很轻快地吐出来；要是你也像多数的伶人们一样，只会拉开了喉咙嘶叫，那么我宁愿叫那宣布告示的公差念我这几行词句。也不要老是把你的手在空中这么摇挥；一切动作都要温文，因为就是在洪水暴风一样的感情激发之中，你也必须取得一种节制，免得流于过火。啊！我顶不愿意听见一个披着满头假发的家伙在台上乱嚷乱叫，把一段感情片片撕碎，让那些只爱热闹的低级观众听了出神，他们中间的大部分是除了欣赏一些莫名其妙的手势以外，什么都不懂。我可以把这种家伙抓起来抽一顿鞭子，因为他把妥玛刚特形容过分，希律王的凶暴也要对他甘拜下风。请你留心避免才好。

伶　　　　甲　　留心着就是了，殿下。

哈 姆 莱 特　　可是太平淡了也不对，你应该接受你自己的常识的指导，把动作和言语互相配合起来；特别要注意到这一点，你不能越过自然的常道；因为任何过分的表现都是和演剧的原意相反的，自有戏剧以来，它的目的始终是反映自然，显示善恶的本来面目，给它的时代看一看它自己演变发展的模型。要是表演得过分了或者太懈怠了，虽然可以博外行的观众一笑，明眼之士却要因此而皱眉；你必须看重这样一个卓识者的批评甚于满场观众盲目的毁誉。啊！我曾经看见有几个伶人演戏，而且也听见有人把他们极口捧场，说一句比喻不伦的话，他们既不会说基督徒的语言，又不会学着基督徒、异教徒或者一般人的样子走路，瞧他们在台上大摇大摆，使劲叫喊的样子，我心里就想一定是什么造化的雇工把他们造了下来：造得这样拙劣，以至于全然失去了人类的面目。

伶　　　　甲　　我希望我们在这方面已经有了相当的纠正了。

哈 姆 莱 特　　啊！你们必须彻底纠正这一种弊病。还有你们那些扮演小丑的，除了剧本上专为他们写下的台词以外，不要让他们临时编造一些话加上去。往往有许多小丑爱用自己的笑声，引起台下一些无知的观众的哄笑，虽然那时候全场的注意力应当集中于其他更重要的问题上；这种行为是不可恕的，它表示出那丑角的可鄙的野心。去，准备起来吧。（伶人等同下）

波洛涅斯、罗森格兰兹及吉尔登斯吞上。

哈 姆 莱 特　　啊，大人，王上愿意来听这一本戏吗？

波 洛 涅 斯　　他跟娘娘都就要来了。

哈 姆 莱 特　　叫那些戏子们赶紧点儿。（波洛涅斯下）你们两人也去帮着催催他们。

罗森格兰兹
吉尔登斯吞　　是，殿下。（罗森格兰兹、吉尔登斯吞同下）

哈 姆 莱 特	喂！霍拉旭！
	霍拉旭上。
霍 拉 旭	有，殿下。
哈 姆 莱 特	霍拉旭，你是我所交接的人们中间最正直的一个人。
霍 拉 旭	啊，殿下！——
哈 姆 莱 特	不，不要以为我在恭维你；你除了你的善良的精神以外，身无长物，我恭维了你又有什么好处呢？为什么要向穷人恭维？不，让蜜糖一样的嘴唇去吮舐愚妄的荣华，在有利可图的所在屈下他们生财有道的膝盖来吧。听着。自从我能够辨别是非、察择贤愚以后，你就是我灵魂里选中的一个人，因为你虽然经历一切的颠倒，却不曾受到一点伤害，命运的虐待和恩宠，你都是受之泰然；能够把感情和理智调整得那么适当，命运不能把他玩弄于指掌之间，那样的人是有福的。给我一个不为感情所奴役的人，我愿意把他珍藏在我的心坎，我的灵魂的深处，正像我对你一样。这些话现在也不必多说了。今晚我们要在国王面前演一出戏，其中有一场的情节跟我告诉过你的我的父亲的死状相仿佛；当那幕戏正在串演的时候，我要请你集中你的全副精神，注视我的叔父，要是他在听到了那一段戏词以后，他的隐藏的罪恶还是不露出一丝痕迹来，那么我们所看见的那个鬼魂一定是个恶魔，我的幻想也就像铁匠的砧石那样黑漆一团了。留心看他；我也要把我的眼睛看定他的脸上；过后我们再把各人观察的结果综合起来，给他下一个判断。
霍 拉 旭	很好，殿下；在演这出戏的时候，要是他在容色举止之间，有什么地方逃过了我们的注意，请您唯我是问。
哈 姆 莱 特	他们来看戏了；我必须装出一副糊涂样子。你去拣一个地方坐下。
	奏丹麦进行曲，喇叭奏花腔。国王、王后、波洛涅斯、奥菲利娅、罗森格兰兹、吉尔登斯吞及余人等上。
国 王	你过得好吗，哈姆莱特贤侄？
哈 姆 莱 特	很好，好极了；我过的是变色蜥蜴的生活，整天吃空气，肚子让甜言蜜语塞满了；这可不是你们填鸭子的办法。
国 王	你这种话真是答非所问，哈姆莱特；我不是那个意思。
哈 姆 莱 特	不，我现在也没有那个意思。（向波洛涅斯）大人，您说您在大学里念书的时候，曾经演过一回戏吗？
波 洛 涅 斯	是的，殿下，他们都称赞我是一个很好的演员哩。
哈 姆 莱 特	您扮演什么角色呢？

波洛涅斯	我扮的是裘力斯·凯撒；勃鲁托斯在朱庇特神殿里把我杀死。
哈姆莱特	他在神殿里杀死了那么好的一头小牛，真太残忍了。那班戏子已经预备好了吗？
罗森格兰兹	是，殿下，他们在等候您的旨意。
王　　后	过来，我的好哈姆莱特，坐在我的旁边。
哈姆莱特	不，好妈妈，这儿有一个更迷人的东西哩。
波洛温斯	（向国王）啊哈！您看见吗？
哈姆莱特	小姐，我可以睡在您的怀里吗？
奥菲利娅	不，殿下。
哈姆莱特	我的意思是说，我可以把我的头枕在您的膝上吗？
奥菲利娅	嗯，殿下。
哈姆莱特	您以为我在转着下流的念头吗？
奥菲利娅	我没有想到，殿下。
哈姆莱特	睡在姑娘大腿的中间，想起来倒是很有趣的。
奥菲利娅	什么，殿下？
哈姆莱特	没有什么。
奥菲利娅	您在开玩笑哩，殿下。
哈姆莱特	谁，我吗？
奥菲利娅	嗯，殿下。
哈姆莱特	上帝啊！要说玩笑，那就得属我了。一个人为什么不说说笑笑呢？您瞧，我的母亲多么高兴，我的父亲还不过死了两个钟头。
奥菲利娅	不，已经四个月了，殿下。
哈姆莱特	这么久了吗？嗳哟，那么让魔鬼去穿孝服吧，我可要去做一身貂皮的新衣啦。天啊！死了两个月，还没有把他忘记吗？那么也许一个大人物死了以后，他的记忆还可以保持半年之久；可是凭着圣母起誓，他必须造下几所教堂，否则他就要跟那被遗弃的木马一样，没有人再会想念他了。

高音笛奏乐。喜剧登场。

一国王及一王后上，状极亲热，互相拥抱。后跪地，向王作宣誓状，王扶后起，俯首后颈上。王就花皮上睡下；后见王睡熟离去。另一人上，自王头上去冠，吻冠，注毒药于王耳，下。后重上，见王死，作哀恸状。下毒者率其他二三人重上，佯作陪后悲哭状。从者舁王尸下。下毒者以礼物赠后，向其祈爱；后先作憎恶不愿状，卒允其请。

同下。

奥菲利娅	这是什么意思，殿下？

哈姆莱特　呃，这是阴谋诡计、不干好事的意思。

奥菲利娅　大概这一场评剧就是全剧的本事了。

致开场词者上。

哈姆莱特　这家伙可以告诉我们一切；演戏的都不能保守秘密，他们什么话都会说出来。

奥菲利娅　他也会给我们解释方才那场哑剧有什么奥妙吗？

哈姆莱特　是啊；这还不算，只要你做给他看什么，他也能给你解释什么；只要你做出来不害臊，他解释起来也决不害臊。

奥菲利娅　殿下真是淘气，真是淘气。我还是看戏吧。

开场词

> 这悲剧要是演不好，
>
> 要请各位原谅指教，
>
> 小的在这厢有礼了。（致开场词者下）

哈姆莱特　这算开场词呢，还是指环上的诗铭？

奥菲利娅　它很短，殿下。

哈姆莱特　正像女人的爱情一样。

二仆人扮国王、王后上。

伶　　王

> 日轮已经盘绕三十春秋，
>
> 那茫茫海水和滚滚地球，
>
> 月亮吐耀着借来的晶光，
>
> 三百六十回向大地环航，
>
> 自从爱把我们缔结良姻，
>
> 许门替我们证下了鸳盟。

伶　　后

> 愿日月继续他们的周游，
>
> 让我们再厮守三十春秋！
>
> 可是唉，你近来这样多病，
>
> 郁郁寡欢，失去旧时高兴，
>
> 好教我满心里为你忧惧。
>
> 可是，我的主，你不必疑虑；
>
> 女人的忧伤像爱情一样，
>
> 不是太少，就是超过分量；
>
> 你知道我爱你是多么深，

所以才会有如此的忧心。
越是相爱，越是挂肚牵胸；
不这样哪显得你我情浓？

伶　　王

爱人，我不久必须离开你，
我的全身将要失去生机；
留下你在这繁华的世界，
安享尊荣，受人们的敬爱：
也许再嫁一位如意郎君——

伶　　后

啊！我断不是那样薄情人；
我倘忘旧迎新，难邀天恕，
再嫁的除非是杀夫淫妇。

哈姆莱特　（旁白）苦恼，苦恼！

伶　　后

妇人失节大半贪慕荣华，
多情女子决不另抱琵琶；
我要是与他人共枕同衾，
怎么对得起地下的先灵！

伶　　王

我相信你的话发自心田，
可是我们往往自食前言。
志愿不过是记忆的奴隶，
总是有始无终，虎头蛇尾，
像未熟的果子密布树梢，
一朝红烂就会离去枝条。
我们对自己所负的债务，
最好把它丢在脑后不顾；
一时的热情中发下誓愿，
心冷了，那意志也随云散。
过分的喜乐，剧烈的哀伤，
反会毁害了感情的本常。
人世间的哀乐变幻无端，
痛哭转瞬早变成了狂欢。

世界也会有毁灭的一天，
何怪爱情要随境遇变迁；
有谁能解答这一个谜，
是境由爱造？是爱逐境迁？
失意的伟人举目无亲；
走时运的穷酸仇敌逢迎。
这炎凉的世态古今一辙：
富有的门庭挤满了宾客；
要是你在穷途向人求助，
即使知交也要情同陌路。
把我们的谈话拉回本题，
意志命运往往背道而驰，
决心到最后会全部推倒，
事实的结果总难符预料。
你以为你自己不会再嫁，
只怕我一死你就要变卦。

伶　后

地不要养我，天不要亮我！
昼不得游乐，夜不得安卧！
毁灭了我的希望和信心；
铁锁囚门把我监禁终身！
每一种恼人的飞来横祸，
把我一重重的心愿摧折！
我倘死了丈夫再作新人，
让我生前死后永陷沉沦！

哈姆莱特　要是她现在背了誓！

伶　王

难为你发这样重的誓愿。
爱人，你且去；我神思昏倦，
想要小睡片刻。（睡）

伶　后

愿你安睡；
上天保佑我俩永无灾悔！（下）

哈姆莱特　母亲，您觉得这出戏怎样？

王　　后	我觉得那女人在表白心迹的时候，说话过火了一些。
哈姆莱特	啊，可是她会守约的。
国　　王	这本戏是怎么一个情节？里面没有什么要不得的地方吗？
哈姆莱特	不，不，他们不过开玩笑毒死了一个人；没有什么要不得的。
国　　王	戏名叫什么？
哈姆莱特	《捕鼠机》。呃，怎么？这是一个象征的名字。戏中的故事影射着维也纳的一件谋杀案。贡扎古是那公爵的名字；他的妻子叫做白娅蒂丝姐。您看下去就知道是怎么一回事啦。这是个很恶劣的作品，可是那有什么关系？它不会对您陛下跟我们这些灵魂清白的人有什么相干；让那有毛病的马儿去惊跳退缩吧，我们的肩背都是好好的。

一仆人扮琉西安纳斯上。

哈姆莱特	这个人叫做琉西安纳斯，是那国王的侄子。
奥菲利娅	您很会解释剧情，殿下。
哈姆莱特	要是我看见傀儡戏搬演您跟您爱人的故事，我也会替你们解释的。
奥菲利娅	您的嘴真厉害，殿下，您的嘴真厉害。
哈姆莱特	我要是真厉害起来，你非得哼哼不可。
奥菲利娅	说好就好，说糟就糟。
哈姆莱特	女人嫁丈夫也是一样。动手吧，凶手！混账东西，别扮鬼脸了，动手吧！来；哇哇的乌鸦发出复仇的啼声。琉西纳安斯。 黑心快手，遇到妙药良机； 趁着没人看见事不宜迟。 你夜半采来的毒草炼成， 赫卡忒的咒语念上三巡， 赶快发挥你凶恶的魔力， 让他的生命速归于幻灭。（以毒药注入睡者耳中）
哈姆莱特	他为了觊觎权位，在花园里把他毒死。他的名字叫贡扎古；那故事原文还存在，是用很好的意大利文写成的。底下就要做到那凶手怎样得到贡扎古的妻子的爱了。
奥菲利娅	王上站起来了！
哈姆莱特	什么！给一响空枪吓怕了吗？
王　　后	陛下怎么样啦？
波洛涅斯	不要演下去了！
国　　王	给我点起火把来！去！
众　　人	火把！火把！火把！（除哈姆莱特、霍拉旭外均下）

哈姆莱特　　嗨，让那中箭的母鹿掉泪，
　　　　　　没有伤的公鹿自去游玩；
　　　　　　有的人失眠，有的人酣睡，
　　　　　　世界就是这样循环轮转。
　　　　　　老兄，要是我的命运跟我作起对来，凭着我这念词的本领，头上插
　　　　　　上满头的羽毛，开缝的靴子上再缀上两朵绢花，你想我能不能在戏
　　　　　　班子里插足？

霍　拉　旭　也许他们可以让您领半额包银。

哈姆莱特　　我可要领全额的。
　　　　　　因为你知道，亲爱的朋友，
　　　　　　　这一个荒凉破碎的国土，
　　　　　　原本是乔武统治的雄邦，
　　　　　　　而今王位上却坐着——孔雀。

霍　拉　旭　您该押韵才是。

哈姆莱特　　啊，好霍拉旭！那鬼魂真的没有骗我。你看见吗？

霍　拉　旭　看见的，殿下。

哈姆莱特　　在那演戏的一提到毒药的时候？

霍　拉　旭　我看得他很清楚。

哈姆莱特　　啊哈！来，奏乐！来，那吹笛子的呢？
　　　　　　要是国王不爱这出喜剧，
　　　　　　那么他多半是不能赏识。
　　　　　　来，奏乐！

　　　　　　　　　罗森格兰兹及吉尔登斯吞重上。

吉尔登斯吞　殿下，允许我跟您说句话。

哈姆莱特　　好，你对我讲全部历史都可以。

吉尔登斯吞　殿下，王上——

哈姆莱特　　嗯，王上怎么样？

吉尔登斯吞　他回去以后，非常不舒服。

哈姆莱特　　喝醉了吗？

吉尔登斯吞　不，殿下，他在发脾气。

哈姆莱特　　你应该把这件事告诉他的医生，才算你的聪明；因为叫我去替他诊
　　　　　　视，恐怕反而更会激动他的脾气的。

吉尔登斯吞　好殿下，请您说话检点些，别这样拉扯开去。

哈姆莱特　　好，我是听话的，你说吧。

吉尔登斯吞　您的母后心里很难过，所以叫我来。

哈姆莱特　欢迎得很。

吉尔登斯吞　不，殿下，这一种礼貌是用不着的。要是您愿意给我一个好好的回答，我就把您母亲的意旨向您传达；不然的话，请您原谅我，让我就这么回去，我的事情就算完了。

哈姆莱特　我不能。

吉尔登斯吞　您不能什么，殿下？

哈姆莱特　我不能给你一个好好的回答，因为我的脑子已经坏了；可是我所能够给你的回答，你——我应该说我的母亲——可以要多少有多少。所以别说废话，言归正传吧；你说我的母亲——

罗森格兰兹　她这样说：您的行为使她非常吃惊。

哈姆莱特　啊，好儿子，居然会叫一个母亲吃惊！可是在这母亲的吃惊的后面，还有些什么话呢？说吧。

罗森格兰兹　她请您在就寝以前，到她房间里去跟她谈谈。

哈姆莱特　即使她十次是我的母亲，我也一定服从她。你还有什么别的事情？

罗森格兰兹　殿下，我曾经蒙您错爱。

哈姆莱特　凭着我这双扒手起誓，我现在还是欢喜你的。

罗森格兰兹　好殿下，您心里这样不痛快，究竟为了什么原因？要是您不肯把您的心事告诉您的朋友，那恐怕会害您自己失去自由。

哈姆莱特　我不满足我现在的地位。

罗森格兰兹　怎么！王上自己已经亲口把您立为王位的继承者了，您还不能满足吗？

哈姆莱特　嗯，可是"要等草儿青青——"这句老话也有点儿发了霉啦。

　　　　　乐工等持笛上。

哈姆莱特　啊！笛子来了；拿一支给我。跟你们退后一步说话；为什么你们总这样千方百计地移到我下风的一面，好像一定要把我推进你们的圈套？

吉尔登斯吞　啊！殿下，要是我有太冒昧放肆的地方，那都是因为我对于您敬爱太深的缘故。

哈姆莱特　我不大懂得你的话。你愿意吹吹这笛子吗？

吉尔登斯吞　殿下，我不会吹。

哈姆莱特　请你吹一吹。

吉尔登斯吞　我真的不会吹。

哈姆莱特　请你不要客气。

吉尔登斯吞　我真的一点不会，殿下。

哈 姆 莱 特	那是跟说谎一样容易的；你只要用你的手指按着这些笛孔，把你的嘴放在上面一吹，它就会发出最好听的音乐来。瞧，这些是音栓。
吉尔登斯吞	可是我不会从它里面吹出谐和的曲调来；我不懂那技巧。
哈 姆 莱 特	哼，你把我看成了什么东西！你会玩弄我；你自以为摸得到我的心窍；你想要探出我的内心的秘密；你会从我的最低音试到我的最高音；可是在这支小小的乐曲之内，藏着绝妙的音乐，你却不会使它发出声音来，哼，你以为玩弄我比玩弄一支笛子容易吗？无论你把我叫作什么乐曲，你也只能撩拨我，不能玩弄我。

波洛涅斯重上。

哈 姆 莱 特	上帝祝福你，先生！
波 洛 涅 斯	殿下，娘娘请您立刻就去见她说话。
哈 姆 莱 特	你看见那片像骆驼一样的云吗？
波 洛 涅 斯	嗳哟，它真的像一头骆驼。
哈 姆 莱 特	我想它还是像一头鼬鼠。
波 洛 涅 斯	它拱起了背，正像是一头鼬鼠。
哈 姆 莱 特	还是像一条鲸鱼吧？
波 洛 涅 斯	很像一条鲸鱼。
哈 姆 莱 特	那么等一会儿我就去见我的母亲。（旁白）我给他们愚弄得再也忍不住了。（高声）我等一会儿就来。
波 洛 涅 斯	我就去这么说。（下）
哈 姆 莱 特	说等一会儿是很容易的。离开我，朋友们。（除哈姆莱特外均下）现在是一夜之中最阴森的时候，鬼魂都在此刻从坟墓里出来，地狱也要向人世吐放疫疾；现在我可以痛饮热腾腾的鲜血，干那白昼所不敢正视的残忍的行为。且慢！我还要到我母亲那儿去一趟。心啊！不要失去你的天性之情，永远不要让尼禄的灵魂潜入我这坚定的胸怀；让我做一个凶徒，可是不要做一个逆子。我要用利剑一样的说话刺痛她的心，可是决不伤害她身体上一根毛发；我的舌头和灵魂要在这一次学学伪善者的样子，无论在言语上给她多么严厉的谴责，在行动上却要做得丝毫不让人家指摘。（下）

第三场　城堡中一室

国王、罗森格兰兹及吉尔登斯吞上。

国　　　王	我不喜欢他；纵容他这样疯闹下去，对于我是一个很大的威胁。所

以你们快去准备起来吧；我马上叫人办好你们要递送的文书，同时打发他跟你们一块儿到英国去。就我的地位而论，他的疯狂每小时都可以危害我的安全，我不能让他留在我的近旁。

吉尔登斯吞 我们就去准备起来；许多人的安危都寄托在陛下身上，这一种顾虑是最圣明不过的。

罗森格兰兹 每一个庶民都知道怎样远祸全身，一个身负天下重寄的人，尤其应该时刻不懈地防备危害的袭击。君主的薨逝不仅是个人的死亡，它像一个漩涡一样，凡是在它近旁的东西，都要被它卷去同归于尽；又像一个矗立在最高山峰上的巨轮，它的轮辐上连附着无数的小物件，当巨轮轰然崩裂的时候，那些小物件也跟着它一齐粉碎。国王的一声叹息，总是随着全国的呻吟。

国　　王 请你们准备立刻出发；因为我们必须及早制止这一种公然的威胁。

罗林格三兹
吉尔登斯吞 我们就去赶紧预备。（罗森格兰兹、吉尔登斯吞同下）

波洛涅斯上。

波洛涅斯 陛下，他到他母亲房间里去了。我现在就去躲在帏幕后面，听他们怎么说。我可以断定她一定会把他好好教训一顿的。您说得很不错，母亲对于儿子总有几分信心，所以最好有一个第三者躲在旁边偷听他们的谈话。再会，陛下；在您未睡以前，我还要来看您一次，把我所探听到的事情告诉您。

国　　王 谢谢你，贤卿。（波洛涅斯下）啊！我的罪恶的戾起已经上达于天；我的灵魂上负着一个元始以来最初的咒诅，杀害兄弟的暴行！我不能祈祷，虽然我的愿望像决心一样强烈；我的更坚强的罪恶击败了我的坚强的意愿。像一个人同时要做两件事情，我因为不知道应该先从什么地方下手而徘徊歧途，结果反弄得一事无成。要是这一只可咒诅的手上染满了一层比它本身还厚的兄弟的血，难道天上所有的甘霖，都不能把它洗涤得像雪一样洁白吗？慈悲的使命，不就是宽宥罪恶吗？祈祷的目的，不是一方面预防我们的堕落，一方面救拔我们于已堕落之后吗？那么我要仰望上天；我的过失已经犯下了。可是唉！哪一种祈祷才是我所适用的呢？"求上帝赦免我的杀人重罪"吗？那不能，因为我现在还占有着那些引起我的犯罪动机的目的物，我的王冠、我的野心和我的王后。非分攫取的利益还在手里，就可以幸邀宽恕吗？在这贪污的人世，罪恶的黄金的手也许可以把公道抛开不顾，暴徒的赃物往往成为枉法的贿赂；可是天上却不是这样的，在那边一切都无可遁避，任何行动都要显现它的真相，我们必须当面为我们自己的罪恶作证。那么怎么办呢？还有什么法子好想呢？试一试忏悔的力量吧。什么事情是忏悔所不能做到的？可是对于一个不能忏悔的人，它又有什么用呢？啊，不幸的处境！啊，像死亡一样黑暗的心胸！啊，越是挣扎，越是不能脱身的胶住了的灵魂！救救我，天使们！试一试吧：屈下来，顽强的膝盖；钢丝一样的心弦，变得像新生之婴的筋肉一样柔嫩吧！但愿一切转祸为福！（退后跪祷）

哈姆莱特上。

哈姆莱特 他现在正在祈祷，我正好动手；我决定现在就干，让他上天堂去，我也算报了仇了。不，那还要考虑一下：一个恶人杀死我的父亲；我，他的独生子，却把这个恶人送上天堂。啊，这简直是以恩报怨了。他用卑鄙的手段，在我父亲满心俗念、罪孽正重的时候乘其不备把他杀死；虽然谁也不知道在上帝面前，他的生前的善恶如何相抵，可是照我们一般的假想，他的孽债多半是很重的。现在他正在洗涤他的灵魂，要是我在这时候结果了他的性命，那么天国的路是为他开放着，这样还算是复仇吗？不！收起来，我的剑，等候一个更惨酷的机会吧；当他在酒醉以后，在愤怒之中，或是在乱伦纵欲的时候，有赌博、咒骂或是其他邪恶的行为的中间，我就要叫他颠踬在我的脚下，让他幽深黑暗不见天日的灵魂永堕地狱。我的母亲在等我。这一服续命的药剂不过延长了你临死的痛苦。（下）

国王起立上前。

国　　王 我的言语高高飞起，我的思想滞留地下；没有思想的言语永远不会上升天界。（下）

第四场　王后寝宫

王后及波洛涅斯上。

波洛涅斯 他就要来了。请您把他着实教训一顿，对他说他这种狂妄的态度，实在叫人忍无可忍，倘没有您娘娘替他居中回护，王上早已对他大发雷霆了。我就悄悄地躲在这儿。请您对他讲得着力一点。

哈姆莱特 （在内）母亲，母亲，母亲！

王　　后 都在我身上，你放心吧。下去吧，我听见他来了。（波洛涅斯匿帏后）

哈姆莱特上。

哈姆莱特 母亲，您叫我有什么事？

王　后	哈姆莱特，你已经大大得罪了你的父亲啦。
哈姆莱特	母亲，您已经大大得罪了我的父亲啦。
王　后	来，来，不要用这种胡说八道的话回答我。
哈姆莱特	去，去，不要用这种胡说八道的话问我。
王　后	啊，怎么，哈姆莱特！
哈姆莱特	现在又是什么事？
王　后	你忘记我了吗？
哈姆莱特	不，凭着十字架起誓，我没有忘记你；你是王后，你的丈夫的兄弟的妻子，你又是我的母亲——但愿你不是！
王　后	嗳哟，那么我要去叫那些会说话的人来跟你谈谈了。
哈姆莱特	来，来，坐下来，不要动；我要把一面镜子放在你的面前，让你看一看你自己的灵魂。
王　后	你要干么呀？你不是要杀我吗？救命！救命呀！
波洛涅斯	（在后）喂！救命！救命！救命！
哈姆莱特	（拔剑）怎么！是哪一个鼠贼？准是不要命了，我来结果你。（以剑刺穿帏幕）
波洛涅斯	（在后）啊！我死了！
王　后	嗳哟！你干了什么事啦？
哈姆莱特	我也不知道；那不是国王吗？
王　后	啊，多么卤莽残酷的行为！
哈姆莱特	残酷的行为！好妈妈。简直就跟杀了一个国王再去嫁给他的兄弟一样坏。
王　后	杀了一个国王！
哈姆莱特	嗯，母亲，我正是这样说。（揭帏见波洛涅斯）你这倒运的、粗心的、爱管闲事的傻瓜，再会！我还以为是一个在你上面的人哩。也是你命不该活；现在你可知道爱管闲事的危险了。——别尽扭着你的手。静一静，坐下来，让我扭你的心；你的心倘不是铁石打成的，万恶的习惯倘不曾把它硬化得透不进一点感情，那么我的话一定可以把它刺痛。
王　后	我干了些什么错事，你竟敢这样肆无忌惮地向我摇唇弄舌？
哈姆莱特	你的行为可以使贞节蒙污，使美德得到了伪善的名称；从纯洁的恋情的额上取下娇艳的蔷薇，替它盖上一个烙印；使婚姻的盟约变成赌徒的誓言一样虚伪；啊！这样一种行为，简直使盟约成为一个没有灵魂的躯壳，神圣的婚礼变成一串谵妄的狂言；苍天的脸上也为它带上羞色，大地因为痛心这样的行为，也罩上满面的愁容，好像世界末日就

要到来一般。

王　　后 唉！究竟是什么极恶重罪，你把它说得这样惊人呢？

哈姆莱特 瞧这一幅图画，再瞧这一幅；这是两个兄弟的肖像。你看这一个的相貌多么高雅优美：太阳神的鬈发，天神的前额，像战神一样威风凛凛的眼睛，像降落在高吻穿苍的山巅的神使一样矫健的姿态；这一个完善卓越的仪表，真像每一个天神都曾在那上面打下印记，向世间证明这是一个男子的典型。这是你从前的丈夫。现在你再看这一个：这是你现在的丈夫，像一株霉烂的禾穗，损害了他的健硕的兄弟。你有眼睛吗？你甘心离开这一座大好的高山，靠着这荒野生活吗？嘿！你有眼睛吗？你不能说那是爱情，因为在你的年纪，热情已经冷淡下来，变驯服了，肯听从理智的判断；什么理智愿意从这么高的地方，降落到这么低的所在呢？知觉你当然是有的，否则你就不会有行动；可是你那知觉也一定已经麻木了；因为就是疯人也不会犯那样的错误，无论怎样丧心病狂，总不会连这样悬殊的差异都分辨不出来。那么是什么魔鬼蒙住了你的眼睛，把你这样欺骗呢？有眼睛而没有触觉、有触觉而没有视觉、有耳朵而没有眼或手、只有嗅觉而别的什么都没有，甚至只剩下一种官觉还出了毛病，也不会糊涂到你这步田地。羞啊！你不觉得惭愧吗？要是地狱中的孽火可以在一个中年妇人的骨髓里煽起了蠢动，那么在青春的烈焰中，让贞操像蜡一样融化了吧。当无法阻遏的情欲大举进攻的时候，用不着喊什么差耻了，因为霜雪都会自动燃烧，理智都会做情欲的奴隶呢。

王　　后 啊，哈姆莱特！不要说下去了！你使我的眼睛看进了我自己灵魂的深处，看见我灵魂里那些洗拭不去的黑色的污点。

哈姆莱特 嘿，生活在汗臭垢腻的眠床上，让淫邪熏没了心窍，在污秽的猪圈里调情弄爱——

王　　后 啊，不要再对我说下去了！这些话像刀子一样戳进我的耳朵里；不要说下去了，亲爱的哈姆莱特！

哈姆莱特 一个杀人犯、一个恶徒、一个不及你前夫二百分之一的庸奴、一个冒充国王的丑角、一个盗国窃位的扒手，从架子上偷下那顶珍贵的王冠，塞在自己的腰包里！

王　　后 别说了！

哈姆莱特 一个下流褴褛的国王——

鬼魂上。

哈姆莱特 天上的神明啊，救救我，用你们的翅膀覆盖我的头顶！——陛下英灵不昧，有什么见教？

王　后	嗳哟，他疯了！
哈姆莱特	您不是来责备您的儿子不该消磨时间和热情，把您煌煌的命令搁在一旁，耽误了应该做的大事吗？啊，说吧！
鬼　魂	不要忘记。我现在是来磨砺你的快要蹉跎下去的决心。可是瞧！你的母亲那副惊愕的表情。啊，快去安慰安慰她的正在交战中的灵魂吧！最柔弱的人最容易受幻想的激动。去对她说话，哈姆莱特。
哈姆莱特	您怎么啦，母亲？
王　后	唉！你怎么啦？为什么你把眼睛睁视着虚无，向空中喃喃说话？你的眼睛里射出狂乱的神情；像熟睡的兵士突然听到警号一般，你的整齐的头发一根根都像有了生命似的竖立起来。啊，好儿子！在你的疯狂的热焰上，浇洒一些清凉的镇静吧！你瞧什么？
哈姆莱特	他，他！您瞧，他的脸色多么惨淡！看见了他这一种形状，要是再知道他所负的沉冤，即使石块也会感动的。——不要瞧着我，免得你那种可怜的神气反会妨碍我的冷酷的决心；也许我会因此而失去勇气，让挥泪代替了流血。
王　后	你这番话是对谁说的？
哈姆莱特	您没有看见什么吗？
王　后	什么也没有；要是有什么东西在那边，我不会看不见的。
哈姆莱特	您也没有听见什么吗？
王　后	不，除了我们两人的说话以外，我什么也没有听见。
哈姆莱特	啊，您瞧瞧！它悄悄地去了！我的父亲，穿着他生前所穿的衣服！瞧！他就在这一刻，从门口走出去了！　（鬼魂下）
王　后	这是你脑中虚构的意象；一个人在心神恍惚之中，最容易发生这种幻妄的错觉。
哈姆莱特	心神恍惚！我的脉搏跟您的一样，在按着正常的节奏跳动哩。我所说的并不是疯话；要是您不信，不妨试试，我可以把话一字不漏地复述一遍，一个疯人是不会记忆得那样清楚的。母亲，为了上帝的慈悲，不要自己安慰自己，以为我这一番说话，只是出于疯狂，不是真的对您的过失而发；那样的思想不过是骗人的油膏，只能使您溃烂的良心上结起一层薄膜，那内部的毒疮却在底下愈长愈大。向上天承认您的罪恶吧，忏悔过去，警戒未来；不要把肥料浇在莠草上，使它们格外蔓延起来。原谅我这一番正义的劝告；因为在这种万恶的时世，正义必须向罪恶祈恕，它必须俯首屈膝，要求人家接纳他的善意的箴规。
王　后	啊，哈姆莱特！你把我的心劈为两半了！

哈姆莱特　啊！把那坏的一半丢掉，保留那另外的一半，让您的灵魂清净一些。晚安！可是不要上我叔父的床；即使您已经失节，也得勉力学做一个贞节妇人的样子。习惯虽然是一个可以使人失去羞耻的魔鬼，但是它也可以做一个天使，对于勉力为善的人，它会用潜移默化的手段，使他徙恶从善。您要是今天晚上自加抑制，下一次就会觉得这一种自制的功夫并不怎样为难，慢慢地就可以习以为常了；因为习惯简直有一种改变气质的神奇的力量，它可以制服魔鬼，并且把他从人们心里驱逐出去。让我再向您道一次晚安；当您希望得到上天祝福的时候，我将求您祝福我。至于这一位老人家，（指波洛涅斯）我很后悔自己一时卤莽把他杀死；可是这是上天的意思，要借着他的死惩罚我，同时借着我的手惩罚他，使我成为代天行刑的凶器和使者。我现在先去把他的尸体安顿好了，再来承担这个杀人的过咎。晚安！为了顾全母子的恩慈，我不得不忍情暴戾；不幸已经开始，更大的灾祸还在接踵而至。再有一句话，母亲。

王　　后　我应当怎么做？

哈姆莱特　我不能禁止您不再让那肥猪似的僭王引诱您和他同床，让他拧您的脸，叫您做他的小耗子；我也不能禁止您因为他给了您一两个恶臭的吻，或是用他万恶的手指抚摩您的颈项，就把您所知道的事情一起说了出来，告诉他我实在是装疯，不是真疯。您应该让他知道的；因为哪一个美貌聪明懂事的王后，愿意隐藏着这样重大的消息，不去告诉一只蛤蟆、一只蝙蝠、一只老雄猫知道呢？不，虽然理性警告您保守秘密，您尽管学那寓言中的猴子，因为受了好奇心的驱使，到屋顶上去开了笼门，把鸟儿放走，自己钻进笼里去，结果连笼子一起掉下来跌死吧。

王　　后　你放心吧，要是言语来自呼吸，呼吸来自生命，只要我一息犹存，就决不会让我的呼吸泄漏了你对我所说的话。

哈姆莱特　我必须到英国去；您知道吗？

王　　后　唉！我忘了；这事情已经这样决定了。

哈姆莱特　公文已经封好，打算交给我那两个同学带去，对这两个家伙我要像对待两条咬人的毒蛇一样随时提防；他们将要做我的先驱，引导我钻进什么圈套里去。我倒要瞧瞧他们的能耐。开炮的要是给炮轰了，也是一件好奇的事；他们会埋地雷，我要比他们埋得更深，把他们轰到月亮里去。啊！用诡计对付诡计，不是顶有趣的吗？这家伙一死，多半会提早了我的行期；让我把这尸体拖到隔壁去。母亲，晚安！这一位大臣生前是个愚蠢饶舌的家伙，现在却变成非常谨严庄重的人了。来，老先生，该是收场的时候了。晚安，母亲！（各下。哈姆莱特曳波洛涅斯尸入内）

第 四 幕

第一场　城堡中一室

国王、王后、罗森格兰兹及吉尔登斯吞上。

国　王　这些长吁短叹之中，都含着深长的意义，你必须明说出来，让我知道。你的儿子呢？

王　后　（向罗森格兰兹、吉尔登斯吞）请你们暂时退开。（罗森格兰兹、吉尔登斯吞下）　啊，陛下！今晚我看见了多么惊人的事情！

国　王　什么，乔特鲁德？哈姆莱特怎么啦？

王　后　疯狂得像彼此争强斗胜的天风和海浪一样。在他野性发作的时候，他听见帏幕后面有什么东西爬动的声音，就拔出剑来，嚷着，“有耗子！有耗子！”于是在一阵疯狂的恐惧之中，把那躲在幕后的好老人家杀死了。

国　王　啊，罪过罪过！要是我在那儿，我也会照样死在他手里的；放任他这样胡作非为，对于你、对于我、对于每一个人，都是极大的威胁。唉！这一件流血的暴行应当由谁负责呢？我是不能辞其咎的，因为我早该防患未然，把这个发疯的孩子关禁起来，不让他到处乱走；可是我太爱他了，以至于不愿想一个适当的方策，正像一个害着恶疮的人，因为不让它出毒的缘故，弄到毒气攻心，无法救治一样。他到哪儿去了？

王　后　拖着那个被他杀死的尸体出去了。像一堆下贱的铅铁，掩不了黄金的光彩一样，他知道他自己做错了事，他的纯良的本性就从他的疯狂里透露出来，他哭了。

国　王　啊，乔特鲁德！来！太阳一到了山上，我就赶紧让他登船出发。对于这一件罪恶的行为，我只有尽量利用我的威权和手腕，替他掩饰过去。喂！吉尔登斯吞！

罗森格兰兹及吉尔登斯吞重上。

国　王　两位朋友，你们去多找几个人帮忙。哈姆莱特在疯狂之中，已经把波洛涅斯杀死；他现在把那尸体从他母亲的房间里拖出去了。你们去找他来，对他说话要和气一点；再把那尸体搬到教堂里去。请你们快去把这件事情办好。（罗森格兰兹、吉尔登斯吞下）来，乔特鲁德，我要去召集我那些最有见识的朋友们，把我的决定和这一件意外的变故告诉他

们，免得外边无稽的谰言牵制到我身上，它的毒箭从低声的密语中间
散放出去，是像弹丸从炮口射出去一样每发必中的，现在我们这样做
后，它或许会落空了。啊，来吧！我的灵魂里充满着混乱和惊愕。

（同下）

第二场　城堡中另一室

哈姆莱特上。

哈 姆 莱 特　藏好了。

罗森格兰兹
　　　　　　（在内）哈姆莱特！哈姆莱特殿下！
吉尔登斯吞

哈 姆 莱 特　什么声音？谁在叫哈姆莱特？啊，他们来了。

罗森格兰兹及吉尔登斯吞上。

罗森格兰兹　殿下，您把那尸体怎么样啦？

哈 姆 莱 特　它本来就是泥土，我仍旧让它回到泥土里去。

罗森格兰兹　告诉我们它在什么地方，让我们把它搬到教堂里去。

哈 姆 莱 特　不要相信。

罗森格兰兹　不要相信什么？

哈 姆 莱 特　不要相信我会说出我的秘密，倒替你们保守秘密。而且，一块海绵
　　　　　　也敢问起我来！一个堂堂王子应该用什么话去回答它呢？

罗森格兰兹　您把我当作一块海绵吗，殿下？

哈 姆 莱 特　嗯，先生，一块吸收君王的恩宠、利禄和官爵的海绵。可是这样的
　　　　　　官员要到最后才会显出他们对于君王的最大用处来；像猴子吃硬壳
　　　　　　果一般，他们的君王先把他们含在嘴里舐弄了好久，然后再一口咽
　　　　　　了下去。当他需要被你们所吸收去的东西的时候，他只要把你们一
　　　　　　挤，于是，海绵，你又是一块干巴巴的东西了。

罗森格兰兹　我不懂您的话，殿下。

哈 姆 莱 特　那很好，下流的话正好让它埋葬在一个傻瓜的耳朵里。

罗森格兰兹　殿下，您必须告诉我们那尸体在什么地方，然后跟我们见王上去。

哈 姆 莱 特　他的身体和国王同在，可是那国王并不和他的身体同在。国王是一
　　　　　　件东西——

吉尔登斯吞　一件东西，殿下！

哈 姆 莱 特　一件虚无的东西。带我去见他。狐狸躲起来，大家追上去。（同下）

第三场　城堡中另一室

国王上，侍从后随。

国　　　王　我已经叫他们找他去了，并且叫他们把那尸体寻出来。让这家伙任意胡闹，是一件多么危险的事情！可是我们又不能把严刑峻法加在他的身上，他是为糊涂的群众所喜爱的，他们喜欢一个人，只凭眼睛，不凭理智；我要是处罚了他，他们只看见我的刑罚的奇酷，却不想到他犯的是什么重罪。为了顾全各方面的关系，这样叫他迅速离国，必须显得像是深思熟虑的结果。应付非常的变故，只有用非常的手段，不然是不中用的。

罗森格兰兹上。

国　　　王　啊！事情怎样啦？

罗森格兰兹　陛下，他不肯告诉我们那尸体在什么地方。

国　　　王　可是他呢？

罗森格兰兹　在外面，陛下；我们把他看起来了，等候您的旨意。

国　　　王　带他来见我。

罗森格兰兹　喂，吉尔登斯吞！带殿下进来。

哈姆莱特及吉尔登斯吞上。

国　　　王　啊，哈姆莱特，波洛涅斯呢？

哈 姆 莱 特　吃饭去了。

国　　　王　吃饭去了！在什么地方？

哈 姆 莱 特　不是在他吃饭的地方，是在人家吃他的地方；有一群精明的蛆虫正在他身上大吃特吃哩。蛆虫是全世界最大的饕餮家；我们喂肥了各种牲畜给自己受用，再喂肥了自己去给蛆虫受用。胖胖的国王跟瘦瘦的乞丐是一个桌子上两道不同的菜；不过是这么一回事。

国　　　王　唉！唉！

哈 姆 莱 特　一个人可以拿一条吃过一个国王的蛆虫去钓鱼，再吃那吃过那条蛆虫的鱼。

国　　　王　你这句话是什么意思？

哈 姆 莱 特　没有什么意思，我不过指点你一个国王可以在一个乞丐的脏腑里作一番巡礼。

国　　　王　波洛涅斯呢？

哈姆莱特	在天上；你差人到那边去找他吧。要是你的使者在天上找不到他，那么你可以自己到另外一个所在去找他。可是你们在这一个月里要是找不到他的话，你们只要跑上走廊的阶石，也就可以闻到他的气味了。
国　王	（向着干侍从）到走廊里去找一找。
哈姆莱特	他一定会恭候你们。（侍从等下）
国　王	哈姆莱特，你干出这种事来，使我非常痛心。由于我很关心你的安全，你必须火速离开国境；所以快去自己预备预备。船已经整装待发，风似也很顺利，同行的人都在等着你，一切都已经准备好向英国出发。
哈姆莱特	到英国去！
国　王	是的，哈姆莱特。
哈姆莱特	好。
国　王	要是你明白我的用意，你应该知道这是为了你的好处。
哈姆莱特	我看见一个明白你的用意的天使。可是来，到英国去！再会，亲爱的母亲！
国　王	我是你慈爱的父亲，哈姆莱特。
哈姆莱特	我的母亲。父亲和母亲是夫妇两个，夫妇是一体之亲；所以再会吧，我的母亲！来，到英国去！（下）
国　王	跟在他后面，劝诱他赶快上船，不要耽误；我要叫他今晚离开国境。去！和这件事有关的一切公文要件，都已经密封停当了。请你们赶快一点。（罗森格兰兹、吉尔登斯吞下）英格兰王啊，丹麦的宝剑在你的国土上还留着鲜明的创痕，你向我们纳款输诚的敬礼至今未减，要是你畏惧我的威力，重视我的友谊，你就不能忽视我的意旨；我已经在公函里要求你把哈姆莱特立即处死，照着我的意思做吧，英格兰王，因为他像是我深入膏肓的痼疾，一定要借你的手把我医好。我必须知道他已经不在人世，我的脸上才会浮起笑容。（下）

第四场　丹麦原野

福丁布拉斯、一队长及兵士等列队行进上。

福丁布拉斯	队长，你去替我问候丹麦国王，告诉他说福丁布拉斯因为得到他的允许，已经按照约定，率领一支军队通过他的国境，请他派人来带路。你知道我们在什么地方集合。要是丹麦王有什么话要跟我当面说，我也可以入朝晋谒；你就这样对他说吧。

队　　长　是，主将。

福丁布拉斯　慢步前进。（福丁布拉斯及兵士等下）

哈姆莱特、罗森格兰兹、吉尔登斯吞等同上。

哈姆莱特　官长，这些是什么人的军队？

队　　长　他们都是挪威的军队，先生。

哈姆莱特　请问他们是开到什么地方去的？

队　　长　到波兰的某一部分去。

哈姆莱特　谁是领兵的主将？

队　　长　挪威老王的侄儿福丁布拉斯。

哈姆莱特　他们是要向波兰本土进攻呢，还是去袭击边疆？

队　　长　不瞒您说，我们是要去夺一小块徒有虚名毫无实利的土地。叫我出五块钱去把它租下来，我也不要；要是把它标卖起来，不管是归挪威，还是归波兰，也不会得到更多的好处。

哈姆莱特　啊，那么波兰人一定不会防卫它的了。

队　　长　不，他们早已布防好了。

哈姆莱特　为了这一块荒瘠的土地，牺牲了二千人的生命，二万块的金圆，争执也不会解决。这完全是因为国家富足升起了，晏安的积毒蕴蓄于内，虽然已经到了溃烂的程度，外表上却还一点看不出致死的原因来。谢谢您，官长。

队　　长　上帝和您同在，先生。（下）

罗森格兰兹　我们去吧，殿下。

哈姆莱特　我就来，你们先走一步。（除哈姆莱特外均下）我所见到、听到的一切，都好像在对我谴责，鞭策我赶快进行我的蹉跎未就的复仇大愿！一个人要是把生活的幸福和目的，只看作吃吃睡睡，他还算是个什么东西？简直不过是一头畜生！上帝造下我们来，使我们能够这样高谈阔论，瞻前顾后，当然要我们利用他所赋予我们的这一种能力和灵明的理智，不让它们白白废掉。现在我明明有理由、有决心、有力量、有方法，可以动手干我所要干的事，可是我还是在大言不惭地说："这件事需要做。"可是始终不曾在行动上表现出来；我不知道这是因为像鹿豕一般的健忘呢，还是因为三分懦怯一分智慧的过于审慎的顾虑。像大地一样显明的榜样都在鼓励我；瞧这一支勇猛的大军，领队的是一个娇养的少年王子，勃勃的雄心振奋了他的精神，使他蔑视不可知的结果，为了区区弹丸大小的一块不毛之地，拼着血肉之躯，去向命运、死亡和危险挑战。真正的伟大不是轻举妄动，而是在荣誉遭遇危险的时候，即使为了一根稻秆之微，也要慷慨力争。可是我的父亲给人惨杀，我的母亲给人污辱，我的理智和感情都被这种不共戴天的大仇所激动，我却因循隐忍，一切听其自然，看着这二万个人为了博取一个空虚的名声，视死如归地走下他们的坟墓里去，目的只是争夺一方还不够给他们作战场或者埋骨之所的土地，相形之下，我将何地自容呢？啊！从这一刻起，让我屏除一切的疑虑妄念，把流血的思想充满在我的脑际！（下）

第五场　艾尔西诺。城堡中一室

王后、霍拉旭及一侍臣上。

王　　后　我不愿意跟她说话。

侍　　臣　她一定要见您；她的神气疯疯癫癫，瞧着怪可怜的。

王　　后　她要什么？

侍　　臣　她不断提起她的父亲；她说她听见这世上到处是诡计；一边呻吟，一边捶她的心，对一些琐琐屑屑的事情痛骂，讲的都是些很玄妙的话，好像有意思，又好像没有意思。她的话虽然不知所措，可是却能使听见的人心中发生反应，而企图从它里面找出意义来；他们妄加猜测，把她的话断章取义，用自己的思想附会上去；当她讲那些话的时候，有时眨眼，有时点头，做着种种的手势，的确使人相信在她的言语之间，含蓄着什么意思，虽然不能确定，却可以作一些很不好听的解释。

霍 拉 旭　最好有什么人跟她谈谈，因为也许她会在愚妄的脑筋里散布一些危险的猜测。

王　　后　让她进来。（侍臣下）
我负疚的灵魂惴惴惊惶，
琐琐细事也像预兆灾殃；
罪恶是这样充满了疑猜，
越小心越容易流露鬼胎。

侍臣率奥菲利娅重上。

奥菲利娅　丹麦的美丽的王后陛下呢？

王　　后　啊，奥菲利娅！

奥菲利娅　（唱）

> 张三李四满街走，
>> 谁是你情郎？
> 毡帽在头杖在手，
>> 草鞋穿一双。

王　　后　唉！好姑娘，这支歌是什么意思呢？

奥菲利娅　您说？请您听好了。（唱）

> 姑娘，姑娘，他死了，
>> 一去不复来；
> 头上盖着青青草，
>> 脚下石生苔。

> 嗬呵！

王　　后　嗳，可是，奥菲利娅——

奥菲利娅　请您听好了。（唱）

> 殓衾遮体白如雪——

> 国王上。

王　　后　唉！陛下，您瞧。

奥菲利娅　鲜花红似雨；

> 花上盈盈有泪滴，
>> 伴郎坟墓去。

国　　王　你好，美丽的姑娘？

奥菲利娅　好，上帝保佑您！他们说猫头鹰是一个面包师的女儿变成的。主啊！我们都知道我们现在是什么，可是谁也不知道自己将来会变成什么。愿上帝和您同席！

国　　王　她父亲的死激成了她这种幻想。

奥菲利娅　对不起，我们再别提这件事了。要是有人问您这是什么意思，您就这样对他说：（唱）

> 情人佳节就在明天，
>> 我要一早起身，
> 梳洗齐整到你窗前，
>> 来做你的恋人。
> 他下了床披了衣裳，
>> 他开开了房门；
> 她进去时是个女郎，

出来变了妇人。

国　王　美丽的奥菲利娅！

奥菲利娅　真的，不用发誓，我会把它唱完：（唱）

凭着神圣慈悲名字，

这种事太丢脸！

少年男子不知羞耻，

一味无赖纠缠。

她说你曾答应娶我，

然后再同枕席。

——本来确是想这样作，

无奈你等不及。

国　王　她这个样子已经多久了？

奥菲利娅　我希望一切转祸为福！我们必须忍耐；可是我一想到他们把他放在寒冷的泥土里去，我就禁不住掉泪。我的哥哥必须知道这件事。谢谢你们很好的劝告。来，我的马车！晚安，太太们；晚安，可爱的小姐们；晚安，晚安！（下）

国　王　紧紧跟住她；留心不要让她闹出乱子来。（霍拉旭下）啊！深心的忧伤把她害成这样子；这完全是为了她父亲的死。啊，乔特鲁德，乔特鲁德！不幸的事情总是接踵而来：第一是她父亲的被杀；然后是你儿子的远别，他闯了这样大祸，不得不亡命异国，也是自取其咎。人民对于善良的波洛涅斯的暴死，已经群疑蜂起，议论纷纷；我这样匆匆忙忙地把他秘密安葬，更加引起了外间的疑窦；可怜的奥菲利娅也因此而伤心得失去了她的正常的理智，我们人类没有了理智，不过是画上的图形，无知的禽兽。最后，跟这些事情同样使我不安的，她的哥哥已经从法国秘密回来，行动诡异，居心叵测，他的耳中所听到的，都是那些播弄是非的人所散播的关于他父亲死状的恶意的谣言；这些谣言，由于找不到确凿的事实根据，少不得牵制到我的身上。啊，我的亲爱的乔特鲁德！这就像一尊厉害的开花炮，打得我遍体血肉横飞，死上加死。（内喧呼声）

王　后　嗳哟！这是什么声音？

一侍臣上。

国　王　我的瑞士卫队呢？叫他们把守宫门。什么事？

侍　臣　赶快避一避吧，陛下；比大洋中的怒潮冲决堤岸、席卷平原还要气势汹汹，年轻的雷欧提斯带领着一队叛军，打败了您的卫士，冲进宫里来了。这一群暴徒把他视为主上；就像世界还不过刚才开始一般，他们推翻了一切的传统和习惯，自己制订规矩，擅作主张，高喊着，"我们推举雷欧提斯做国王！"他们掷帽举手，吆呼的声音响彻云霄，"让雷欧提斯做国王，让雷欧提斯做国王！"

王　　后　他们这样兴高采烈，却不知道已经误入歧途！啊，你们干了错事了，你们这些不忠的丹麦狗！（内喧呼声）

国　　王　宫门都已打破了。

雷欧提斯戎装上；一群丹麦人随上。

雷欧提斯　国王在哪儿？弟兄们，大家站在外面。

众　　人　不，让我们进来。

雷欧提斯　对不起，请你们听我的话。

众　　人　好，好。（众人退立门外）

雷欧提斯　谢谢你们；把门看守好了。啊，你这万恶的奸王！还我的父亲来！

王　　后　安静一点，好雷欧提斯。

雷欧提斯　我身上要是有一点血安静下来，我就是个野生的杂种，我的父亲是个王八，我的母亲的贞洁的额角上，也要雕上娼妓的恶名。

国　　王　雷欧提斯，你这样大张声势，兴兵犯上，究竟为了什么原因？——放了他，乔特鲁德；不要担心他会伤害我的身体，一个君王是有神灵呵护的，叛变只能在一边蓄意窥伺，作不出什么事情来。——告诉我，雷欧提斯，你有什么气恼不顺的事？——放了他，乔特鲁德。——你说吧。

雷欧提斯　我的父亲呢？

国　　王　死了。

王　　后　但是并不是他杀死的。

国　　王　尽他问下去。

雷欧提斯　他怎么会死的？我可不能受人家的愚弄。忠心，到地狱里去吧！让最黑暗的魔鬼把一切誓言抓了去！什么良心，什么礼貌，都给我滚下无底的深渊里去！我要向永劫挑战。我的立场已经坚决：今生怎样，来生怎样，我一概不顾，只要痛痛快快地为我的父亲复仇。

国　　王　有谁阻止你呢？

雷欧提斯　除了我自己的意志以外，全世界也不能阻止我；至于我的力量，我一定要使用得当，叫它事半功倍。

国　　王　好雷欧提斯，要是你想知道你的亲爱的父亲究竟是怎样死去的话，难

道你复仇的方式是把朋友和敌人都当作对象，把赢钱的和输钱的赌注
都一扫而光吗？

雷欧提斯 冤有头，债有主，我只要找我父亲的敌人算账。

国　　王 那么你要知道谁是他的敌人吗？

雷欧提斯 对于他的好朋友，我愿意张开我的手臂拥抱他们，像舍身的鹈鹕一
样，把我的血供他们畅饮。

国　　王 啊，现在你才说得像一个孝顺的儿子和真正的绅士。我不但对于令尊
的死不曾有份，而且为此也感觉到非常的悲痛；这一个事实将会透过
你的心，正像白昼的阳光照射你的眼睛一样。

众　　人 （在内）放她进去！

雷欧提斯 怎么！那是什么声音？

奥菲利娅重上。

雷欧提斯 啊，赤热的烈焰，炙枯了我的脑浆吧！七倍辛酸的眼泪，灼伤了我的
视觉吧！天日在上，我一定要叫那害你疯狂的仇人重重地抵偿他的罪
恶。啊，五月的玫瑰！亲爱的女郎，好妹妹，奥菲利娅！天啊！一个
少女的理智，也会像一个老人的生命一样受不起打击吗？人类的天性
由于爱情而格外敏感，因为是敏感的，所以会把自己最珍贵的部分舍
弃给所爱的事物。

奥菲利娅 （唱）

他们把他抬上枢架；

哎呀，哎呀，哎哎呀；

在他坟上泪如雨下；——

再会，我的鸽子！

雷欧提斯 要是你没有发疯而激励我复仇，你的言语也不会比你现在这样子更使
我感动了。

奥菲利娅 你应该唱："当啊当，还叫他啊当啊。"哦，这纺轮转动的声音配合
得多么好听！唱的是那坏良心的管家把主人的女儿拐了去了。

雷欧提斯 这一种无意识的话，比正言危论还要有力得多。

奥菲利娅 这是表示记忆的迷迭香；爱人，请你记着吧：这是表示思想的三色堇。

雷欧提斯 这疯话很有道理，思想和记忆都提得很合适。

奥菲利娅 这是给您的茴香和漏斗花；这是给您的芸香；这儿还留着一些给我自
己；遇到礼拜天，我们不妨叫它慈悲草。啊！您可以把您的芸香插戴
得别致一点。这儿是一枝雏菊；我想要给您几朵紫罗兰，可是我父亲

一死，它们全都谢了；他们说他死得很好——（唱）

可爱的罗宾是我的宝贝。

雷欧提斯 忧愁、痛苦、悲哀和地狱中的磨难，在她身上都变成了可怜可爱。

奥菲利娅 （唱）

他会不会再回来？他会不会再回来？

不，不，他死了；

你的命难保，

他再也不会回来。

他的胡须像白银，

满头黄发乱纷纷。

人死不能活，

且把悲声歇；

上帝饶赦他灵魂！

求上帝饶赦一切基督徒的灵魂！

上帝和你们同在！（下）

雷欧提斯 上帝啊，你看见这种惨事吗？

国　王 雷欧提斯，我必须跟你详细谈谈关于你所遭逢的不幸；你不能拒绝我这一个权利。你不妨先去选择几个你的最有见识的朋友，请他们在你我两人之间做公正人：要是他们评断的结果，认为是我主动或同谋杀害的，我愿意放弃我的国土、我的王冠、我的生命以及我所有的一切，作为对你的补偿；可是他们假如认为我是无罪的，那么你必须答应助我一臂之力，让我们两人开诚合作，定出一个惩凶的方策来。

雷欧提斯 就这样吧；他死得这样不明不白，他的下葬又是这样偷偷摸摸的，他的尸体上没有一些战士的荣饰，也不曾替他举行一些哀祭的仪式，从天上到地下都在发出愤懑不平的呼声，我不能不问一个明白。

国　王 你可以明白一切；谁是真有罪的，让斧钺加在他的头上吧。请你跟我来。（同下）

第六场　城堡中另一室

霍拉旭及一仆人上。

霍拉旭 要来见我说话的是些什么人？

仆　人 是几个水手，主人；他们说他们有信要交给您。

霍 拉 旭　叫他们进来。（仆人下）倘不是哈姆莱特殿下差来的人，我不知道在这世上的哪一部分会有人来看我。

　　　　　众水手上。

水 手 甲　上帝祝福您，先生！

霍 拉 旭　愿他也祝福你。

水 手 乙　他要是高兴，先生，他会祝福我们的。这儿有一封信给您，先生——它是从那位到英国去的钦使寄来的。——要是您的名字果然是霍拉旭的话。

霍 拉 旭　（读信）"霍拉旭，你把这封信看过以后，请把来人领去见一见国王；他们还有信要交给他。我们在海上的第二天，就有一艘很凶猛的海盗船向我们追击。我们因为船行太慢，只好勉力迎敌；在彼此相持的时候，我跳上了盗船，他们就立刻抛下我们的船，扬帆而去，剩下我一个人做他们的俘虏。他们对待我很是有礼，可是他们也知道这样作对他们有利；我还要重谢他们哩。把我给国王的信交给他以后，请你就像逃命一般火速来见我。我有一些可以使你听了咋舌的话要在你的耳边说；可是事实的本身比这些话还要严重得多。来人可以把你带到我现在所在的地方。罗森格兰兹和吉尔登斯吞到英国去了；关于他们我还有许多话要告诉你。再会。你的知心朋友哈姆莱特。"来，让我立刻就带你们去把你们的信送出，然后请你们尽快领我到那把这些信交给你们的那个人的地方去。（同下）

第七场　城堡中另一室

　　　　　国王及雷欧提斯上。

国　　王　你已经用你同情的耳朵，听见我告诉你那杀死令尊的人，也在图谋我的生命；现在你必须明白我的无罪，并且把我当作你的一个心腹的友人了。

雷欧提斯　听您所说，果然像是真的；可是告诉我，您自己的安全、长远的谋虑和其他一切，都在大力推动您，为什么您对于这样罪大恶极的暴行，反而不采取严厉的手段呢？

国　　王　啊！那是因为有两个理由，也许在你看来是不成其为理由的，可是对于我却有很大的关系。王后，他的母亲，差不多一天不看见他就不能生活；至于我自己，那么不管这是我的好处或是我的致命的弱点，我的生命和灵魂是这样跟她连结在一起，正像星球不能跳出轨道一样，我也不能没有她而生活。而且我所以不能把这件案子公开，还有一个重要的顾虑：一般民众对他都有很大的好感，他们盲目的崇拜像一道使树木变成石块的魔泉一样，会把他戴的镣铐也当作光荣。我的箭太轻、太没有力了，遇到这样的狂风，一定不能射中目的，反而给吹了转来。

雷欧提斯 那么难道我的一个高贵的父亲就这样白白死去，一个好好的妹妹就这样白白疯了不成？如果能允许我赞美她过去的容貌才德，那简直是可以傲视一世、睥睨古今的。可是我的报仇的机会总有一天会到来。

国　王 不要让这件事扰乱了你的睡眠！你不要以为我是这样一个麻木不仁的人，会让人家揪着我的胡须，还以为这不过是开开玩笑。不久你就可以听到消息。我爱你父亲，我也爱我自己；那我希望可以使你想到——

　　　　一使者上。

国　王 啊！什么消息？

使　者 启禀陛下，是哈姆莱特寄来的信；这一封是给陛下的，这一封是给王后的。

国　王 哈姆莱特寄来的！是谁把它们送到这儿来的？

使　者 他们说是几个水手，陛下，我没有看见他们；这两封信是克劳狄奥交给我的，来人把信送在他手里。

国　王 雷欧提斯，你可以听一听这封信。出去！（使者下。读信）"陛下，我已经光着身子回到您的国土上来了。明天我就要请您允许我拜谒御容。让我先向您告我的不召而返之罪，然后再向您禀告我这次突然意外回国的原因。哈姆莱特敬上。"这是什么意思？同去的人也都一起回来了吗？还是有什么人在捣鬼，事实上并没有这么一回事？

雷欧提斯 您认识这笔迹吗？

国　王 这确是哈姆莱特的亲笔。"光着身子"！这儿还附着一笔，说是"一个人回来"。你看他是什么用意？

雷欧提斯 我可不懂，陛下。可是他来得正好；我一想到我能够有这样一天当面申斥他："你干的好事"，我的郁闷的心也热起来了。

国　王 要是果然这样的话，可是怎么会这样呢？然而，此外又如何解释呢？雷欧提斯，你愿意听我的吩咐吗？

雷欧提斯 愿意，陛下，只要您不勉强我跟他和解。

国　王 我是要使你自己心里得到平安。要是他现在中途而返，不预备再作这样的航行，那么我已经想好了一个计策，怂恿他去作一件事情，一定可以叫他自投罗网；而且他死了以后，谁也不能讲一句闲话，即使他的母亲也不能觉察我们的诡计，只好认为是一件意外的灾祸。

雷欧提斯 陛下，我愿意服从您的指挥；最好请您设法让他死在我的手里。

国　王 我正是这样计划。自从你到国外游学以后，人家常常说起你有一种特长的本领，这种话哈姆莱特也是早就听到过的；虽然在我的意见之中，这不过是你所有的才艺中间最不足道的一种，可是你的一切才艺的总和，都不及这一种本领更能挑起他的妒忌。

雷欧提斯 是什么本领呢，陛下？

国　王 它虽然不过是装饰在少年人帽上的一条缎带，但也是少不了的；因为年轻人应该装束得华丽潇洒一些，表示他的健康活泼，正像老年人应该装束得朴素大方一些，表示他的尊严庄重一样。两个月以前，这儿来了一个诺曼绅士；我自己曾经见过法国人，和他们打过仗，他们都是很精于骑术的；可是这位好汉简直有不可思议的魔力，他骑在马上，好像和他的坐骑化成了一体似的，随意驰骤，无不出神入化。他的技术是那样远超过我的预料，无论我杜撰一些怎样夸大的辞句，都不够形容它的奇妙。

雷欧提斯 是个诺曼人吗？

国　王 是诺曼人。

雷欧提斯 那么一定是拉摩德了。

国　王 正是他。

雷欧提斯 我认识他；他的确是全国知名的勇士。

国　王 他承认你的武艺很了不得，对于你的剑术尤其极口称赞，说是倘有人能够和你对敌，那一定大有可观；他发誓说他们国里的剑士要是跟你交起手来，一定会眼花缭乱，全然失去招架之功。他对你的这一番夸奖，使哈姆莱特妒恼交集，一心希望你快些回来，跟他比赛一下。从这一点上——

雷欧提斯 从这一点上怎么，陛下？

国　王 雷欧提斯，你真爱你的父亲吗？还是不过是做作出来的悲哀，只有表面，没有真心？

雷欧提斯 您为什么这样问我？

国　王 我不是以为你不爱你的父亲；可是我知道爱不过起于一时感情的冲动，经验告诉我，经过了相当时间，它是会逐渐冷淡下去的。爱像一盏油灯，灯芯烧枯以后，它的火焰也会由微暗而至于消灭。一切事情都不能永远保持良好，因为过度的善反会摧毁它的本身，正像一个人因充血而死去一样。我们所要做的事，应该一想到就做；因为人的想法是会变化的，有多少舌头、多少手、多少意外，就会有多少犹豫、多少迟延；那时候再空谈该作什么，只不过等于聊以自慰的长吁短叹，只能伤害自己的身体罢了。可是回到我们所要谈论的中心问题上来吧。哈姆莱特回来了；你预备怎样用行动代替言语，表明你自己的确是你父亲的孝子呢？

雷欧提斯 我要在教堂里割破他的喉咙。

国　王 当然，无论什么所在都不能庇护一个杀人的凶手；复仇应该不受地点的限期。可是，好雷欧提斯，你要是果然志在复仇，还是住在自己家里不要出来。哈姆莱特回来以后，我们可以让他知道你也已经回来，叫几个人在他的面前夸奖你的本领，把你说得比那法国人所讲的还要了不得，怂恿他和你作一次比赛，赌个输赢。他是个粗心的人，一向厚道，想不到人家在算计他，一定不会仔细检视比赛用的刀剑的利钝；你只要预先把一柄利剑混杂在里面，趁他没有注意的时候不动声色地自己拿了，在比赛之际，看准他的要害刺了过去，就可以替你的父亲报了仇了。

雷欧提斯 我愿意这样做；为了达到复仇的目的，我还要在我的剑上涂一些毒药。我已经从一个卖药人手里买到一种致命的药油，只要在剑头上沾了一滴，刺到人身上，它一碰到血，即使只是擦破了一些皮肤，也会毒性发作，无论什么灵丹仙草，都不能挽救。我就去把剑尖蘸上这种烈性毒剂，只要我刺破他一点，就叫他送命。

国　王 让我们再考虑考虑，看时间和机会能够给我们什么方便。要是这一个计策会失败，要是我们会在行动之间露出破绽，那么还是不要尝试的好。为了预防失败起见，我们应该另外再想一个万全之计。且慢！让我想来：我们可以对你们两人的胜负打赌；啊，有了：你在跟他交手的时候，必须使出你全副的精神，使他疲于奔命，等他口干烦躁，要讨水喝的当儿，我就为他预备好一杯毒汁，万一他逃过了你的毒剑，只要他让酒沾唇，我们的目的也就同样达到了。且慢！什么声音？

王后上。

国　王 啊，亲爱的王后！

王　后 一桩祸事刚刚到来，又有一桩接踵而至。雷欧提斯，你的妹妹掉在水里淹死了。

雷欧提斯　淹死了！咽！在哪儿？

王　　后　在小溪之旁，斜生着一株杨柳，它的毵毵的枝叶倒映在明镜一样的水流之中；她编了几个奇异的花环来到那里，用的是毛茛、荨麻、雏菊和长颈兰——正派的姑娘管这种花叫死人指头，说粗话的牧人却给它起了另一个不雅的名字。——她爬上一根横垂的树枝，想要把她的花冠挂在上面；就在这时候，一根心怀恶意的树枝折断了，她就连人带花一起落下呜咽的溪水里。她的衣服四散展开，使她暂时像人鱼一样飘浮水上；她嘴里还断断续续唱着古老的谣曲，好像一点不感觉到她处境的险恶，又好像她本来就是生长在水中一般。可是不多一会儿，她的衣服给水浸得重起来了，这可怜的人歌儿还没有唱完，就已经沉到泥里去了。

雷欧提斯　唉！那么她淹死了吗？

王　　后　淹死了，淹死了！

雷欧提斯　太多的水淹没了你的身体，可怜的奥菲利娅，所以我必须忍住我的眼泪。可是人类的常情是不能遏阻的，我掩饰不了心中的悲哀，只好顾不得惭愧了；当我们的眼泪干了以后，我们的妇人之仁也会随着消失的。再会，陛下！我有一段炎炎欲焚的烈火般的话，可是我的傻气的眼泪把它浇熄了。（下）

国　　王　让我们跟上去，乔特鲁德；我好容易才把他的怒气平息了一下，现在我怕又要把它挑起来了。快让我们跟上去吧。（同下）

第 五 幕

第一场 墓 地

二小丑携锄锨等上。

小丑甲 她真心自己脱离人世，却要照基督徒的仪式下葬吗？

小丑乙 我对你说是的，所以你赶快把她的坟掘好吧；验尸官已经验明她的死状，宣布应该按照基督徒的仪式把她下葬。

小丑甲 这可奇了，难道她是因为自卫而跳下水里的吗？

小丑乙 他们验明是这样的。

小丑甲 那一定是为了自毁，不可能有别的原因。因为问题是这样的：要是我有意投水自杀，那必须成立一个行为；一个行为可以分为三部分，那就是干、行、做；所以，她是有意投水自杀的。

小丑乙 嗳，你听我说——

小丑甲 让我说完。这儿是水；好，这儿站着人；好，要是这个人跑到这个水里，把他自己淹死了，那么，不管他自己愿不愿意，总是他自己跑下去的；你听见了没有？可是要是那水来到他的身上把他淹死了，那就不是他自己把自己淹死；所以，对于他自己的死无罪的人，并没有缩短他自己的生命。

小丑乙 法律上是这样说的吗？

小丑甲 嗯，是的，这是验尸官的验尸法。

小丑乙 说一句老实话，要是死的不是一位贵家女子，他们决不会按照基督徒的仪式把她下葬的。

小丑甲 对了，你说得有理；有财有势的人，就是要投河上吊，比起他们同教的基督徒来也可以格外通融，世上的事情真是太不公平了！来，我的锄头。要讲家世最悠久的人，就得数种地的、开沟的和掘坟的；他们都继承着亚当的行业。

小丑乙 亚当也算世家吗？

小丑甲 自然要算，他在创立家业方面很有两手呢。

小丑乙 他有什么两手？

小丑甲 怎么？你是个异教徒吗？你的《圣经》是怎么念的？《圣经》上说亚当掘地；没有两手，能够掘地吗？让我再问你一个问题；要是你回答得不对，那么你就承认你自己——

小丑乙　你问吧。

小丑甲　谁造出东西来比泥水匠、船匠或是木匠更坚固？

小丑乙　造绞架的人；因为一千个寄寓在上面的人都已经先后死去，它还是站在那儿动都不动。

小丑甲　我很喜欢你的聪明，真的。绞架是很合适的；可是它怎么是合适的？它对于那些有罪的人是合适的。你说绞架造得比教堂还坚固，说这样的话是罪过的；所以，绞架对于你是合适的。来，重新说过。

小丑乙　谁造出东西来比泥水匠、船匠或是木匠更坚固？

小丑甲　嗯，你回答了这个问题，我就让你下工。

小丑乙　呃，现在我知道了。

小丑甲　说吧。

小丑乙　真的，我可回答不出来。

哈姆莱特及霍拉旭上，立远处。

小丑甲　别绞尽你的脑汁了，懒驴子是打死也走不快的；下回有人问你这个问题的时候，你就对他说，"掘坟的人，"因为他造的房子是可以一直住到世界末日的。去，到约翰的面店里去给我倒一杯酒来。（小丑乙下。小丑甲且掘且歌）

年轻时候最爱偷情，

　　觉得那事很有趣味；

规规矩矩学做好人，

　　在我看来太无意义。

哈姆莱特　这家伙难道对于他的工作没有一点感觉，在掘坟的时候还会唱歌吗？

霍拉旭　他做惯了这种事，所以不以为意。

哈姆莱特　正是：不大劳动的手，它的感觉要比较灵敏一些。

小丑甲　（唱）

谁料如今岁月潜移，

　　老景催人急于星火，

两腿挺直，一命归西，

　　世上原来不曾有我。（掷起一骷髅）

哈姆莱特　那个骷髅里面曾经有一条舌头，它也会唱歌哩；这家伙把它摔在地上，好像它是第一个杀人凶手该隐的颚骨似的！它也许是一个政客的头颅，现在却让这蠢货把它丢来踢去；也许他生前是个偷天换日的好手，你看是不是？

霍 拉 旭	也许是的，殿下。
哈姆莱特	也许是一个朝臣，他会说，"早安，大人！您好，大人！"也许他就是某大人，嘴里称赞某大人的马好，心里却想把它讨了来，你看是不是？
霍 拉 旭	是，殿下。
哈姆莱特	啊，正是；现在却让蛆虫伴寝，他的下巴也脱掉了，一柄工役的锄头可以在他头上敲来敲去。从这种变化上，我们大可看透了生命的无常。难道这些枯骨生前受了那么多的教养，死后却只好给人家当木块一般抛着玩吗？想起来真是怪不好受的。

小 丑 甲	（唱）
	
	锄头一柄，铁铲一把，
	  殓衾一方掩盖遮身；
	挖松泥土深深掘下，
	  掘了个坑招待客人。（掷起另一骷髅）

哈姆莱特	又是一个；谁知道那不会是一个律师的骷髅？他的玩弄刀笔的手段，颠倒黑白的雄辩，现在都到哪儿去了？为什么他让这个放肆的家伙用龌龊的铁铲敲他的脑壳，不去控告他一个殴打罪？哼！这家伙生前也许曾经买下许多地产，开口闭口用那些条文、具结、罚款、双重保证、赔偿一类的名词吓人；现在他的脑壳里塞满了泥土，这就算是他所取得的罚款和最后的赔偿了吗？他的双重保证人难道不能保他再多买点地皮？只给他留下和那种一式二份的契约同样大小的一块地皮吗？这个小木头匣子，原来要装他土地的字据都恐怕装不下，如今地主本人却也只能有这么一点地盘，哈？
霍 拉 旭	不能比这再多一点了，殿下。
哈姆莱特	契约纸不是用羊皮作的吗？
霍 拉 旭	是的，殿下，也有用牛皮作的。
哈姆莱特	我看痴心指靠那些玩意儿的人，比牲口聪明不了多少。我要去跟这家伙谈谈。大哥，这是谁的坟？
小 丑 甲	我的，先生—— 挖松泥土深深掘下， 掘了个坑招待客人。
哈姆莱特	我看也是你的，因为你在里头胡闹。
小 丑 甲	您在外头也不老实，先生，所以这坟不是您的；至于说我，我倒没有在里头胡闹，可是这坟的确是我的。

哈姆莱特	你在里头，又说是你的，这就是"在里头胡闹"。因为挖坟是为死人，不是为会蹦会跳的活人，所以说你胡闹。
小丑甲	这套胡闹的话果然会蹦会跳，先生；等会儿又该从我这里跳到您那里去了。
哈姆莱特	你是在给什么人挖坟？是个男人吗？
小丑甲	不是男人，先生。
哈姆莱特	那么是个女人？
小丑甲	也不是女人。
哈姆莱特	不是男人，也不是女人，那么谁葬在这里面？
小丑甲	先生，她本来是一个女人，可是上帝让她的灵魂得到安息，她已经死了。
哈姆莱特	这混蛋倒会分辨得这样清楚！我们讲话可得字斟句酌，精心推敲，稍有含糊，就会出丑。凭着上帝发誓，霍拉旭，我觉得这三年来，人人都越变越精明，庄稼汉的脚趾头已经挨近朝廷贵人的脚后跟，可以磨破那上面的冻疮了。——你做这掘墓的营生，已经多久了？
小丑甲	我开始干这营生，是在我们的老王爷哈姆莱特打败福丁布拉斯那一天。
哈姆莱特	那是多久以前的事？
小　丑	你不知道吗？每一个傻子都知道的；那正是小哈姆莱特出世的那一天，就是那个发了疯给他们送到英国去的。
哈姆莱特	嗯，对了；为什么他们叫他到英国去？
小丑甲	就是因为他发了疯呀；他到英国去，他的疯病就会好的，即使疯病不会好，在那边也没有什么关系。
哈姆莱特	为什么？
小丑甲	英国人不会把他当作疯子；他们都跟他一样疯。
哈姆莱特	他怎么会发疯？
小丑甲	人家说得很奇怪。
哈姆莱特	怎么奇怪？
小丑甲	他们说他神经有了毛病。
哈姆莱特	从哪里来的？
小丑甲	还不就是从丹麦本地来的？我在本地干这掘墓的营生，从小到大，一共有三十年了。
哈姆莱特	一个人埋在地下，要经过多少时候才会腐烂？
小丑甲	假如他不是在未死以前就已经腐烂——就如现在有的是害杨梅疮死去

的尸体，简直抬都抬不下去——他大概可以过八九年；一个硝皮匠在九年以内不会腐烂。

哈姆莱特 为什么他要比别人长久一些？

小　丑　甲 因为，先生，他的皮硝得比人家的硬，可以长久不透水；倒楣的尸体一碰到水，是最会腐烂的。这儿又是一个骷髅；这骷髅已经埋在地下二十三年了。

哈姆莱特 它是谁的骷髅？

小　丑　甲 是个婊子养的疯小子；你猜是谁？

哈姆莱特 不，我猜不出。

小　丑　甲 这个遭瘟的疯小子！他有一次把一瓶葡萄酒倒在我的头上。这一个骷髅，先生，是国王的弄人郁利克的骷髅。

哈姆莱特 这就是他！

小　丑　甲 正是他。

哈姆莱特 让我看。（取骷髅）唉，可怜的郁利克！霍拉旭，我认识他；他是一个最会开玩笑、非常富于想像力的家伙。他曾经把我负在肩上一千次；现在我一想起来，却忍不住胸头作恶。这儿本来有两片嘴唇，我不知吻过它们多少次。——现在你还会挖苦人吗？你还会蹦蹦跳跳，逗人发笑吗？你还会唱歌吗？你还会随口编造一些笑话，说得满座捧腹吗？你没有留下一个笑话，讥笑你自己吗？这样垂头丧气了吗？现在你给我到小姐的闺房里去，对她说，凭她脸上的脂粉搽得一寸厚，到后来总要变成这个样子的；你用这样的话告诉她，看她笑不笑吧。霍拉旭，请你告诉我一件事情。

霍　拉　旭 什么事情，殿下？

哈姆莱特 你想亚历山大在地下也是这副形状吗？

霍　拉　旭 也是这样。

哈姆莱特 也有同样的臭味吗？呸！（掷下骷髅）

霍　拉　旭 也有同样的臭味，殿下。

哈姆莱特 谁知道我们将来会变成一些什么下贱的东西，霍拉旭！要是我们用想像推测下去，谁知道亚历山大的高贵的尸体，不就是塞在酒桶口上的泥土？

霍　拉　旭 那未免太想入非非了。

哈姆莱特 不，一点不，我们可以不作怪论、合情合理地真想他怎样会到那个地步；比方说吧：亚历山大死了；亚历山大埋葬了；亚历山大化为尘土；人们把尘土做成烂泥；那么为什么亚历山大所变成的烂泥，不会被人家拿来塞在酒瓶桶的口上呢？

凯撒死了，你尊严的尸体，

也许变了泥把破墙填齐；

啊！他从前是何等的英雄，

现在只好替人挡雨遮风！

可是不要作声！不要作声！站开；国王来了。

教士等列队上；众异奥菲利娅尸体前行；雷欧提斯及诸送葬者、国王、王后及侍从等随后。

哈姆莱特 王后和朝臣们也都来了；他们是送什么人下葬呢？仪式又是这样草率的？瞧上去好像他们所送葬的那个人，是自杀而死的，同时又是个很有身分的人。让我们躲在一旁瞧瞧他们。（与霍拉旭退后）

雷欧提斯 还有些什么仪式？

哈姆莱特 （向霍拉旭旁白）那是雷欧提斯，一个很高贵的青年；听着。

雷欧提斯 还有些什么仪式？

教 士 甲 她的葬礼已经超过了她所应得的名分。她的死状很是可疑；倘不是因为我们迫于权力，按例就该把她安葬在圣地以外，直到最后审判的喇叭吹召她起来。我们不但不应该替她祷告，并且还要用砖瓦碎石丢在她坟上；可是现在我们已经允许给她处女的葬礼，用花圈盖在她的身上，替她散播鲜花，鸣钟送她入土，这还不够吗？

雷欧提斯 难道不能再有其他仪式了吗？

教 士 甲 不能再有其他仪式了；要是我们为她唱安魂曲，就像对于一般平安死去的灵魂一样，那就要亵渎了教规。

雷欧提斯 把她放下泥土里去；愿她的娇美无瑕的肉体上，生出芬芳馥郁的紫罗兰来！我告诉你，你这下贱的教士，我的妹妹将要做一个天使，你死了却要在地狱里呼号。

哈姆莱特 什么！美丽的奥菲利娅吗？

王   后 好花是应当散在美人身上的；永别了！（散花）我本来希望你做我的哈姆莱特的妻子；这些鲜花本来要铺在你的新床上，亲爱的女郎，谁想得到我要把它们散在你的坟上！

雷欧提斯 啊！但愿千百重的灾祸，降临在害得你精神错乱的那个该死的恶人的头上！等一等，不要就把泥土盖上去，让我再拥抱她一次。（跳下墓中）现在把你们的泥土倒下来，把死的和活的一起掩埋了吧；让这块平地上堆起一座高山，那古老的丕利恩和苍秀插天的俄林波斯都要俯伏在它的足下。

哈姆莱特 （上前）哪一个人的心里装载得下这样沉重的悲伤？哪一个人的哀恸的
辞句，可以使天上的行星惊疑止步？那是我，丹麦王子哈姆莱特！
（跳下墓中）

雷欧提斯 魔鬼抓了你的灵魂去！ （将哈姆莱特揿住）

哈姆莱特 你祷告错了。请你不要掐住我的头颈；因为我虽然不是一个暴躁易怒
的人，可是我的火性发作起来，是很危险的，你还是不要激恼我吧。
放开你的手！

国　王 把他们扯开！

王　后 哈姆莱特！哈姆莱特！

众　人 殿下，公子——

霍拉旭 好殿下，安静点儿。 （侍从等分开二人，二人自墓中出）

哈姆莱特 嘿，我愿意为了这个题目跟他决斗，直到我的眼皮不再眨动。

王　后 啊，我的孩子！什么题目？

哈姆莱特 我爱奥菲利娅；四万个兄弟的爱合起来，还抵不过我对她的爱。你愿
意为她干些什么事情？

国　王 啊！他是个疯人，雷欧提斯。

王　后 看在上帝的情分上，不要跟他认真。

哈姆莱特 哼，让我瞧瞧你会干些什么事。你会哭吗？你会打架吗？你会绝食
吗？你会撕破你自己的身体吗？你会喝一大缸醋吗？你会吃一条鳄鱼
吗？我都做得到。你是到这儿来哭泣的吗？你跳下她的坟墓里，是要
当面羞辱我吗？你跟她活埋在一起，我也会跟她活埋在一起；要是你
还要夸说什么高山大岭，那么让他们把几百万亩的泥土堆在我们身上，
直到把我们的地面堆得高到可以被"烈火天"烧焦，让巍峨的奥萨山在
相形之下变得只像一个瘤那么大吧！嘿，你会吹，我就不会吹吗？

王　后 这不过是他一时的疯话。他的疯病一发作起来，总是这个样子的；可
是等一会儿他就会安静下来，正像母鸽孵育它那一双金羽的雏鸽的时
候一样温和了。

哈姆莱特 听我说，老兄；你为什么这样对待我？我一向是爱你的。可是这些都
不用说了，有本领的，替他干什么事吧；猫总是要叫，狗总是要闹
的。 （下）

国　王 好霍拉旭，请你跟住他。 （霍拉旭下。向雷欧提斯）记住我们昨天晚上所说
的话，格外忍耐点儿吧；我们马上就可以实行我们的办法。好乔特鲁

德，叫几个人好好看守你的儿子。这一个坟上要有个活生生的纪念物，平静的时间不久就会到来；现在我们必须耐着心把一切安排。（同下）

第二场　城堡中的厅堂

哈姆莱特及霍拉旭上。

哈姆莱特　这个题目已经讲完，现在我可以让你知道另外一段事情。你还记得当初的一切经过情形吗？

霍　拉　旭　记得，殿下！

哈姆莱特　当时在我的心里有一种战争，使我不能睡眠；我觉得我的处境比锁在脚镣里的叛变的水手还要难堪。我就卤莽行事。——结果倒卤莽对了，我们应该承认，有时候一时孟浪，往往反而可以做出一些为我们的深谋密虑所做不成功的事；从这一点上，我们可以看出来，无论我们怎样辛苦图谋，我们的结果却早已有一种冥冥中的力量把它布置好了。

霍　拉　旭　这是无可置疑的。

哈姆莱特　我从舱里起来，把一件航海的宽衣罩在我的身上，在黑暗之中摸索着找寻那封公文，果然给我达到目的，摸到了他们的包裹；我拿着它回到我自己的地方，疑心使我忘记了礼貌，我大胆地拆开了他们的公文，在那里面，霍拉旭——啊，堂皇的诡计！——我发现一道严厉的命令，借了许多好听的理由为名，说是为了丹麦和英国双方的利益，决不能让我这个险恶的人物逃脱，接到公文之后，必须不等磨好利斧，立即枭下我的首级。

霍　拉　旭　有这等事？

哈姆莱特　这一封就是原来的国书；你有空的时候可以仔细读一下。可是你愿意听我告诉你后来我怎么办吗？

霍　拉　旭　请您告诉我。

哈姆莱特　在这样重重诡计的包围之中，我的脑筋不等我定下心来思索，就开始活动起来了；我坐下来另外写了一通国书，字迹清清楚楚。从前我曾经抱着跟我们那些政治家们同样的意见，认为字体端正是一件有失体面的事，总是想竭力忘记这一种技能，可是现在它却对我有了大大的用处。你知道我写些什么话吗？

霍　拉　旭　嗯，殿下。

哈姆莱特　我用国王的名义，向英王提出恳切的要求，因为英国是他忠心的藩属，因为两国之间的友谊，必须让它像棕榈树一样发荣繁茂，因为和平的女神必须永远戴着她的荣冠，沟通彼此的情感，以及许许多多诸如此类的重要理由，请他在读完这一封信以后，不要有任何的迟延，立刻把那两个传书的来使处死，不让他们有从容忏悔的时间。

霍 拉 旭 可是国书上没有盖印，那怎么办呢？

哈姆莱特 啊，就在这件事上，也可以看出一切都是上天预先注定。我的衣袋里恰巧藏着我父亲的私印，它跟丹麦的国玺是一个式样的；我把伪造的国书照着原来的样子折好，签上名字，盖上印玺，把它小心封好，归还原处，一点没有露出破绽。下一天就遇见了海盗，那以后的情形，你早已知道了。

霍 拉 旭 这样说来，吉尔登斯吞和罗森格兰兹是去送死的了。

哈姆莱特 哎，朋友，他们本来是自己钻求这件差使的；我在良心上没有对不起他们的地方，是他们自己的阿谀献媚断送了他们的生命。两个强敌猛烈争斗的时候，不自量力的微弱之辈，却去插身在他们的刀剑中间，这样的事情是最危险不过的。

霍 拉 旭 想不到竟是这样一个国王！

哈姆莱特 你想，我是不是应该——他杀死了我的父王，奸污了我的母亲，篡夺了我的嗣位的权利，用这种诡计谋害我的生命，凭良心说我是不是应该亲手向他复仇雪恨？如果我不去剪除这一个戕害天性的蟊贼，让他继续为非作恶，岂不是该受天谴吗？

霍 拉 旭 他不久就会从英国得到消息，知道这一回事情产生了怎样的结果。

哈姆莱特 时间虽然很局促，可是我已经抓住眼前这一刻工夫；一个人的生命可以在说一个"一"字的一刹那之间了结。可是我很后悔，好霍拉旭，不该在雷欧提斯之前失去了自信；因为他所遭遇的惨痛，正是我自己的怨愤的影子。我要取得他的好感。可是他倘不是那样夸大他的悲哀，我也决不会动起那么大的火性来的。

霍 拉 旭 不要作声！谁来了？

奥斯里克上。

奥斯里克 殿下，欢迎您回到丹麦来！

哈姆莱特 谢谢您，先生。（向霍拉旭旁白）你认识这只水苍蝇吗？

霍 拉 旭 （向哈姆莱特旁白）不，殿下。

哈姆莱特 （向霍拉旭旁白）那是你的运气，因为认识他是一件丢脸的事。他有许多肥田美壤；一头畜生要是作了一群畜生的主子，就有资格把食槽搬到

	国王的席上来了。他"咯咯"叫起来简直没个完，可是——我方才也说了——他拥有大批粪土。
奥斯里克	殿下，您要是有空的话，我奉陛下之命，要来告诉您一件事情。
哈姆莱特	先生，我愿意恭聆大教。您的帽子是应该戴在头上的，您还是戴上去吧。
奥斯里克	谢谢殿下，天气真热。
哈姆莱特	不，相信我，天冷得很，在刮北风哩。
奥斯里克	真的有点儿冷，殿下。
哈姆莱特	可是对于像我这样的体质，我觉得这一种天气却是真热得厉害。
奥斯里克	对了，殿下；真是说不出来的灼热。可是，殿下，陛下叫我来通知您一声，他已经为您下了一个很大的赌注了。殿下，事情是这样的——
哈姆莱特	请您不要这样多礼。（促奥斯里克戴上帽子）
奥斯里克	不，殿下，我还是这样舒服些，真的。殿下，雷欧提斯新近到我们的宫廷里来；相信我，他是一位完善的绅士，充满着最卓越的特点，他的态度非常温雅，他的仪表非常英俊；说一句发自衷心的话，他是上流社会的指南针，因为在他身上可以找到一个绅士所应有的气质的总汇。
哈姆莱特	先生，他对于您这一番描写，的确可以当之无愧；虽然我知道，要是把他的好处一件一件列举出来，不但我们的记忆将要因此而淆乱，交不出一个正确的账目来，而且他这一艘满帆的快船，也决不是我们失舵之舟所能追及；可是，凭着真诚的赞美而言，我认为他是一个才德优异的人，他的高超的禀赋是那样稀有而罕见，说一句真心的话，除了在他的镜子里以外，再也找不到第二个跟他同样的人，纷纷追踪求迹之辈，不过是他的影子而已。
奥斯里克	殿下把他说得一点不错。
哈姆莱特	您的用意呢？为什么我们要用尘俗的呼吸，嘘在这位绅士的身上呢？
奥斯里克	殿下？
霍拉旭	自己所用的语言，到了别人嘴里，就听不懂了吗？早晚你会懂的，先生。
哈姆莱特	您向我提起这位绅士的名字，是什么意思？
奥斯里克	雷欧提斯吗？
霍拉旭	他的嘴里已经变得空空洞洞，因为他的那些好听话都说完了。
哈姆莱特	正是雷欧提斯。
奥斯里克	我知道您不是不明白——
哈姆莱特	您瞧能知道我这人不是不明白，那倒很好；可是，说老实话，即使你

知道我是明白人，对我也不是什么光采的事。好，您怎么说？

奥斯里克 我是说，您不是不明白雷欧提斯有些什么特长——

哈姆莱特 那我可不敢说，因为也许人家会疑心我有意跟他比并高下；可是要知道一个人的底细，应该先知道他自己。

奥斯里克 殿下，我的意思是说他的武艺；人家都称赞他的本领一时无两。

哈姆莱特 他会使些什么武器？

奥斯里克 长剑和短刀。

哈姆莱特 他会使这两种武器吗？很好。

奥斯里克 殿下，王上已经用六匹巴巴里的骏马跟他打赌；在他的一方面，照我所知道的，押的是六柄法国的宝剑和好刀，连同一切鞘带钩子之类的附件，其中有三柄的挂机尤其珍奇可爱，跟剑柄配得非常合式，式样非常精致，花纹非常富丽。

哈姆莱特 您所说的挂机是什么东西？

霍拉旭 我知道您要听懂他的话，非得翻查一下注解不可。

奥斯里克 殿下，挂机就是钩子。

哈姆莱特 要是我们腰间挂着大炮，用这个名词倒还合适；在那一天没有来到以前，我看还是就叫它钩子吧。好，说下去；六匹巴巴里骏马对六柄法国宝剑，附件在内，外加三个花纹富丽的挂机；法国产品对丹麦产品。可是，用你的话来说，这样"押"是为了什么呢？

奥斯里克 殿下，王上跟他打赌，要是你们两人交起手来，在十二个回合之中，他至多不过多赢您三着；可是他却觉得他可以稳赢九个回合。殿下要是答应的话，马上就可以试一试。

哈姆莱特 要是我答应个"不"字呢？

奥斯里克 殿下，我的意思是说，你答应跟他当面比校高低。

哈姆莱特 先生，我还要在这儿厅堂里散散步。您去回陛下说，现在是我一天之中休息的时间。叫他们把比赛用的钝剑预备好了，要是这位绅士愿意，王上也不改变他的意见的话，我愿意尽力为他博取一次胜利；万一不幸失败，那我也不过丢了一次脸，给他多剁了两下。

奥斯里克 我就照这样去回话吗？

哈姆莱特 您就照这个意思去说，随便您再加上一些什么新颖词藻都行。

奥斯里克 我保证为殿下效劳。

哈姆莱特 不敢，不敢。（奥斯里克下）多亏他自己保证，别人谁也不会替他张口的。

霍拉旭 这一只小鸭子顶着壳儿逃走了。

哈姆莱特 他在母亲怀抱里的时候，也要先把他母亲的奶头恭维几句，然后吮吸。像他这一类靠着一些繁文缛礼撑撑场面的家伙，正是愚妄的世人所醉心的；他们的浅薄的牙慧使傻瓜和聪明人同样受他们的欺骗，可是一经试验，他们的水泡就爆破了。

一贵族上。

贵　　族　殿下，陛下刚才叫奥斯里克来向您传话，知道您在这儿厅上等候他的旨意；他叫我再来问您一声，您是不是仍旧愿意跟雷欧提斯比剑，还是慢慢再说。

哈姆莱特　我没有改变我的初心，一切服从王上的旨意。现在也好，无论什么时候都好，只要他方便，我总是随时准备着，除非我丧失了现在所有的力气。

贵　　族　王上、娘娘，跟其他的人都要到这儿来了。

哈姆莱特　他们来得正好。

贵　　族　娘娘请您在开始比赛以前，对雷欧提斯客气几句。

哈姆莱特　我愿意服从她的教诲。（贵族下）

霍　拉　旭　殿下，您在这一回打赌中间，多半要失败的。

哈姆莱特　我想我不会失败。自从他到法国去以后，我练习得很勤；我一定可以把他打败。可是你不知道我的心里是多么不舒服；那也不用说了。

霍　拉　旭　啊，我的好殿下——

哈姆莱特　那不过是一种傻气的心理；可是一个女人也许会因为这种莫名其妙的疑虑而惶惑。

霍　拉　旭　要是您心里不愿意做一件事，那么就不要做吧。我可以去通知他们不用到这儿来，说您现在不能比赛。

哈姆莱特　不，我们不要害怕什么预兆；一只雀子的死生，都是命运预先注定的。注定在今天，就不会是明天，不是明天，就是今天；逃过了今天，明天还是逃不了，随时准备着就是了。一个人既然在离开世界的时候，只能一无所有，那么早早脱身而去，不是更好吗？随它去。

国王、王后、雷欧提斯、众贵族、奥斯里克及侍从等持钝剑等上。

国　　王　来，哈姆莱特，来，让我替你们两人和解和解。（牵雷欧提斯、哈姆莱特二人手使之相握）

哈姆莱特　原谅我，雷欧提斯；我得罪了你，可是你是个堂堂男子，请你原谅我吧。这儿在场的众人都知道，你也一定听见人家说过，我是怎样被疯狂害苦了。凡是我的所作所为，足以伤害你的感情和荣誉、激起你的愤怒来的，我现在声明都是我在疯狂中犯下的过失。难道哈姆莱特会做对不起雷欧提斯的事吗？哈姆莱特决不会做这种事。要是哈姆莱特在丧失他自己的心神的时候，做了对不起雷欧提斯的事，那样的事不是哈姆莱特做的，哈姆莱特不能承认。那么是谁做的呢？是他的疯狂。既然是这样，那么哈姆莱特也是属于受害的一方，他的疯狂是可怜的哈姆莱特的敌人。当着在座众人之前，我承认我在无心中射出的箭，误伤了我的兄弟；我现在要向他请求大度包涵，宽恕我的不是出于故意的罪恶。

雷欧提斯 按理讲，对这件事情，我的感情应该是激动我复仇的主要力量，现在我在感情上总算满意了；但是另外还有荣誉这一关，除非有什么为众人所敬仰的长者，告诉我可以跟你捐除宿怨，指出这样的事是有前例可援的，不至于损害我的名誉，那时我才可以跟你言归于好。目前我且先接受你友好的表示，并且保证决不会辜负你的盛情。

哈姆莱特 我绝对信任你的诚意，愿意奉陪你举行这一次友谊的比赛。把钝剑给我们。来。

雷欧提斯 来，给我一柄。

哈姆莱特 雷欧提斯，我的剑术荒疏已久，只能给你帮场；正像最黑暗的夜里一颗吐耀的明星一般，彼此相形之下，一定更显得你的本领的高强。

雷欧提斯 殿下不要取笑。

哈姆莱特 不，我可以举手起誓，这不是取笑。

国　王 奥斯里克，把钝剑分给他们。哈姆莱特侄儿，你知道我们怎样打赌吗？

哈姆莱特 我知道，陛下；您把赌注下在实力较弱的一方了。

国　王 我想我的判断不会有错。你们两人的技术我都领教过；但是后来他又有了进步，所以才推定他必须多赢几着。

雷欧提斯 这一柄太重了；换一柄给我。

哈姆莱特 这一柄我很满意。这些钝剑都是同样长短的吗？

奥斯里克 是，殿下。（二人准备比剑）

国　王 替我在那桌子上斟下几杯酒。要是哈姆莱特击中了第一剑或是第二剑，或者在第三次交面的时候争得上风，让所有的碉堡上一起鸣起炮来；国王将要饮酒慰劳哈姆莱特，他还要拿一颗比丹麦四代国王戴在王冠上的更贵重的珍珠丢在酒杯里。把杯子给我；鼓声一起，喇叭就接着吹响，通知外面的炮手，让炮声震彻天地，报告这一个消息，"现在国王为哈姆莱特祝饮了！"来，开始比赛吧；你们在场裁判的都要留心看着。

哈姆莱特 请了。

雷欧提斯 请了，殿下。（二人比剑）

哈姆莱特 一剑。

雷欧提斯 不，没有击中。

哈姆莱特	请裁判员公断。
奥斯里克	中了，很明显的一剑。
雷欧提斯	好；再来。
国　　王	且慢；拿酒来。哈姆莱特，这一颗珍珠是你的；祝你健康！把这一杯酒给他。（喇叭起奏。内鸣炮）
哈姆莱特	让我先赛完这一局；暂时把它放在一旁。来。（二人比剑）又是一剑；你怎么说？
雷欧提斯	我承认给你碰着了。
国　　王	我们的孩子一定会胜利。
王　　后	他身体太胖，有些喘不过气来。来，哈姆莱特，把我的手巾拿去，揩干你额上的汗。王后为你饮下这一杯酒，祝你胜利了，哈姆莱特。
哈姆莱特	好妈妈！
国　　王	乔特鲁德，不要喝。
王　　后	我要喝的，陛下；请您原谅我。
国　　王	（旁白）这一杯酒里有毒；太迟了！
哈姆莱特	母亲，我现在还不敢喝酒；等一等再喝吧。
王　　后	来，让我擦干你的脸。
雷欧提斯	陛下，现在我一定要击中他了。
国　　王	我怕你击不中他。
雷欧提斯	（旁白）可是我的良心却不赞成我干这件事。
哈姆莱特	来，该第三个回合了，雷欧提斯。你怎么一点不起劲？请你使出你全身的本领来吧；我怕你在开我的玩笑哩。
雷欧提斯	你这样说吗？来。（二人比剑）
奥斯里克	两边都没有中。
雷欧提斯	受我这一剑！（雷欧提斯挺剑刺伤哈姆莱；二人在争夺中彼此手中之剑各为对方夺去，哈姆莱特以夺来之剑刺雷欧提斯，雷欧提斯亦受伤）
国　　王	分开他们！他们动起火来了。
哈姆莱特	来，再试一下。（王后倒地）
奥斯里克	嗳哟，瞧王后怎么啦！
霍拉旭	他们两人都在流血。您怎么啦，殿下？
奥斯里克	您怎么啦，雷欧提斯？
雷欧提斯	唉，奥斯里克，正像一只自投罗网的山鹬，我用诡计害人，反而害了自己，这也是我应得的报应。
哈姆莱特	王后怎么啦？

国　　王　她看见他们流血，昏了过去了。

王　　后　不，不，那杯酒，那杯酒——啊，我的亲爱的哈姆莱特！那杯酒，那杯酒；我中毒了。（死）

哈姆莱特　啊，奸恶的阴谋！喂！把门锁上！阴谋！查出来是哪一个人干的。（雷欧提斯倒地）

雷欧提斯　凶手就在这儿，哈姆莱特。哈姆莱特，你已经不能活命了；世上没有一种药可以救治你，不到半小时，你就要死去。那杀人的凶手就在你的手里，它的锋利的刃上还涂着毒药。这奸恶的诡计已经回转来害了我自己；瞧！我躺在这儿，再也不会站起来了。你的母亲也中了毒。我说不下去了。国王——国王——都是他一个人的罪恶。

哈姆莱特　锋利的刃上还涂着毒药！——好，毒药，发挥你的力量吧！（刺国王）

众　　人　反了！反了！

国　　王　啊！帮帮我，朋友们；我不过受了点伤。

哈姆莱特　好，你这败坏伦常、嗜杀贪淫、万恶不赦的丹麦奸王！喝干了这杯毒药——你那颗珍珠是在这儿吗？——跟我的母亲一道去吧！（国王死）

雷欧提斯　他死得应该；这毒药是他亲手调下的。尊贵的哈姆莱特，让我们互相宽恕；我不怪你杀死我和我的父亲，你也不要怪我杀死你！（死）

哈姆莱特　愿上天赦免你的错误！我也跟着你来了。我死了，霍拉旭。不幸的王后，别了！你们这些看见这一幕意外的惨变而战栗失色的无言的观众，倘不是因为死神的拘捕不给人片刻的停留，啊！我可以告诉你们——可是随它去吧。霍拉旭，我死了，你还活在世上；请你把我的行事的始末根由昭示世人，解除他们的疑惑。

霍拉旭　不，我虽然是个丹麦人，可是在精神上我却更是个古代的罗马人；这儿还留剩着一些毒药。

哈姆莱特　你是个汉子，把那杯子给我；放手；凭着上天起誓，你必须把它给我。啊，上帝！霍拉旭，我一死之后，要是世人不明白这一切事情的真相，我的名誉将要永远蒙着怎样的损伤！你倘然爱我，请你暂时牺牲一下天堂上的幸福，留在这一个冷酷的人间，替我传述我的故事吧。（内军队自远处行进及鸣炮声）这是哪儿来的战场上的声音？

奥斯里克　年轻的福丁布拉斯从波兰奏凯班师，这是他对英国来的钦使所发的礼炮。

哈姆莱特　啊！我死了，霍拉旭；猛烈的毒药已经克服了我的精神，我不能活着听见英国来的消息。可是我可以预言福丁布拉斯将被拥戴为王，他已经得到我这临死之人的同意；你可以把这儿所发生的一切事实告诉他。此外仅余沉默而已。（死）

| 霍　拉　旭 | 一颗高贵的心现在碎裂了！晚安，亲爱的王子，愿成群的天使们用歌唱抚慰你安息！——为什么鼓声越来越近了？（内军队行进声）|

福丁布拉斯、英国使臣及余人等上。

| 福丁布拉斯 | 这一场比赛在什么地方举行？ |

| 霍　拉　旭 | 你们要看些什么？要是你们想知道一些惊人的惨事，那么不用再到别处去找了。 |

| 福丁面拉斯 | 好一场惊心动魄的屠杀！啊，骄傲的死神！你用这样残忍的手腕，一下子杀死了这许多王裔贵胄，在你的永久的幽窟里，将要有一席多么丰美的盛筵！ |

| 使　臣　甲 | 这一个景象太惨了。我们从英国奉命来此，本来是要回复这儿的王上，告诉他我们已经遵从他的命令，把罗森格兰兹和吉尔登斯吞两人处死；不幸我们来迟了一步，那应该听我们说话的耳朵已经没有知觉了，我们还希望从谁的嘴里得到一声感谢呢？ |

| 霍　拉　旭 | 即使他能够向你们开口说话，他也不会感谢你们；他从来不曾命令你们把他们处死。可是既然你们都来得这样凑巧，有的刚从波兰回来，有的刚从英国到来，恰好看见这一幕流血的惨剧，那么请你们叫人把这几个尸体抬起来放在高台上面，让大家可以看见，让我向那懵无所知的世人报告这些事情的发生经过；你们可以听到好淫残杀、反常悖理的行为、冥冥中的判决、意外的屠戮、借手杀人的骗局，以及陷入自害的结局；这一切我都可以确确实实地告诉你们。 |

| 福丁布拉斯 | 让我们赶快听你说；所有最尊贵的人，都叫他们一起来吧。我在这一个国内本来也有继承王位的权利，现在国中无主，正是我要求这一个权利的机会；可是我虽然准备接受我的幸运，我的心里却充满了悲哀。 |

| 霍　拉　旭 | 关于那一点，我受死者的嘱托，也有一句话要说，他的意见是可以影响许多人的；可是在这人心惶惶的时候，让我还是先把这一切解释明白了，免得引起更多的不幸、阴谋和错误来。 |

| 福丁布拉斯 | 让四个将士把哈姆莱特像一个军人似的抬到台上，因为要是他能够践登王位，一定会成为一个贤明的君主的；为了表示对他的悲悼，我们要用军乐和战地的仪式，向他致敬。把这些尸体一起抬起来。这一种情形在战场上是不足为奇的，可是在宫廷之内，却是非常的变故。去，叫兵士放起炮来。（奏丧礼进行曲；众舁尸同下。内鸣炮）|